D0475038

# JACQUES LE FATALISTE
## ET SON MAITRE

DENIS DIDEROT

# JACQUES LE FATALISTE ET SON MAITRE

*Chronologie et préface
par*
Paul Vernière
professeur à la Sorbonne

GF

FLAMMARION

# CHRONOLOGIE

**1713** (5 octobre) : Naissance à Langres de Denis Diderot, fils du maître-coutelier Didier et d'Angélique Vigneron.

**1723-1728** : Diderot est élève aux Jésuites de sa ville natale, depuis la 6e jusqu'à la seconde.

**1726** (22 août) : Diderot reçoit la tonsure en vue d'une succession au canonicat de son oncle Vigneron.

**1728** (26 avril) : Mort du chanoine Vigneron; deux jours plus tard, renoncement de son neveu au canonicat. Au début de la nouvelle année scolaire, Diderot part pour Paris et fait vraisemblablement sa rhétorique au collège Louis-le-Grand. Fut-il ultérieurement étudiant au collège d'Harcourt ? le point est controversé.

**1732** (2 septembre) : Diderot est reçu maître ès arts de l'Université de Paris.

**1733-1735** : Diderot aurait passé deux ans dans une étude de procureur, celle de Clément de Ris, Langrois d'origine.

**1736** (23 mai) : Le père de Diderot fait surveiller son fils par un parent, frère Ange, vice-procureur des Carmes du Luxembourg. Frère Ange apparaîtra dans *Jacques le Fataliste*.

**1741** : Diderot fait connaissance d'Antoinette Champion.

**1742** : Traduction de l'*Histoire de Grèce* de Temple Stanyan. En août, rencontre de Jean-Jacques Rousseau.

**1743** (14 janvier) : Diderot essaie d'obtenir le consentement paternel pour son mariage avec Antoinette. Interné, il s'évade et rentre à Paris.
(6 novembre) : Mariage de Diderot.
Prémontval, ami de Diderot, enlève et épouse Mlle Pigeon. Leur aventure apparaîtra dans *Jacques le Fataliste*.

**1745** : Diderot publie sa traduction de l'*Essai sur le mérite et la vertu* de Shaftesbury. Le 11 mai, victoire de Fontenoy, où Jacques le Fataliste sera blessé au genou.

**1746** : Publication en juin des *Pensées philosophiques*. Le 27 de ce mois, Diderot et d'Alembert signent le traité de l'*Encyclopédie*.

**1747** : Le 20 juin, Diderot est dénoncé pour irréligion à la police.
*Les Confidences réciproques*, roman attribué à Caylus, paraissent.

**1748** (janvier) : Publication des *Bijoux indiscrets*.

**1749** (juin) : Publication de la *Lettre sur les aveugles*.
(11 juin) : Diderot explique à Voltaire les sentiments de Saunderson.
(24 juillet) : Diderot est arrêté et conduit à Vincennes. Il sera relâché le 3 novembre.

**1751** (18 février) : Mise en vente de la *Lettre sur les sourds et muets*.
(28 juin) : 1er volume de l'*Encyclopédie*.
(31 décembre) : Condamnation par la Sorbonne de la thèse de l'abbé de Prades.

**1752** (22 janvier) : 2e volume de l'*Encyclopédie*.
(7 février) : Suppression des deux volumes de l'*Encyclopédie*.

**1753** (2 septembre) : Naissance de Marie-Angélique Diderot.
(novembre) : 3e volume de l'*Encyclopédie* et 1re édition de *L'Interprétation de la nature*.

**1754** (14 octobre) : 4e volume de l'*Encyclopédie*.
(octobre-décembre) : Premier séjour à Langres de Diderot depuis son mariage.

**1755** (1ᵉʳ juillet) : Première lettre à Mlle Volland.

**1756** (12 avril) : Diderot rejoint Rousseau à l'Ermitage.

(29 juin) : Lettre à Landois sur la fatalité.

**1757** (février) : *Le Fils naturel* paraît. De mars à octobre, les affaires de l'Ermitage mènent à la brouille Diderot et Rousseau.

**1758** (novembre) : Publication du *Père de famille*.

**1759** (23 janvier) : Le Parlement condamne l'*Encyclopédie*. Le même mois paraît le *Candide* de Voltaire.

(août) : Diderot rencontre chez Mlle Volland, au château d'Isle, l'abbé Durier, abbé de Moncetz (modèle de l'abbé Hudson).

(septembre) : Rédaction du premier *Salon*.

**1760** : Rédaction de *La Religieuse*.

(6 novembre) : Diderot raconte à Sophie Volland les amours de Margency et de Mme de Verdelin.

**1761** : Rédaction du deuxième *Salon*.

**1762** (12 mai) : Sterne envoie à Diderot les 6 premiers volumes de *Tristram Shandy*.

**1763** : Troisième *Salon*.

**1764** : Diderot accepte de terminer l'*Encyclopédie*, malgré les mutilations de l'éditeur Le Breton.

**1765** : Vignier, le poète de Pondichéry, publie son *Essai de poésies diverses*.

(avril) : Garrick envoie à d'Holbach les volumes 7 et 8 de *Tristram Shandy*. C'est là que Diderot trouvera les deux anecdotes qui déclencheront la rédaction de *Jacques le Fataliste*.

(octobre) : Sterne séjourne à Paris et rencontre Diderot.

**1766** : Les dix derniers volumes de l'*Encyclopédie* paraissent. Parmi de nombreux articles de Diderot, l'article *Spinoza*.

L'abbé Dulaurens publie le *Compère Mathieu*, préfiguration de Jacques le Fataliste.

**1767** : Rédaction du cinquième *Salon*, qui ne sera terminé que l'année suivante.

**1769** : Diderot prend en main la *Correspondance lit-téraire* de Grimm; celui-ci est parti pour l'Allemagne. (septembre) : Rédaction du *Rêve de d'Alembert* et du sixième *Salon*.

**1770** (août-septembre) : voyage à Langres et Bour-bonne, qui ravive chez Diderot des souvenirs d'en-fance.
Rédaction probable des *Deux amis de Bourbonne* et de *L'Entretien d'un père avec ses enfants*.

**1771** (août) : Diderot lit à Meister la première ver-sion de *Jacques le Fataliste*.
(4 novembre) : Première représentation du *Bourru bienfaisant* de Goldoni.
(1er décembre) : Compte rendu dans la *Correspon-dance littéraire* de l'*An 2440* de Sébastien Mercier.

**1772** (9 septembre) : Mariage d'Angélique Diderot et de Caroillon de Vandeul.
La Chapelle publie son *Ventriloque*.
En octobre, *Ceci n'est pas un conte* et *Madame de La Carlière* sont terminés. Diderot rédige la première version du *Supplément au voyage de Bougainville*.

**1773** (3 juin) : Diderot, avant de gagner La Haye, confie ses manuscrits à Naigeon. Il part le vendredi 11 juin.
(15 juin) : Arrivée de Diderot à La Haye, où Galit-zine l'héberge à l'ambassade de Russie. Pendant trois mois il rédige des notes sur le *Voyage de Hol-lande* et prépare une *Réfutation de l'homme d'Hel-vétius*.
(20 août) : Départ pour l'Allemagne et la Russie. Il atteint Saint-Pétersbourg le 8 octobre, par Leip-zig, Dresde et Riga.
(8 octobre-5 mars) : Séjour à Saint-Pétersbourg et rédaction des *Mémoires pour Catherine II*.

**1774** (5 mars-5 avril) : Voyage de Saint-Pétersbourg à La Haye par Dantzig et Hambourg.
(5 avril-15 septembre) : Séjour studieux en Hollande. Il travaille à la *Réfutation d'Helvétius*, rédige les *Entretiens avec la maréchale*, la *Politique des*

*souverains*, commence ses *Observations sur le Nakaz* et ses *Eléments de physiologie*.

(21 octobre) : Retour de Diderot à Paris.

**1775** (mai) : Diderot remet à Grimm le manuscrit du *Plan d'une université pour la Russie*.

(septembre) : rédaction du huitième *Salon*.

**1776** (novembre) : Diderot vient de passer six mois à la campagne à Sèvres, chez le joaillier Belle. Travail considérable. Mort de l'abbé Durier.

**1777** (avril) : Diderot, depuis trois mois à Sèvres, travaille à l'*Histoire des deux Indes* de l'abbé Raynal.

(12 mai) : Promesse à Marc-Michel Rey de lui confier l'édition de ses *Œuvres complètes*.

**1778** : Diderot passe régulièrement trois jours de la semaine à Sèvres. Il publie en décembre l'*Essai sur la vie de Sénèque*. La *Correspondance littéraire*, en 14 livraisons mensuelles, de novembre 1778 à juin 1780, révèle *Jacques le Fataliste* à une vingtaine de privilégiés, pour la plupart des princes étrangers.

**1780** (3 avril) : Goethe lit *Jacques le Fataliste* dans l'exemplaire de la *Correspondance littéraire* du duc de Saxe-Gotha.

(juillet) : 4 importantes *Additions* à *Jacques le Fataliste* paraissent dans la *Correspondance littéraire*.

**1781** (25 mars) : *Lettre apologétique de l'abbé Raynal à M. Grimm*.

(28 juillet) : Diderot lit *Jacques le Fataliste* à sa femme.

(septembre) : Rédaction du neuvième *Salon*, dernière œuvre connue du philosophe.

**1782** : Seconde édition de l'*Essai sur les règnes de Claude et de Néron*.

**1783** : Dans la collection complète de ses manuscrits, que son copiste Girbal prépare pour Catherine II, Diderot corrige *Jacques le Fataliste* dans une version augmentée.

**1784** : Diderot, frappé d'apoplexie, se remet lentement.

(22 février) : Mort de Sophie Volland.

(15 juillet) : Diderot s'installe rue de Riche-

lieu, au deuxième étage de l'hôtel de Bezons. (31 juillet) : Mort de Diderot; il est inhumé le lendemain à l'église St-Roch.

**1785** (mars) : Catherine II reçoit une lettre de Mme de Vandeul lui offrant la collection complète des manuscrits de son père. Le même mois Schiller lit *Jacques le Fataliste* dans l'exemplaire du comte Dalberg de la *Correspondance littéraire* et traduit en allemand l'épisode de *Madame de La Pommeraye*.

**1786** (avril) : La *Correspondance littéraire* révèle vingt lacunes de *Jacques le Fataliste*.

**1792** : Wilhelm Mylius traduit en allemand *Jacques le Fataliste* d'après un manuscrit inconnu.

**1796** (26 septembre) : L'éditeur Buisson publie *Jacques le Fataliste* d'après un manuscrit trouvé dans l'officine de Grimm. L'instigateur est probablement Ginguené, directeur de l'Instruction publique.

(26 octobre) : L'Institut de France reçoit du prince Henri de Prusse, frère de Frédéric II, un nouveau manuscrit de *Jacques le Fataliste*, trop tard pour influer sur la publication précédente.

**1798** : Publication des *Œuvres* de Diderot par Naigeon.

# PRÉFACE

Si Diderot, dans *Jacques le Fataliste*, cherche par jeu
à nous déconcerter, sa réussite est totale. Que dire d'un
roman qui n'en est pas un, si l'on entend par roman
une intrigue suivie, une histoire dont les péripéties inté-
ressent quelques acteurs-personnages, dont le décor
garde quelque unité et quelque vraisemblance, et qui
souvent comporte une leçon ou exprime une sagesse ?
Dans *Jacques* au contraire, l'intrigue non seulement
serpente mais s'interrompt au gré d'anecdotes encas-
trées : elle est même oubliée au cours de trois interfé-
rences, celle de l'abbé Hudson, de Mme de La Pommeraye et du chevalier de Saint-Ouen. C'est un pays
sans nom que traversent les deux personnages quichot-
tiens, et la route où ils cheminent ne mène nulle part.
Que dire enfin d'une sagesse sans clarté, d'une morale
sans cohérence, d'une philosophie confuse où Jacques
s'englue et trébuche, comme naguère le valet du *Dom
Juan* de Molière ? Or, c'est l'ambiguïté même de cet
étrange livre qui fait son succès actuel. Il n'est pas un
des défauts relevés en 1898 par Petit de Julleville ou en
1924 par Daniel Mornet qui ne soit devenu en deux
générations signe d'authenticité et de modernité : le
dédain de la psychologie ravit nos structuralistes; l'absence de rhétorique et de composition révélerait une
« créativité » spontanée et une rupture appréciée avec
l'école de l'ordre; même si l'immoralisme de Gousse,
de Mme de La Pommeraye, de l'abbé Hudson et du
chevalier de Saint-Ouen paraît timide, même si les
cabrioles de Jacques avec les commères du terroir lan-

grois relèvent moins de l'érotisme moderne que des
grossièretés médiévales, Diderot nous fait grâce des
sermons de l'abbé Prévost et de Choderlos de Laclos.
Dans la mesure enfin où Diderot, apostrophant son
lecteur comme un souffleur de théâtre, ruine délibéré-
ment toute vraisemblance et accuse le caractère ambigu
de toute littérature, ne serait-il pas le précurseur de nos
critiques qui, à force de poser la problématique du
roman, ne laissent subsister que le journal ou l'essai ?
Diderot serait-il le fondateur de l'anti-roman ?


    Quand Mme Therbouche lui faisait prendre la pose,
Diderot quittait sa chemise et jetait sa perruque : ce
goût de la nudité, rare en son siècle, nous impose de
rechercher la vérité de *Jacques* ailleurs que dans des
oripeaux modernes, fussent-ils philosophiques. Or cette
œuvre étrange a une histoire qu'une érudition récente
révèle peu à peu. Eliminons d'abord cette légende d'un
Diderot improvisateur génial; ce qui est génial, c'est
l'impression d'improvisation qu'il donne.
    Or, aucune œuvre du philosophe n'est demeurée plus
longtemps en chantier, si ce n'est *Le Neveu de Rameau*.
Nous en connaissons la cause occasionnelle, qui ne
déclenche pas nécessairement la pulsion génétique, mais
qui fixe les temps; c'est durant l'été de 1765 que le
baron d'Holbach reçut de Laurence Sterne le tome VIII
de *Tristram Shandy* où se trouve, dans une discussion
d'Uncle Tobie et du caporal Trim, l'origine avouée de
deux séries épisodiques de *Jacques :* la blessure du héros
et la scène de massage de Denise. Diderot n'a pu, avant
1765, concevoir l'idée d'un cycle de Jacques, capable
de grouper, dans le décor lâche du roman picaresque,
les innombrables anecdotes dont sa mémoire, sa correspondance et ses dossiers, souvent retrouvés intacts
dans le fonds Vandeul, regorgeaient. Mais la première
allusion à l'œuvre écrite figure dans une lettre de Meister père à Bodmer, datée du 12 septembre 1771 : dans
un salon, celui de Mme de Vermenoux ou de Mme Nec-
ker, Diderot a lu *Jacques le Fataliste* pendant deux
heures. Sept ans plus tard, la *Correspondance littéraire*

de Grimm, revue manuscrite à l'usage d'une vingtaine de rois et de princes, donne *Jacques* en quatorze livraisons, de novembre 1778 à juin 1780 : c'est ainsi que Goethe lut notre roman dans l'exemplaire du duc de Saxe-Gotha, le 3 avril 1780. En juillet de la même année, la même revue donnait environ 8 pages d'*Additions*. L'année qui précéda sa mort, en 1783, Diderot apportait encore 80 pages à son copiste Girbal dont le manuscrit calligraphié, envoyé à Catherine II, garde encore les traces d'ultimes corrections. Si l'on considère la pagination de l'édition Assézat-Tourneux, l'œuvre qui devait en 1771 compter 125 pages (deux heures de lecture), en atteignait 200 en 1778, 208 en 1780, 287 en 1783. Nous pouvons donc assigner à notre roman, qu'il soit virtuel, ébauché ou en voie de correction définitive, un devenir de près de vingt ans, de 1765 à 1784, et une rédaction échelonnée sur douze ans. Si l'œuvre a doublé de volume, si les anecdotes sont venues truffer l'ensemble, comme nous pouvons le vérifier par les deux dernières séries d'additions, comment ne pas craindre que le dessein primitif n'ait été modifié sinon déformé ? La longueur même de cette genèse serait une explication suffisante des obscurités et des ambiguïtés. Diderot le soupçonne en parlant de tissu d'Arlequin, de mosaïque, d' « insipide rhapsodie de faits ». Cette modestie est trop inquiétante pour convaincre.

Evitons d'abord l'anachronisme systématique des critiques modernes : Diderot est plus proche de Cervantès, de Swift et de Sterne que de Joyce ou de Robbe-Grillet; il ne cultive pas l'élémentaire ni l'obscur et le simultanéisme des décors ne traduit pas chez lui une volonté d'art ou quelque prévision géniale des techniques cinématographiques. C'est une parade qui se déroule sur trois plans : l'estrade avec ses personnages-marionnettes, l'auteur-meneur de jeu qui pousse l'insolence jusqu'à intervenir, jugeant ses personnages, dissertant, engageant le dialogue à la cantonade, au lieu de demeurer en coulisse, de souffler ou de tirer les ficelles; le public enfin, pris à parti par l'auteur et

sommé de réagir et de participer. Nous ne sommes plus
dans le domaine du réel ou même du vraisemblable, car
le bateleur fait en sorte de ruiner toute crédibilité par ses
clins d'œil, mais dans le domaine du jeu. Dès les premières pages, nous savons que *Jacques le Fataliste* est un
jeu neuf qui échappe ironiquement à la classification
des « genres » : c'est à la fois un roman à ligne picaresque évidente, une gerbe de récits allant de la nouvelle au conte, qui peut s'amenuiser jusqu'à l'anecdote
ou le bon mot, une série d'essais de morale ou d'esthétique livrés « à compte d'auteur », où le génie parodique
de Diderot s'exerce au sermon, au portrait, à la dissertation.

Trois thèmes s'entrelacent dans *Jacques* avec une
malignité irritante : le voyage picaresque vers « nulle
part », le thème philosophique de la fatalité, le récit
discontinu des amours du héros et de Denise. *A priori*,
nous retrouvons dans *Candide* le même mélange du
voyage, des amours et du motif philosophique; mais
Voltaire — et c'est là que se heurtent deux esthétiques
et deux philosophies — jouait le jeu de la continuité
absurde; Diderot préfère la discontinuité. A la fausse
rationalité de *Candide* s'oppose l'indétermination de
*Jacques* qui traduit à la fois la fatalité du « grand rouleau » et l'insolente liberté de l'auteur.

Or, des trois thèmes principaux, l'un n'est qu'un
« motif », presque au sens musical du terme, explicite
ou sourd, qui intervient vingt fois sans constituer une
structure réelle : c'est le thème du fatalisme. Les deux
autres au contraire permettraient de suivre, dans la
confusion des épisodes et le télescopage des récits, une
manière d'ordre « résurgent » qui pourrait exprimer
les intentions volontairement inhibées du romancier.
Le premier fil est celui du voyage : « Comment s'étaient-
ils rencontrés ? Par hasard, comme tout le monde.
Comment s'appelaient-ils ? Que vous importe ? D'où
venaient-ils ? Du lieu le plus prochain. Où allaient-ils ?
Est-ce que l'on sait où l'on va ? »

En fait un lecteur perspicace comme Herbert Loy
discerne dans les errances de Jacques et de son maître
un cycle de huit journées. Le premier jour, commencé

à la belle étoile, s'achève à l'auberge des voleurs comme dans *Gil Blas;* le deuxième à l'auberge de Conches qui nous situe dans une Normandie plus abstraite que le Maine de Scarron. L'auberge de la troisième étape est plus abstraite encore. Mais le quatrième jour et le cinquième, grâce à la crue d'une rivière, permettent aux voyageurs d'apprécier la maîtresse du *Grand Cerf :* subterfuge que nous connaissons depuis l'*Heptaméron* de Marguerite de Navarre. Le départ dans la soirée du sixième jour permet aux devisants de coucher dans un château qui est peut-être celui du marquis des Arcis. Le septième nous mène « quelque part », et le huitième, après le duel du maître et du chevalier de Saint-Ouen, détruit l'association provisoire des deux héros. Repères chronologiques fugaces, mais réels. Avouons cependant que le cheminement traditionnel du roman picaresque n'est plus pris au sérieux : le schéma espagnol est parodié, donc contesté. L'ordre apparent du voyage ne saurait donc éclairer les intentions réelles de Diderot.

Deuxième fil : le récit des amours de Jacques.

« LE MAITRE. — Tu as donc été amoureux ?

JACQUES. — Si je l'ai été!

LE MAITRE. — Et cela par un coup de feu ?

JACQUES. — Par un coup de feu.

LE MAITRE. — Tu ne m'en as jamais dit un mot.

JACQUES. — Je le crois bien.

LE MAITRE. — Et pourquoi cela ?

JACQUES. — C'est que cela ne pouvait être dit ni plus tôt ni plus tard.

LE MAITRE. — Et le moment d'apprendre ces amours est-il venu ?

JACQUES. — Qui le sait ?

Le Maitre. — A tout hasard, commence toujours... »

Dès lors, sans que les étapes du récit correspondent
aux étapes du voyage, l'histoire de Jacques s'interrompt
et rebondit, faisant partager au lecteur l'agacement
du maître. Nous y discernerions aisément, avec M. Per
Nykrog, en dehors de toute durée précise, sept épisodes. Premier épisode : l'arrivée de Jacques, blessé
au genou à la bataille de Fontenoy, à la maison du
paysan. Deuxième épisode : l'arrivée du médecin et le
détail de l'opération chirurgicale. Chaque fois, le réa-
lisme provocant du récit contraste avec la fantaisie du
voyage picaresque, comme pour accuser la suprême
liberté du metteur en scène. Troisième épisode : Jacques
se met en pension chez le chirurgien. Quatrième épisode : Jacques, à la suite d'un geste de charité, est
battu par des voleurs. Cinquième épisode : un carrosse emmène Jacques dans le mystérieux château, le
château de Desglands. Nous attendons longuement le
sixième épisode où Denise apparaît enfin. La conclusion du roman propose ironiquement une triple solu-
tion, à la fois au voyage quichottien et aux amours de
Jacques. Là encore, la vraisemblance est systématique-
ment détruite, non seulement par les coupures, mais
par les digressions au deuxième degré de Jacques qui
raconte les amours de ses hôtes paysans, les anecdotes
de terroir ou la perte de son pucelage. A la parodie
du roman picaresque répond la parodie du récit roma-
nesque.

Nous pourrions aisément bâtir, sur la conclusion de
*Jacques*, une doctrine solide de l'anti-roman. Mais
Diderot nous en dissuade : en dehors de la double
trame, trois histoires, véritables « nouvelles », échappent
au gros œuvre, malgré quelques grossiers points de
suture : *l'Histoire de M. des Arcis et de Mme de La
Pommeraye*, *l'Histoire du Père Hudson*, *l'Histoire du
chevalier de Saint-Ouen*. Peu importe si le secrétaire
du marquis des Arcis est un ancien confrère du Père

Hudson ou s'ils cheminent quelque temps sur la route des deux héros, si le chevalier de Saint-Ouen est un ancien ami du maître de Jacques; tout concorde pour voir dans ces trois nouvelles des écrits achevés, artificiellement insérés dans l'ensemble, et dont la cohérence détruit la doctrine anti-romanesque régulièrement suggérée par l'auteur. *Madame de La Pommeraye* rejoindrait *Madame de La Carlière* dans un schéma traditionnel où le récit provoque la réflexion morale. L'art du dialogue, la ligne continue de « l'histoire », l'absence d'humour, la présentation scolastique des cas de conscience, toutes ces qualités, exploitées ailleurs par un Diderot moraliste, viennent ici interférer avec une esthétique du désordre, de la fantaisie et de l'humour. Une fois de plus, les intentions réelles du philosophe nous échappent.

Nous pourrions en déduire que Diderot s'amuse et nous amuse. Mais *Jacques le Fataliste* ne saurait avoir pour but que de distraire Mme Diderot, les soirs d'hiver, au même titre que *Pantagruel* ou le *Compère Mathieu*. Nous croyons au contraire que *Jacques*, dans son ambiguïté, cache un sens, que Goethe et quelques autres ont aperçu. La contradiction d'ordre technique, c'est-à-dire d'ordre esthétique, qui nous choque, peut être résolue, si nous l'envisageons en fonction du problème moral et philosophique. Diderot dans cet étrange roman tient sans doute à nous amuser, mais son propos permanent, comme dans toute son œuvre, est d'exprimer l'essentielle ambiguïté de notre condition et de notre vocation morale. Si, à l'aide d'une technique déroutante, il nous introduit dans l'univers arbitraire de *Jacques*, c'est pour nous rappeler que cet univers est le nôtre.

De même que *Jacques le Fataliste* est un anti-roman qui utilise au mieux, dans ses digressions romanesques, les voies traditionnelles, de même, sur un autre registre, l'immoralisme y dialogue avec toutes les morales en usage. « La diable de philosophie » qu'au sortir du *Rêve de d'Alembert* Diderot exposait à Mme de Maux continue de l' « empêtrer » et de le « bistourner ». Le philosophe ne saurait, pas plus que Jacques, revenir sur le matérialisme déterministe de la *Lettre sur les aveugles* : « Jacques ne connaissait ni le nom de vice ni le nom de vertu; il prétendait qu'on était heureusement ou malheureusement né. Quand il entendait prononcer les noms de récompenses ou de châtiments, il haussait les épaules. Selon lui, la récompense était l'encouragement des bons, le châtiment l'effroi des méchants. Qu'est-ce autre chose, disait-il, s'il n'y a point de liberté et que notre destinée soit écrite là-haut ? Il croyait qu'un homme s'acheminait aussi nécessairement à la gloire et à l'ignominie qu'une boule qui aurait la conscience d'elle-même suit la pente d'une montagne. » Mais Diderot prétend contredire son héros, même « sans avantage et sans fruit », comme il contredira le Neveu de Rameau. Jacques spontanément agit en être moral, qui fait le bien et respecte Denise sans exiger récompense. Si le lecteur s'interroge sur Gousse et sur Mme de La Pommeraye, il réprouve Hudson tout en l'admirant, Saint-Ouen sans l'admirer, et résiste moins que le maître à la charité de M. Le Pelletier. L'indulgence esthétique de Diderot pour les monstres et les beaux crimes s'accommode fort bien de son goût impénitent pour la vertu et les vertus traditionnelles.

Disons simplement que dans *Jacques*, écrit partiellement en 1771, Diderot nous déconcerte parce que son ouvrage traduit la crise de certitude qu'il est en train de vivre. Le philosophe qui vient d'écrire le *Rêve de d'Alembert* est aussi l'amoureux éconduit de Mme de Maux; à l'heure où il s'interroge sur les mystères de la matière et de la vie, et rêve de pouvoir fonder une axiomatique universelle, voici que l'univers familier, encombré de cas de conscience, interfère avec l'univers de l'intelligence. Le désarroi de Jacques est donc son désarroi et comme Jacques, Diderot « prie à tout hasard » le Dieu-Nature : « Toi qui as fait le grand rouleau, quel que tu sois, et dont le doigt a tracé toute l'écriture qui est là-haut, tu as su de tous les temps ce qu'il me fallait; que ta volonté soit faite. *Amen.* » Cette adhésion au monde n'est pas sans grandeur. Même après Schopenhauer et Sartre, nous pourrions

encore y trouver quelque remède à la tentation de
l'absurde. Car cet assentiment aux choses, emprunté
tantôt au rire de Rabelais, tantôt au cinquième livre
de l'*Ethique* où Spinoza accédait à la joie cosmique,
permet au romancier d'assimiler pour un temps l'univers inquiétant des hommes et l'univers arbitraire de
ses créatures.

Dans cette œuvre étrange qui techniquement nous
déroute et philosophiquement nous laisse quelque
malaise, Diderot tient à briser notre confort intellec-
tuel; mais cette purification n'est pas l'œuvre d'un
ascète ou d'un docteur : le lecteur moderne ressent
encore le climat de jubilation dans lequel elle fut écrite.
« Festin barbare », disait Goethe, mais il ajoutait :
« Festin délicat ». Toute la modernité de Diderot est
dans cette association.

PAUL VERNIÈRE.

*N. B.* Nous avons choisi d'éditer le texte du manuscrit de
Leningrad, calligraphié par le copiste Roland Girbal et corrigé
de la main de Diderot peu avant sa mort.

# BIBLIOGRAPHIE

On se reportera, dans la collection des classiques Garnier, aux éditions suivantes de Diderot, avec introductions et notes :

*Œuvres romanesques*, par Henri Bénac.
*Œuvres philosophiques*, par Paul Vernière.
*Œuvres esthétiques*, par Paul Vernière.

Sur Diderot en général :

H. Dieckmann, *Cinq leçons sur Diderot*, Genève et Paris, 1959,
G. May, *Quatre visages de Diderot*, Paris, Boivin, 1951.
R. Pomeau, *Diderot*, Paris, P.U.F, 1967.

Sur *Jacques le Fataliste* :

R. Laufer, « La structure et la signification de *Jacques le Fataliste* », *Revue des sciences humaines*, octobre-décembre 1963.
J. R. Loy, *Diderot's détermined fatalist*, New York, Columbia University, 1950.
F. Pruner, *Clés pour le Père Hudson*, Paris, Minard, 1966.
J. Varloot, « *Jacques le Fataliste* et la *Correspondance littéraire* », *Revue d'histoire littéraire de la France*, octobre-décembre 1965.
P. Vernière, « Diderot et l'invention littéraire à propos de *Jacques le Fataliste* », *Revue d'histoire de la France*, avril-juin 1959.

# JACQUES LE FATALISTE
## ET SON MAITRE

Comment s'étaient-ils rencontrés ? Par hasard, comme tout le monde. Comment s'appelaient-ils ? Que vous importe ? D'où venaient-ils ? Du lieu le plus prochain. Où allaient-ils ? Est-ce que l'on sait où l'on va ? Que disaient-ils ? Le maître ne disait rien ; et Jacques disait que son capitaine disait que tout ce qui nous arrive de bien et de mal ici-bas était écrit là-haut.

Le Maitre. — C'est un grand mot que cela.

Jacques. — Mon capitaine ajoutait que chaque balle qui partait d'un fusil avait son billet.

Le Maitre. — Et il avait raison...

Après une courte pause, Jacques s'écria : « Que le diable emporte le cabaretier et son cabaret !

Le Maitre. — Pourquoi donner au diable son prochain ? Cela n'est pas chrétien.

Jacques. — C'est que, tandis que je m'enivre de son mauvais vin, j'oublie de mener nos chevaux à l'abreuvoir. Mon père s'en aperçoit ; il se fâche. Je hoche de la tête ; il prend un bâton et m'en frotte un peu durement les épaules. Un régiment passait pour aller au camp devant Fontenoy ; de dépit je m'enrôle. Nous arrivons ; la bataille se donne.

Le Maitre. — Et tu reçois la balle à ton adresse.

JACQUES. — Vous l'avez deviné; un coup de feu au genou; et Dieu sait les bonnes et mauvaises aventures amenées par ce coup de feu. Elles se tiennent ni plus ni moins que les chaînons d'une gourmette. Sans ce coup de feu, par exemple, je crois que je n'aurais été amoureux de ma vie, ni boiteux.

LE MAITRE. — Tu as donc été amoureux ?

JACQUES. — Si je l'ai été!

LE MAITRE. — Et cela par un coup de feu ?

JACQUES. — Par un coup de feu.

LE MAITRE. — Tu ne m'en as jamais dit un mot.

JACQUES. — Je le crois bien.

LE MAITRE. — Et pourquoi cela ?

JACQUES. — C'est que cela ne pouvait être dit ni plus tôt ni plus tard.

LE MAITRE. — Et le moment d'apprendre ces amours est-il venu ?

JACQUES. — Qui le sait ?

LE MAITRE. — A tout hasard, commence toujours...

Jacques commença l'histoire de ses amours. C'était l'après-dîner : il faisait un temps lourd; son maître s'endormit. La nuit les surprit au milieu des champs; les voilà fourvoyés. Voilà le maître dans une colère terrible et tombant à grands coups de fouet sur son valet, et le pauvre diable disant à chaque coup : « Celui-là était apparemment encore écrit là-haut... »

Vous voyez, lecteur, que je suis en beau chemin, et qu'il ne tiendrait qu'à moi de vous faire attendre un an, deux ans, trois ans, le récit des amours de Jacques, en le séparant de son maître et en leur faisant courir à chacun tous les hasards qu'il me plairait. Qu'est-ce qui m'empêcherait de marier le maître et de•le faire cocu ? d'embarquer Jacques pour les îles ? d'y conduire son maître ? de les ramener tous les deux en France sur le même vaisseau ? Qu'il est facile de faire des contes ! Mais ils en seront quittes l'un et l'autre pour une mauvaise nuit, et vous pour ce délai.

L'aube du jour parut. Les voilà remontés sur leurs bêtes et poursuivant leur chemin. — Et où allaient-ils ? — Voilà la seconde fois que vous me faites cette question, et la seconde fois que je vous réponds : Qu'est-ce que cela vous fait ? Si j'entame le sujet de leur voyage, adieu les amours de Jacques... Ils allèrent quelque temps en silence. Lorsque chacun fut un peu remis de son chagrin, le maître dit à son valet : « Eh bien, Jacques, où en étions-nous de tes amours ?

JACQUES. — Nous en étions, je crois, à la déroute de l'armée ennemie. On se sauve, on est poursuivi, chacun pense à soi. Je reste sur le champ de bataille, enseveli sous le nombre des morts et des blessés, qui fut prodigieux. Le lendemain on me jeta, avec une douzaine d'autres, sur une charrette, pour être conduit à un de nos hôpitaux. Ah! Monsieur, je ne crois pas qu'il y ait de blessures plus cruelles que celle du genou.

LE MAITRE. — Allons donc, Jacques, tu te moques.

JACQUES. — Non, pardieu, monsieur, je ne me moque pas! Il y a là je ne sais combien d'os, de tendons, et bien d'autres choses qu'ils appellent je ne sais comment... »

Une espèce de paysan qui les suivait avec une fille qu'il portait en croupe et qui les avait écoutés, prit la parole et dit : « Monsieur a raison... »

On ne savait à qui ce *monsieur* était adressé, mais il fut mal pris par Jacques et par son maître ; et Jacques dit à cet interlocuteur indiscret : « De quoi te mêles-tu ?

— Je me mêle de mon métier; je suis chirurgien à
votre service, et je vais vous démontrer... »

La femme qu'il portait en croupe lui disait : « Monsieur le docteur, passons notre chemin et laissons ces
messieurs qui n'aiment pas qu'on leur démontre.

— Non, lui répondit le chirurgien, je veux leur
démontrer, et je leur démontrerai... »

Et, tout en se retournant pour démontrer, il pousse
sa compagne, lui fait perdre l'équilibre et la jette à
terre, un pied pris dans la basque de son habit et les
cotillons renversés sur sa tête. Jacques descend, dégage
le pied de cette pauvre créature et lui rabaisse ses
jupons. Je ne sais s'il commença par rabaisser les
jupons ou par dégager le pied; mais à juger de l'état
de cette femme par ses cris, elle s'était grièvement bles-
sée. Et le maître de Jacques disait au chirurgien : « Voilà
ce que c'est que de démontrer. »

Et le chirurgien : « Voilà ce que c'est de ne vouloir
pas qu'on démontre!... »

Et Jacques à la femme tombée ou ramassée : « Conso-
lez-vous, ma bonne, il n'y a ni de votre faute, ni de
la faute de M. le docteur, ni de la mienne, ni de
celle de mon maître : c'est qu'il était écrit là-haut
qu'aujourd'hui, sur ce chemin, à l'heure qu'il est,
M. le docteur serait un bavard, que mon maître et
moi nous serions deux bourrus, que vous auriez une
contusion à la tête et qu'on vous verrait le cul... »

Que cette aventure ne deviendrait-elle pas entre mes
mains, s'il me prenait en fantaisie de vous désespérer!
Je donnerais de l'importance à cette femme; j'en ferais
la nièce d'un curé du village voisin; j'ameuterais les
paysans de ce village; je me préparerais des combats et
des amours; car enfin cette paysanne était belle sous le
linge. Jacques et son maître s'en étaient aperçus;
l'amour n'a pas toujours attendu une occasion aussi
séduisante. Pourquoi Jacques ne deviendrait-il pas
amoureux une seconde fois ? pourquoi ne serait-il pas
une seconde fois le rival et même le rival préféré de
son maître ? — Est-ce que le cas lui était déjà arrivé ?
— Toujours des questions. Vous ne voulez donc pas

que Jacques continue le récit de ses amours ? Une bonne fois pour toutes, expliquez-vous ; cela vous fera-t-il, cela ne vous fera-t-il pas plaisir ? Si cela vous fera plaisir, remettons la paysanne en croupe derrière son conducteur, laissons-les aller et revenons à nos deux voyageurs. Cette fois-ci ce fut Jacques qui prit la parole et qui dit à son maître :

« Voilà le train du monde ; vous qui n'avez été blessé de votre vie et qui ne savez ce que c'est qu'un coup de feu au genou, vous me soutenez, à moi qui ai eu le genou fracassé et qui boite depuis vingt ans...

LE MAITRE. — Tu pourrais avoir raison. Mais ce chirurgien impertinent est cause que te voilà encore sur une charrette avec tes camarades, loin de l'hôpital, loin de ta guérison et loin de devenir amoureux.

JACQUES. — Quoi qu'il vous plaise d'en penser, la douleur de mon genou était excessive ; elle s'accroissait encore par la dureté de la voiture, par l'inégalité des chemins, et à chaque cahot je poussais un cri aigu.

LE MAITRE. — Parce qu'il était écrit là-haut que tu crierais ?

JACQUES. — Assurément ! Je perdais tout mon sang, et j'étais un homme mort si notre charrette, la dernière de la ligne, ne se fût arrêtée devant une chaumière. Là, je demande à descendre ; on me met à terre. Une jeune femme, qui était debout à la porte de la chaumière, rentra chez elle et en sortit presque aussitôt avec un verre et une bouteille de vin. J'en bus un ou deux coups à la hâte. Les charrettes qui précédaient la nôtre défilèrent. On se disposait à me rejeter parmi mes camarades, lorsque, m'attachant fortement aux vêtements de cette femme et à tout ce qui était autour de moi, je protestai que je ne remonterais pas et que, mourir pour mourir, j'aimais mieux que ce fût à l'endroit où j'étais qu'à deux lieues plus loin. En achevant ces mots, je tombai en défaillance. Au sortir de cet état, je me trouvai déshabillé et couché dans un lit qui

occupait un des coins de la chaumière, ayant autour
de moi un paysan, le maître du lieu, sa femme, la
même qui m'avait secouru, et quelques petits enfants.
La femme avait trempé le coin de son tablier dans du
vinaigre et m'en frottait le nez et les tempes.

LE MAITRE. — Ah! malheureux! ah! coquin... Infâme, je te vois arriver.

JACQUES. — Mon maître, je crois que vous ne voyez
rien.

LE MAITRE. — N'est-ce pas de cette femme que tu
vas devenir amoureux ?

JACQUES. — Et quand je serais devenu amoureux
d'elle, qu'est-ce qu'il y aurait à dire ? Est-ce qu'on est
maître de devenir ou de ne pas devenir amoureux ? Et
quand on l'est, est-on maître d'agir comme si on ne
l'était pas ? Si cela eût été écrit là-haut, tout ce que
vous vous disposez à me dire, je me le serais dit ; je
me serais souffleté ; je me serais cogné la tête contre le
mur ; je me serais arraché les cheveux : il n'en aurait
été ni plus ni moins, et mon bienfaiteur eût été cocu.

LE MAITRE. — Mais en raisonnant à ta façon, il n'y
a point de crime qu'on ne commît sans remords.

JACQUES. — Ce que vous m'objectez là m'a plus d'une
fois chiffonné la cervelle ; mais avec tout cela, malgré
que j'en aie, j'en reviens toujours au mot de mon
capitaine : Tout ce qui nous arrive de bien et de mal
ici-bas est écrit là-haut. Savez-vous, monsieur, quelque
moyen d'effacer cette écriture ? Puis-je n'être pas moi ?
Et étant moi, puis-je faire autrement que moi ? Puis-je
être moi en un autre ? Et depuis que je suis au monde,
y a-t-il eu un seul instant où cela n'ait été vrai ? Prê-
chez tant qu'il vous plaira, vos raisons seront peut-
être bonnes ; mais s'il est écrit en moi ou là-haut que
je les trouverai mauvaises, que voulez-vous que j'y
fasse ?

LE MAITRE. — Je rêve à une chose : c'est si ton bienfaiteur eût été cocu parce qu'il était écrit là-haut; ou si cela était écrit là-haut parce que tu ferais cocu ton bienfaiteur ?

JACQUES. — Tous les deux étaient écrits l'un à côté de l'autre. Tout a été écrit à la fois. C'est comme un grand rouleau qu'on déploie petit à petit. »

Vous concevez, lecteur, jusqu'où je pourrais pousser cette conversation sur un sujet dont on a tant parlé, tant écrit depuis deux mille ans, sans en être d'un pas plus avancé. Si vous me savez peu de gré de ce que je vous dis, sachez-m'en beaucoup de ce que je ne vous dis pas.

Tandis que nos deux théologiens disputaient sans s'entendre, comme il peut arriver en théologie, la nuit s'approchait. Ils traversaient une contrée peu sûre en tout temps, et qui l'était bien moins encore alors que la mauvaise administration et la misère avaient multiplié sans fin le nombre des malfaiteurs. Ils s'arrêtèrent dans la plus misérable des auberges. On leur dressa deux lits de sangle dans une chambre fermée de cloisons entrouvertes de tous les côtés. Ils demandèrent à souper. On leur apporta de l'eau de mare, du pain noir et du vin tourné. L'hôte, l'hôtesse, les enfants, les valets, tout avait l'air sinistre. Ils entendaient à côté d'eux les ris immodérés et la joie tumultueuse d'une douzaine de brigands qui les avaient précédés et qui s'étaient emparés de toutes les provisions. Jacques était assez tranquille; il s'en fallait beaucoup que son maître le fût autant. Celui-ci promenait son souci de long en large, tandis que son valet dévorait quelques morceaux de pain noir, et avalait en grimaçant quelques verres de mauvais vin. Ils en étaient là, lorsqu'ils entendirent frapper à leur porte; c'était un valet que ces insolents et dangereux voisins avaient contraint d'apporter à nos deux voyageurs, sur une de leurs assiettes, tous les os d'une volaille qu'ils avaient mangée. Jacques, indigné, prend les pistolets de son maître.

« Où vas-tu ?

— Laissez-moi faire.

— Où vas-tu ? te dis-je.

— Mettre à la raison cette canaille.

— Sais-tu qu'ils sont une douzaine ?

— Fussent-ils cent, le nombre n'y fait rien, s'il est écrit là-haut qu'ils ne sont pas assez.

— Que le diable t'emporte avec ton impertinent dicton ?... »

Jacques s'échappe des mains de son maître, entre dans la chambre de ces coupe-jarrets, un pistolet armé dans chaque main. « Vite, qu'on se couche, leur dit-il, le premier qui remue je lui brûle la cervelle... » Jacques avait l'air et le ton si vrais, que ces coquins, qui prisaient autant la vie que d'honnêtes gens, se lèvent de table sans souffler mot, se déshabillent et se couchent. Son maître, incertain sur la manière dont cette aventure finirait, l'attendait en tremblant. Jacques rentra chargé des dépouilles de ces gens; il s'en était emparé pour qu'ils ne fussent pas tentés de se relever; il avait éteint leur lumière et fermé à double tour leur porte, dont il tenait la clef avec un de ses pistolets. « A présent, monsieur, dit-il à son maître, nous n'avons plus qu'à nous barricader en poussant nos lits contre cette porte, et à dormir paisiblement... » Et il se mit en devoir de pousser les lits, racontant froidement et succinctement à son maître le détail de cette expédition.

Le Maitre. — Jacques, quel diable d'homme es-tu! Tu crois donc...

Jacques. — Je ne crois ni ne décrois.

Le Maitre. — S'ils avaient refusé de se coucher ?

Jacques. — Cela était impossible.

Le Maitre. — Pourquoi ?

Jacques. — Parce qu'ils ne l'ont pas fait.

Le Maitre. — S'ils se relevaient ?

JACQUES. — Tant pis ou tant mieux.

LE MAITRE. — Si... si... si... et...

JACQUES. — Si, si la mer bouillait, il y aurait, comme on dit, bien des poissons de cuits. Que diable, monsieur, tout à l'heure vous avez cru que je courais un grand danger et rien n'était plus faux; à présent vous vous croyez en grand danger, et rien peut-être n'est encore plus faux. Tous, dans cette maison, nous avons peur les uns des autres; ce qui prouve que nous sommes tous des sots...

Et, tout en discourant ainsi, le voilà déshabillé, couché et endormi. Son maître, en mangeant à son tour un morceau de pain noir, et buvant un coup de mauvais vin, prêtait l'oreille autour de lui, regardait Jacques qui ronflait et disait : « Quel diable d'homme est-ce là!... » A l'exemple de son valet, le maître s'étendit aussi sur son grabat, mais n'y dormit pas de même. Dès la pointe du jour, Jacques sentit une main qui le poussait; c'était celle de son maître qui l'appelait à voix basse : « Jacques! Jacques!

JACQUES. — Qu'est-ce ?

LE MAITRE. — Il fait jour.

JACQUES. — Cela se peut.

LE MAITRE. — Lève-toi donc.

JACQUES. — Pourquoi ?

LE MAITRE. — Pour sortir d'ici au plus vite.

JACQUES. — Pourquoi ?

LE MAITRE. — Parce que nous y sommes mal.

JACQUES. — Qui le sait, et si nous serons mieux ailleurs?

LE MAITRE. — Jacques ?

JACQUES. — Eh bien, Jacques ! Jacques ! quel diable d'homme êtes-vous ?

LE MAITRE. — Quel diable d'homme es-tu ? Jacques, mon ami, je t'en prie. »

Jacques se frotta les yeux, bâilla à plusieurs reprises, étendit les bras, se leva, s'habilla sans se presser, repoussa les lits, sortit de la chambre, descendit, alla à l'écurie, sella et brida les chevaux, éveilla l'hôte qui dormait encore, paya la dépense, garda les clefs des deux chambres ; et voilà nos gens partis.

Le maître voulait s'éloigner au grand trot ; Jacques voulait aller le pas, et toujours d'après son système. Lorsqu'ils furent à une assez grande distance de leur triste gîte, le maître, entendant quelque chose qui résonnait dans la poche de Jacques, lui demanda ce que c'était : Jacques lui dit que c'étaient les deux clefs des chambres.

LE MAITRE. — Et pourquoi ne les avoir pas rendues ?

JACQUES. — C'est qu'il faudra enfoncer deux portes ; celle de nos voisins pour les tirer de leur prison, la nôtre pour leur délivrer leurs vêtements ; et que cela nous donnera du temps.

LE MAITRE. — Fort bien, Jacques ! mais pourquoi gagner du temps ?

JACQUES. — Pourquoi ? Ma foi, je n'en sais rien.

LE MAITRE. — Et si tu veux gagner du temps, pourquoi aller au petit pas comme tu fais ?

JACQUES. — C'est que, faute de savoir ce qui est écrit là-haut, on ne sait ni ce qu'on veut ni ce qu'on fait, et qu'on suit sa fantaisie qu'on appelle raison, ou sa raison qui n'est souvent qu'une dangereuse fantaisie qui tourne tantôt bien, tantôt mal.

LE MAITRE. — Pourrais-tu me dire ce que c'est qu'un fou, ce que c'est qu'un sage ?

JACQUES. — Pourquoi pas ?... un fou... attendez... c'est un homme malheureux; et par conséquent un homme heureux est sage.

LE MAITRE. — Et qu'est-ce qu'un homme heureux ou malheureux ?

JACQUES. — Pour celui-ci, il est aisé. Un homme heureux est celui dont le bonheur est écrit là-haut; et par conséquent celui dont le malheur est écrit là-haut, est un homme malheureux.

LE MAITRE. — Et qui est-ce qui a écrit là-haut le bonheur et le malheur ?

JACQUES. — Et qui est-ce qui a fait le grand rouleau où tout est écrit ? Un capitaine, ami de mon capitaine, aurait bien donné un petit écu pour le savoir; lui, n'aurait pas donné une obole, ni moi non plus; car à quoi cela me servirait-il ? En éviterais-je pour cela le trou où je dois m'aller casser le cou ?

LE MAITRE. — Je crois que oui.

JACQUES. — Moi, je crois que non; car il faudrait qu'il y eût une ligne fausse sur le grand rouleau qui contient vérité, qui ne contient que vérité, et qui contient toute vérité. Il serait écrit sur le grand rouleau : « Jacques se cassera le cou tel jour », et Jacques ne se casserait pas le cou ? Concevez-vous que cela se puisse, quel que soit l'auteur du grand rouleau ?

LE MAITRE. — Il y a beaucoup de choses à dire là-dessus...

JACQUES. — Mon capitaine croyait que la prudence est une supposition, dans laquelle l'expérience nous autorise à regarder les circonstances où nous nous

trouvons comme cause de certains effets à espérer ou
à craindre pour l'avenir.

LE MAITRE. — Et tu entendais quelque chose à cela ?

JACQUES. — Assurément, peu à peu je m'étais fait à
sa langue. Mais, disait-il, qui peut se vanter d'avoir
assez d'expérience ? Celui qui s'est flatté d'en être le
mieux pourvu, n'a-t-il jamais été dupe ? Et puis, y a-t-il
un homme capable d'apprécier juste les circonstances
où il se trouve ? Le calcul qui se fait dans nos têtes, et
celui qui est arrêté sur le registre d'en haut, sont deux
calculs bien différents. Est-ce nous qui menons le destin, ou bien est-ce le destin qui nous mène ? Combien
de projets sagement concertés ont manqué, et combien
manqueront ! Combien de projets insensés ont réussi, et
combien réussiront ! C'est ce que mon capitaine me
répétait, après la prise de Berg-op-Zoom et celle du
Port-Mahon ; et il ajoutait que la prudence ne nous
assurait point un bon succès, mais qu'elle nous conso-
lait et nous excusait d'un mauvais : aussi dormait-il la
veille d'une action sous sa tente comme dans sa garnison et allait-il au feu comme au bal. C'est bien de
lui que vous vous seriez écrié : « Quel diable
d'homme !... »

Comme ils en étaient là, ils entendirent à quelque
distance derrière eux du bruit et des cris ; ils retournèrent la tête, et virent une troupe d'hommes armés
de gaules et de fourches qui s'avançaient vers eux à
toutes jambes. Vous allez croire que c'étaient les gens
de l'auberge, leurs valets et les brigands dont nous
avons parlé. Vous allez croire que le matin on avait
enfoncé leur porte faute de clefs, et que ces brigands
s'étaient imaginé que nos deux voyageurs avaient
décampé avec leurs dépouilles. Jacques le crut, et il
disait entre ses dents : « Maudites soient les clefs et
la fantaisie ou la raison qui me les fit emporter ! Maudite soit la prudence ! etc. etc. » Vous allez croire que
cette petite armée tombera sur Jacques et son maître,

qu'il y aura une action sanglante, des coups de bâton donnés, des coups de pistolet tirés ; et il ne tiendrait qu'à moi que tout cela n'arrivât ; mais adieu la vérité de l'histoire, adieu le récit des amours de Jacques. Nos deux voyageurs n'étaient point suivis : j'ignore ce qui se passa dans l'auberge après leur départ. Ils continuèrent leur route, allant toujours sans savoir où ils allaient, quoiqu'ils sussent à peu près où ils voulaient aller ; trompant l'ennui et la fatigue par le silence et le bavardage, comme c'est l'usage de ceux qui marchent, et quelquefois de ceux qui sont assis.

Il est bien évident que je ne fais pas un roman, puisque je néglige ce qu'un romancier ne manquerait pas d'employer. Celui qui prendrait ce que j'écris pour la vérité serait peut-être moins dans l'erreur que celui qui le prendrait pour une fable.

Cette fois-ci ce fut le maître qui parla le premier et qui débuta par le refrain accoutumé : « Eh bien ! Jacques, l'histoire de tes amours ?

JACQUES. — Je ne sais où j'en étais. J'ai été si souvent interrompu, que je ferais tout aussi bien de recommencer.

LE MAITRE. — Non, non. Revenu de ta défaillance à la porte de la chaumière, tu te trouvas dans un lit, entouré des gens qui l'habitaient.

JACQUES. — Fort bien ! La chose la plus pressée était d'avoir un chirurgien, et il n'y en avait pas à plus d'une lieue à la ronde. Le bonhomme fit monter à cheval un de ses enfants, et l'envoya au lieu le moins éloigné. Cependant la bonne femme avait fait chauffer du gros vin, déchiré une vieille chemise de son mari ; et mon genou fut étuvé, couvert de compresses et enveloppé de linges. On mit quelques morceaux de sucre, enlevés aux fourmis, dans une portion du vin qui avait servi à mon pansement, et je l'avalai ; ensuite on m'exhorta à prendre patience. Il était tard ; ces gens se mirent à table et soupèrent. Voilà le souper fini.

Cependant l'enfant ne revenait pas, et point de chirurgien. Le père prit de l'humeur. C'était un homme naturellement chagrin; il boudait sa femme, il ne trouvait rien à son gré. Il envoya durement coucher ses autres enfants. Sa femme s'assit sur un banc et prit sa quenouille. Lui, allait et venait; et en allant et venant, il lui cherchait querelle sur tout. « Si tu avais été au moulin comme je te l'avais dit... » et il achevait la phrase en hochant de la tête du côté de mon lit.

— On ira demain.

— C'est aujourd'hui qu'il fallait y aller, comme je te l'avais dit... Et ces restes de paille qui sont encore sur la grange, qu'attends-tu pour les relever ?

— On les relèvera demain.

— Ce que nous en avons tire à sa fin et tu aurais beaucoup mieux fait de les relever aujourd'hui, comme je te l'avais dit... Et ce tas d'orge qui se gâte sur le grenier, je gage que tu n'as pas songé à le remuer.

— Les enfants l'ont fait.

— Il fallait le faire toi-même. Si tu avais été sur ton grenier, tu n'aurais pas été à la porte...

Cependant il arriva un chirurgien, puis un second, puis un troisième, avec le petit garçon de la chaumière.

LE MAITRE. — Te voilà en chirurgiens comme saint Roch en chapeaux.

JACQUES. — Le premier était absent, lorsque le petit garçon était arrivé chez lui; mais sa femme avait fait avertir le second, et le troisième avait accompagné le petit garçon. « Eh! bonsoir, compères; vous voilà ? » dit le premier aux deux autres... Ils avaient fait le plus de diligence possible, ils avaient chaud, ils étaient altérés. Ils s'asseyent autour de la table dont la nappe n'était pas encore ôtée. La femme descend à la cave, et en remonte avec une bouteille. Le mari grommelait entre ses dents : « Eh! que diable faisait-elle à sa porte ? » On boit, on parle des maladies du canton; on entame l'énumération de ses pratiques. Je me plains; on me dit : « Dans un moment nous serons à vous. »

Après cette bouteille, on en demande une seconde, à compte sur mon traitement; puis une troisième, une quatrième, toujours à compte sur mon traitement; et à chaque bouteille, le mari revenait à sa première exclamation : « Eh! que diable faisait-elle à sa porte ? »

Quel parti un autre n'aurait-il pas tiré de ces trois chirurgiens, de leur conversation à la quatrième bouteille, de la multitude de leurs cures merveilleuses, de l'impatience de Jacques, de la mauvaise humeur de l'hôte, des propos de nos Esculapes de campagne autour du genou de Jacques, de leurs différents avis, l'un prétendant que Jacques était mort si l'on ne se hâtait de lui couper la jambe, l'autre qu'il fallait extraire la balle et la portion du vêtement qui l'avait suivie, et conserver la jambe à ce pauvre diable. Cependant on aurait vu Jacques assis sur son lit, regardant sa jambe en pitié, et lui faisant ces derniers adieux, comme on vit un de nos généraux entre Dufouart et Louis. Le troisième chirurgien aurait gobe-mouché jusqu'à ce que la querelle se fût élevée entre eux, et que des invectives on en fût venu aux gestes.

Je vous fais grâce de toutes ces choses, que vous trouverez dans les romans, dans la comédie ancienne et dans la société. Lorsque j'entendis l'hôte s'écrier de sa femme : « Que diable faisait-elle à sa porte! » je me rappelai l'Harpagon de Molière, lorsqu'il dit de son fils : *Qu'allait-il faire dans cette galère ?* Et je conçus qu'il ne s'agissait pas seulement d'être vrai, mais qu'il fallait encore être plaisant; et que c'était la raison pour laquelle on dirait à jamais : *Qu'allait-il faire dans cette galère ?* et que le mot de mon paysan *Que faisait-elle à sa porte ?* ne passerait pas en proverbe.

Jacques n'en usa pas envers son maître avec la même réserve que je garde avec vous; il n'omit pas la moindre circonstance, au hasard de l'endormir une seconde fois. Si ce ne fut pas le plus habile, ce fut au moins le plus vigoureux des trois chirurgiens qui resta maître du patient.

N'allez-vous pas, me direz-vous, tirer des bistouris à

nos yeux, couper des chairs, faire couler du sang, et nous montrer une opération chirurgicale ? A votre avis, cela ne sera-t-il pas de bon goût ?... Allons, passons encore l'opération chirurgicale; mais vous permettrez au moins à Jacques de dire à son maître, comme il le fit : « Ah! Monsieur, c'est une terrible affaire que de r'arranger un genou fracassé! » Et à son maître de lui répondre comme auparavant : « Allons donc, Jacques, tu te moques... » Mais ce que je ne vous laisserais pas ignorer pour tout l'or du monde, c'est qu'à peine le maître de Jacques lui eut-il fait cette impertinente réponse, que son cheval bronche et s'abat, que son genou va s'appuyer rudement sur un caillou pointu, et que le voilà criant à tue-tête : « Je suis mort! j'ai le genou cassé!... »

Quoique Jacques, la meilleure pâte d'homme qu'on puisse imaginer, fût tendrement attaché à son maître, je voudrais bien savoir ce qui se passa au fond de son âme, sinon dans le premier moment, du moins lorsqu'il fut bien assuré que cette chute n'aurait point de suite fâcheuse, et s'il put se refuser à un léger mouvement de joie secrète d'un accident qui apprendrait à son maître ce que c'était qu'une blessure au genou. Une autre chose, lecteur, que je voudrais bien que vous me disiez, c'est si son maître n'eût pas mieux aimé être blessé, même un peu plus grièvement, ailleurs qu'au genou, ou s'il ne fut pas plus sensible à la honte qu'à la douleur.

Lorsque le maître fut un peu revenu de sa chute et de son angoisse, il se remit en selle et appuya cinq ou six coups d'éperon à son cheval, qui partit comme un éclair; autant en fit la monture de Jacques, car il y avait entre ces deux animaux la même intimité qu'entre leurs cavaliers; c'étaient deux paires d'amis.

Lorsque les deux chevaux essoufflés reprirent leur pas ordinaire, Jacques dit à son maître : « Eh bien, monsieur, qu'en pensez-vous ?

LE MAITRE. — De quoi ?

JACQUES. — De la blessure au genou.

LE MAITRE. — Je suis de ton avis ; c'est une des plus cruelles.

JACQUES. — Au vôtre ?

LE MAITRE. — Non, non, au tien, au mien, à tous les genoux du monde.

JACQUES. — Mon maître, mon maître, vous n'y avez pas bien regardé ; croyez que nous ne plaignons jamais que nous.

LE MAITRE. — Quelle folie !

JACQUES. — Ah ! si je savais dire comme je sais penser ! Mais il était écrit là-haut que j'aurais les choses dans ma tête, et que les mots ne me viendraient pas. »

Ici Jacques s'embarrassa dans une métaphysique très subtile et peut-être très vraie. Il cherchait à faire concevoir à son maître que le mot douleur était sans idée, et qu'il ne commençait à signifier quelque chose qu'au moment où il rappelait à notre mémoire une sensation que nous avions éprouvée. Son maître lui demanda s'il avait déjà accouché.

— Non, lui répondit Jacques.

— Et crois-tu que ce soit une grande douleur que d'accoucher ?

— Assurément !

— Plains-tu les femmes en mal d'enfant ?

— Beaucoup.

— Tu plains donc quelquefois un autre que toi ?

— Je plains ceux ou celles qui se tordent les bras, qui s'arrachent les cheveux, qui poussent des cris, parce que je sais par expérience qu'on ne fait pas cela sans souffrir ; mais pour le mal propre à la femme qui accouche, je ne le plains pas : je ne sais ce que c'est, Dieu merci ! Mais pour en revenir à une peine que nous connaissons tous deux, l'histoire de mon genou, qui est devenu le vôtre par votre chute...

LE MAITRE. — Non, Jacques; l'histoire de tes amours qui sont devenues miennes par mes chagrins passés.

JACQUES. — Me voilà pansé, un peu soulagé, le chirurgien parti, et mes hôtes retirés et couchés. Leur chambre n'était séparée de la mienne que par des planches à claire-voie sur lesquelles on avait collé du papier gris, et sur ce papier quelques images enluminées. Je ne dormais pas, et j'entendis la femme qui disait à son mari : « Laissez-moi, je n'ai pas envie de rire. Un pauvre malheureux qui se meurt à notre porte!...

— Femme, tu me diras tout cela après.

— Non, cela ne sera pas. Si vous ne finissez, je me lève. Cela ne me fera-t-il pas bien aise, lorsque j'ai le cœur gros ?

— Oh! si tu te fais tant prier, tu en seras la dupe.

— Ce n'est pas pour se faire prier, mais c'est que vous êtes quelquefois d'un dur!... c'est que... c'est que... »

Après une assez courte pause, le mari prit la parole et dit : « Là, femme, conviens donc à présent que, par une compassion déplacée, tu nous as mis dans un embarras dont il est presque impossible de se tirer. L'année est mauvaise; à peine pouvons-nous suffire à nos besoins et aux besoins de nos enfants. Le grain est d'une cherté! Point de vin! Encore si l'on trouvait à travailler; mais les riches se retranchent; les pauvres gens ne font rien; pour une journée qu'on emploie, on en perd quatre. Personne ne paie ce qu'il doit; les créanciers sont d'une âpreté qui désespère : et voilà le moment que tu prends pour retirer ici un inconnu, un étranger qui y restera tant qu'il plaira à Dieu; et au chirurgien qui ne se pressera pas de le guérir; car ces chirurgiens font durer les maladies le plus longtemps qu'ils peuvent; qui n'a pas le sou, et qui doublera, triplera notre dépense. Là, femme, comment te déferas-tu de cet homme ? Parle donc, femme, dis-moi donc quelque raison.

— Est-ce qu'on peut parler avec vous.

— Tu dis que j'ai de l'humeur, que je gronde; eh!

qui n'en aurait pas ? qui ne gronderait pas ? Il y avait
encore un peu de vin à la cave : Dieu sait le train dont
il ira! Les chirurgiens en burent hier au soir plus que
nous et nos enfants n'aurions fait dans la semaine. Et
le chirurgien qui ne viendra pas pour rien, comme tu
peux penser, qui le paiera ?

— Oui, voilà qui est fort bien dit et parce qu'on est
dans la misère vous me faites un enfant comme si
nous n'en avions pas déjà assez.

— Oh! que non!

— Oh! que si; je suis sûre que je vais être grosse!

— Voilà comme tu dis toutes les fois.

— Et cela n'a jamais manqué quand l'oreille me
démange après, et j'y sens une démangeaison comme
jamais.

— Ton oreille ne sait ce qu'elle dit.

— Ne me touche pas! laisse là mon oreille! laisse
donc, l'homme; est-ce que tu es fou ? tu t'en trouveras
mal.

— Non, non, cela ne m'est pas arrivé depuis le soir
de la Saint-Jean.

— Tu feras si bien que... et puis dans un mois d'ici
tu me bouderas comme si c'était de ma faute.

— Non, non.

— Et dans neuf mois d'ici ce sera bien pis.

— Non, non.

— C'est toi qui l'auras voulu ?

— Oui, oui.

— Tu t'en souviendras ? tu ne diras pas comme tu as
dit toutes les autres fois ?

— Oui, oui... »

Et puis voilà que de non, non, en oui, oui, cet
homme enragé contre sa femme d'avoir cédé à un sentiment d'humanité...

LE MAITRE. — C'est la réflexion que je faisais.

JACQUES. — Il est certain que ce mari n'était pas
trop conséquent; mais il était jeune et sa femme jolie.
On ne fait jamais tant d'enfants que dans les temps de
misère.

Le Maitre. — Rien ne peuple comme les gueux.

Jacques. — Un enfant de plus n'est rien pour eux,
c'est la charité qui les nourrit. Et puis c'est le seul
plaisir qui ne coûte rien ; on se console pendant la nuit,
sans frais, des calamités du jour... Cependant les
réflexions de cet homme n'en étaient pas moins justes.
Tandis que je me disais cela à moi-même, je ressentis
une douleur violente au genou, et je m'écriai : « Ah! le
genou! » Et le mari s'écria : « Ah! femme!... » Et la
femme s'écria : « Ah! mon homme! mais... cet homme
qui est là!

— Eh bien! cet homme ?

— Il nous aura peut-être entendus!

— Qu'il ait entendu.

— Demain, je n'oserai le regarder.

— Et pourquoi ? Est-ce que tu n'es pas ma femme ?
Est-ce que je ne suis pas ton mari ? Est-ce qu'un mari a
une femme, est-ce qu'une femme a un mari pour rien ?

— Ah! ah!

— Eh bien, qu'est-ce ?

— Mon oreille!...

— Eh bien, ton oreille ?

— C'est pis que jamais.

— Dors, cela se passera.

— Je ne saurais. Ah! l'oreille! ah! l'oreille!

— L'oreille, l'oreille, cela est bien aisé à dire... »
Je ne vous dirai point ce qui se passait entre eux ;
mais la femme, après avoir répété l'oreille, l'oreille,
plusieurs fois de suite à voix basse et précipitée, finit
par balbutier à syllabes interrompues l'o... reil... le, et
à la suite de cette o...reil...le, je ne sais quoi, qui, joint
au silence qui succéda, me fit imaginer que son mal
d'oreille s'était apaisé d'une ou d'autre façon, il n'importe : cela me fit plaisir. Et à elle donc!

Le Maitre. — Jacques, mettez la main sur la
conscience, et jurez-moi que ce n'est pas de cette
femme que vous devîntes amoureux.

Jacques. — Je le jure.

LE MAITRE. — Tant pis pour toi.

JACQUES. — C'est tant pis ou tant mieux. Vous croyez apparemment que les femmes qui ont une oreille comme la sienne écoutent volontiers ?

LE MAITRE. — Je crois que cela est écrit là-haut.

JACQUES. — Je crois qu'il est écrit à la suite qu'elles n'écoutent pas longtemps le même, et qu'elles sont tant soit peu sujettes à prêter l'oreille à un autre.

LE MAITRE. — Cela se pourrait.

Et les voilà embarqués dans une querelle interminable sur les femmes; l'un prétendant qu'elles étaient bonnes, l'autre méchantes : et ils avaient tous deux raison; l'un sottes, l'autre pleines d'esprit : et ils avaient tous deux raison; l'un fausses, l'autre vraies : et ils avaient tous deux raison; l'un avares, l'autre libérales : et ils avaient tous deux raison; l'un belles, l'autre laides : et ils avaient tous deux raison; l'un bavardes, l'autre discrètes; l'un franches, l'autre dissimulées; l'un ignorantes, l'autre éclairées; l'un sages, l'autre libertines; l'un folles, l'autre sensées; l'un grandes, l'autre petites : et ils avaient tous deux raison.

En suivant cette dispute sur laquelle ils auraient pu faire le tour du globe sans déparler un moment et sans s'accorder, ils furent accueillis par un orage qui les contraignit de s'acheminer... — Où ? — Où ? lecteur, vous êtes d'une curiosité bien incommode! Et que diable cela vous fait-il ? Quand je vous aurai dit que c'est à Pontoise ou à Saint-Germain, à Notre-Dame de Lorette ou à Saint-Jacques de Compostelle, en serez-vous plus avancé ? Si vous insistez, je vous dirai qu'ils s'acheminèrent vers... oui; pourquoi pas ?... vers un château immense, au frontispice duquel on lisait : « Je n'appartiens à personne et j'appartiens à tout le monde. Vous y étiez avant que d'y entrer, et vous y serez encore quand vous en sortirez. » — Entrèrent-ils

dans ce château ? — Non, car l'inscription était fausse,
ou ils y étaient avant que d'y entrer. — Mais du moins
ils en sortirent ? — Non, car l'inscription était fausse,
ou ils y étaient encore quand ils en furent sortis. — Et
que firent-ils là ? — Jacques disait ce qui était écrit là-
haut ; son maître, ce qu'il voulut : et ils avaient tous
deux raison. — Quelle compagnie y trouvèrent-ils ? —
Mêlée. — Qu'y disait-on ? — Quelques vérités, et beaucoup de mensonges. — Y avait-il des gens d'esprit ? —
Où n'y en a-t-il pas ? et de maudits questionneurs
qu'on fuyait comme la peste. Ce qui choqua le plus
Jacques et son maître pendant tout le temps qu'ils s'y
promenèrent. — On s'y promenait donc ? — On ne
faisait que cela, quand on n'était pas assis ou couché...
Ce qui choqua le plus Jacques et son maître, ce fut
d'y trouver une vingtaine d'audacieux, qui s'étaient
emparés des plus superbes appartements, où ils se trou-
vaient presque toujours à l'endroit ; qui prétendaient,
contre le droit commun et le vrai sens de l'inscription,
que le château leur avait été légué en toute propriété ;
et qui, à l'aide d'une certain nombre de coglions à leurs
gages, l'avaient persuadé à un grand nombre d'autres
coglions à leurs gages, tout prêts pour une petite pièce
de monnaie à prendre ou assassiner le premier qui
aurait osé les contredire : cependant au temps de
Jacques et de son maître, on l'osait quelquefois. —
Impunément ? — C'est selon.

Vous allez dire que je m'amuse, et que, ne sachant
plus que faire de mes voyageurs, je me jette dans l'allégorie, la ressource ordinaire des esprits stériles. Je vous
sacrifierai mon allégorie et toutes les richesses que j'en
pouvais tirer ; je conviendrai de tout ce qu'il vous
plaira, mais à condition que vous ne me tracasserez
point sur ce dernier gîte de Jacques et de son maître ;
soit qu'ils aient atteint une grande ville et qu'ils aient
couché chez des filles ; qu'ils aient passé la nuit chez
un vieil ami qui les fêta de son mieux ; qu'ils se soient
réfugiés chez des moines mendiants, où ils furent mal
logés et mal repus pour l'amour de Dieu ; qu'ils
aient été accueillis dans la maison d'un grand, où
ils manquèrent de tout ce qui est nécessaire, au milieu

de tout ce qui est superflu; qu'ils soient sortis le matin d'une grande auberge, où on leur fit payer très chèrement un mauvais souper servi dans des plats d'argent, et une nuit passée entre des rideaux de damas et des draps humides et repliés; qu'ils aient reçu l'hospitalité chez un curé de village à portion congrue, qui courut mettre à contribution les basses-cours de ses paroissiens, pour avoir une omelette et une fricassée de poulets; ou qu'ils se soient enivrés d'excellents vins, aient fait grande chère et pris une indigestion bien conditionnée dans une riche abbaye de Bernardins; car quoique tout cela vous paraisse également possible, Jacques n'était pas de cet avis : il n'y avait réellement de possible que la chose qui était écrite en haut. Ce qu'il y a de vrai, c'est que, de quelque endroit qu'il vous plaise de les mettre en route, ils n'eurent pas fait vingt pas que le maître dit à Jacques, après avoir toutefois, selon son usage, pris sa prise de tabac : « Eh bien! Jacques, l'histoire de tes amours ? »

Au lieu de répondre, Jacques s'écria : « Au diable l'histoire de mes amours! Ne voilà-t-il pas que j'ai laissé...

LE MAÎTRE. — Qu'as-tu laissé ? »

Au lieu de lui répondre, Jacques retournait toutes ses poches, et se fouillait partout inutilement. Il avait laissé la bourse de voyage sous le chevet de son lit, et il n'en eut pas plus tôt fait l'aveu à son maître, que celui-ci s'écria : « Au diable l'histoire de tes amours ! Ne voilà-t-il pas que ma montre est restée accrochée à la cheminée! »

Jacques ne se fit pas prier; aussitôt il tourne bride, et regagne au petit pas, car il n'était jamais pressé...
— Le château immense ? — Non, non. Entre les différents gîtes possibles ou non possibles, dont je vous ai fait l'énumération qui précède, choisissez celui qui convient le mieux à la circonstance présente.

Cependant son maître allait toujours en avant : mais voilà le maître et le valet séparés, et je ne sais auquel des deux m'attacher de préférence. Si vous voulez suivre Jacques, prenez-y garde; la recherche de la bourse et de la montre pourra devenir si longue et si compliquée, que de longtemps il ne rejoindra son maître, le seul confident de ses amours, et adieu les amours de Jacques. Si, l'abandonnant seul à la quête de la bourse et de la montre, vous prenez le parti de faire compagnie à son maître, vous serez poli, mais très ennuyé; vous ne connaissez pas encore cette espèce-là. Il a peu d'idées dans la tête; s'il lui arrive de dire quelque chose de sensé, c'est de réminiscence ou d'inspiration. Il a des yeux comme vous et moi; mais on ne sait la plupart du temps s'il regarde. Il ne dort pas, il ne veille pas non plus; il se laisse exister : c'est sa fonction habituelle. L'automate allait devant lui, se retournant de temps en temps pour voir si Jacques ne revenait pas; il descendait de cheval et marchait à pied; il remontait sur sa bête, faisait un quart de lieue, redescendait et s'asseyait à terre, la bride de son cheval passée dans ses bras, et la tête appuyée sur ses deux mains. Quand il était las de cette posture, il se levait et regardait au loin s'il n'apercevait point Jacques. Point de Jacques. Alors il s'impatientait, et sans trop savoir s'il parlait ou non, il disait : « Le bourreau! le chien! le coquin! où est-il? que fait-il? Faut-il tant de temps pour reprendre une bourse et une montre? Je le rouerai de coups; oh! cela est certain; je le rouerai de coups. » Puis il cherchait sa montre, à son gousset, où elle n'était pas, et il achevait de se désoler, car il ne savait que devenir sans sa montre, sans sa tabatière et sans Jacques : c'étaient les trois grandes ressources de sa vie, qui se passait à prendre du tabac, à regarder l'heure qu'il était, à questionner Jacques, et cela dans toutes les combinaisons. Privé de sa montre, il en était donc réduit à sa tabatière, qu'il ouvrait et fermait à chaque minute, comme je fais, moi, lorsque je m'ennuie. Ce qui reste de tabac le soir dans ma tabatière est en raison directe de l'amusement, ou l'inverse de l'ennui de ma journée. Je vous supplie, lecteur, de vous familiariser avec cette manière de dire empruntée de la géométrie, parce que je la trouve précise et que je m'en servirai souvent.

Eh bien! en avez-vous assez du maître; et son valet ne venant point à vous, voulez-vous que nous allions à lui ? Le pauvre Jacques! au moment où nous en parlons, il s'écriait douloureusement : « Il était donc écrit là-haut qu'en un même jour je serais appréhendé comme voleur de grand chemin, sur le point d'être conduit dans une prison, et accusé d'avoir séduit une fille! »

Comme il approchait, au petit pas, du château, non... du lieu de leur dernière couchée, il passe à côté de lui un de ces merciers ambulants qu'on appelle porteballes, et qui lui crie : « Monsieur le chevalier, jarretières, ceintures, cordons de montre, tabatières du dernier goût, vraies jaback, bagues, cachets de montre. Montre, monsieur, une montre, une belle montre d'or, ciselée, à double boîte, comme neuve... » Jacques lui répond : « J'en cherche bien une, mais ce n'est pas la tienne... » et continue sa route, toujours au petit pas. En allant, il crut voir écrit en haut que la montre que cet homme lui avait proposée était celle de son maître. Il revient sur ses pas, et dit au porteballe : « L'ami, voyons votre montre à boîte d'or, j'ai dans la fantaisie qu'elle pourrait me convenir.

— Ma foi, dit le porteballe, je n'en serais pas surpris; elle est belle, très belle, de Julien Le Roi. Il n'y a qu'un moment qu'elle m'appartient; je l'ai acquise pour un morceau de pain, j'en ferai bon marché. J'aime les petits gains répétés; mais on est bien malheureux par le temps qui court : de trois mois d'ici je n'aurai pas une pareille aubaine. Vous m'avez l'air d'un galant homme, et j'aimerais mieux que vous en profitassiez qu'un autre... »

Tout en causant, le mercier avait mis sa balle à terre, l'avait ouverte, et en avait tiré la montre que Jacques reconnut sur-le-champ, sans en être étonné; car s'il ne se pressait jamais, il s'étonnait rarement. Il regarde bien la montre : « Oui, se dit-il en lui-même, c'est elle... » Au porteballe : « Vous avez raison, elle est belle, très belle, et je sais qu'elle est bonne... » Puis la mettant dans son gousset il dit au porteballe : « L'ami, grand merci!

— Comment grand merci!

— Oui, c'est la montre de mon maître.

— Je ne connais point votre maître, cette montre est à moi, je l'ai achetée et bien payée... »

Et saisissant Jacques au collet, il se mit en devoir de lui reprendre la montre. Jacques s'approche de son cheval, prend un de ses pistolets, et l'appuyant sur la poitrine du porteballe : « Retire-toi, lui dit-il, ou tu es mort. » Le porteballe effrayé lâche prise. Jacques remonte sur son cheval et s'achemine au petit pas vers la ville, en disant en lui-même : « Voilà la montre recouvrée, à présent voyons à notre bourse... » Le porteballe se hâte de refermer sa malle, la remet sur ses épaules, et suit Jacques en criant : « Au voleur! au voleur! à l'assassin! au secours! à moi! à moi!... » C'était dans la saison des récoltes : les champs étaient couverts de travailleurs. Tous laissent leurs faucilles, s'attroupent autour de cet homme, et lui demandent où est le voleur, où est l'assassin.

« Le voilà, le voilà là-bas.

— Quoi! celui qui s'achemine au petit pas vers la porte de la ville ?

— Lui-même.

— Allez, vous êtes fou, ce n'est point là l'allure d'un voleur.

— C'en est un, c'en est un, vous dis-je, il m'a pris de force une montre d'or... »

Ces gens ne savaient à quoi s'en rapporter, des cris du porteballe ou de la marche tranquille de Jacques. « Cependant, ajoutait le porteballe, mes enfants, je suis ruiné si vous ne me secourez; elle vaut trente louis comme un liard. Secourez-moi, il emporte ma montre, et s'il vient à piquer des deux, ma montre est perdue... »

Si Jacques n'était guère à portée d'entendre ces cris, il pouvait aisément voir l'attroupement, et n'en allait pas plus vite. Le porteballe détermina, par l'espoir d'une récompense, les paysans à courir après Jacques. Voilà donc une multitude d'hommes, de femmes et d'enfants allant et criant : « Au voleur! au voleur! à l'assassin! » et le porteballe les suivant d'aussi près que le fardeau dont il était chargé le lui permettait, et criant : « Au voleur! au voleur! à l'assassin!... »

Ils sont entrés dans la ville, car c'est dans une ville que Jacques et son maître avaient séjourné la veille; je me le rappelle à l'instant. Les habitants quittent leurs maisons, se joignent aux paysans et au porteballe, tous vont criant à l'unisson : « Au voleur! au voleur! à l'assassin!... » Tous atteignent Jacques en même temps. Le porteballe s'élançant sur lui, Jacques lui détache un coup de botte, dont il est renversé par terre, mais n'en criant pas moins : « Coquin, fripon, scélérat, rends-moi ma montre; tu me la rendras, et tu n'en seras pas moins pendu... » Jacques, gardant son sang-froid, s'adressait à la foule qui grossissait à chaque instant, et disait : « Il y a un magistrat de police ici, qu'on me mène chez lui : là, je ferai voir que je ne suis point un coquin, et que cet homme en pourrait bien être un. Je lui ai pris une montre, il est vrai; mais cette montre est celle de mon maître. Je ne suis point inconnu dans cette ville : avant-hier au soir nous y arrivâmes mon maître et moi, et nous avons séjourné chez M. le lieute-nant général, son ancien ami. » Si je ne vous ai pas dit plus tôt que Jacques et son maître avaient passé par Conches, et qu'ils avaient logé chez M. le lieutenant gé-néral de ce lieu, c'est que cela ne m'est pas revenu plus tôt. « Qu'on me conduise chez M. le lieutenant général », disait Jacques, et en même temps il mit pied à terre. On le voyait au centre du cortège, lui, son cheval et le porteballe. Ils marchent, ils arrivent à la porte du lieu-tenant général. Jacques, son cheval et le porteballe entrent, Jacques et le porteballe se tenant l'un l'autre à la boutonnière. La foule reste en dehors.

Cependant, que faisait le maître de Jacques ? Il s'était assoupi au bord du grand chemin, la bride de son cheval passée dans son bras, et l'animal paissait l'herbe autour du dormeur, autant que la longueur de la bride le lui permettait.

Aussitôt que le lieutenant général aperçut Jacques, il s'écria : « Eh! c'est toi, mon pauvre Jacques! Qu'est-ce qui te ramène seul ici ?

— La montre de mon maître : il l'avait laissée pen-due au coin de la cheminée, et je l'ai retrouvée dans la

balle de cet homme ; notre bourse, que j'ai oubliée sous
mon chevet, et qui se retrouvera si vous l'ordonnez.

— Et que cela soit écrit là-haut... », ajouta le magistrat.

A l'instant il fit appeler ses gens : à l'instant le porteballe montrant un grand drôle de mauvaise mine, et
nouvellement installé dans la maison, dit : « Voilà
celui qui m'a vendu la montre. »

Le magistrat, prenant un air sévère, dit au porteballe
et à son valet : « Vous mériteriez tous deux les galères,
toi pour avoir vendu la montre, toi pour l'avoir achetée... » A son valet : « Rends à cet homme son argent, et
mets bas ton habit sur-le-champ... » Au porteballe :
« Dépêche-toi de vider le pays, si tu ne veux pas y
rester accroché pour toujours. Vous faites tous deux un
métier qui porte malheur... Jacques, à présent il s'agit
de ta bourse. » Celle qui se l'était appropriée comparut
sans se faire appeler ; c'était une grande fille faite au
tour. « C'est moi, monsieur, qui ai la bourse, dit-elle à
son maître ; mais je ne l'ai point volée : c'est lui qui
me l'a donnée.

— Je vous ai donné ma bourse ?

— Oui.

— Cela se peut, mais que le diable m'emporte si je
m'en souviens... »

Le magistrat dit à Jacques : « Allons, Jacques,
n'éclaircissons pas cela davantage.

— Monsieur...

— Elle est jolie et complaisante à ce que je vois.

— Monsieur, je vous jure...

— Combien y avait-il dans la bourse ?

— Environ neuf cent dix-sept livres.

— Ah ! Javotte ! neuf cent dix-sept livres pour une
nuit, c'est beaucoup trop pour vous et pour lui. Donnez-moi la bourse... »

La grande fille donna la bourse à son maître qui en
tira un écu de six francs : « Tenez, lui dit-il, en lui
jetant l'écu, voilà le prix de vos services ; vous valez
mieux, mais pour un autre que Jacques. Je vous en
souhaite deux fois autant tous les jours, mais hors de
chez moi, entendez-vous ? Et toi, Jacques, dépêche-toi

de remonter sur ton cheval, et de retourner à ton maître. »

Jacques salua le magistrat et s'éloigna sans répondre, mais il disait en lui-même : « L'effrontée, la coquine ! il était donc écrit là-haut qu'un autre coucherait avec elle, et que Jacques paierait !... Allons, Jacques, console-toi ; n'es-tu pas trop heureux d'avoir rattrapé ta bourse et la montre de ton maître, et qu'il t'en ait si peu coûté ? »

Jacques remonte sur son cheval et fend la presse qui s'était faite à l'entrée de la maison du magistrat ; mais comme il souffrait avec peine que tant de gens le prissent pour un fripon, il affecta de tirer la montre de sa poche et de regarder l'heure qu'il était ; puis il piqua des deux son cheval, qui n'y était pas fait, et qui n'en partit qu'avec plus de célérité. Son usage était de le laisser aller à sa fantaisie ; car il trouvait autant d'inconvénient à l'arrêter quand il galopait, qu'à le presser quand il marchait lentement. Nous croyons conduire le destin ; mais c'est toujours lui qui nous mène : et le destin, pour Jacques, était tout ce qui le touchait ou l'approchait, son cheval, son maître, un moine, un chien, une femme, un mulet, une corneille. Son cheval le conduisait donc à toutes jambes vers son maître, qui s'était assoupi sur le bord du chemin, la bride de son cheval passée dans son bras, comme je vous l'ai dit. Alors le cheval tenait à la bride ; mais lorsque Jacques arriva, la bride était restée à sa place, et le cheval n'y tenait plus. Un fripon s'était apparemment approché du dormeur, avait doucement coupé la bride et emmené l'animal. Au bruit du cheval de Jacques, son maître se réveilla, et son premier mot fut : « Arrive, arrive, maroufle ! je te vais... » Là, il se mit à bâiller d'une aune.

« Bâillez, bâillez, monsieur, tout à votre aise, lui dit Jacques, mais où est votre cheval ?

— Mon cheval ?

— Oui, votre cheval... »

Le maître s'apercevant aussitôt qu'on lui avait volé son cheval, se disposait à tomber sur Jacques à grands coups de bride, lorsque Jacques lui dit : « Tout doux,

monsieur, je ne suis pas d'humeur aujourd'hui à me
laisser assommer; je recevrai le premier coup, mais je
jure qu'au second je pique des deux et vous laisse
là... »

Cette menace de Jacques fit tomber subitement la
fureur de son maître, qui lui dit d'un ton radouci :
« Et ma montre ?

— La voilà.

— Et ta bourse ?

— La voilà.

— Tu as été bien longtemps.

— Pas trop pour tout ce que j'ai fait. Ecoutez bien.
Je suis allé, je me suis battu, j'ai ameuté tous les paysans de la campagne, j'ai ameuté tous les habitants de
la ville, j'ai été pris pour voleur de grand chemin, j'ai
été conduit chez le juge, j'ai subi deux interrogatoires,
j'ai presque fait pendre deux hommes, j'ai fait mettre
à la porte un valet, j'ai fait chasser une servante, j'ai
été convaincu d'avoir couché avec une créature que je
n'ai jamais vue et que j'ai pourtant payée; et je suis
revenu.

— Et moi, en t'attendant...

— En m'attendant il était écrit là-haut que vous vous
endormiriez, et qu'on vous volerait votre cheval. Eh
bien! monsieur, n'y pensons plus! c'est un cheval
perdu et peut-être est-il écrit là-haut qu'il se retrouvera.

— Mon cheval! mon pauvre cheval!

— Quand vous continuerez vos lamentations jusqu'à
demain, il n'en sera ni plus ni moins.

— Qu'allons-nous faire ?

— Je vais vous prendre en croupe, ou, si vous
l'aimez mieux, nous quitterons nos bottes, nous les
attacherons sur la selle de mon cheval, et nous pour-
suivrons notre route à pied.

— Mon cheval! mon pauvre cheval! »

Ils prirent le parti d'aller à pied, le maître s'écriant
de temps en temps : « Mon cheval! mon pauvre cheval! » et Jacques paraphrasant l'abrégé de ses aventures. Lorsqu'il en fut à l'accusation de la fille, son
maître lui dit :

« Vrai, Jacques, tu n'avais pas couché avec cette fille ?

JACQUES. — Non, monsieur.

LE MAITRE. — Et tu l'as payée ?

JACQUES. — Assurément!

LE MAITRE. — Je fus une fois en ma vie plus malheureux que toi.

JACQUES. — Vous payâtes après avoir couché ?

LE MAITRE. — Tu l'as dit.

JACQUES. — Est-ce que vous ne me raconterez pas cela ?

LE MAITRE. — Avant que d'entrer dans l'histoire de mes amours, il faut être sorti de l'histoire des tiennes. Eh bien! Jacques, et tes amours, que je prendrai pour les premières et les seules de ta vie, nonobstant l'aventure de la servante du lieutenant général de Conches; car, quand tu aurais couché avec elle, tu n'en aurais pas été l'amoureux pour cela. Tous les jours on couche avec des femmes qu'on n'aime pas, et l'on ne couche pas avec des femmes qu'on aime. Mais...

JACQUES. — Eh bien! mais!... qu'est-ce ?

LE MAITRE. — Mon cheval!... Jacques, mon ami, ne te fâche pas; mets-toi à la place de mon cheval, suppose que je t'aie perdu, et dis-moi si tu ne m'en estimerais pas davantage si tu m'entendais m'écrier : « Mon Jacques! mon pauvre Jacques! »

Jacques sourit et dit : « J'en étais, je crois, au discours de mon hôte avec sa femme pendant la nuit qui suivit mon premier pansement. Je reposai un peu. Mon hôte et sa femme se levèrent plus tard que de coutume.

LE MAITRE. — Je le crois.

JACQUES. — A mon réveil, j'entrouvris doucement mes rideaux, et je vis mon hôte, sa femme et le chirurgien en conférence secrète vers la fenêtre. Après ce que j'avais entendu pendant la nuit, il ne me fut pas difficile de deviner ce qui se traitait là. Je toussai. Le chirurgien dit au mari : « Il est éveillé ; compère, descendez à la cave, nous boirons un coup, cela rend la main sûre ; je lèverai ensuite mon appareil, puis nous aviserons au reste. »

La bouteille arrivée et vidée, car, en terme de l'art, boire un coup c'est vider au moins une bouteille, le chirurgien s'approcha de mon lit, et me dit : « Comment la nuit a-t-elle été ?

— Pas mal.

— Votre bras... Bon, bon... le pouls n'est pas mauvais, il n'y a presque plus de fièvre. Il faut voir à ce genou... Allons, commère, dit-il à l'hôtesse qui était debout au pied de mon lit derrière le rideau, aidez-nous... » L'hôtesse appela un de ses enfants... « Ce n'est pas un enfant qu'il nous faut ici, c'est vous, un faux mouvement nous apprêterait de la besogne pour un mois. Approchez. » L'hôtesse approcha, les yeux baissés... « Prenez cette jambe, la bonne, je me charge de l'autre. Doucement, doucement... A moi, encore un peu à moi... L'ami, un petit tour de corps à droite... à droite vous dis-je, et nous y voilà... »

Je tenais le matelas des deux mains, je grinçais les dents, la sueur me coulait le long du visage. « L'ami, cela n'est pas doux.

— Je le sens.

— Vous y voilà. Commère, lâchez la jambe, prenez l'oreiller ; approchez la chaise et mettez l'oreiller dessus... Trop près... Un peu plus loin... L'ami, donnez-moi la main, serrez-moi ferme. Commère, passez dans la ruelle, et tenez-le par-dessous le bras... A merveille... Compère, ne reste-t-il rien dans la bouteille ?

— Non.

— Allez prendre la place de votre femme, et qu'elle en aille chercher une autre... Bon, bon, versez plein...

Femme, laissez votre homme où il est, et venez à côté de moi... » L'hôtesse appela encore une fois un de ses enfants. « Eh! mort diable, je vous l'ai déjà dit, un enfant n'est pas ce qu'il nous faut. Mettez-vous à genoux, passez la main sous le mollet... Commère, vous tremblez comme si vous aviez fait un mauvais coup; allons donc, du courage... La gauche sous le bas de la cuisse, là, au-dessus du bandage... Fort bien!... » Voilà les coutures coupées, les bandes déroulées, l'appareil levé et ma blessure à découvert. Le chirurgien tâte en dessus, en dessous, par les côtés, et à chaque fois qu'il me touche, il dit : « L'ignorant! l'âne! le butor! et cela se mêle de chirurgie! Cette jambe, une jambe à couper ? Elle durera autant que l'autre : c'est moi qui vous en réponds.

— Je guérirai ?

— J'en ai bien guéri d'autres.

— Je marcherai ?

— Vous marcherez.

— Sans boiter ?

— C'est autre chose; diable, l'ami, comme vous y allez ? N'est-ce pas assez que je vous aie sauvé votre jambe ? Au demeurant, si vous boitez, ce sera peu de chose. Aimez-vous la danse ?

— Beaucoup.

— Si vous en marchez un peu moins bien, vous n'en danserez que mieux... Commère, le vin chaud... Non, l'autre d'abord : encore un petit verre, et notre pansement n'en ira pas plus mal. »

Il boit : on apporte le vin chaud, on m'étuve, on remet l'appareil, on m'étend dans mon lit, on m'exhorte à dormir, si je puis, on ferme les rideaux, on finit la bouteille entamée, on en remonte une autre, et la conférence reprend entre le chirurgien, l'hôte et l'hôtesse.

L'Hote. — Compère, cela sera-t-il long ?

Le Chirurgien. — Très long... A vous, compère.

L'Hote. — Mais combien ? Un mois ?

Le Chirurgien. — Un mois! Mettez-en deux, trois, quatre, qui sait cela? La rotule est entamée, le fémur, le tibia... A vous, commère.

L'Hote. — Quatre mois! Miséricorde! Pourquoi le recevoir ici? Que diable faisait-elle à sa porte?

Le Chirurgien. — A moi; car j'ai bien travaillé.

L'Hotesse. — Mon ami, voilà que tu recommences. Ce n'est pas là ce que tu m'as promis cette nuit; mais patience, tu y reviendras.

L'Hote. — Mais, dis-moi, que faire de cet homme? Encore si l'année n'était pas si mauvaise!...

L'Hotesse. — Si tu voulais, j'irais chez le curé.

L'Hote. — Si tu y mets le pied, je te roue de coups.

Le Chirurgien. — Pourquoi donc, compère? la mienne y va bien.

L'Hote. — C'est votre affaire.

Le Chirurgien. — A ma filleule; comment se porte-t-elle?

L'Hotesse. — Fort bien.

Le Chirurgien. — Allons, compère, à votre femme et à la mienne; ce sont deux bonnes femmes.

L'Hote. — La vôtre est plus avisée; et elle n'aurait pas fait la sottise...

L'Hotesse. — Mais, compère, il y a les sœurs grises.

Le Chirurgien. — Ah! commère! un homme, un homme chez les sœurs! Et puis il y a une petite diffi-

culté un peu plus grande que le doigt... Buvons aux
sœurs, ce sont de bonnes filles.

L'Hotesse. — Et quelle difficulté ?

Le Chirurgien. — Votre homme ne veut pas que
vous alliez chez le curé et ma femme ne veut pas que
j'aille chez les sœurs... Mais, compère, encore un coup,
cela nous avisera peut-être. Avez-vous questionné cet
homme ? Il n'est peut-être pas sans ressource.

L'Hote. — Un soldat!

Le Chirurgien. — Un soldat a père, mère, frères,
sœurs, des parents, des amis, quelqu'un sous le ciel...
Buvons encore un coup, éloignez-vous, et laissez-moi
faire.

Telle fut à la lettre la conversation du chirurgien, de
l'hôte et de l'hôtesse : mais quelle autre couleur n'au-
rais-je pas été le maître de lui donner, en introduisant
un scélérat parmi ces bonnes gens ? Jacques se serait
vu, ou vous auriez vu Jacques au moment d'être arraché de son lit, jeté sur un grand chemin ou dans une
fondrière. — Pourquoi pas tué ? — Tué, non. J'aurais
bien su appeler quelqu'un à son secours; ce quelqu'un-
là aurait été un soldat de sa compagnie : mais cela
aurait pué le *Cléveland* à infecter. La vérité, la vérité!
— La vérité, me direz-vous, est souvent froide, commune et plate; par exemple, votre dernier récit du pansement de Jacques est vrai, mais qu'y a-t-il d'intéressant ? Rien. — D'accord. — S'il faut être vrai, c'est
comme Molière, Regnard, Richardson, Sedaine; la
vérité a ses côtés piquants, qu'on saisit quand on a du
génie; mais quand on en manque ? — Quand on en
manque, il ne faut pas écrire. — Et si par malheur on
ressemblait à un certain poète que j'envoyai à Pondichéry ? — Qu'est-ce que ce poète ? — Ce poète... Mais
si vous m'interrompez, lecteur, et si je m'interromps
moi-même à tout coup, que deviendront les amours de

Jacques ? Croyez-moi, laissons là le poète... L'hôte et
l'hôtesse s'éloignèrent... — Non, non, l'histoire du
poète de Pondichéry. — Le chirurgien s'approcha du
lit de Jacques... — L'histoire du poète de Pondichéry,
l'histoire du poète de Pondichéry. — Un jour, il me
vint un jeune poète, comme il m'en vient tous les jours...
Mais, lecteur, quel rapport cela a-t-il avec le voyage
de Jacques le Fataliste et de son maître ?... — L'histoire
du poète de Pondichéry. — Après les compliments
ordinaires sur mon esprit, mon génie, mon goût, ma
bienfaisance, et autres propos dont je ne crois pas un
mot, bien qu'il y ait plus de vingt ans qu'on me les
répète et peut-être de bonne foi, le jeune poète tire
un papier de sa poche : ce sont des vers, me dit-il. —
Des vers! — Oui, monsieur, et sur lesquels j'espère
que vous aurez la bonté de me dire votre avis. — Aimez-
vous la vérité ? — Oui, monsieur; et je vous la demande.
— Vous allez la savoir. — Quoi! vous êtes assez bête
pour croire qu'un poète vient chercher la vérité chez
vous ? — Oui. — Et pour la lui dire ? — Assurément!
— Sans ménagement ? — Sans doute : le ménagement
le mieux apprêté ne serait qu'une offense grossière;
fidèlement interprété, il signifierait : vous êtes un mauvais poète; et comme je ne vous crois pas assez robuste
pour entendre la vérité, vous n'êtes encore qu'un plat
homme. — Et la franchise vous a toujours réussi ? —
Presque toujours... Je lis les vers de mon jeune poète,
et je lui dis : Non seulement vos vers sont mauvais,
mais il m'est démontré que vous n'en ferez jamais de
bons. — Il faudra donc que j'en fasse de mauvais; car
je ne saurais m'empêcher d'en faire. — Voilà une terrible malédiction! Concevez-vous, monsieur, dans quel
avilissement vous allez tomber ? Ni les dieux, ni les
hommes, ni les colonnes, n'ont pardonné la médiocrité
aux poètes : c'est Horace qui l'a dit. — Je le sais. —
Etes-vous riche ? — Non. — Etes-vous pauvre ? —
Très pauvre. — Et vous allez joindre à la pauvreté le
ridicule de mauvais poète; vous aurez perdu toute
votre vie, vous serez vieux. Vieux, pauvre et mauvais
poète, ah! monsieur, quel rôle! — Je le conçois, mais
je suis entraîné malgré moi... (Ici Jacques aurait dit :

Mais cela est écrit là-haut.) — Avez-vous des parents ?
— J'en ai. — Quel est leur état ? — Ils sont joailliers.
— Feraient-ils quelque chose pour vous ? — Peut-
être. — Eh bien ! voyez vos parents, proposez-leur de
vous avancer une pacotille de bijoux. Embarquez-vous
pour Pondichéry ; vous ferez de mauvais vers sur la
route ; arrivé, vous ferez fortune. Votre fortune faite,
vous reviendrez faire ici tant de mauvais vers qu'il vous
plaira, pourvu que vous ne les fassiez pas imprimer,
car il ne faut ruiner personne... Il y avait environ
douze ans que j'avais donné ce conseil au jeune homme,
lorsqu'il m'apparut ; je ne le reconnaissais pas. C'est
moi, monsieur, me dit-il, que vous avez envoyé à Pondichéry. J'y ai été, j'ai amassé là une centaine de
mille francs. Je suis revenu ; je me suis remis à faire des
vers, et en voilà que je vous apporte... Ils sont toujours
mauvais ? — Toujours ; mais votre sort est arrangé, et
je consens que vous continuiez à faire de mauvais vers.
— C'est bien mon projet...

Et le chirurgien s'étant approché du lit de Jacques,
celui-ci ne lui laissa pas le temps de parler. J'ai tout
entendu, lui dit-il... Puis, s'adressant à son maître, il
ajouta... Il allait ajouter, lorsque son maître l'arrêta. Il
était las de marcher ; il s'assit sur le bord du chemin,
la tête tournée vers un voyageur qui s'avançait de leur
côté, à pied, la bride de son cheval, qui le suivait, passée
dans son bras.

Vous allez croire, lecteur, que ce cheval est celui
qu'on a volé au maître de Jacques : et vous vous trom-
perez. C'est ainsi que cela arriverait dans un roman,
un peu plus tôt ou un peu plus tard, de cette manière
ou autrement ; mais ceci n'est point un roman, je vous
l'ai déjà dit, je crois, et je vous le répète encore. Le
maître dit à Jacques :

« Vois-tu cet homme qui vient à nous ?

Jacques. — Je le vois.

Le Maître. — Son cheval me paraît bon.

JACQUES. — J'ai servi dans l'infanterie, et je ne m'y
connais pas.

LE MAITRE. — Moi, j'ai commandé dans la cava-
lerie, et je m'y connais.

JACQUES. — Après ?

LE MAITRE. — Après ? Je voudrais que tu allasses
proposer à cet homme de nous le céder, en payant
s'entend.

JACQUES. — Cela est bien fou, mais j'y vais. Combien
y voulez-vous mettre ?

LE MAITRE. — Jusqu'à cent écus... »

Jacques, après avoir recommandé à son maître de
ne pas s'endormir, va à la rencontre du voyageur, lui
propose l'achat de son cheval, le paie et l'emmène.
« Eh bien! Jacques, lui dit son maître, si vous avez vos
pressentiments, vous voyez que j'ai aussi les miens. Ce
cheval est beau; le marchand t'aura juré qu'il était sans
défaut; mais en fait de chevaux tous les hommes sont
maquignons.

JACQUES. — Et en quoi ne le sont-ils pas ?

LE MAITRE. — Tu le monteras et tu me céderas le
tien.

JACQUES. — D'accord. »

Les voilà tous les deux à cheval, et Jacques ajoutant :
« Lorsque je quittai la maison, mon père, ma mère,
mon parrain, m'avaient tous donné quelque chose, chacun selon leurs petits moyens; et j'avais en réserve cinq
louis, dont Jean, mon aîné, m'avait fait présent lorsqu'il partit pour son malheureux voyage de Lisbonne...
(Ici Jacques se mit à pleurer, et son maître à lui repré-
senter que cela était écrit là-haut.) Il est vrai, mon-

sieur, je me le suis dit cent fois; et avec tout cela je ne saurais m'empêcher de pleurer... »

Puis voilà Jacques qui sanglote et qui pleure de plus belle; et son maître qui prend sa prise de tabac, et qui regarde à sa montre l'heure qu'il est. Après avoir mis la bride de son cheval entre ses dents et essuyé ses yeux avec ses deux mains, Jacques continua :

« Des cinq louis de Jean, de mon engagement, et des présents de mes parents et amis, j'avais fait une bourse dont je n'avais pas encore soustrait une obole. Je retrouvai ce magot bien à point; qu'en dites-vous, mon maître ?

LE MAITRE. — Il était impossible que tu restasses plus longtemps dans la chaumière.

JACQUES. — Même en payant.

LE MAITRE. — Mais qu'est-ce que ton frère Jean était allé chercher à Lisbonne ?

JACQUES. — Il me semble que vous prenez à tâche de me fourvoyer. Avec vos questions, nous aurons fait le tour du monde avant que d'avoir atteint la fin de mes amours.

LE MAITRE. — Qu'importe, pourvu que tu parles et que j'écoute ? Ne sont-ce pas là les deux points importants ? Tu me grondes, lorsque tu devrais me remercier.

JACQUES. — Mon frère était allé chercher le repos à Lisbonne. Jean, mon frère, était un garçon d'esprit : c'est ce qui lui a porté malheur; il eût été mieux pour lui qu'il eût été un sot comme moi; mais cela était écrit là-haut. Il était écrit que le frère quêteur des Carmes qui venait dans notre village demander des œufs, de la laine, du chanvre, des fruits, du vin à chaque saison, logerait chez mon père, qu'il débaucherait Jean, mon frère, et que Jean, mon frère, prendrait l'habit de moine.

LE MAITRE. — Jean, ton frère, a été Carme ?

JACQUES. — Oui, monsieur, et Carme déchaux. Il
était actif, intelligent, chicaneur ; c'était l'avocat consul-
tant du village. Il savait lire et écrire, et, dès sa jeunesse, il s'occupait à déchiffrer et à copier de vieux
parchemins. Il passa par toutes les fonctions de l'ordre,
successivement portier, sommelier, jardinier, sacristain,
adjoint à procure et banquier ; du train dont il y allait,
il aurait fait notre fortune à tous. Il a marié et bien
marié deux de nos sœurs et quelques autres filles du
village. Il ne passait pas dans les rues, que les pères, les
mères et les enfants n'allassent à lui, et ne lui criassent :
« Bonjour, frère Jean ; comment vous portez-vous,
frère Jean ? » Il est sûr que quand il entrait dans une
maison la bénédiction du Ciel y entrait avec lui ; et
que s'il y avait une fille, deux mois après sa visite elle
était mariée. Le pauvre frère Jean ! l'ambition le perdit.
Le procureur de la maison, auquel on l'avait donné
pour adjoint, était vieux. Les moines ont dit qu'il avait
formé le projet de lui succéder après sa mort, que pour
cet effet il bouleversa tout le chartrier, qu'il brûla les
anciens registres, et qu'il en fit de nouveaux, en sorte
qu'à la mort du vieux procureur, le diable n'aurait vu
goutte dans les titres de la communauté. Avait-on
besoin d'un papier, il fallait perdre un mois à le chercher ; encore souvent ne le trouvait-on pas. Les Pères
démêlèrent la ruse du frère Jean, et son objet : ils
prirent la chose au grave, et frère Jean, au lieu d'être
procureur comme il s'en était flatté, fut réduit au pain
et à l'eau, et discipliné jusqu'à ce qu'il eût commu-
niqué à un autre la clef de ses registres. Les moines
sont implacables. Quand on eut tiré de frère Jean tous
les éclaircissements dont on avait besoin, on le fit porteur de charbon dans le laboratoire où l'on distille
*l'eau des Carmes*. Frère Jean, ci-devant banquier de
l'ordre et adjoint à procure, maintenant charbonnier !
Frère Jean avait du cœur, il ne put supporter ce déchet
d'importance et de splendeur, et n'attendit qu'une
occasion de se soustraire à cette humiliation.

Ce fut alors qu'il arriva dans la même maison un

jeune Père qui passait pour la merveille de l'ordre au
tribunal et dans la chaire; il s'appelait le Père Ange. Il
avait de beaux yeux, un beau visage, un bras et des
mains à modeler. Le voilà qui prêche, qui prêche, qui
confesse, qui confesse; voilà les vieux directeurs quittés
par leurs dévotes; voilà ces dévotes attachées au jeune
Père Ange; voilà que les veilles de dimanches et de
grandes fêtes la boutique du Père Ange est environnée
de pénitents et de pénitentes, et que les vieux Pères
attendaient inutilement pratique dans leurs boutiques
désertes; ce qui les chagrinait beaucoup... Mais, monsieur, si je laissais là l'histoire de frère Jean et que je
reprisse celle de mes amours, cela serait peut-être plus
gai.

LE MAITRE. — Non, non; prenons une prise de
tabac, voyons l'heure qu'il est et poursuis.

JACQUES. — J'y consens, puisque vous le voulez... »


Mais le cheval de Jacques fut d'un autre avis; le voilà
qui prend tout à coup le mors aux dents et qui se précipite dans une fondrière. Jacques a beau le serrer des
genoux et lui tenir la bride courte, du plus bas de la
fondrière, l'animal têtu s'élance et se met à grimper à
toutes jambes un monticule où il s'arrête tout court et
où Jacques, tournant ses regards autour de lui, se voit
entre des fourches patibulaires.

Un autre que moi, lecteur, ne manquerait pas de
garnir ces fourches de leur gibier et de ménager à
Jacques une triste reconnaissance. Si je vous le disais,
vous le croiriez peut-être, car il y a des hasards singu-
liers, mais la chose n'en serait pas plus vraie; ces
fourches étaient vacantes.

Jacques laissa reprendre haleine à son cheval, qui de
lui-même redescendit la montagne, remonta la fondrière et replaça Jacques à côté de son maître, qui lui
dit : « Ah! mon ami, quelle frayeur tu m'as causée!
je t'ai tenu pour mort... mais tu rêves; à quoi
rêves-tu ?

JACQUES. — A ce que j'ai trouvé là-haut.

LE MAITRE. — Et qu'y as-tu donc trouvé ?

JACQUES. — Des fourches patibulaires, un gibet.

LE MAITRE. — Diable! cela est de fâcheux augure ; mais rappelle-toi ta doctrine. Si cela est écrit là-haut, tu auras beau faire, tu seras pendu, cher ami ; et si cela n'est pas écrit là-haut, le cheval en aura menti. Si cet animal n'est pas inspiré, il est sujet à des lubies ; il faut y prendre garde... »

Après un moment de silence, Jacques se frotta le front et secoua ses oreilles, comme on fait lorsqu'on cherche à écarter de soi une idée fâcheuse, et reprit brusquement :
« Ces vieux moines tinrent conseil entre eux et résolurent à quelque prix et par quelque voie que ce fût, de se défaire d'une jeune barbe qui les humiliait. Savez-vous ce qu'ils firent ?... Mon maître, vous ne m'écoutez pas.

LE MAITRE. — Je t'écoute, je t'écoute : continue.

JACQUES. — Ils gagnèrent le portier, qui était un vieux coquin comme eux. Ce vieux coquin accusa le jeune Père d'avoir pris des libertés avec une de ses dévotes dans le parloir et assura, par serment, qu'il l'avait vu. Peut-être cela était-il vrai, peut-être cela était-il faux : que sait-on ? Ce qu'il y a de plaisant, c'est que le lendemain de cette accusation, le prieur de la maison fut assigné au nom d'un chirurgien pour être satisfait des remèdes qu'il avait administrés et des soins qu'il avait donnés à ce scélérat de portier dans le cours d'une maladie galante... Mon maître, vous ne m'écoutez pas, et je sais ce qui vous distrait, je gage que ce sont ces fourches patibulaires.

LE MAITRE. — Je ne saurais en disconvenir.

JACQUES. — Je surprends vos yeux attachés sur mon visage; est-ce que vous me trouvez l'air sinistre?

LE MAITRE. — Non, non.

JACQUES. — C'est-à-dire, oui, oui. Eh bien! si je vous fais peur, nous n'avons qu'à nous séparer.

LE MAITRE. — Allons donc, Jacques, vous perdez l'esprit; est-ce que vous n'êtes pas sûr de vous?

JACQUES. — Non, monsieur; et qui est-ce qui est sûr de soi?

LE MAITRE. — Tout homme de bien. Est-ce que Jacques, l'honnête Jacques, ne se sent pas là de l'horreur pour le crime?... Allons, Jacques, finissons cette dispute et reprenez votre récit.

JACQUES. — En conséquence de cette calomnie ou médisance du portier, on se crut autorisé à faire mille diableries, mille méchancetés à ce pauvre Père Ange dont la tête parut se déranger. Alors on appela un médecin qu'on corrompit et qui attesta que ce religieux était fou et qu'il avait besoin de respirer l'air natal. S'il n'eût été question que d'éloigner ou d'enfermer le Père Ange, c'eût été une affaire bientôt faite; mais parmi les dévotes dont il était la coqueluche, il y avait de grandes dames à ménager. On leur parlait de leur directeur avec une commisération hypocrite : « Hélas! ce pauvre Père, c'est bien dommage! c'était l'aigle de notre communauté. — Qu'est-ce qui lui est donc arrivé? » A cette question on ne répondait qu'en poussant un profond soupir et en levant les yeux au ciel; si l'on insistait, on baissait la tête et l'on se taisait. A cette singerie l'on ajoutait quelquefois : « O Dieu! qu'est-ce de nous!... Il a encore des moments surprenants... des éclairs de génie... Cela reviendra peut-être, mais il y a peu d'espoir... Quelle perte pour la religion!... » Cependant les mauvais procédés redoublaient; il n'y avait rien qu'on ne tentât pour amener le Père

Ange au point où on le disait; et on y aurait réussi si frère Jean ne l'eût pris en pitié. Que vous dirai-je de plus ? Un soir que nous étions tous endormis, nous entendîmes frapper à notre porte : nous nous levons; nous ouvrons au Père Ange et à mon frère déguisés. Ils passèrent le jour suivant dans la maison; le lendemain, dès l'aube du jour, ils décampèrent. Ils s'en allaient les mains bien garnies; car Jean, en m'embrassant, me dit : « J'ai marié tes sœurs; si j'étais resté dans le couvent, deux ans de plus, ce que j'y étais, tu serais un des gros fermiers du canton; mais tout a changé, et voilà ce que je puis faire pour toi. Adieu, Jacques, si nous avons du bonheur, le Père et moi, tu t'en ressentiras... » puis il me lâcha dans la main les cinq louis dont je vous ai parlé, avec cinq autres pour la dernière des filles du village, qu'il avait mariée et qui venait d'accoucher d'un gros garçon qui ressemblait à frère Jean comme deux gouttes d'eau.

Le Maitre, *sa tabatière ouverte et sa montre replacée.* — Et qu'allaient-ils faire à Lisbonne ?

Jacques. — Chercher un tremblement de terre, qui ne pouvait se faire sans eux; être écrasés, engloutis, brûlés; comme il était écrit là-haut.

Le Maitre. — Ah! les moines! les moines!

Jacques. — Le meilleur ne vaut pas grand argent.

Le Maitre. — Je le sais mieux que toi.

Jacques. — Est-ce que vous avez passé par leurs mains ?

Le Maitre. — Une autre fois je te dirai cela.

Jacques. — Mais pourquoi est-ce qu'ils sont si méchants ?

Le Maitre. — Je crois que c'est parce qu'ils sont moines... Et puis revenons à tes amours.

JACQUES. — Non, monsieur, n'y revenons pas.

LE MAITRE. — Est-ce que tu ne veux plus que je les sache ?

JACQUES. — Je le veux toujours ; mais le destin, lui, ne le veut pas. Est-ce que vous ne voyez pas qu'aussitôt que j'en ouvre la bouche, le diable s'en mêle, et qu'il survient toujours quelque incident qui me coupe la parole ? Je ne les finirai pas, vous dis-je, cela est écrit là-haut.

LE MAITRE. — Essaie, mon ami.

JACQUES. — Mais si vous commenciez l'histoire des vôtres, peut-être que cela romprait le sortilège et qu'ensuite les miennes en iraient mieux. J'ai dans la tête que cela tient à cela ; tenez, monsieur, il me semble quelquefois que le destin me parle.

LE MAITRE. — Et tu te trouves toujours bien de l'écouter ?

JACQUES. — Mais, oui, témoin le jour qu'il me dit que votre montre était sur le dos du porteballe... »
Le maître se mit à bâiller ; en bâillant il frappait de la main sur sa tabatière, et en frappant sur sa tabatière, il regardait au loin, et en regardant au loin, il dit à Jacques : « Ne vois-tu pas quelque chose sur ta gauche ?

JACQUES. — Oui, et je gage que c'est quelque chose qui ne voudra pas que je continue mon histoire, ni que vous commenciez la vôtre... »
Jacques avait raison. Comme la chose qu'ils voyaient venait à eux et qu'ils allaient à elle, ces deux marches en sens contraire abrégèrent la distance ; et bientôt ils aperçurent un char drapé de noir, traîné par quatre chevaux noirs, couverts de housses noires qui leur enveloppaient la tête et qui descendaient jusqu'à leurs pieds ; derrière, deux domestiques en noir ; à la suite

deux autres vêtus de noir, chacun sur un cheval noir,
caparaçonné de noir; sur le siège du char un cocher
noir, le chapeau clabaud et entouré d'un long crêpe qui
pendait le long de son épaule gauche; ce cocher avait
la tête penchée, laissait flotter ses guides et conduisait
moins ses chevaux qu'ils ne le conduisaient. Voilà nos
deux voyageurs arrivés au côté de cette voiture funèbre.
A l'instant, Jacques pousse un cri, tombe de son
cheval plutôt qu'il n'en descend, s'arrache les cheveux,
se roule à terre en criant : « Mon capitaine! mon
pauvre capitaine! c'est lui, je n'en saurais douter, voilà
ses armes... » Il y avait, en effet, dans le char, un long
cercueil sous un drap mortuaire, sur le drap mortuaire
une épée avec un cordon, et à côté du cercueil un
prêtre, son bréviaire à la main et psalmodiant. Le char
allait toujours, Jacques le suivait en se lamentant, le
maître suivait Jacques en jurant et les domestiques cer-
tifiaient à Jacques que ce convoi était celui de son
capitaine, décédé dans la ville voisine, d'où on le transportait à la sépulture de ses ancêtres. Depuis que ce
militaire avait été privé par la mort d'un autre militaire, son ami, capitaine au même régiment, de la satisfaction de se battre au moins une fois par semaine, il
en était tombé dans une mélancolie qui l'avait éteint
au bout de quelques mois. Jacques, après avoir payé à
son capitaine le tribut d'éloges, de regrets et de larmes
qu'il lui devait, fit excuse à son maître, remonta sur
son cheval, et ils allaient en silence.

Mais, pour Dieu, lecteur, me dites-vous, où allaient-
ils ?... Mais, pour Dieu, lecteur, vous répondrai-je, est-
ce qu'on sait où l'on va ? Et vous, où allez-vous ? Faut-
il que je vous rappelle l'aventure d'Esope ? Son maître
Xantippe lui dit un soir d'été ou d'hiver, car les Grecs
se baignaient dans toutes les saisons : « Esope, va au
bain; s'il y a peu de monde nous nous baignerons... »
Esope part. Chemin faisant il rencontre la patrouille
d'Athènes. « Où vas-tu ? — Où je vais ? répond Esope,
je n'en sais rien. — Tu n'en sais rien ? marche en prison. — Eh bien! reprit Esope, ne l'avais-je pas bien dit
que je ne savais où j'allais ? je voulais aller au bain, et
voilà que je vais en prison... » Jacques suivait son

maître comme vous le vôtre; son maître suivait le sien comme Jacques le suivait — Mais, qui était le maître du maître de Jacques ? — Bon, est-ce qu'on manque de maître dans ce monde ? Le maître de Jacques en avait cent pour un, comme vous. Mais parmi tant de maîtres du maître de Jacques, il fallait qu'il n'y eût pas un bon; car d'un jour à l'autre il en changeait. — Il était homme. — Homme passionné comme vous, lecteur; homme curieux comme vous, lecteur; homme questionneur comme vous, lecteur; homme importun comme vous, lecteur. — Et pourquoi questionnait-il ? — Belle question ! Il questionnait pour apprendre et pour redire comme vous, lecteur...

Le maître dit à Jacques : « Tu ne me parais pas disposé à reprendre l'histoire de tes amours.

JACQUES. — Mon pauvre capitaine ! il s'en va où nous allons tous et où il est bien extraordinaire qu'il ne soit pas arrivé plus tôt. Ahi !... Ahi !...

LE MAITRE. — Mais, Jacques, vous pleurez, je crois !... « Pleurez sans contrainte, parce que vous pouvez pleurer sans honte; sa mort vous affranchit des bienséances scrupuleuses qui vous gênaient pendant sa vie. Vous n'avez pas les mêmes raisons de dissimuler votre peine que celles que vous aviez de dissimuler votre bonheur; on ne pensera pas à tirer de vos larmes les conséquences qu'on eût tirées de votre joie. On pardonne au malheur. Et puis il faut dans ce moment se montrer sensible ou ingrat, et, tout bien considéré, il vaut mieux déceler une faiblesse que se laisser soupçonner d'un vice. Je veux que votre plainte soit libre pour être moins douloureuse, je la veux violente pour être moins longue. Rappelez-vous, exagérez-vous même ce qu'il était; sa pénétration à sonder les matières les plus profondes; sa subtilité à discuter les plus délicates; son goût solide qui l'attachait aux plus importantes; la fécondité qu'il jetait dans les plus stériles; avec quel art il défendait les accusés : son indulgence lui donnait mille fois plus d'esprit que l'intérêt ou l'amour-propre n'en donnait au coupable; il n'était sévère que pour lui seul. Loin de chercher des excuses aux fautes légères qui lui échappaient, il s'occupait avec toute la méchanceté d'un ennemi à se les exagérer, et avec tout l'esprit d'un jaloux à rabaisser le prix de ses vertus par un examen rigoureux des motifs qui l'avaient peut-être déterminé à son insu. Ne prescrivez à vos regrets d'autre terme que celui que le temps y mettra. Soumettons-nous à l'ordre universel lorsque nous perdons nos amis, comme nous nous y soumettrons lorsqu'il lui plaira de disposer de nous; acceptons l'arrêt du sort qui les condamne, sans désespoir, comme nous l'accepterons sans résistance lorsqu'il se prononcera contre nous. Les devoirs de la sépulture ne sont pas les derniers devoirs des amis. La terre qui se remue dans ce moment se raffermira sur la tombe de votre amant; mais votre âme conservera toute sa sensibilité. »

JACQUES. — Mon maître, cela est fort beau; mais à quoi diable cela revient-il? J'ai perdu mon capitaine, j'en suis désolé; et vous me détachez, comme un perroquet, un lambeau de la consolation d'un homme ou d'une femme à une autre femme qui a perdu son amant.

LE MAITRE. — Je crois que c'est d'une femme.

JACQUES. — Moi, je crois que c'est d'un homme. Mais que ce soit d'un homme ou d'une femme, encore une fois, à quoi diable cela revient-il? Est-ce que vous me prenez pour la maîtresse de mon capitaine? Mon capitaine, monsieur, était un brave homme; et moi, j'ai toujours été un honnête garçon.

LE MAITRE — Jacques, qui est-ce qui vous le dispute?

JACQUES. — A quoi diable revient donc votre consolation d'un homme ou d'une femme à une autre femme ? A force de vous le demander, vous me le direz peut-être.

LE MAITRE. — Non, Jacques, il faut que vous trouviez cela tout seul.

JACQUES. — J'y rêverais le reste de ma vie, que je ne le devinerais pas; j'en aurais pour jusqu'au jugement dernier.

LE MAITRE. — Jacques, il m'a paru que vous m'écoutiez avec attention tandis que je disais.

JACQUES. — Est-ce qu'on peut la refuser au ridicule ?

LE MAITRE. — Fort bien, Jacques!

JACQUES. — Peu s'en est fallu que je n'aie éclaté à l'endroit des bienséances rigoureuses qui me gênaient pendant la vie de mon capitaine, et dont j'avais été affranchi par sa mort.

LE MAITRE. — Fort bien, Jacques! J'ai donc fait ce que je m'étais proposé. Dites-moi s'il était possible de s'y prendre mieux pour vous consoler. Vous pleuriez : si je vous avais entretenu de l'objet de votre douleur, qu'en serait-il arrivé ? Que vous eussiez pleuré bien davantage, et que j'aurais achevé de vous désoler. Je vous ai donné le change, et par le ridicule de mon oraison funèbre, et par la petite querelle qui s'en est suivie. A présent, convenez que la pensée de votre capitaine est aussi loin de vous que le char funèbre qui le mène à son dernier domicile. Partant je pense que vous pouvez reprendre l'histoire de vos amours.

JACQUES. — Je le pense aussi.
— Docteur, dis-je au chirurgien, demeurez-vous loin d'ici ?
— A un quart de lieue au moins.
— Etes-vous un peu commodément logé ?
— Assez commodément.

— Pourriez-vous disposer d'un lit ?

— Non.

— Quoi ! pas même en payant, en payant bien ?

— Oh ! en payant et en payant bien, pardonnez-moi.
Mais l'ami, vous ne me paraissez guère en état de payer,
et moins encore de bien payer.

— C'est mon affaire. Et serais-je un peu soigné chez
vous ?

— Très bien. J'ai ma femme qui a gardé des malades toute sa vie ; j'ai une fille aînée qui fait le poil
à tout venant, et qui vous lève un appareil aussi bien
que moi.

— Combien me prendriez-vous pour mon logement,
ma nourriture et vos soins ?

Le chirurgien dit en se grattant l'oreille :

— Pour le logement... la nourriture... les soins...
Mais qui est-ce qui me répondra du paiement ?

— Je paierai tous les jours.

— Voilà ce qui s'appelle parler, cela...

Mais, monsieur, je crois que vous ne m'écoutez pas.

Le Maitre. — Non, Jacques, il était écrit là-haut
que tu parlerais cette fois, qui ne sera peut-être pas
la dernière sans être écouté.

Jacques. — Quand on n'écoute pas celui qui parle,
c'est qu'on ne pense à rien, ou qu'on pense à autre
chose que ce qu'il dit : lequel des deux faisiez-vous ?

Le Maitre. — Le dernier. Je rêvais à ce qu'un des
domestiques noirs qui suivait le char funèbre te disait,
que ton capitaine avait été privé, par la mort de son
ami, du plaisir de se battre au moins une fois la semaine.
As-tu compris quelque chose à cela ?

Jacques. — Assurément.

Le Maitre. — C'est pour moi une énigme que tu
m'obligerais de m'expliquer.

Jacques. — Et que diable cela vous fait-il ?

LE MAITRE. — Peu de chose mais, quand tu parleras, tu veux apparemment être écouté ?

JACQUES. — Cela va sans dire.

LE MAITRE. — Eh bien! en conscience, je ne saurais t'en répondre, tant que cet inintelligible propos me chiffonnera la cervelle. Tire-moi de là, je t'en prie.

JACQUES. — A la bonne heure! mais jurez-moi, du moins, que vous ne m'interromprez plus.

LE MAITRE. — A tout hasard, je te le jure.

JACQUES. — C'est que mon capitaine, bon homme, galant homme, homme de mérite, un des meilleurs officiers du corps, mais homme un peu hétéroclite, avait rencontré et fait amitié avec un autre officier du même corps, bon homme aussi, galant homme aussi, homme de mérite aussi, aussi bon officier que lui, mais homme aussi hétéroclite que lui...

Jacques était à entamer l'histoire de son capitaine, lorsqu'ils entendirent une troupe nombreuse d'hommes et de chevaux qui s'acheminaient derrière eux. C'était le même char lugubre qui revenait sur ses pas. Il était entouré... De gardes de la Ferme ? — Non. — De cavaliers de maréchaussée ? — Peut-être. Quoi qu'il en soit, ce cortège était précédé du prêtre en soutane et en surplis, les mains liées derrière le dos; du cocher noir, les mains liées derrière le dos; et des deux valets noirs, les mains liées derrière le dos. Qui fut bien surpris ? Ce fut Jacques, qui s'écria : « Mon capitaine, mon pauvre capitaine n'est pas mort! Dieu soit loué!... » Puis Jacques tourne bride, pique des deux, s'avance à toutes jambes au-devant du prétendu convoi. Il n'en était pas à trente pas, que les gardes de la Ferme ou les cavaliers de maréchaussée le couchent en joue et lui crient : « Arrête, retourne sur tes pas, ou tu es

mort... » Jacques s'arrêta tout court, consulta le destin
dans sa tête; il lui sembla que le destin lui disait :
« Retourne sur tes pas », ce qu'il fit. Son maître lui
dit : « Eh bien! Jacques, qu'est-ce ?

JACQUES. — Ma foi, je n'en sais rien.

LE MAITRE. — Et pourquoi ?

JACQUES. — Je n'en sais pas davantage.

LE MAITRE. — Tu verras que ce sont des contre-
bandiers qui auront rempli cette bière de marchandises
prohibées, et qu'ils auront été vendus à la Ferme par
les coquins mêmes de qui ils les avaient achetées.

JACQUES. — Mais pourquoi ce carrosse aux armes de
mon capitaine ?

LE MAITRE. — Ou c'est un enlèvement. On aura
caché dans ce cercueil, que sait-on, une femme, une fille,
une religieuse; ce n'est pas le linceul qui fait le mort.

JACQUES. — Mais pourquoi ce carrosse aux armes de
mon capitaine ?

LE MAITRE. — Ce sera tout ce qu'il te plaira; mais
achève-moi l'histoire de ton capitaine.

JACQUES. — Vous tenez encore à cette histoire ?
Mais peut-être que mon capitaine est encore vivant.

LE MAITRE. — Qu'est-ce que cela fait à la chose ?

JACQUES. — Je n'aime pas à parler des vivants, parce
qu'on est de temps en temps exposé à rougir du bien
et du mal qu'on en a dit; du bien qu'ils gâtent, du
mal qu'ils réparent.

LE MAITRE. — Ne sois ni fade panégyriste, ni cen-
seur amer; dis la chose comme elle est.

JACQUES. — Cela n'est pas aisé. N'a-t-on pas son caractère, son intérêt, son goût, ses passions, d'après quoi l'on exagère ou l'on atténue ? Dis la chose comme elle est!... Cela n'arrive peut-être pas deux fois en un jour dans toute une grande ville. Et celui qui vous écoute est-il mieux disposé que celui qui parle ? Non. D'où il doit arriver que deux fois à peine en un jour, dans toute une grande ville, on soit entendu comme on dit.

LE MAITRE. — Que diable, Jacques, voilà des maximes à proscrire l'usage de la langue et des oreilles, à ne rien dire, à ne rien écouter et à ne rien croire! Cependant, dis comme toi, je t'écouterai comme moi, et je t'en croirai comme je pourrai.

JACQUES. — Si l'on ne dit presque rien dans ce monde, qui soit entendu comme on le dit, il y a bien pis, c'est qu'on n'y fait presque rien qui soit jugé comme on l'a fait.

LE MAITRE. — Il n'y a peut-être pas sous le ciel une autre tête qui contienne autant de paradoxes que la tienne.

JACQUES. — Et quel mal y aurait-il à cela ? Un paradoxe n'est pas toujours une fausseté.

LE MAITRE. — Il est vrai.

JACQUES. — Nous passions à Orléans, mon capitaine et moi. Il n'était bruit dans la ville que d'une aventure récemment arrivée à un citoyen appelé M. Le Pelletier, homme pénétré d'une si profonde commisération pour les malheureux, qu'après avoir réduit, par des aumônes démesurées, une fortune assez considérable au plus étroit nécessaire, il allait de porte en porte chercher dans la bourse d'autrui des secours qu'il n'était plus en état de puiser dans la sienne.

LE MAITRE. — Et tu crois qu'il y avait deux opinions sur la conduite de cet homme-là ?

JACQUES. — Non, parmi les pauvres; mais presque
tous les riches, sans exception, le regardaient comme
une espèce de fou; et peu s'en fallut que ses proches
ne le fissent interdire comme dissipateur. Tandis que
nous nous rafraîchissions dans une auberge, une foule
d'oisifs s'était rassemblée autour d'une espèce d'orateur, le barbier de la rue, et lui disait : « Vous y étiez,
vous; racontez-nous comment la chose s'est passée.

— Très volontiers, répondit l'orateur du coin, qui
ne demandait pas mieux que de pérorer. M. Aubertot,
une de mes pratiques, dont la maison fait face à l'église
des Capucins, était sur sa porte; M. Le Pelletier
l'aborde et lui dit : « Monsieur Aubertot, ne me
donnerez-vous rien pour mes amis ? » car c'est ainsi
qu'il appelle les pauvres, comme vous savez.

« — Non, pour aujourd'hui, monsieur Le Pelletier. »

M. Le Pelletier insiste : « Si vous saviez en faveur
de qui je sollicite votre charité! c'est une pauvre
femme qui vient d'accoucher, et qui n'a pas un gue-
nillon pour entortiller son enfant.

— Je ne saurais.

— C'est une jeune et belle fille qui manque d'ouvrage et de pain, et que votre libéralité sauvera peut-
être du désordre.

— Je ne saurais.

— C'est un manœuvre qui n'avait que ses bras
pour vivre, et qui vient de se fracasser une jambe
en tombant de son échafaud.

— Je ne saurais, vous dis-je.

— Allons, monsieur Aubertot, laissez-vous toucher, et soyez sûr que jamais vous n'aurez l'occasion
de faire une action plus méritoire.

— Je ne saurais, je ne saurais.

— Mon bon, mon miséricordieux monsieur Aubertot!...

— Monsieur Le Pelletier, laissez-moi en repos;
quand je veux donner, je ne me fais pas prier... »

Et cela dit, M. Aubertot lui tourne le dos, passe
de sa porte dans son magasin, où M. Le Pelletier le
suit; il le suit de son magasin dans son arrière-boutique,

de son arrière-boutique dans son appartement; là,
M. Aubertot, excédé des instances de M. Le Pelletier,
lui donne un soufflet...

Alors mon capitaine se lève brusquement, et dit à
l'orateur : « Et il ne le tua pas ?

— Non, monsieur; est-ce qu'on tue comme cela ?

— Un soufflet, morbleu! un soufflet! Et que fit-il
donc ?

— Ce qu'il fit après son soufflet reçu ? il prit un air
riant, et dit à M. Aubertot : « Cela c'est pour moi;
mais mes pauvres ?... »

A ce mot tous les auditeurs s'écrièrent d'admiration,
excepté mon capitaine qui leur disait : « Votre M. Le
Pelletier, messieurs, n'est qu'un gueux, un malheureux,
un lâche, un infâme, à qui cependant cette épée aurait
fait prompte justice, si j'avais été là; et votre Aubertot
aurait été bien heureux, s'il ne lui en avait coûté que
le nez et les deux oreilles. »

L'orateur lui répliqua : « Je vois, monsieur, que vous
n'auriez pas laissé le temps à l'homme insolent de
reconnaître sa faute, de se jeter aux pieds de M. Le
Pelletier, et de lui présenter sa bourse.

— Non, certes!

— Vous êtes un militaire, et M. Le Pelletier est un
chrétien; vous n'avez pas les mêmes idées du soufflet.

— La joue de tous les hommes d'honneur est la
même.

— Ce n'est pas tout à fait l'avis de l'Evangile.

— L'Evangile est dans mon cœur et dans mon four-
reau, et je n'en connais pas d'autre...

— Le vôtre, mon maître, est je ne sais où; le mien
est écrit là-haut; chacun apprécie l'injure et le bienfait
à sa manière; et peut-être n'en portons-nous pas le
même jugement dans deux instants de notre vie.

LE MAITRE. — Après, maudit bavard, après... »

Lorsque le maître de Jacques avait pris de l'humeur,
Jacques se taisait, se mettait à rêver, et souvent ne rom-
pait le silence que par un propos, lié dans son esprit,
mais aussi décousu dans la conversation que la lec-

ture d'un livre dont on aurait sauté quelques feuillets. C'est précisément ce qui lui arriva lorsqu'il dit :
« Mon cher maître...

LE MAITRE. — Ah! la parole t'est enfin revenue. Je m'en réjouis pour tous les deux, car je commençais à m'ennuyer de ne pas entendre, et toi de ne pas parler. Parle donc... »

JACQUES. — Mon cher maître, la vie se passe en quiproquos. Il y a les quiproquos d'amour, les quiproquos d'amitié, les quiproquos de politique, de finance, d'église, de magistrature, de commerce, de femmes, de maris...

LE MAITRE. — Eh! laisse là ces quiproquos, et tâche de t'apercevoir que c'est en faire un grossier que de t'embarquer dans un chapitre de morale, lorsqu'il s'agit d'un fait historique. L'histoire de ton capitaine ?

Jacques allait commencer l'histoire de son capitaine, lorsque, pour la seconde fois, son cheval, se jetant brusquement hors de la grande route à droite, l'emporte à travers une longue plaine, à un bon quart de lieue de distance, et s'arrête tout court entre des fourches patibulaires... Entre des fourches patibulaires! Voilà une singulière allure de cheval de mener son cavalier au gibet!...

« Qu'est-ce que cela signifie, disait Jacques. Est-ce un avertissement du destin ?

LE MAITRE. — Mon ami, n'en doutez pas. Votre cheval est inspiré, et le fâcheux, c'est que tous ces pronostics, inspirations, avertissements d'en haut par rêves, par apparitions, ne servent à rien : la chose n'en arrive pas moins. Cher ami, je vous conseille de mettre votre conscience en bon état, d'arranger vos petites affaires et de me dépêcher, le plus vite que vous pourrez, l'histoire de votre capitaine et celle de vos amours, car je serais fâché de vous perdre sans les avoir entendues. Quand vous vous soucieriez encore plus que vous ne faites, à quoi cela remédierait-il ? à rien. L'arrêt du destin, prononcé deux fois par votre cheval, s'accomplira. Voyez, n'avez-vous rien à restituer à personne ? Confiez-moi vos dernières volontés, et soyez sûr qu'elles seront fidèlement remplies. Si vous m'avez pris quelque chose, je vous le donne; demandez-en seulement pardon à Dieu, et pendant le temps plus ou moins court que nous avons encore à vivre ensemble, ne me volez plus.

JACQUES. — J'ai beau revenir sur le passé, je n'y vois rien à démêler avec la justice des hommes. Je n'ai tué, ni volé, ni violé.

LE MAITRE. — Tant pis; à tout prendre, j'aimerais mieux que le crime fût commis qu'à commettre, et pour cause.

JACQUES. — Mais, monsieur, ce ne sera peut-être pas pour mon compte, mais pour le compte d'un autre, que je serai pendu.

LE MAITRE. — Cela se peut.

JACQUES. — Ce n'est peut-être qu'après ma mort que je serai pendu.

LE MAITRE. — Cela se peut encore.

JACQUES. — Je ne serai peut-être pas pendu du tout.

LE MAITRE. — J'en doute.

JACQUES. — Il est peut-être écrit là-haut que j'assisterai seulement à la potence d'un autre; et cet autre-là, qui sait qui il est ? s'il est proche, ou s'il est loin ?

LE MAITRE. — Monsieur Jacques, soyez pendu, puisque le sort le veut, et que votre cheval le dit; mais ne soyez pas insolent : finissez vos conjectures impertinentes, et faites-moi vite l'histoire de votre capitaine.

JACQUES. — Monsieur, ne vous fâchez pas, on a quelquefois pendu de fort honnêtes gens : c'est un quiproquo de justice.

LE MAITRE. — Ces quiproquos-là sont affligeants. Parlons d'autre chose. »

Jacques, un peu rassuré par les interprétations diverses qu'il avait trouvées au pronostic du cheval, dit :

« Quand j'entrai au régiment, il y avait deux officiers à peu près égaux d'âge, de naissance, de service et de mérite. Mon capitaine était l'un des deux. La seule différence qu'il y eût entre eux, c'est que l'un était riche et que l'autre ne l'était pas. Mon capitaine était le riche. Cette conformité devait produire ou la sympathie, ou l'antipathie la plus forte; elle produisit l'une et l'autre... »

Ici Jacques s'arrêta, et cela lui arriva plusieurs fois dans le cours de son récit, à chaque mouvement de tête que son cheval faisait de droite et de gauche. Alors, pour continuer, il reprenait sa dernière phrase, comme s'il avait eu le hoquet.

« ... Elle produisit l'une et l'autre. Il y avait des jours où ils étaient les meilleurs amis du monde, et d'autres où ils étaient ennemis mortels. Les jours d'amitié ils se cherchaient, ils se fêtaient, ils s'embrassaient, ils se communiquaient leurs peines, leurs plaisirs, leurs besoins; ils se consultaient sur leurs affaires les plus secrètes, sur leurs intérêts domestiques, sur leurs espérances, sur leurs craintes, sur leurs projets d'avancement. Le lendemain, se rencontraient-ils ? ils passaient l'un à côté de l'autre sans se regarder, ou ils se regardaient fièrement, ils s'appelaient Monsieur, ils s'adressaient des mots durs, ils mettaient l'épée à la main et se battaient. S'il arrivait que l'un des deux fût blessé, l'autre se précipitait sur son camarade, pleurait, se désespérait, l'accompagnait chez lui et s'établissait à côté de son lit jusqu'à ce qu'il fût guéri. Huit jours, quinze jours, un mois après, c'était à recommencer, et l'on voyait, d'un instant à un autre, deux braves

gens... deux braves gens, deux amis sincères, exposés
à périr par la main l'un de l'autre, et le mort n'aurait
certainement pas été le plus à plaindre des deux. On
leur avait parlé plusieurs fois de la bizarrerie de leur
conduite; moi-même, à qui mon capitaine avait
permis de parler, je lui disais : « Mais, monsieur, s'il
vous arrivait de le tuer ? » A ces mots, il se mettait à
pleurer et se couvrait les yeux de ses mains; il courait
dans son appartement comme un fou. Deux heures
après, ou son camarade le ramenait chez lui blessé, ou
il rendait le même service à son camarade. Ni mes
remontrances... ni mes remontrances, ni celles des
autres n'y faisaient rien; on n'y trouva de remèdes qu'à
les séparer. Le ministre de la Guerre fut instruit d'une
persévérance si singulière dans des extrémités si oppo-
sées, et mon capitaine nommé à un commandement de
place, avec injonction expresse de se rendre sur-le-
champ à son poste, et défense de s'en éloigner; une
autre défense fixa son camarade au régiment... Je crois
que ce maudit cheval me fera devenir fou... A peine
les ordres du ministre furent-ils arrivés, que mon capitaine, sous prétexte d'aller remercier de la faveur qu'il
venait d'obtenir, partit pour la cour, représenta qu'il
était riche et que son camarade indigent avait le même
droit aux grâces du roi; que le poste qu'on venait de
lui accorder récompenserait les services de son ami,
suppléerait à son peu de fortune, et qu'il en serait,
lui, comblé de joie. Comme le ministre n'avait eu
d'autre intention que de séparer ces deux hommes
bizarres, et que les procédés généreux touchent toujours, il fut arrêté... Maudite bête, tiendras-tu ta tête
droite ?... Il fut arrêté que mon capitaine resterait au
régiment et que son camarade irait occuper le commandement de place.

A peine furent-ils séparés, qu'ils sentirent le besoin
qu'ils avaient l'un de l'autre; ils tombèrent dans une
mélancolie profonde. Mon capitaine demanda un congé
de semestre pour aller prendre l'air natal; mais à deux
lieues de la garnison, il vend son cheval, se déguise en
paysan et s'achemine vers la place que son ami com-
mandait. Il paraît que c'était une démarche concertée

entre eux. Il arrive... Va donc où tu voudras! Y a-t-il
encore là quelque gibet qu'il te plaise de visiter?...
Riez bien, monsieur; cela est en effet très plaisant... Il
arrive; mais il était écrit là-haut que, quelques précautions qu'ils prissent pour cacher la satisfaction qu'ils
avaient de se revoir et ne s'aborder qu'avec les marques extérieures de la subordination d'un paysan à un
commandant de place, des soldats, quelques officiers
qui se rencontreraient par hasard à leur entrevue et
qui seraient instruits de leur aventure, prendraient
des soupçons et iraient prévenir le major de la
place.

Celui-ci, homme prudent, sourit de l'avis, mais ne
laissa pas d'y attacher toute l'importance qu'il méritait. Il mit des espions autour du commandant. Leur
premier rapport fut que le commandant sortait peu,
et que le paysan ne sortait point du tout. Il était impossible que ces deux hommes vécussent ensemble huit
jours de suite, sans que leur étrange manie les reprît;
ce qui ne manqua pas d'arriver. »

Vous voyez, lecteur, combien je suis obligeant; il ne
tiendrait qu'à moi de donner un coup de fouet aux
chevaux qui traînent le carrosse drapé de noir, d'as-
sembler, à la porte du gîte prochain, Jacques, son
maître, les gardes des Fermes ou les cavaliers de maréchaussée avec le reste de leur cortège, d'interrompre
l'histoire du capitaine de Jacques et de vous impatienter à mon aise; mais pour cela, il faudrait mentir,
et je n'aime pas le mensonge, à moins qu'il ne soit
utile et forcé. Le fait est que Jacques et son maître ne
virent plus le carrosse drapé, et que Jacques, toujours inquiet de l'allure de son cheval, continua son
récit:

« Un jour, les espions rapportèrent au major qu'il y
avait eu une contestation fort vive entre le commandant et le paysan; qu'ensuite ils étaient sortis, le paysan
marchant le premier, le commandant ne le suivant

qu'à regret, et qu'ils étaient entrés chez un banquier de la ville, où ils étaient encore.

On apprit dans la suite que, n'espérant plus se revoir, ils avaient résolu de se battre à toute outrance, et que, sensible aux devoirs de la plus tendre amitié, au moment même de la férocité la plus inouïe, mon capitaine qui était riche, comme je vous l'ai dit... J'espère, monsieur, que vous ne me condamnerez pas à finir notre voyage sur ce bizarre animal... Mon capitaine, qui était riche, avait exigé de son camarade qu'il acceptât une lettre de change de vingt-quatre mille livres qui lui assurât de quoi vivre chez l'étranger, au cas qu'il fût tué, celui-ci protestant qu'il ne se battrait point sans ce préalable ; l'autre répondant à cette offre : « Est-ce que tu crois, mon ami, que si je te tue, je te survivrai ?... »

Ils sortaient de chez le banquier, et ils s'acheminaient vers les portes de la ville, lorsqu'ils se virent entourés du major et de quelques officiers. Quoique cette rencontre eût l'air d'un incident fortuit, nos deux amis, nos deux ennemis, comme il vous plaira de les appeler, ne s'y méprirent pas. Le paysan se laissa reconnaître pour ce qu'il était. On alla passer la nuit dans une maison écartée. Le lendemain, dès la pointe du jour, mon capitaine, après avoir embrassé plusieurs fois son camarade, s'en sépara pour ne plus le revoir. A peine fut-il arrivé dans son pays, qu'il mourut.

LE MAITRE. — Et qui est-ce qui t'a dit qu'il était mort ?

JACQUES. — Et ce cercueil ? et ce carrosse à ses armes ? Mon pauvre capitaine est mort, je n'en doute pas.

LE MAITRE. — Et ce prêtre les mains liées sur le dos ; et ces gens les mains liées sur le dos ; et ces gardes de la Ferme ou ces cavaliers de maréchaussée ; et ce retour du convoi vers la ville ? Ton capitaine est vivant, je n'en doute pas ; mais ne sais-tu rien de son camarade ?

JACQUES. — L'histoire de son camarade est une belle ligne du grand rouleau ou de ce qui est écrit là-haut.

LE MAITRE. — J'espère...

Le cheval de Jacques ne permit pas à son maître d'achever; il part comme un éclair, ne s'écartant ni à droite ni à gauche, suivant la grande route. On ne vit plus Jacques; et son maître, persuadé que le chemin aboutissait à des fourches patibulaires, se tenait les côtes de rire. Et puisque Jacques et son maître ne sont bons qu'ensemble et ne valent rien séparés non plus que Don Quichotte sans Sancho et Richardet sans Ferragus, ce que le continuateur de Cervantès et l'imitateur de l'Arioste, monsignor Forti-Guerra, n'ont pas assez compris, lecteur, causons ensemble jusqu'à ce qu'ils se soient rejoints.

Vous allez prendre l'histoire du capitaine de Jacques pour un conte, et vous aurez tort. Je vous proteste que telle qu'il l'a racontée à son maître, tel fut le récit que j'en avais entendu faire aux Invalides, je ne sais en quelle année, le jour de Saint-Louis, à table chez un M. de Saint-Etienne, major de l'hôtel; et l'historien qui parlait en présence de plusieurs autres officiers de la maison, qui avaient connaissance du fait, était un personnage grave qui n'avait point du tout l'air d'un badin. Je vous le répète donc pour ce moment et pour la suite : soyez circonspect si vous ne voulez pas prendre dans cet entretien de Jacques et de son maître le vrai pour le faux, le faux pour le vrai. Vous voilà bien averti, et je m'en lave les mains. — Voilà, me direz-vous, deux hommes bien extraordinaires! — Et c'est là ce qui vous met en défiance. Premièrement, la nature est si variée, surtout dans les instincts et les caractères, qu'il n'y a rien de si bizarre dans l'imagination d'un poète dont l'expérience et l'observation ne vous offrissent le modèle dans la nature. Moi, qui vous parle, j'ai rencontré le pendant du *Médecin malgré lui*, que j'avais regardé jusque-là comme la plus folle et la

plus gaie des fictions. — Quoi! le pendant du mari à
qui sa femme dit : J'ai trois enfants sur les bras; et qui
lui répond : Mets-les à terre... Ils me demandent du
pain : donne-leur le fouet! — Précisément. Voici son
entretien avec ma femme.

« Vous voilà, monsieur Gousse ?

— Non, madame, je ne suis pas un autre.

— D'où venez-vous ?

— D'où j'étais allé.

— Qu'avez-vous fait là ?

— J'ai raccommodé un moulin qui allait mal.

— A qui appartenait ce moulin ?

— Je n'en sais rien; je n'étais pas allé pour raccom-
moder le meunier.

— Vous êtes fort bien vêtu contre votre usage; pourquoi sous cet habit, qui est très propre, une chemise sale ?

— C'est que je n'en ai qu'une.

— Et pourquoi n'en avez-vous qu'une ?

— C'est que je n'ai qu'un corps à la fois.

— Mon mari n'y est pas, mais cela ne vous empê-
chera pas de dîner ici.

— Non, puisque je ne lui ai confié ni mon estomac
ni mon appétit.

— Comment se porte votre femme ?

— Comme il lui plaît; c'est son affaire.

— Et vos enfants ?

— A merveille!

— Et celui qui a de si beaux yeux, un si bel embonpoint, une si belle peau ?

— Beaucoup mieux que les autres; il est mort.

— Leur apprenez-vous quelque chose ?

— Non, madame.

— Quoi ? ni à lire, ni à écrire, ni le catéchisme ?

— Ni à lire, ni à écrire, ni le catéchisme.

— Et pourquoi cela ?

— C'est qu'on ne m'a rien appris, et que je n'en
suis pas plus ignorant. S'ils ont de l'esprit, ils feront
comme moi; s'ils sont sots, ce que je leur apprendrais
ne les rendrait que plus sots... »

Si vous rencontrez jamais cet original, il n'est pas
nécessaire de le connaître pour l'aborder. Entraînez-le

dans un cabaret, dites-lui votre affaire, proposez-lui de
vous suivre à vingt lieues, il vous suivra ; après l'avoir
employé, renvoyez-le sans un sou ; il s'en retournera
satisfait.

Avez-vous entendu parler d'un certain Prémontval
qui donnait à Paris des leçons publiques de mathématiques ? C'était son ami... Mais Jacques et son maître se
sont peut-être rejoints : voulez-vous que nous allions à
eux, ou rester avec moi ?... Gousse et Prémontval
tenaient ensemble l'école. Parmi les élèves qui s'y rendaient en foule, il y avait une jeune fille appelée
Mlle Pigeon, la fille de cet habile artiste qui a cons-
truit ces deux beaux planisphères qu'on a transportés
du Jardin du Roi dans les salles de l'Académie des
Sciences. Mlle Pigeon allait là tous les matins avec son
portefeuille sous le bras et son étui de mathématiques
dans son manchon. Un des professeurs, Prémontval,
devint amoureux de son écolière, et tout à travers les
propositions sur les solides inscrits à la sphère, il y eut
un enfant de fait. Le père Pigeon n'était pas homme à
entendre patiemment la vérité de ce corollaire. La
situation des amants devient embarrassante, ils en
confèrent ; mais n'ayant rien, mais rien du tout, quel
pouvait être le résultat de leurs délibérations ? Ils
appellent à leur secours l'ami Gousse. Celui-ci, sans
mot dire, vend tout ce qu'il possède, linge, habits,
machines, meubles, livres ; fait une somme, jette les
deux amoureux dans une chaise de poste, les accom-
pagne à franc étrier jusqu'aux Alpes ; là, il vide sa
bourse du peu d'argent qui lui restait, le leur donne,
les embrasse, leur souhaite un bon voyage, et s'en
revient à pied demandant l'aumône jusqu'à Lyon, où
il gagna, à peindre les parois d'un cloître de moines, de
quoi revenir à Paris sans mendier. — Cela est très beau.
— Assurément ! et d'après cette action héroïque, vous
croyez à Gousse un grand fonds de morale ? Eh bien !
détrompez-vous, il n'en avait non plus qu'il n'y en a
dans la tête d'un brochet. — Cela est impossible. —
Cela est. Je l'avais occupé. Je lui donne un mandat de
quatre-vingts livres sur mes commettants ! la somme
était écrite en chiffres ; que fait-il ? Il ajoute un zéro, et

se fait payer huit cents livres. — Ah! l'horreur! — Il
n'est pas plus malhonnête quand il me vole, qu'honnête quand il se dépouille pour un ami; c'est un original sans principes. Ces quatre-vingts francs ne lui
suffisaient pas, avec un trait de plume, il s'en procu-
rait huit cents dont il avait besoin. Et les livres précieux dont il me fait présent ? — Qu'est-ce que ces
livres ?... — Mais Jacques et son maître ? Mais les
amours de Jacques ? Ah! lecteur, la patience avec
laquelle vous m'écoutez me prouve le peu d'intérêt que
vous prenez à mes deux personnages, et je suis tenté de
les laisser où ils sont... J'avais besoin d'un livre précieux, il me l'apporte; quelque temps après j'ai besoin
d'un autre livre précieux, il me l'apporte encore; je
veux les payer, il en refuse le prix. J'ai besoin d'un
troisième livre précieux. « Pour celui-ci, dit-il, vous ne
l'aurez pas, vous avez parlé trop tard; mon docteur de
Sorbonne est mort.

— Et qu'a de commun la mort de votre docteur de
Sorbonne avec le livre que je désire ? Est-ce que vous
avez pris les deux autres dans sa bibliothèque ?

— Assurément!

— Sans son aveu ?

— Eh! qu'en avais-je besoin pour exercer une justice distributive ? Je n'ai fait que déplacer ces livres
pour le mieux, en les transférant d'un endroit où ils
étaient inutiles, dans un autre où l'on en ferait un bon
usage... » Et prononcez après cela sur l'allure des
hommes! Mais c'est l'histoire de Gousse avec sa femme
qui est excellente... Je vous entends; vous en avez
assez, et votre avis serait que nous allassions rejoindre
nos deux voyageurs. Lecteur, vous me traitez comme
un automate, cela n'est pas poli; dites les amours de
Jacques, ne dites pas les amours de Jacques;... je veux
que vous me parliez de l'histoire de Gousse; j'en ai
assez... Il faut sans doute que j'aille quelquefois à votre
fantaisie; mais il faut que j'aille quelquefois à la
mienne, sans compter que tout auditeur qui me permet de commencer un récit s'engage d'enentendre la fin.

Je vous ai dit premièrement; or, dire un premièrement, c'est annoncer au moins un secondement. Secon-

dement donc... Ecoutez-moi, ne m'écoutez pas, je parlerai tout seul... Le capitaine de Jacques et son camarade pouvaient être tourmentés d'une jalousie violente et secrète : c'est un sentiment que l'amitié n'éteint pas toujours. Rien de si difficile à pardonner que le mérite. N'appréhendaient-ils pas un passe-droit, qui les aurait également offensés tous deux ? Sans s'en douter, ils cherchaient d'avance à se délivrer d'un concurrent dangereux, ils se tâtaient pour l'occasion à venir. Mais comment avoir cette idée de celui qui cède si généreusement son commandement de place à son ami indigent ? Il le cède, il est vrai; mais s'il en eût été privé, peut-être l'eût-il revendiqué à la pointe de l'épée. Un passe-droit entre les militaires, s'il n'honore pas celui qui en profite, déshonore son rival. Mais laissons tout cela, et disons que c'était leur coin de folie. Est-ce que chacun n'a pas le sien ? Celui de nos deux officiers fut pendant plusieurs siècles celui de toute l'Europe; on l'appelait l'esprit de chevalerie. Toute cette multitude brillante, armée de pied en cap, décorée de diverses livrées d'amour, caracolant sur des palefrois, la lance au poing, la visière haute ou baissée, se regardant fièrement, se mesurant de l'œil, se menaçant, se renversant sur la poussière, jonchant l'espace d'un vaste tournoi des éclats d'armes brisées, n'étaient que des amis jaloux du mérite en vogue. Ces amis, au moment où ils tenaient leurs lances en arrêt, chacun à l'extrémité de la carrière, et qu'ils avaient pressé de l'aiguillon les flancs de leurs coursiers, devenaient les plus terribles ennemis; ils fondaient les uns sur les autres avec la même fureur qu'ils auraient portée sur un champ de bataille. Eh bien! nos deux officiers n'étaient que deux paladins, nés de nos jours, avec les mœurs des anciens. Chaque vertu et chaque vice se montre et passe de mode. La force du corps eut son temps, l'adresse aux exercices eut le sien. La bravoure est tantôt plus, tantôt moins considérée; plus elle est commune, moins on en est vain, moins on en fait l'éloge. Suivez les inclinations des hommes, et vous en remarquerez qui semblent être venus au monde trop tard : ils sont d'un autre siècle. Et qu'est-ce qui empê-

cherait de croire que nos deux militaires avaient été
engagés dans ces combats journaliers et périlleux par le
seul désir de trouver le côté faible de son rival et
d'obtenir la supériorité sur lui ? Les duels se répètent
dans la société sous toutes sortes de formes, entre des
prêtres, entre des magistrats, entre des littérateurs,
entre des philosophes; chaque état a sa lance et ses
chevaliers, et nos assemblées les plus respectables, les
plus amusantes, ne sont que de petits tournois où
quelquefois on porte des livrées de l'amour dans le
fond de son cœur, sinon sur l'épaule. Plus il y a d'assistants, plus la joute est vive; la présence de femmes
y pousse la chaleur et l'opiniâtreté à toute outrance,
et la honte d'avoir succombé devant elles ne s'oublie
guère.

Et Jacques ?... Jacques avait franchi les portes de la
ville, traversé les rues aux acclamations des enfants, et
atteint l'extrémité du faubourg opposé, où, son cheval
s'élançant dans une petite porte basse, il y eut entre le
linteau de cette porte et la tête de Jacques un choc
terrible dans lequel il fallait que le linteau fût déplacé
ou Jacques renversé en arrière; ce fut, comme on pense
bien, le dernier qui arriva. Jacques tomba, la tête fen-
due et sans connaissance. On le ramasse, on le rappelle
à la vie avec des eaux spiritueuses; je crois même qu'il
fut saigné par le maître de la maison. — Cet homme
était donc chirurgien. — Non. Cependant son maître
était arrivé et demandait de ses nouvelles à tous ceux
qu'il rencontrait. « N'auriez-vous point aperçu un
grand homme sec, monté sur un cheval pie ?

— Il vient de passer, il allait comme si le diable
l'eût emporté; il doit être arrivé chez son maître.

— Et qui est son maître ?

— Le bourreau.

— Le bourreau!

— Oui, car ce cheval est le sien.

— Où demeure le bourreau ?

— Assez loin, mais ne vous donnez pas la peine d'y
aller, voilà ses gens qui vous apportent apparemment
l'homme sec que vous demandez et que nous avons
pris pour un de ses valets... »

Et qui est-ce qui parlait ainsi avec le maître de Jacques ? C'était un aubergiste à la porte duquel il s'était arrêté, il n'y avait pas à se tromper : il était court et gros comme un tonneau ; en chemise retroussée jusqu'aux coudes ; avec un bonnet de coton sur la tête, un tablier de cuisine autour de lui et un grand couteau à son côté. « Vite, vite, un lit pour ce malheureux, lui dit le maître de Jacques, un chirurgien, un médecin, un apothicaire... » Cependant on avait déposé Jacques à ses pieds, le front couvert d'une épaisse et énorme compresse, et les yeux fermés. « Jacques ? Jacques ?

— Est-ce vous, mon maître ?

— Oui, c'est moi ; regarde-moi donc.

— Je ne saurais.

— Qu'est-ce donc qu'il t'est arrivé ?

— Ah ! le cheval ! le maudit cheval ! je vous dirai tout cela demain, si je ne meurs pas pendant la nuit. »

Tandis qu'on le transportait et qu'on le montait à sa chambre, le maître dirigeait la marche et criait : « Prenez garde, allez doucement ; doucement, mordieu ! vous allez le blesser. Toi, qui le tiens par les jambes, tourne à droite ; toi, qui lui tiens la tête, tourne à gauche. » Et Jacques disait à voix basse. « Il était donc écrit là-haut !... »


A peine Jacques fut-il couché, qu'il s'endormit profondément. Son maître passa la nuit à son chevet, lui tâtant le pouls et humectant sans cesse sa compresse avec de l'eau vulnéraire. Jacques le surprit à son réveil dans cette fonction, et lui dit : « Que faites-vous là ?

LE MAITRE. — Je te veille. Tu es mon serviteur, quand je suis malade ou bien portant ; mais je suis le tien quand tu te portes mal.

JACQUES. — Je suis bien aise de savoir que vous êtes humain ; ce n'est pas trop la qualité des maîtres envers leurs valets.

Le Maitre. — Comment va la tête ?

Jacques. — Aussi bien que la solive contre laquelle
elle a lutté.

Le Maitre. — Prends ce drap entre tes dents et
secoue fort... Qu'as-tu senti ?

Jacques. — Rien ; la cruche me paraît sans fêlure.

Le Maitre. — Tant mieux. Tu veux te lever, je
crois ?

Jacques. — Et que voulez-vous que je fasse là ?

Le Maitre. — Je veux que tu te reposes.

Jacques. — Mon avis, à moi, est que nous déjeunions et que nous partions.

Le Maitre. — Et le cheval ?

Jacques. — Je l'ai laissé chez son maître, honnête
homme, galant homme, qui l'a repris pour ce qu'il
nous l'a vendu.

Le Maitre. — Et cet honnête homme, ce galant
homme, sais-tu qui il est ?

Jacques. — Non.

Le Maitre. — Je te le dirai quand nous serons en
route.

Jacques. — Et pourquoi pas à présent ? Quel mystère y a-t-il à cela ?

Le Maitre. — Mystère ou non, quelle nécessité y
a-t-il de te l'apprendre dans ce moment ou dans un
autre ?

JACQUES. — Aucune.

LE MAITRE. — Mais il te faut un cheval.

JACQUES. — L'hôte de cette auberge ne demandera peut-être pas mieux que de nous céder un des siens.

LE MAITRE. — Dors encore un moment, et je vais voir à cela. »

Le maître de Jacques descend, ordonne le déjeuner, achète un cheval, remonte et trouve Jacques habillé. Ils ont déjeuné et les voilà partis; Jacques protestant qu'il était malhonnête de s'en aller sans avoir fait une visite de politesse au citoyen à la porte duquel il s'était presque assommé et qui l'avait si obligeamment secouru, son maître le tranquillisant sur sa délicatesse par l'assurance qu'il avait bien récompensé ses satellites qui l'avaient apporté à l'auberge; Jacques prétendant que l'argent donné aux serviteurs ne l'acquittait pas avec leur maître; que c'était ainsi que l'on inspirait aux hommes le regret et le dégoût de la bienfaisance, et que l'on se donnait à soi-même un air d'ingratitude. « Mon maître, j'entends tout ce que cet homme dit de moi par ce que je dirais de lui, s'il était à ma place et moi à la sienne... »

Ils sortaient de la ville lorsqu'ils rencontrèrent un homme grand et vigoureux, le chapeau bordé sur la tête, l'habit galonné sur toutes les tailles, allant seul si vous en exceptez deux grands chiens qui le précédaient. Jacques ne l'eut pas plus tôt aperçu, que descendre de cheval, s'écrier : « C'est lui! » et se jeter à son cou, fut l'affaire d'un instant. L'homme aux deux chiens paraissait très embarrassé des caresses de Jacques, le repoussait doucement, et lui disait : « Monsieur, vous me faites trop d'honneur.

— Eh non! je vous dois la vie, et je ne saurais trop vous en remercier.

— Vous ne savez pas qui je suis.

— N'êtes-vous pas le citoyen officieux qui m'a

secouru, qui m'a saigné et qui m'a pansé, lorsque mon cheval...

— Il est vrai.

— N'êtes-vous pas le citoyen honnête qui a repris ce cheval pour le même prix qu'il me l'avait vendu ?

— Je le suis. » Et Jacques de le rembrasser sur une joue et sur l'autre, et son maître de sourire, et les deux chiens debout, le nez en l'air et comme émerveillés d'une scène qu'ils voyaient pour la première fois. Jacques, après avoir ajouté à ses démonstrations de gratitude force révérences, que son bienfaiteur ne lui rendait pas, et force souhaits qu'on recevait froidement, remonte sur son cheval, et dit à son maître : « J'ai la plus profonde vénération pour cet homme que vous devez me faire connaître.

LE MAITRE. — Et pourquoi, Jacques, est-il si vénérable à vos yeux ?

JACQUES. — C'est que, n'attachant aucune importance aux services qu'il rend, il faut qu'il soit naturellement officieux et qu'il ait une longue habitude de bienfaisance.

LE MAITRE. — Et à quoi jugez-vous cela ?

JACQUES. — A l'air indifférent et froid avec lequel il a reçu mon remerciement; il ne me salue point, il ne me dit pas un mot, il semble me méconnaître, et peut-être à présent se dit-il en lui-même avec un sentiment de mépris : Il faut que la bienfaisance soit fort étrangère à ce voyageur, et que l'exercice de la justice lui soit bien pénible, puisqu'il en est si touché... Qu'est-ce qu'il y a donc de si absurde dans ce que je vous dis, pour vous faire rire de si bon cœur!... Quoi qu'il en soit, dites-moi le nom de cet homme, afin que je l'écrive sur mes tablettes.

LE MAITRE. — Très volontiers; écrivez.

JACQUES. — Dites.

LE MAITRE. — Ecrivez : l'homme auquel je porte la
plus profonde vénération...

JACQUES. — La plus profonde vénération...

LE MAITRE. — Est...

JACQUES. — Est...

LE MAITRE. — Le bourreau de \*\*\*

JACQUES. — Le bourreau !

LE MAITRE. — Oui, oui, le bourreau.

JACQUES. — Pourriez-vous me dire où est le sel de
cette plaisanterie ?

LE MAITRE. — Je ne plaisante point. Suivez les
chaînons de votre gourmette. Vous avez besoin d'un
cheval, le sort vous adresse à un passant, et ce passant,
c'est un bourreau. Ce cheval vous conduit deux fois
entre des fourches patibulaires ; la troisième, il vous
dépose chez un bourreau ; là vous tombez sans vie, de
là on vous apporte, où ? dans une auberge, un gîte,
un asile commun. Jacques, savez-vous l'histoire de la
mort de Socrate ?

JACQUES. — Non.

LE MAITRE. — C'était un sage d'Athènes. Il y a
longtemps que le rôle de sage est dangereux parmi les
fous. Ses concitoyens le condamnèrent à boire la ciguë.
Eh bien ! Socrate fit comme vous venez de faire ; il en
usa avec le bourreau qui lui présenta la ciguë aussi
poliment que vous. Jacques, vous êtes une espèce de
philosophe, convenez-en. Je sais bien que c'est une
race d'hommes odieuse aux grands, devant lesquels ils
ne fléchissent pas le genou ; aux magistrats, protecteurs
par état des préjugés qu'ils poursuivent ; aux prêtres
qui les voient rarement au pied de leurs autels ; aux

poètes, gens sans principes et qui regardent sottement
la philosophie comme la cognée des beaux-arts, sans
compter que ceux même d'entre eux qui se sont exer-
cés dans le genre odieux de la satire, n'ont été que des
flatteurs; aux peuples, de tout temps les esclaves des
tyrans qui les oppriment, des fripons qui les trompent,
et des bouffons qui les amusent. Ainsi je connais,
comme vous voyez, tout le péril de votre profession et
toute l'importance de l'aveu que je vous demande;
mais je n'abuserai pas de votre secret. Jacques, mon
ami, vous êtes un philosophe, j'en suis fâché pour vous;
et s'il est permis de lire dans les choses présentes celles
qui doivent arriver un jour, et si ce qui est écrit là-
haut se manifeste quelquefois aux hommes longtemps
avant l'événement, je présume que votre mort sera
philosophique, et que vous recevrez le lacet d'aussi
bonne grâce que Socrate reçut la coupe de la ciguë.

JACQUES. — Mon maître, un prophète ne dirait pas
mieux; mais heureusement...

LE MAITRE. — Vous n'y croyez pas trop; ce qui
achève de donner de la force à mon pressentiment.

JACQUES. — Et vous, monsieur, y croyez-vous?

LE MAITRE. — J'y crois; mais je n'y croirais pas que
ce serait sans conséquence.

JACQUES. — Et pourquoi?

LE MAITRE. — C'est qu'il n'y a du danger que pour
ceux qui parlent; et je me tais.

JACQUES. — Et aux pressentiments?

LE MAITRE. — J'en ris, mais j'avoue que c'est en
tremblant. Il y en a qui ont un caractère si frappant!
On a été bercé de ces contes-là de si bonne heure! Si
vos rêves s'étaient réalisés cinq ou six fois, et qu'il vous
arrivât de rêver que votre ami est mort, vous iriez

bien vite le matin chez lui pour savoir ce qui en est. Mais les pressentiments dont il est impossible de se défendre, ce sont surtout ceux qui se présentent au moment où la chose se passe loin de nous, et qui ont un air symbolique.

JACQUES. — Vous êtes quelquefois si profond et si sublime que je ne vous entends pas. Ne pourriez-vous pas m'éclaircir cela par un exemple ?

LE MAITRE. — Rien de plus aisé. Une femme vivait à la campagne avec son mari octogénaire et attaqué de la pierre. Le mari quitte sa femme et vient à la ville se faire opérer. La veille de l'opération il écrit à sa femme : « A l'heure où vous recevrez cette lettre, je serai sous le bistouri de frère Cosme... » Tu connais ces anneaux de mariage qui se séparent en deux parties, sur chacune desquelles les noms de l'époux et de sa femme sont gravés. Eh bien! cette femme en avait un pareil au doigt, lorsqu'elle ouvrit la lettre de son mari. A l'instant, les deux moitiés de cet anneau se séparent; celle qui portait son nom reste à son doigt; celle qui portait le nom de son mari tombe brisée sur la lettre qu'elle lisait... Dis-moi, Jacques, crois-tu qu'il y ait de tête assez forte, d'âme assez ferme, pour n'être pas plus ou moins ébranlée d'un pareil incident, et dans une circonstance pareille ? Aussi cette femme en pensa mourir. Ses transes durèrent jusqu'au jour de la poste suivante par laquelle son mari lui écrivit que l'opération s'était faite heureusement, qu'il était hors de tout danger, et qu'il se flattait de l'embrasser avant la fin du mois.

JACQUES. — Et l'embrassa-t-il en effet ?

LE MAITRE. — Oui.

JACQUES. — Je vous ai fait cette question, parce que j'ai remarqué plusieurs fois que le destin était caute-leux. On lui dit au premier moment qu'il en aura menti, et il se trouve au second moment, qu'il a dit vrai. Ainsi donc, Monsieur, vous me croyez dans le cas du pressentiment symbolique ; et, malgré vous, vous me croyez menacé de la mort du philosophe ?

LE MAITRE. — Je ne saurais te le dissimuler ; mais pour écarter cette triste idée, ne pourrais-tu pas ?...

JACQUES. — Reprendre l'histoire de mes amours ?... »

Jacques reprit l'histoire de ses amours. Nous l'avions laissé, je crois, avec le chirurgien.

LE CHIRURGIEN. — J'ai peur qu'il n'y ait de la besogne à votre genou pour plus d'un jour.

JACQUES. — Il y en aura tout juste pour tout le temps qui est écrit là-haut, qu'importe ?

LE CHIRURGIEN. — A tant par jour pour le logement, la nourriture et mes soins, cela fera une somme.

JACQUES. — Docteur, il ne s'agit pas de la somme pour tout ce temps ; mais combien par jour.

LE CHIRURGIEN. — Vingt-cinq sous, serait-ce trop ?

JACQUES. — Beaucoup trop ; allons, docteur, je suis un pauvre diable : ainsi réduisons la chose à la moitié, et avisez le plus promptement que vous pourrez à me faire transporter chez vous.

LE CHIRURGIEN. — Douze sous et demi, ce n'est guère ; vous mettrez bien les treize sous !

JACQUES. — Douze sous et demi, treize sous... Tope.

LE CHIRURGIEN. — Et vous paierez tous les jours ?

JACQUES. — C'est la condition.

LE CHIRURGIEN. — C'est que j'ai une diable de femme qui n'entend pas raillerie, voyez-vous.

JACQUES. — Eh! docteur, faites-moi transporter bien vite auprès de votre diable de femme.

LE CHIRURGIEN. — Un mois à treize sous par jour, c'est dix-neuf livres dix sous. Vous mettrez bien vingt francs ?

JACQUES. — Vingt francs, soit.

LE CHIRURGIEN. — Vous voulez être bien nourri, bien soigné, promptement guéri. Outre la nourriture, le logement et les soins, il y aura peut-être les médicaments, il y aura des linges, il y aura...

JACQUES. — Après?

LE CHIRURGIEN. — Ma foi, le tout vaudra bien vingt-quatre francs.

JACQUES. — Va pour vingt-quatre francs; mais sans queue.

LE CHIRURGIEN. — Un mois à vingt-quatre francs; deux mois, cela fera quarante-huit livres; trois mois, cela fera soixante et douze. Ah! que la doctoresse serait contente, si vous pouviez lui avancer, en entrant, la moitié de ces soixante et douze livres!

JACQUES. — J'y consens.

LE CHIRURGIEN. — Elle serait bien plus contente encore...

JACQUES. — Si je payais le quartier ? Je le paierai.

Jacques ajouta : « Le chirurgien alla retrouver mes

hôtes, les prévint de notre arrangement, et un moment après, l'homme, la femme et les enfants se rassemblèrent autour de mon lit avec un air serein; ce furent des questions sans fin sur ma santé et sur mon genou, des éloges sur le chirurgien, leur compère et sa femme, des souhaits à perte de vue, la plus belle affabilité, un intérêt! un empressement à me servir! Cependant le chirurgien ne leur avait pas dit que j'avais quelque argent, mais ils connaissaient l'homme; il me prenait chez lui, et ils le savaient. Je payai ce que je devais à ces gens; je fis aux enfants de petites largesses que leur père et mère ne laissèrent pas longtemps entre leurs mains. C'était le matin. L'hôte partit pour s'en aller aux champs, l'hôtesse prit sa hotte sur ses épaules et s'éloigna; les enfants, attristés et mécontents d'avoir été spoliés, disparurent, et quand il fut question de me tirer de mon grabat, de me vêtir et de m'arranger sur mon brancard, il ne se trouva personne que le docteur, qui se mit à crier à tue-tête et que personne n'entendit.

LE MAITRE. — Et Jacques, qui aime à se parler à lui-même, se disait apparemment : Ne payez jamais d'avance, si vous ne voulez pas être mal servi.

JACQUES. — Non, mon maître; ce n'était pas le temps de moraliser, mais bien celui de s'impatienter et de jurer. Je m'impatientai, je jurai, je fis de la morale ensuite : et tandis que je moralisais, le docteur, qui m'avait laissé seul, revint avec deux paysans qu'il avait loués pour mon transport et à mes frais, ce qu'il ne me laissa pas ignorer. Ces hommes me rendirent tous les soins préliminaires à mon installation sur l'espèce de brancard qu'on me fit avec un matelas étendu sur des perches.

LE MAITRE. — Dieu soit loué! te voilà dans la maison du chirurgien, et amoureux de la femme ou de la fille du docteur.

JACQUES. — Je crois, mon maître, que vous vous trompez.

LE MAITRE. — Et tu crois que je passerai trois mois dans la maison du docteur avant que d'avoir entendu le premier mot de tes amours ? Ah! Jacques, cela ne se peut. Fais-moi grâce, je te prie, et de la description de la maison, et du caractère du docteur, et de l'humeur de la doctoresse, et des progrès de ta guérison; saute, saute par-dessus tout cela. Au fait! allons au fait! Voilà ton genou à peu près guéri, te voilà assez bien portant, et tu aimes.

JACQUES. — J'aime donc, puisque vous êtes si pressé.

LE MAITRE. — Et qui aimes-tu ?

JACQUES. — Une grande brune de dix-huit ans, faite au tour, grands yeux noirs, petite bouche vermeille, beaux bras, jolies mains... Ah! mon maître, les jolies mains!... C'est que ces mains-là...

LE MAITRE. — Tu crois encore les tenir.

JACQUES. — C'est que vous les avez prises et tenues plus d'une fois à la dérobée, et qu'il n'a dépendu que d'elles que vous n'en ayez fait tout ce qu'il vous plairait.

LE MAITRE. — Ma foi, Jacques, je ne m'attendais pas à celui-là.

JACQUES. — Ni moi non plus.

LE MAITRE. — J'ai beau rêver, je ne me rappelle ni grande brune, ni jolies mains : tâche de t'expliquer.

JACQUES. — J'y consens; mais c'est à la condition que nous reviendrons sur nos pas et que nous rentrerons dans la maison du chirurgien.

LE MAITRE. — Crois-tu que cela soit écrit là-haut ?

JACQUES. — C'est vous qui me l'allez apprendre;
mais il est écrit ici-bas que *chi va piano va sano*.

LE MAITRE. — Et qui *chi va sano va lontano;* et je
voudrais bien arriver.

JACQUES. — Eh bien! qu'avez-vous résolu ?

LE MAITRE. — Ce que tu voudras.

JACQUES. — En ce cas, nous revoilà chez le chirurgien; et il était écrit là-haut que nous y reviendrions.
Le docteur, sa femme et ses enfants se concertèrent si
bien pour épuiser ma bourse par toutes sortes de
petites rapines, qu'ils y eurent bientôt réussi. La guérison de mon genou paraissait bien avancée sans l'être,
la plaie était refermée à peu de chose près, je pouvais
sortir à l'aide d'une béquille, et il me restait encore
dix-huit francs. Pas de gens qui aiment plus à parler
que les bègues, pas de gens qui aiment plus à marcher
que les boiteux. Un jour d'automne, une après-dîner
qu'il faisait beau, je projetai une longue course; du
village que j'habitais au village voisin, il y avait environ deux lieues.

LE MAITRE. — Et ce village s'appelait ?

JACQUES. — Si je vous le nommais, vous sauriez
tout. Arrivé là, j'entrai dans un cabaret, je me reposai,
je me rafraîchis. Le jour commençait à baisser, et je me
disposais à regagner le gîte lorsque, de la maison où
j'étais, j'entendis une femme qui poussait les cris les
plus aigus. Je sortis; on s'était attroupé autour d'elle.
Elle était à terre, elle s'arrachait les cheveux; elle
disait, en montrant les débris d'une grande cruche :
« Je suis ruinée, je suis ruinée pour un mois; pendant
ce temps qui est-ce qui nourrira mes pauvres enfants ?
Cet intendant, qui a l'âme plus dure qu'une pierre, ne
me fera pas grâce d'un sou. Que je suis malheureuse!
Je suis ruinée, je suis ruinée!... » Tout le monde la

plaignait; je n'entendais autour d'elle que : « La pauvre femme! » mais personne ne mettait la main dans la poche. Je m'approchai brusquement et lui dis : « Ma bonne, qu'est-ce qui vous est arrivé ? — Ce qui m'est arrivé! est-ce que vous ne le voyez pas ? On m'avait envoyé acheter une cruche d'huile : j'ai fait un faux pas, je suis tombée, ma cruche s'est cassée, et voilà l'huile dont elle était pleine... » Dans ce moment survinrent les petits enfants de cette femme, ils étaient presque nus, et les mauvais vêtements de leur mère montraient toute la misère de la famille; et la mère et les enfants se mirent à crier. Tel que vous me voyez, il en fallait dix fois moins pour me toucher; mes entrailles s'émurent de compassion, les larmes me vinrent aux yeux. Je demandai à cette femme, d'une voix entrecoupée, pour combien il y avait d'huile dans sa cruche. « Pour combien ? me répondit-elle en levant les mains en haut. Pour neuf francs, pour plus que je ne saurais gagner en un mois... » A l'instant, déliant ma bourse et lui jetant deux gros écus, « tenez, ma bonne, lui dis-je, en voilà douze... » et, sans attendre ses remerciements, je repris le chemin du village.

LE MAITRE. — Jacques, vous fîtes là une belle chose.

JACQUES. — Je fis une sottise, ne vous déplaise. Je ne fus pas à cent pas du village que je me le dis; je ne fus pas à moitié chemin, que je me le dis bien mieux; arrivé chez mon chirurgien, le gousset vide, je le sentis bien autrement.

LE MAITRE. — Tu pourrais bien avoir raison, et mon éloge être aussi déplacé que ta commisération... Non, non, Jacques, je persiste dans mon premier jugement, et c'est l'oubli de ton propre besoin qui fait le principal mérite de ton action. J'en vois les suites : tu vas être exposé à l'inhumanité de ton chirurgien et de sa femme; ils te chasseront de chez eux; mais quand tu devrais mourir à leur porte sur un fumier, sur ce fumier tu serais satisfait de toi.

JACQUES. — Mon maître, je ne suis pas de cette force-là ; je m'acheminais cahin-caha ; et, puisqu'il faut vous l'avouer, regrettant mes deux gros écus, qui n'en étaient pas moins donnés, et gâtant par mon regret l'œuvre que j'avais faite. J'étais à une égale distance des deux villages, et le jour était tout à fait tombé, lorsque trois bandits sortent d'entre les broussailles qui bordaient le chemin, se jettent sur moi, me renversent à terre, me fouillent, et sont étonnés de me trouver aussi peu d'argent que j'en avais. Ils avaient compté sur une meilleure proie ; témoins de l'aumône que j'avais faite au village, ils avaient imaginé que celui qui peut se dessaisir aussi lestement d'un demi-louis devait en avoir encore une vingtaine. Dans la rage de voir leur espérance trompée et de s'être exposés à avoir les os brisés sur un échafaud pour une poignée de sous-marques, si je les dénonçais, s'ils étaient pris et que je les reconnusse, ils balancèrent un moment s'ils ne m'assassineraient pas. Heureusement ils entendirent du bruit ; ils s'enfuirent, et j'en fus quitte pour quelques contusions que je me fis en tombant et que je reçus tandis qu'on me volait. Les bandits éloignés, je me retirai ; je regagnai le village comme je pus : j'y arrivai à deux heures de nuit, pâle, défait, la douleur de mon genou fort accrue et souffrant, en différents endroits, des coups que j'avais remboursés. Le docteur... Mon maître, qu'avez-vous ? Vous serrez les dents, vous vous agitez comme si vous étiez en présence d'un ennemi.

LE MAITRE. — J'y suis, en effet ; j'ai l'épée à la main ; je fonds sur tes voleurs et je te venge. Dis-moi comment celui qui a écrit le grand rouleau a pu écrire que telle serait la récompense d'une action généreuse ? Pourquoi moi, qui ne suis qu'un misérable composé de défauts, je prends ta défense, tandis que lui qui t'a vu tranquillement attaqué, renversé, maltraité, foulé aux pieds, lui qu'on dit être l'assemblage de toute perfection !...

JACQUES. — Mon maître, paix, paix : ce que vous dites là sent le fagot en diable.

Le Maitre. — Qu'est-ce que tu regardes ?

Jacques. — Je regarde s'il n'y a personne autour de nous qui vous ait entendu... Le docteur me tâta le pouls et me trouva de la fièvre. Je me couchai sans parler de mon aventure, rêvant sur mon grabat, ayant affaire à deux âmes... Dieu! quelles âmes! n'ayant pas le sou, et pas le moindre doute que le lendemain, à mon réveil, on n'exigeât le prix dont nous étions convenus par jour.

En cet endroit, le maître jeta ses bras autour du cou de son valet, en s'écriant : « Mon pauvre Jacques, que vas-tu faire ? Que vas-tu devenir ? Ta position m'effraie.

Jacques. — Mon maître, rassurez-vous, me voilà.

Le Maitre. — Je n'y pensais pas ; j'étais à demain, à côté de toi, chez le docteur, au moment où tu t'éveilles, et où l'on vient te demander de l'argent.

Jacques. — Mon maître, on ne sait de quoi se réjouir, ni de quoi s'affliger dans la vie. Le bien amène le mal, le mal amène le bien. Nous marchons dans la nuit au-dessous de ce qui est écrit là-haut, également insensés dans nos souhaits, dans notre joie et dans notre affliction. Quand je pleure, je trouve souvent que je suis un sot.

Le Maitre. — Et quand tu ris ?

Jacques. — Je trouve encore que je suis un sot ; cependant, je ne puis m'empêcher de pleurer ni de rire : et c'est ce qui me fait enrager. J'ai cent fois essayé... Je ne fermai pas l'œil de la nuit...

Le Maitre. — Non, non, dis-moi ce que tu as essayé.

Jacques. — De me moquer de tout. Ah! si j'avais pu y réussir.

LE MAITRE. — A quoi cela t'aurait-il servi ?

JACQUES. — A me délivrer de souci, à n'avoir plus besoin de rien, à me rendre parfaitement maître de moi, à me trouver aussi bien la tête contre une borne, au coin de la rue, que sur un bon oreiller. Tel je suis quelquefois; mais le diable est que cela ne dure pas, et que dur et ferme comme un rocher dans les grandes occasions, il arrive souvent qu'une petite contradiction, une bagatelle me déferre; c'est à se donner des soufflets. J'y ai renoncé; j'ai pris le parti d'être comme je suis; et j'ai vu, en y pensant un peu, que cela revenait presque au même, en ajoutant : Qu'importe comme on soit ? C'est une autre résignation plus facile et plus commode.

LE MAITRE. — Pour plus commode, cela est sûr.

JACQUES. — Dès le matin, le chirurgien tira mes rideaux et me dit : « Allons, l'ami, votre genou; car il faut que j'aille au loin.

— Docteur, lui dis-je d'un ton douloureux, j'ai sommeil.

— Tant mieux! c'est bon signe.

— Laissez-moi dormir, je ne me soucie pas d'être pansé.

— Il n'y a pas grand inconvénient à cela, dormez... »

Cela dit, il referme mes rideaux; et je ne dors pas. Une heure après, la doctoresse tira mes rideaux et me dit : « Allons, l'ami, prenez votre rôtie au sucre.

— Madame la doctoresse, lui répondis-je d'un ton douloureux, je ne me sens pas d'appétit.

— Mangez, mangez, vous n'en paierez ni plus ni moins.

— Je ne veux pas manger.

— Tant mieux! ce sera pour mes enfants et pour moi. »

Et cela dit, elle referme mes rideaux, appelle ses enfants et les voilà qui se mettent à dépêcher ma rôtie au sucre.

Lecteur, si je faisais ici une pause, et que je reprisse l'histoire de l'homme à une seule chemise, parce qu'il n'avait qu'un corps à la fois, je voudrais bien savoir ce que vous en penseriez ? Que je me suis fourré dans une *impasse* à la Voltaire, ou vulgairement dans un cul-de-sac, d'où je ne sais comment sortir, et que je me jette dans un conte fait à plaisir, pour gagner du temps et chercher quelque moyen de sortir de celui que j'ai commencé. Eh bien, lecteur, vous vous abusez de tout point. Je sais comment Jacques sera tiré de sa détresse, et ce que je vais vous dire de Gousse, l'homme à une seule chemise à la fois, parce qu'il n'avait qu'un corps à la fois, n'est point du tout un conte.

C'était un jour de Pentecôte, le matin, que je reçus un billet de Gousse, par lequel il me suppliait de le visiter dans une prison où il était confiné. En m'habillant, je rêvais à son aventure; et je pensais que son tailleur, son boulanger, son marchand de vin ou son hôte, avaient obtenu et mis à exécution contre lui une prise de corps. J'arrive, et je le trouve faisant chambrée commune avec d'autres personnages d'une figure omineuse. Je lui demandai ce que c'étaient que ces gens-là.

« Le vieux que vous voyez avec ses lunettes sur le nez est un homme adroit qui sait supérieurement le calcul et qui cherche à faire cadrer les registres qu'il copie avec ses comptes. Cela est difficile, nous en avons causé, mais je ne doute point qu'il n'y réussisse.

— Et cet autre ?

— C'est un sot.

— Mais encore ?

— Un sot, qui avait inventé une machine à contre-faire les billets publics, mauvaise machine, machine vicieuse qui pèche par vingt endroits.

— Et ce troisième, qui est vêtu d'une livrée et qui joue de la basse ?

— Il n'est ici qu'en attendant; ce soir peut-être ou demain matin, car son affaire n'est rien, il sera transféré à Bicêtre.

— Et vous ?

— Moi ? mon affaire est moindre encore. »

Après cette réponse, il se lève, pose son bonnet sur le lit, et à l'instant ses trois camarades de prison disparaissent. Quand j'entrai, j'avais trouvé Gousse en robe de chambre, assis à une petite table, traçant des figures de géométrie et travaillant aussi tranquillement que s'il eût été chez lui. Nous voilà seuls. « Et vous, que faites-vous ici ?

— Moi, je travaille, comme vous voyez.

— Et qui est-ce qui vous y a fait mettre ?

— Moi.

— Comment vous ?

— Oui, moi, monsieur.

— Et comment vous y êtes-vous pris ?

— Comme je m'y serais pris avec un autre. Je me suis fait un procès à moi-même ; je l'ai gagné, et en conséquence de la sentence que j'ai obtenue contre moi et du décret qui s'en est suivi, j'ai été appréhendé et conduit ici.

— Etes-vous fou ?

— Non, monsieur, je vous dis la chose telle qu'elle est.

— Ne pourriez-vous pas vous faire un autre procès à vous-même, le gagner, et, en conséquence d'une autre sentence et d'un autre décret, vous faire élargir ?

— Non, monsieur. »

Gousse avait une servante jolie, et qui lui servait de moitié plus souvent que la sienne. Ce partage inégal avait troublé la paix domestique. Quoique rien ne fût plus difficile que de tourmenter cet homme, celui de tous qui s'épouvantait le moins du bruit, il prit le parti de quitter sa femme et de vivre avec sa servante. Mais toute sa fortune consistait en meubles, en machines, en dessins, en outils et autres effets mobiliers ; et il aimait mieux laisser sa femme toute nue que de s'en aller les mains vides ; en conséquence, voici le projet qu'il conçut. Ce fut de faire des billets à sa servante, qui en poursuivrait le paiement et obtiendrait la saisie et la vente de ses effets, qui iraient du pont Saint-Michel dans le logement où il se proposait

de s'installer avec elle. Il est enchanté de l'idée, il fait
les billets, il s'assigne, il a deux procureurs. Le voilà
courant chez l'un et chez l'autre, se poursuivant lui-
même avec toute la vivacité possible, s'attaquant bien,
se défendant mal ; le voilà condamné à payer sous les
peines portées par la loi ; le voilà s'emparant en idée
de tout ce qu'il pouvait y avoir dans sa maison ; mais
il n'en fut pas tout à fait ainsi. Il avait affaire à une
coquine très rusée qui, au lieu de le faire exécuter dans
ses meubles, se jeta sur sa personne, le fit prendre et
mettre en prison ; en sorte que quelques bizarres que
fussent les réponses énigmatiques qu'il m'avait faites,
elles n'en étaient pas moins vraies.

Tandis que je vous faisais cette histoire, que vous
prendrez pour un conte... — Et celle de l'homme à la
livrée qui raclait de la basse ? — Lecteur, je vous la
promets ; d'honneur, vous ne la perdrez pas ; mais permettez que je revienne à Jacques et à son maître.
Jacques et son maître avaient atteint le gîte où ils
avaient la nuit à passer. Il était tard ; la porte de la
ville était fermée, et ils avaient été obligés de s'arrêter
dans le faubourg. Là, j'entends un vacarme... — Vous
entendez ! Vous n'y étiez pas ; il ne s'agit pas de vous.
— Il est vrai. Eh bien ! Jacques... son maître... On
entend un vacarme effroyable. Je vois deux hommes...
— Vous ne voyez rien ; il ne s'agit pas de vous, vous
n'y étiez pas. — Il est vrai. Il y avait deux hommes à
table, causant assez tranquillement à la porte de la
chambre qu'ils occupaient ; une femme, les deux poings
sur les côtés, leur vomissait un torrent d'injures, et
Jacques essayait d'apaiser cette femme, qui n'écoutait
non plus ses remontrances pacifiques que les deux personnages à qui elle s'adressait ne faisaient attention à
ses invectives. « Allons, ma bonne, lui disait Jacques,
patience, remettez-vous ; voyons, de quoi s'agit-il ? Ces
messieurs me semblent d'honnêtes gens.

— Eux, d'honnêtes gens ? Ce sont des brutaux, des
gens sans pitié, sans humanité, sans aucun sentiment.
Eh ! quel mal leur faisait cette pauvre Nicole pour la
maltraiter ainsi ? Elle en sera peut-être estropiée pour
le reste de sa vie.

— Le mal n'est peut-être pas aussi grand que vous le croyez.

— Le coup a été effroyable, vous dis-je ; elle en sera estropiée.

— Il faut voir ; il faut envoyer chercher le chirurgien.

— On y est allé.

— La mettre au lit.

— Elle y est, et pousse des cris à fendre le cœur. Ma pauvre Nicole !... »

Au milieu de ces lamentations, on sonnait d'un côté, et l'on criait : « Notre hôtesse ! du vin... » Elle répondait : « On y va. » On sonnait d'un autre côté, et l'on criait : « Notre hôtesse ! du linge ! » Elle répondait : « On y va. — Les côtelettes et le canard ! — On y va. — Un pot à boire, un pot de chambre ! — On y va, on y va. » Et d'un autre coin du logis un homme forcené criait : « Maudit bavard ! enragé bavard ! de quoi te mêles-tu ? As-tu résolu de me faire attendre jusqu'à demain ? Jacques ! Jacques ! »

L'hôtesse, un peu remise de sa douleur et de sa fureur, dit à Jacques : « Monsieur, laissez-moi, vous êtes trop bon.

— Jacques ! Jacques !

— Courez vite. Ah ! si vous saviez tous les malheurs de cette pauvre créature !...

— Jacques ! Jacques !

— Allez donc, c'est, je crois, votre maître qui vous appelle.

— Jacques ! Jacques ! »

C'était en effet le maître de Jacques qui s'était déshabillé seul, qui se mourait de faim et qui s'impatientait de n'être pas servi. Jacques monta, et un moment après Jacques, l'hôtesse, qui avait vraiment l'air abattu : « Monsieur, dit-elle au maître de Jacques, mille pardons ; c'est qu'il y a des choses dans la vie qu'on ne saurait digérer. Que voulez-vous ? J'ai des poulets, des pigeons, un râble de lièvre excellent, des lapins : c'est le canton des bons lapins. Aimeriez-vous mieux un oiseau de rivière ? » Jacques ordonna le souper de son maître comme pour lui, selon son usage. On servit, et tout en dévorant, le maître disait à Jacques : « Eh ! que diable faisais-tu là-bas ?

JACQUES. — Peut-être un bien, peut-être un mal ; qui le sait ?

LE MAITRE. — Et quel bien ou quel mal faisais-tu là-bas ?

JACQUES. — J'empêchais cette femme de se faire assommer elle-même par deux hommes qui sont là-bas et qui ont cassé tout au moins un bras à sa servante.

LE MAITRE. — Et peut-être ç'aurait été pour elle un bien que d'être assommée...

JACQUES. — Par dix raisons meilleures les unes que les autres. Un des plus grands bonheurs qui me soient arrivés de ma vie, à moi qui vous parle...

LE MAITRE. — C'est d'avoir été assommé ?... A boire.

JACQUES. — Oui, monsieur, assommé, assommé sur le grand chemin, la nuit ; en revenant du village, comme je vous le disais, après avoir fait, selon moi, la sottise ; selon vous, la belle œuvre de donner mon argent.

LE MAITRE. — Je me rappelle... A boire... Et l'origine de la querelle que tu apaisais là-bas, et du mauvais traitement fait à la fille ou à la servante de l'hôtesse ?

JACQUES. — Ma foi, je l'ignore.

LE MAITRE. — Tu ignores le fond d'une affaire, et tu t'en mêles ! Jacques, cela n'est ni selon la prudence, ni selon la justice, ni selon les principes... A boire...

JACQUES. — Je ne sais ce que c'est que des principes, selon des règles qu'on prescrit aux autres pour soi. Je pense d'une façon, et je ne saurais m'empêcher de faire d'une autre. Tous les sermons ressemblent aux préambules des édits du roi; tous les prédicateurs voudraient qu'on pratiquât leurs leçons, parce que nous nous en trouverions mieux peut-être; mais eux à coup sûr... La vertu...

LE MAITRE. — La vertu, Jacques, c'est une bonne chose; les méchants et les bons en disent du bien... A boire...

JACQUES. — Car ils y trouvent les uns et les autres leur compte.

LE MAITRE. — Et comment fut-ce un si grand bonheur pour toi d'être assommé ?

JACQUES. — Il est tard, vous avez bien soupé et moi aussi; nous sommes fatigués tous les deux, croyez-moi, couchons-nous.

LE MAITRE. — Cela ne se peut, et l'hôtesse nous doit encore quelque chose. En attendant, reprends l'histoire de tes amours.

JACQUES. — Où en étais-je ? Je vous prie, mon maître, pour cette fois-ci, et pour toutes les autres, de me remettre sur la voie.

LE MAITRE. — Je m'en charge, et, pour entrer en ma fonction de souffleur, tu étais dans ton lit, sans argent, fort empêché de ta personne, tandis que la doctoresse et ses enfants mangeaient ta rôtie au sucre.

JACQUES. — Alors on entendit un carrosse s'arrêter à la porte de la maison. Un valet entre et demande : « N'est-ce pas ici que loge un pauvre homme, un soldat qui marche avec une béquille, qui revint hier au soir du village prochain ?

— Oui, répondit la doctoresse, que lui voulez-vous ?

— Le prendre dans ce carrosse et l'amener avec nous.

— Il est dans ce lit ; tirez les rideaux et parlez-lui. »

Jacques en était là, lorsque l'hôtesse entra et leur dit : « Que voulez-vous pour dessert ?

LE MAITRE. — Ce que vous avez. »

L'hôtesse, sans se donner la peine de descendre, cria de la chambre : « Nanon, apportez des fruits, des biscuits, des confitures... »

A ce mot de Nanon, Jacques dit à part lui : « Ah ! c'est sa fille qu'on a maltraitée, on se mettrait en colère à moins... »

Et le maître dit à l'hôtesse : « Vous étiez bien fâchée tout à l'heure ?

L'HOTESSE. — Et qui est-ce qui ne se fâcherait pas ? La pauvre créature ne leur avait rien fait ; elle était à peine entrée dans leur chambre, que je l'entends jeter des cris, mais des cris... Dieu merci ! je suis un peu rassurée ; le chirurgien prétend que ce ne sera rien ; elle a cependant deux énormes contusions, l'une à la tête, l'autre à l'épaule.

LE MAITRE. — Y a-t-il longtemps que vous l'avez ?

L'HOTESSE. — Une quinzaine au plus. Elle avait été abandonnée à la poste voisine.

LE MAITRE. — Comment, abandonnée !

L'HOTESSE. — Eh ! mon Dieu, oui ! C'est qu'il y a des gens qui sont plus durs que des pierres. Elle a pensé être noyée en passant la rivière qui coule ici près ; elle est arrivée ici comme par miracle, et je l'ai reçue par charité.

LE MAITRE. — Quel âge a-t-elle ?

L'HOTESSE. — Je lui crois plus d'un an et demi... »
A ce mot, Jacques part d'un éclat de rire et s'écrie :
« C'est une chienne !

L'HOTESSE. — La plus jolie bête du monde ; je ne
donnerais pas ma Nicole pour dix louis. Ma pauvre
Nicole !

LE MAITRE. — Madame a le cœur bon.

L'HOTESSE. — Vous l'avez dit, je tiens à mes bêtes
et à mes gens.

LE MAITRE. — C'est fort bien fait. Et qui sont ceux
qui ont si fort maltraité votre Nicole ?

L'HOTESSE. — Deux bourgeois de la ville prochaine.
Ils se parlent sans cesse à l'oreille ; ils s'imaginent qu'on
ne sait ce qu'ils disent, et qu'on ignore leur aventure.
Il n'y a pas plus de trois heures qu'ils sont ici, et il ne
me manque pas un mot de toute leur affaire. Elle est
plaisante ; et si vous n'étiez pas plus pressé de vous
coucher que moi, je vous la raconterais tout comme
leur domestique l'a dite à ma servante, qui s'est trouvée
par hasard être sa payse, qui l'a redite à mon mari, qui
me l'a redite. La belle-mère du plus jeune a passé
par ici il n'y a pas plus de trois mois ; elle s'en allait
assez malgré elle dans un couvent de province où elle
n'a pas fait vieux os ; elle y est morte ; et voilà pourquoi nos deux jeunes gens sont en deuil... Mais voilà
que, sans m'en apercevoir, j'enfile leur histoire. Bonsoir, messieurs, et bonne nuit. Vous avez trouvé le
vin bon ?

LE MAITRE. — Très bon.

L'HOTESSE. — Vous avez été contents de votre souper ?

LE MAITRE. — Très contents. Vos épinards étaient
un peu salés.

L'Hotesse. — J'ai quelquefois la main lourde. Vous serez bien couché, et dans des draps de lessive ; ils ne servent jamais ici deux fois. »

Cela dit, l'hôtesse se retira, et Jacques et son maître se mirent au lit en riant du quiproquo qui leur avait fait prendre une chienne pour la fille ou la servante de la maison, et de la passion de l'hôtesse pour une chienne perdue qu'elle possédait depuis quinze jours. Jacques dit à son maître, en attachant le serre-tête à son bonnet de nuit : « Je gagerais bien que de tout ce qui a vie dans l'auberge, cette femme n'aime que sa Nicole. » Son maître lui répondit : « Cela se peut, Jacques ; mais dormons. »

Tandis que Jacques et son maître reposent, je vais m'acquitter de ma promesse, par le récit de l'homme de la prison, qui raclait de la basse, ou plutôt de son camarade, le sieur Gousse.

« Ce troisième, me dit-il, est un intendant de grande maison. Il était devenu amoureux d'une pâtissière de la rue de l'Université. Le pâtissier était un bon homme qui regardait de plus près à son four qu'à la conduite de sa femme. Si ce n'était pas sa jalousie, c'était son assiduité qui gênait nos deux amants. Que firent-ils pour se délivrer de cette contrainte ? L'intendant présenta à son maître un placet où le pâtissier était traduit comme un homme de mauvaises mœurs, un ivrogne qui ne sortait pas de la taverne, un brutal qui battait sa femme, la plus honnête et la plus malheureuse des femmes. Sur ce placet il obtint une lettre de cachet, et cette lettre de cachet, qui disposait de la liberté du mari, fut mise entre les mains d'un exempt, pour l'exécuter sans délai. Il arriva par hasard que cet exempt était l'ami du pâtissier. Ils allaient de temps en temps chez le marchand de vin ; le pâtissier fournissait les petits pâtés, l'exempt payait la bouteille. Celui-ci, muni de la lettre de cachet, passe devant la porte dù pâtissier, et lui fait le signe convenu. Les voilà tous les deux occupés à manger et à arroser les petits pâtés; et l'exempt demandant à son camarade comment allait son commerce ?

« Fort bien.

— S'il n'avait aucune mauvaise affaire ?

— Aucune.

— S'il n'avait point d'ennemis ?

— Il ne s'en connaissait pas.

— Comment il vivait avec ses parents, ses voisins, sa femme ?

— En amitié et en paix.

— D'où peut donc venir, ajouta l'exempt, l'ordre que j'ai de t'arrêter ? Si je faisais mon devoir, je te mettrais la main au collet, il y aurait là un carrosse tout prêt, et je te conduirais au lieu prescrit par cette lettre de cachet. Tiens, lis... »

Le pâtissier lut et pâlit. L'exempt lui dit : « Rassure-toi, avisons seulement ensemble à ce que nous avons de mieux à faire pour ma sûreté et pour la tienne. Qui est-ce qui fréquente chez toi ?

— Personne.

— Ta femme est coquette et jolie.

— Je la laisse faire à sa tête.

— Personne ne la couche-t-il en joue ?

— Ma foi, non, si ce n'est un certain intendant qui vient quelquefois lui serrer les mains et lui débiter des sornettes; mais c'est dans ma boutique, devant moi, en présence de mes garçons, et je crois qu'il ne se passe rien entre eux qui ne soit en tout bien et en tout honneur.

— Tu es un bon homme !

— Cela se peut; mais le mieux de tout point est de croire sa femme honnête, et c'est ce que je fais.

— Et cet intendant, à qui est-il ?

— A M. de Saint-Florentin.

— Et de quels bureaux crois-tu que vienne la lettre de cachet ?

— Des bureaux de M. de Saint-Florentin, peut-être.

— Tu l'as dit.

— Oh! manger ma pâtisserie, baiser ma femme

et me faire enfermer, cela est trop noir, et je ne saurais le croire!

— Tu es un bon homme! Depuis quelques jours, comment trouves-tu ta femme ?

— Plutôt triste que gaie.

— Et l'intendant, y a-t-il longtemps que tu ne l'as vu ?

— Hier, je crois; oui, c'était hier.

— N'as-tu rien remarqué ?

— Je suis fort peu remarquant; mais il m'a semblé qu'en se séparant ils se faisaient quelques signes de la tête, comme quand l'un dit oui et que l'autre dit non.

— Quelle était la tête qui disait oui ?

— Celle de l'intendant.

— Ils sont innocents ou ils sont complices. Ecoute, mon ami, ne rentre pas chez toi; sauve-toi en quelque lieu de sûreté, au Temple, dans l'Abbaye, où tu voudras, et cependant laisse-moi faire; surtout souviens-toi bien...

— De ne pas me montrer et de me taire.

— C'est cela. »

Au même moment la maison du pâtissier est entourée d'espions. Des mouchards, sous toutes sortes de vêtements, s'adressent à la pâtissière, et lui demandent son mari; elle répond à l'un qu'il est malade, à un autre qu'il est parti pour une fête, à un troisième pour une noce. Quand il reviendra ? Elle n'en sait rien.

Le troisième jour, sur les deux heures du matin, on vient avertir l'exempt qu'on avait vu un homme, le nez enveloppé dans un manteau, ouvrir doucement la porte de la rue et se glisser doucement dans la maison du pâtissier. Aussitôt l'exempt, accompagné d'un commissaire, d'un serrurier, d'un fiacre et de quelques archers, se transporte sur les lieux. La porte est crochetée, l'exempt et le commissaire montent à petit bruit. On frappe à la chambre de la pâtissière : point de réponse; on frappe encore : point de réponse; à la troisième fois on demande du dedans : « Qui est-ce ?

— Ouvrez.

— Qui est-ce ?

— Ouvrez, c'est de la part du roi.

— Bon! disait l'intendant à la pâtissière avec laquelle il était couché; il n'y a point de danger : c'est l'exempt qui vient pour exécuter son ordre. Ouvrez : je me nommerai; il se retirera, et tout sera fini. »

La pâtissière, en chemise, ouvre et se remet dans son lit.

L'Exempt. — Où est votre mari ?

La Pâtissière. — Il n'y est pas.

L'Exempt, *écartant le rideau*. — Qui est-ce qui est donc là ?

L'Intendant. — C'est moi; je suis l'intendant de M. de Saint-Florentin.

L'Exempt. — Vous mentez, vous êtes le pâtissier, car le pâtissier est celui qui couche avec la pâtissière. Levez-vous, habillez-vous, et suivez-moi.

Il fallut obéir; on le conduisit ici. Le ministre, instruit de la scélératesse de son intendant, a approuvé la conduite de l'exempt, qui doit venir ce soir à la chute du jour le prendre dans cette prison pour le transférer à Bicêtre, où, grâce à l'économie des administrateurs, il mangera son quarteron de mauvais pain, son once de vache, et raclera de sa basse du matin au soir... » Si j'allais aussi mettre ma tête sur un oreiller, en attendant le réveil de Jacques et de son maître; qu'en pensez-vous ?

Le lendemain Jacques se leva de grand matin, mit la tête à la fenêtre pour voir quel temps il faisait, vit qu'il faisait un temps détestable, se recoucha, et nous laissa dormir, son maître et moi, tant qu'il nous plut.

Jacques, son maître et les autres voyageurs qui

s'étaient arrêtés au même gîte, crurent que le ciel
s'éclaircirait sur le midi; il n'en fut rien; et la pluie
de l'orage ayant gonflé le ruisseau qui séparait le faubourg de la ville, au point qu'il eût été dangereux de le
passer, tous ceux dont la route conduisait de ce côté
prirent le parti de perdre une journée, et d'attendre.
Les uns se mirent à causer; d'autres à aller et venir, à
mettre le nez à la porte, à regarder le ciel et à rentrer
en jurant et frappant du pied; plusieurs à politiquer
et à boire; beaucoup à jouer; le reste à fumer, à dormir
et à ne rien faire. Le maître dit à Jacques : « J'espère
que Jacques va reprendre le récit de ses amours, et que
le ciel, qui veut que j'aie la satisfaction d'en entendre
la fin, nous retient ici par le mauvais temps.

JACQUES. — Le ciel qui veut! On ne sait jamais ce
que le ciel veut ou ne veut pas, et il n'en sait peut-être
rien lui-même. Mon pauvre capitaine qui n'est plus
me l'a répété cent fois; et plus j'ai vécu, plus j'ai
reconnu qu'il avait raison... A vous, mon maître.

LE MAITRE. — J'entends. Tu en étais au carrosse
et au valet, à qui la doctoresse a dit d'ouvrir ton
rideau et de te parler.

JACQUES. — Ce valet s'approche de mon lit, et me
dit : « Allons, camarade, debout, habillez-vous et partons. » Je lui répondis d'entre les draps et la couverture dont j'avais la tête enveloppée, sans le voir, sans
en être vu : « Camarade, laissez-moi dormir et partez. »
Le valet me réplique qu'il a des ordres de son maître,
et qu'il faut qu'il les exécute.

« Et votre maître qui ordonne d'un homme qu'il
ne connaît pas, a-t-il ordonné de payer ce que je dois
ici ?

— C'est une affaire faite. Dépêchez-vous, tout le
monde vous attend au château, où je vous réponds que
vous serez mieux qu'ici, si la suite répond à la curiosité
qu'on a de vous. »

Je me laisse persuader; je me lève, je m'habille, on
me prend sous le bras. J'avais fait mes adieux à la

doctoresse et j'allais monter en carrosse, lorsque cette femme, s'approchant de moi, me tire par la manche, et me prie de passer dans un coin de la chambre, qu'elle avait un mot à me dire. « Là, notre ami, ajouta-t-elle, vous n'avez point, je crois, à vous plaindre de nous ; le docteur vous a sauvé une jambe, moi, je vous ai bien soigné, et j'espère qu'au château vous ne nous oublierez pas.

— Qu'y pourrais-je pour vous ?

— Demander que ce fût mon mari qui vînt pour vous y panser ; il y a du monde là ! C'est la meilleure pratique du canton ; le seigneur est un homme généreux, on en est grassement payé ; il ne tiendrait qu'à vous de faire notre fortune. Mon mari a bien tenté à plusieurs reprises de s'y fourrer, mais inutilement.

— Mais, madame la doctoresse, n'y a-t-il pas un chirurgien du château ?

— Assurément !

— Et si cet autre était votre mari, seriez-vous bien aise qu'on le desservît et qu'il fût expulsé ?

— Ce chirurgien est un homme à qui vous ne devez rien, et je crois que vous devez quelque chose à mon mari : si vous allez à deux pieds comme ci-devant, c'est son ouvrage.

— Et parce que votre mari m'a fait du bien, il faut que je fasse du mal à un autre ? Encore si la place était vacante... »

Jacques allait continuer, lorsque l'hôtesse entra tenant entre ses bras Nicole emmaillotée, la baisant, la plaignant, la caressant, lui parlant comme à son enfant : « Ma pauvre Nicole, elle n'a eu qu'un cri de toute la nuit. Et vous, messieurs, avez-vous bien dormi ?

LE MAITRE. — Très bien.

L'HOTESSE. — Le temps est pris de tous côtés.

JACQUES. — Nous en sommes assez fâchés.

L'Hotesse. — Ces messieurs vont-ils loin ?

Jacques. — Nous n'en savons rien.

L'Hotesse. — Ces messieurs suivent quelqu'un ?

Jacques. — Nous ne suivons personne.

L'Hotesse. — Ils vont, ou ils s'arrêtent, selon les affaires qu'ils ont sur la route ?

Jacques. — Nous n'en avons aucune.

L'Hotesse. — Ces messieurs voyagent pour leur plaisir ?

Jacques. — Ou pour leur peine.

L'Hotesse. — Je souhaite que ce soit le premier.

Jacques. — Votre souhait n'y fera pas un zeste ; ce sera selon qu'il est écrit là-haut.

L'Hotesse. — Oh ! c'est un mariage ?

Jacques. — Peut-être que oui, peut-être que non.

L'Hotesse. — Messieurs, prenez-y garde. Cet homme qui est là-bas, et qui a si rudement traité ma pauvre Nicole, en a fait un bien saugrenu... Viens, ma pauvre bête ; viens que je te baise ; je te promets que cela n'arrivera plus. Voyez comme elle tremble de tous ses membres !

Le Maitre. — Et qu'a donc de si singulier le mariage de cet homme ? »

A cette question du maître de Jacques, l'hôtesse dit : « J'entends du bruit là-bas, je vais donner mes ordres, et je reviens vous conter tout cela... » Son mari, las de crier : « Ma femme, ma femme », monte, et avec lui son compère qu'il ne voyait pas. L'hôte

dit à sa femme : « Eh! que diable faites-vous là ?... »
Puis se retournant et apercevant son compère : « M'ap-
portez-vous de l'argent ?

LE COMPÈRE. — Non, compère, vous savez bien que
je n'en ai point.

L'HOTE. — Tu n'en as point ? Je saurai bien en faire
avec ta charrue, tes chevaux, tes bœufs et ton lit.
Comment, gredin!

LE COMPÈRE. — Je ne suis point un gredin.

L'HOTE. — Et qui es-tu donc ? Tu es dans la misère,
tu ne sais où prendre de quoi ensemencer tes champs;
ton propriétaire, las de te faire des avances, ne te veut
plus rien donner. Tu viens à moi; cette femme intercède; cette maudite bavarde, qui est la cause de toutes
les sottises de ma vie, me résout à te prêter; je te prête;
tu promets de me rendre; tu me manques dix fois.
Oh! je te promets, moi, que je ne te manquerai pas.
Sors d'ici... »
Jacques et son maître se préparaient à plaider pour
ce pauvre diable; mais l'hôtesse, en posant le doigt
sur sa bouche, leur fit signe de se taire.

L'HOTE. — Sors d'ici.

LE COMPÈRE. — Compère, tout ce que vous dites est
vrai; il l'est aussi que les huissiers sont chez moi, et
que dans un moment nous serons réduits à la besace,
ma fille, mon garçon et moi.

L'HOTE. — C'est le sort que tu mérites. Qu'es-tu
venu faire ici ce matin ? Je quitte le remplissage de
mon vin, je remonte de ma cave et je ne te trouve
point. Sors d'ici, te dis-je.

LE COMPÈRE. — Compère, j'étais venu; j'ai craint
la réception que vous me faites; je m'en suis retourné;
et je m'en vais.

L'HOTE. — Tu feras bien.

LE COMPÈRE. — Voilà donc ma pauvre Marguerite, qui est si sage et si jolie, qui s'en ira en condition à Paris!

L'HOTE. — En condition à Paris! Tu en veux donc faire une malheureuse?

LE COMPÈRE. — Ce n'est pas moi qui le veux; c'est l'homme dur à qui je parle.

L'HOTE. — Moi, un homme dur! Je ne le suis point : je ne le fus jamais; et tu le sais bien.

LE COMPÈRE. — Je ne suis plus en état de nourrir ma fille ni mon garçon; ma fille servira, mon garçon s'engagera.

L'HOTE. — Et c'est moi qui en serais la cause! Cela ne sera pas. Tu es un cruel homme; tant que je vivrai tu seras mon complice. Ça, voyons ce qu'il te faut.

LE COMPÈRE. — Il ne me faut rien. Je suis désolé de vous devoir, et je ne vous devrai de ma vie. Vous faites plus de mal par vos injures que de bien par vos services. Si j'avais de l'argent, je vous le jetterais au visage; mais je n'en ai point. Ma fille deviendra tout ce qu'il plaira à Dieu; mon garçon se fera tuer s'il le faut; moi, je mendierai; mais ce ne sera pas à votre porte. Plus, plus d'obligations à un vilain homme comme vous. Empochez bien l'argent de mes bœufs, de mes chevaux et de mes ustensiles : grand bien vous fasse. Vous êtes né pour faire des ingrats, et je ne veux pas l'être. Adieu.

L'HOTE. — Ma femme, il s'en va; arrête-le donc.

L'HOTESSE. — Allons, compère, avisons au moyen de vous secourir.

LE COMPÈRE. — Je ne veux point de ses secours, ils sont trop chers... »

L'hôte répétait tout bas à sa femme : « Ne le laisse pas aller, arrête-le donc. Sa fille à Paris! son garçon à l'armée! lui à la porte de la paroisse! je ne saurais souffrir cela. »

Cependant sa femme faisait des efforts inutiles; le paysan, qui avait de l'âme, ne voulait rien accepter et se faisait tenir à quatre. L'hôte, les larmes aux yeux, s'adressait à Jacques et à son maître, et leur disait : « Messieurs, tâchez de le fléchir... » Jacques et son maître se mêlèrent de la partie; tous à la fois conjuraient le paysan. Si j'ai jamais vu... — Si vous avez jamais vu! Mais vous n'y étiez pas. Dites si l'on a jamais vu! — Eh bien! soit. Si l'on a jamais vu un homme confondu d'un refus transporté qu'on voulût bien accepter son argent, c'était cet hôte, il embrassait sa femme, il embrassait son compère, il embrassait Jacques et son maître, il criait : « Qu'on aille bien vite chasser de chez lui ces exécrables huissiers.

LE COMPÈRE. — Convenez aussi...

L'HOTE. — Je conviens que je gâte tout; mais, compère, que veux-tu? Comme je suis, me voilà. Nature m'a fait l'homme le plus dur et le plus tendre; je ne sais ni accorder ni refuser.

LE COMPÈRE. — Ne pourriez-vous pas être autrement ?

L'HOTE. — Je suis à l'âge où l'on ne se corrige guère; mais si les premiers qui se sont adressés à moi m'avaient rabroué comme tu as fait, peut-être en serais-je devenu meilleur. Compère, je te remercie de ta leçon, peut-être en profiterai-je... Ma femme, va vite, descends et donne-lui ce qu'il lui faut. Que diable, marche donc, mordieu! marche donc; tu vas!... Ma femme, je te prie de te presser un peu et de ne le pas faire attendre; tu reviendras ensuite retrouver ces messieurs avec lesquels il me semble que tu te trouves bien... »

La femme et le compère descendirent; l'hôte resta

encore un moment; et lorsqu'il s'en fut allé, Jacques
dit à son maître : « Voilà un singulier homme! Le ciel
qui avait envoyé ce mauvais temps qui nous retient ici,
parce qu'il voulait que vous entendissiez mes amours,
que veut-il à présent ? »

Le maître, en s'étendant dans son fauteuil, bâillant,
frappant sur sa tabatière, répondit : « Jacques, nous
avons plus d'un jour à vivre ensemble, à moins que...

JACQUES. — C'est-à-dire que pour aujourd'hui le
ciel veut que je me taise ou que ce soit l'hôtesse qui
parle; c'est une bavarde qui ne demande pas mieux;
qu'elle parle donc.

LE MAITRE. — Tu prends de l'humeur.

JACQUES. — C'est que j'aime à parler aussi.

LE MAITRE. — Ton tour viendra.

JACQUES. — Ou ne viendra pas. »


Je vous entends, lecteur; voilà, dites-vous, le vrai
dénouement du *Bourru bienfaisant*. Je le pense. J'aurais
introduit dans cette pièce, si j'en avais été l'auteur,
un personnage qu'on aurait pris pour épisodique, et
qui ne l'aurait point été. Ce personnage se serait
montré quelquefois, et sa présence aurait été motivée.
La première fois il serait venu demander grâce; mais
la crainte d'un mauvais accueil l'aurait fait sortir avant
l'arrivée de Géronte. Pressé par l'irruption des huissiers dans sa maison, il aurait eu la seconde fois le courage d'attendre Géronte; mais celui-ci aurait refusé
de le voir. Enfin, je l'aurais amené au dénouement, où
il aurait fait exactement le rôle du paysan avec l'aubergiste; il aurait eu, comme le paysan, une fille qu'il
allait placer chez une marchande de modes, un fils qu'il
allait retirer des écoles pour entrer en condition; lui,
il se serait déterminé à mendier jusqu'à ce qu'il se fût
ennuyé de vivre. On aurait vu le Bourru bienfaisant

aux pieds de cet homme; on aurait entendu le Bourru bienfaisant gourmandé comme il le méritait; il aurait été forcé de s'adresser à toute la famille qui l'aurait environné, pour fléchir son débiteur et le contraindre à accepter de nouveaux secours. Le Bourru bienfaisant aurait été puni; il aurait promis de se corriger; mais dans le moment même il serait revenu à son caractère, en s'impatientant contre les personnages en scène, qui se seraient fait des politesses pour rentrer dans la maison; il aurait dit brusquement : *Que le diable emporte les cérém...* Mais il se serait arrêté court au milieu du mot, et, d'un ton radouci, il aurait dit à ses nièces : « Allons, mes nièces; donnez-moi la main et passons. » — Et pour que ce personnage eût été lié au fond, vous en auriez fait un protégé du neveu de Géronte? — Fort bien! — Et ç'aurait été à la prière du neveu que l'oncle aurait prêté son argent ? — A merveille! — Et ce prêt aurait été un grief de l'oncle contre son neveu ? — C'est cela même. — Et le dénouement de cette pièce agréable n'aurait pas été une répétition générale, avec toute la famille en corps, de ce qu'il a fait auparavant avec chacun d'eux en particulier ? — Vous avez raison. — Et si je rencontre jamais M. Goldoni, je lui réciterai la scène de l'auberge. — Et vous ferez bien; il est plus habile homme qu'il ne faut pour en tirer bon parti.

L'hôtesse remonta, toujours Nicole entre ses bras, et dit : « J'espère que vous aurez un bon dîner; le braconnier vient d'arriver; le garde du seigneur ne tardera pas... » Et, tout en parlant ainsi, elle prenait une chaise. La voilà assise, et son récit qui commence.

L'Hotesse. — Il faut se méfier des valets; les maîtres n'ont point de pires ennemis...

Jacques. — Madame, vous ne savez pas ce que vous dites; il y en a de bons, il y en a de mauvais, et l'on compterait peut-être plus de bons valets que de bons maîtres.

LE MAITRE. — Jacques, vous ne vous observez pas ; et vous commettez précisément la même indiscrétion qui vous a choqué.

JACQUES. — C'est que les maîtres...

LE MAITRE. — C'est que les valets...

Eh bien ! lecteur, à quoi tient-il que je n'élève une violente querelle entre ces trois personnages ? Que l'hôtesse ne soit prise par les épaules, et jetée hors de la chambre par Jacques ; que Jacques ne soit pris par les épaules et chassé par son maître ; que l'un ne s'en aille d'un côté, l'autre d'un autre ; et que vous n'entendiez ni l'histoire de l'hôtesse, ni la suite des amours de Jacques ? Rassurez-vous, je n'en ferai rien. L'hôtesse reprit donc :
« Il faut convenir que s'il y a de bien méchants hommes, il y a de bien méchantes femmes.

JACQUES. — Et qu'il ne faut pas aller loin pour les trouver.

L'HOTESSE. — De quoi vous mêlez-vous ? Je suis femme, il me convient de dire des femmes tout ce qu'il me plaira ; je n'ai que faire de votre approbation.

JACQUES. — Mon approbation en vaut bien une autre.

L'HOTESSE. — Vous avez là, monsieur, un valet qui fait l'entendu et qui vous manque. J'ai des valets aussi, mais je voudrais bien qu'ils s'avisassent !...

LE MAITRE. — Jacques, taisez-vous, et laissez parler madame. »

L'hôtesse, encouragée par ce propos de maître, se lève, entreprend Jacques, porte ses deux poings sur ses deux côtés, oublie qu'elle tient Nicole, la lâche, et voilà Nicole sur le carreau, froissée et se débattant dans son

maillot, aboyant à tue-tête, l'hôtesse mêlant ses cris aux
aboiements de Nicole, Jacques mêlant ses éclats de rire
aux aboiements de Nicole et aux cris de l'hôtesse, et le
maître de Jacques ouvrant sa tabatière, reniflant sa
prise de tabac et ne pouvant s'empêcher de rire. Voilà
toute l'hôtellerie en tumulte. « Nanon, Nanon, vite,
vite, apportez la bouteille à l'eau-de-vie... Ma pauvre
Nicole est morte... Démaillotez-la... Que vous êtes
gauche!

— Je fais de mon mieux.

— Comme elle crie! Otez-vous de là, laissez-moi
faire... Elle est morte!... Ris bien, grand nigaud; il
y a, en effet, de quoi rire... Ma pauvre Nicole est
morte!

— Non, madame, non, je crois qu'elle en reviendra,
la voilà qui remue. »

Et Nanon, de frotter d'eau-de-vie le nez de la
chienne; et de lui en faire avaler; et l'hôtesse de se
lamenter, de se déchaîner contre les valets imperti-
nents; et Nanon, de dire : « Tenez, madame, elle ouvre
les yeux; la voilà qui vous regarde.

— La pauvre bête, comme cela parle! qui n'en serait
touché?

— Madame, caressez-la donc un peu; répondez-lui
donc quelque chose.

— Viens, ma pauvre Nicole; crie, mon enfant, crie
si cela peut te soulager. Il y a un sort pour les bêtes
comme pour les gens; il envoie le bonheur à des fai-
néants hargneux, braillards et gourmands, le malheur
à une autre qui sera la meilleure créature du monde.

— Madame a bien raison, il n'y a point de justice
ici-bas.

— Taisez-vous, remmaillotez-la, portez-la sous mon
oreiller, et songez qu'au moindre cri qu'elle fera, je
m'en prends à vous. Viens, pauvre bête, que je t'embrasse encore une fois avant qu'on t'emporte. Appro-
chez-la donc, sotte que vous êtes... Ces chiens, cela est
si bon; cela vaut mieux... »

JACQUES. — Que père, mère, frères, sœurs, enfants,
valets, époux...

L'Hotesse. — Mais oui, ne pensez pas rire, cela est innocent, cela vous est fidèle, cela ne vous fait jamais de mal, au lieu que le reste...

Jacques. — Vivent les chiens! il n'y a rien de plus parfait sous le ciel.

L'Hotesse. — S'il y a quelque chose de plus parfait, du moins ce n'est pas l'homme. Je voudrais bien que vous connussiez celui du meunier, c'est l'amoureux de ma Nicole; il n'y en a pas un parmi vous, tous tant que vous êtes, qu'il ne fît rougir de honte. Il vient, dès la pointe du jour, de plus d'une lieue; il se plante devant cette fenêtre; ce sont des soupirs, et des soupirs à faire pitié. Quelque temps qu'il fasse, il reste; la pluie lui tombe sur le corps; son corps s'enfonce dans le sable; à peine lui voit-on les oreilles et le bout du nez. En feriez-vous autant pour la femme que vous aimeriez le plus ?

Le Maitre. — Cela est très galant.

Jacques. — Mais aussi où est la femme aussi digne de ces soins que votre Nicole ?... »

La passion de l'hôtesse pour les bêtes n'était pourtant pas sa passion dominante, comme on pourrait l'imaginer; c'était celle de parler. Plus on avait de plaisir et de patience à l'écouter, plus on avait de mérite; aussi ne se fit-elle pas prier pour reprendre l'histoire interrompue du mariage singulier; elle y mit seulement pour condition que Jacques se tairait. Le maître promit du silence pour Jacques. Jacques s'étala nonchalamment dans un coin, les yeux fermés, son bonnet renfoncé sur ses oreilles et le dos à demi tourné à l'hôtesse. Le maître toussa, cracha, se moucha, tira sa montre, vit l'heure qu'il était, tira sa tabatière, frappa sur le couvercle, prit sa prise de tabac; et l'hôtesse se mit en devoir de goûter le plaisir délicieux de pérorer.

L'hôtesse allait débuter, lorsqu'elle entendit sa chienne crier.

— Nanon, voyez donc à cette pauvre bête... Cela me trouble, je ne sais plus où j'en étais.

JACQUES. — Vous n'avez encore rien dit.

L'HOTESSE. — Ces deux hommes avec lesquels j'étais en querelle pour ma pauvre Nicole, lorsque vous êtes arrivé, monsieur...

JACQUES. — Dites, messieurs.

L'HOTESSE. — Et pourquoi ?

JACQUES. — C'est qu'on nous a traités jusqu'à présent avec politesse, et que j'y suis fait. Mon maître m'appelle Jacques, les autres, monsieur Jacques.

L'HOTESSE. — Je ne vous appelle ni Jacques, ni monsieur Jacques, je ne vous parle pas... *(Madame? — Qu'est-ce? — La carte du numéro cinq. — Voyez sur le coin de la cheminée.)* Ces deux hommes sont bons gentilshommes; ils viennent de Paris et s'en vont à la terre du plus âgé.

JACQUES. — Qui sait cela ?

L'HOTESSE. — Eux, qui le disent.

JACQUES. — Belle raison!...

Le maître fit un signe à l'hôtesse, sur lequel elle comprit que Jacques avait la cervelle brouillée. L'hôtesse répondit au signe du maître par un mouvement compatissant des épaules, et ajouta : « A son âge! Cela est très fâcheux. »

JACQUES. — Très fâcheux de ne savoir jamais où l'on va.

L'HOTESSE. — Le plus âgé des deux s'appelle le marquis des Arcis. C'était un homme de plaisir, très aimable, croyant peu à la vertu des femmes.

JACQUES. — Il avait raison.

L'HOTESSE. — Monsieur Jacques, vous m'interrompez.

JACQUES. — Madame l'hôtesse du *Grand-Cerf*, je ne vous parle pas.

L'HOTESSE. — M. le marquis en trouva pourtant une assez bizarre pour lui tenir rigueur. Elle s'appelait Mme de La Pommeraye. C'était une veuve qui avait des mœurs, de la naissance, de la fortune et de la hauteur. M. des Arcis rompit avec toutes ses connaissances, s'attacha uniquement à Mme de La Pommeraye, lui fit sa cour avec la plus grande assiduité, tâcha par tous les sacrifices imaginables de lui prouver qu'il l'aimait, lui proposa même de l'épouser ; mais cette femme avait été si malheureuse avec un premier mari, qu'elle... (*Madame ? — Qu'est-ce ? — La clef du coffre à l'avoine ? — Voyez au clou, et si elle n'y est pas, voyez au coffre*) qu'elle aurait mieux aimé s'exposer à toutes sortes de malheurs qu'au danger d'un second mariage.

JACQUES. — Ah ! si cela avait été écrit là-haut !

L'HOTESSE. — Cette femme vivait très retirée. Le marquis était un ancien ami de son mari ; elle l'avait reçu, et elle continuait de le recevoir. Si on lui pardonnait son goût efféminé pour la galanterie, c'était ce qu'on appelle un homme d'honneur. La poursuite constante du marquis, secondée de ses qualités personnelles, de sa jeunesse, de sa figure, des apparences de la passion la plus vraie, de la solitude, du penchant à la tendresse, en un mot, de tout ce qui nous livre à la séduction des hommes... (*Madame ? — Qu'est-ce ? — C'est le courrier. — Mettez-le à la chambre verte, et servez-le à l'ordinaire*) eut son effet, et Mme de La Pommeraye, après avoir lutté plusieurs mois contre

le marquis, contre elle-même, exigé selon l'usage les
serments les plus solennels, rendit heureux le marquis, qui aurait joui du sort le plus doux, s'il avait
pu conserver pour sa maîtresse les sentiments qu'il
avait jurés et qu'on avait pour lui. Tenez, monsieur,
il n'y a que les femmes qui sachent aimer; les hommes
n'y entendent rien... *(Madame? — Qu'est-ce? — Le
Frère Quêteur. — Donnez-lui douze sous pour ces messieurs qui sont ici, six sous pour moi, et qu'il aille
dans les autres chambres.)* Au bout de quelques années,
le marquis commença à trouver la vie de Mme de La
Pommeraye trop unie. Il lui proposa de se répandre
dans la société : elle y consentit; à recevoir quelques
femmes et quelques hommes : et elle y consentit; à
avoir un dîner-souper : et elle y consentit. Peu à peu
il passa un jour, deux jours sans la voir; peu à peu
il manqua au dîner-souper qu'il avait arrangé; peu à
peu il abrégea ses visites; il eut des affaires qui l'appelaient : lorsqu'il arrivait, il disait un mot, s'étalait
dans un fauteuil, prenait une brochure, la jetait, parlait à son chien ou s'endormait. Le soir, sa santé, qui
devenait misérable, voulait qu'il se retirât de bonne
heure : c'était l'avis de Tronchin. « C'est un grand
homme que Tronchin! Ma foi! je ne doute pas qu'il
ne tire d'affaire notre amie dont les autres désespé-
raient. » Et tout en parlant ainsi, il prenait sa canne et
son chapeau et s'en allait, oubliant quelquefois de l'embrasser. Mme de La Pommeraye... *(Madame? — Qu'est-
ce? — Le tonnelier. — Qu'il descende à la cave, et qu'il
visite les deux pièces de vin.)* Mme de La Pommeraye
pressentit qu'elle n'était plus aimée; il fallut s'en
assurer, et voici comment elle s'y prit... *(Madame?
— J'y vais, j'y vais.)*

L'hôtesse, fatiguée de ces interruptions, descendit, et
prit apparemment les moyens de les faire cesser.

L'Hôtesse. — Un jour, après dîner, elle dit au marquis : « Mon ami, vous rêvez.

— Vous rêvez aussi, marquise.

— Il est vrai et même assez tristement.

— Qu'avez-vous ?

— Rien.

— Cela n'est pas vrai. Allons, marquise, dit-il en bâillant, racontez-moi cela; cela vous désennuiera et moi.

— Est-ce que vous vous ennuyez?

— Non; c'est qu'il y a des jours...

— Où l'on s'ennuie.

— Vous vous trompez, mon amie; je vous jure que vous vous trompez: c'est qu'en effet il y a des jours... On ne sait à quoi cela tient.

— Mon ami, il y a longtemps que je suis tentée de vous faire une confidence; mais je crains de vous affliger.

— Vous pourriez m'affliger, vous?

— Peut-être; mais le Ciel m'est témoin de mon innocence... » (*Madame? Madame? Madame? — Pour qui et pour quoi que ce soit, je vous ai défendu de m'appeler; appelez mon mari. — Il est absent.*) Messieurs, je vous demande pardon, je suis à vous dans un moment. »

Voilà l'hôtesse descendue, remontée et reprenant son récit:

« ... Cela s'est fait sans mon consentement, à mon insu, par une malédiction à laquelle toute l'espèce humaine est apparemment assujettie, puisque moi, moi-même, je n'y ai pas échappé.

— Ah! c'est de vous... Et avoir peur!... De quoi s'agit-il?

— Marquis, il s'agit... Je suis désolée; je vais vous désoler, et, tout bien considéré, il vaut mieux que je me taise.

— Non, mon amie, parlez; auriez-vous au fond de votre cœur un secret pour moi? La première de nos conventions ne fut-elle pas que nos âmes s'ouvriraient l'une à l'autre sans réserve?

— Il est vrai, et voilà ce qui me pèse; c'est un reproche qui met le comble à un beaucoup plus important que je me fais. Est-ce que vous ne vous apercevez pas que je n'ai plus la même gaieté? J'ai perdu l'appétit; je ne bois et je ne mange que par raison; je ne saurais dormir. Nos sociétés les plus intimes me déplaisent. La nuit, je m'interroge et je me dis : Est-ce qu'il est moins aimable ? Non. Est-ce que vous auriez à vous en plaindre ? Non. Auriez-vous à lui reprocher quelques liaisons suspectes ? Non. Est-ce que sa tendresse pour vous est diminuée ? Non. Pourquoi, votre ami étant le même, votre cœur est-il donc changé ? car il l'est : vous ne pouvez vous le cacher ; vous ne l'attendez plus avec la même impatience ; vous n'avez plus le même plaisir à le voir ; cette inquiétude quand il tardait à revenir ; cette douce émotion au bruit de sa voiture, quand on l'annonçait, quand il paraissait, vous ne l'éprouvez plus.

— Comment, madame ! »

Alors la marquise de La Pommeraye se couvrit les yeux de ses mains, pencha la tête et se tut un moment après lequel elle ajouta : « Marquis, je me suis attendue à tout votre étonnement, à toutes les choses amères que vous m'allez dire. Marquis ! épargnez-moi... Non, ne m'épargnez pas, dites-les-moi ; je les écouterai avec résignation, parce que je les mérite. Oui, mon cher marquis, il est vrai... Oui, je suis... Mais, n'est-ce pas un assez grand malheur que la chose soit arrivée, sans y ajouter encore la honte, le mépris d'être fausse, en vous le dissimulant ? Vous êtes le même, mais votre amie est changée ; votre amie vous révère, vous estime autant et plus que jamais ; mais... mais une femme accoutumée comme elle à examiner de près ce qui se passe dans les replis les plus secrets de son âme et à ne s'en imposer sur rien, ne peut se cacher que l'amour en est sorti. La découverte est affreuse, mais elle n'en est pas moins réelle. La marquise de La Pommeraye, moi, moi, inconstante ! légère !... Marquis, entrez en fureur, cherchez les noms les plus odieux, je me les suis donnés d'avance ; donnez-les-moi, je suis prête à les accepter tous..., tous, excepté celui de femme fausse, que vous m'épargnerez, je l'espère, car en vérité je ne le suis pas... (*Ma femme ? — Qu'est-ce ? — Rien. — On n'a pas un moment de repos dans cette maison, même les jours qu'on n'a presque point de monde et que l'on croit n'avoir rien à faire. Qu'une femme de mon état est à plaindre, surtout avec une bête de mari !*) Cela

dit, Mme de La Pommeraye se renversa sur son fauteuil et se mit à pleurer. Le marquis se précipita à ses
genoux, et lui dit : « Vous êtes une femme charmante,
une femme adorable, une femme comme il n'y en a
point. Votre franchise, votre honnêteté me confond
et devrait me faire mourir de honte. Ah! quelle supériorité ce moment vous donne sur moi! Que je vous
vois grande et que je me trouve petit! C'est vous qui
avez parlé la première, et c'est moi qui fus coupable
le premier. Mon amie, votre sincérité m'entraîne; je
serais un monstre si elle ne m'entraînait pas, et je vous
avouerai que l'histoire de votre cœur est mot à mot
l'histoire du mien. Tout ce que vous vous êtes dit, je
me le suis dit; mais je me taisais, je souffrais, et je ne
sais quand j'aurais eu le courage de parler.

— Vrai, mon ami ?

— Rien de plus vrai; et il ne nous reste qu'à
nous féliciter réciproquement d'avoir perdu en même
temps le sentiment fragile et trompeur qui nous
unissait.

— En effet, quel malheur que mon amour eût duré
lorsque le vôtre aurait cessé !

— Ou que ce fût en moi qu'il eût cessé le premier.

— Vous avez raison, je le sens.

— Jamais vous ne m'avez paru aussi aimable, aussi
belle que dans ce moment; et si l'expérience du passé
ne m'avait rendu circonspect, je croirais vous aimer
plus que jamais. » Et le marquis en lui parlant ainsi
lui prenait les mains, et les lui baisait... *(Ma femme ?
— Qu'est-ce ? — Le marchand de paille. — Vois sur le
registre. — Et le registre ?... reste, reste, je l'ai.)*
Mme de La Pommeraye, renfermant en elle-même le
dépit mortel dont elle était déchirée, reprit la parole
et dit au marquis : « Mais, marquis, qu'allons-nous
devenir ?

— Nous ne nous en sommes imposé ni l'un ni
l'autre; vous avez droit à toute mon estime; je ne crois
pas avoir entièrement perdu le droit que j'avais à la
vôtre : nous continuerons de nous voir, nous nous
livrerons à la confiance de la plus tendre amitié. Nous
nous serons épargné tous ces ennuis, toutes ces per-

fidies, tous ces reproches, toute cette humeur, qui
accompagnent communément les passions qui finissent;
nous serons uniques dans notre espèce. Vous recou-
vrerez toute votre liberté, vous me rendrez la mienne;
nous voyagerons dans le monde; je serai le confident
de vos conquêtes; je ne vous cèlerai rien des miennes,
si j'en fais quelques-unes, ce dont je doute fort, car
vous m'avez rendu difficile. Cela sera délicieux! Vous
m'aiderez de vos conseils, je ne vous refuserai pas les
miens dans les circonstances périlleuses où vous croirez
en avoir besoin. Qui sait ce qui peut arriver? »

JACQUES. — Personne.

L'HÔTESSE. — « Il est très vraisemblable que plus
j'irai, plus vous gagnerez aux comparaisons, et que je
vous reviendrai plus passionné, plus tendre, plus
convaincu que jamais que Mme de La Pommeraye
était la seule femme faite pour mon bonheur; et après
ce retour, il y a tout à parier que je vous resterai jusqu'à la fin de ma vie.

— S'il arrivait qu'à votre retour vous ne me trou-
vassiez plus? car enfin, marquis, on n'est pas toujours
juste; et il ne serait pas impossible que je ne me prisse
de goût, de fantaisie, de passion même pour un autre
qui ne vous vaudrait pas.

— J'en serais assurément désolé; mais je n'aurais
point à me plaindre; je ne m'en plaindrais qu'au sort
qui nous aurait séparés lorsque nous étions unis, et qui
nous rapprocherait lorsque nous ne pourrions plus
l'être... »

Après cette conversation, ils se mirent à moraliser
sur l'inconstance du cœur humain, sur la frivolité
des serments, sur les liens du mariage... *(Madame?
— Qu'est-ce? — Le coche.)* « Messieurs, dit l'hôtesse,
il faut que je vous quitte. Ce soir, lorsque toutes mes
affaires seront faites, je reviendrai, et je vous achèverai
cette aventure, si vous en êtes curieux... » *(Madame?...
Ma femme?... Notre hôtesse?... — On y va, on y va.)*

L'hôtesse partie, le maître dit à son valet : « Jacques,
as-tu remarqué une chose?

JACQUES. — Quelle ?

LE MAITRE. — C'est que cette femme raconte beaucoup mieux qu'il ne convient à une femme d'auberge.

JACQUES. — Il est vrai. Les fréquentes interruptions des gens de cette maison m'ont impatienté plusieurs fois.

LE MAITRE. — Et moi aussi. »

Et vous, lecteur, parlez sans dissimulation ; car, vous voyez que nous sommes en beau train de franchise ; voulez-vous que nous laissions là cette élégante et prolixe bavarde d'hôtesse, et que nous reprenions les amours de Jacques ? Pour moi je ne tiens à rien. Lorsque cette femme remontera, Jacques le bavard ne demande pas mieux que de reprendre son rôle, et de lui fermer la porte au nez ; il en sera quitte pour lui dire par le trou de la serrure : « Bonsoir, madame ; mon maître dort ; je vais me coucher : il faut remettre le reste à notre passage. »

« Le premier serment que se firent deux êtres de chair, ce fut au pied d'un rocher qui tombait en poussière ; ils attestèrent de leur constance un ciel qui n'est pas un instant le même ; tout passait en eux et autour d'eux, et ils croyaient leurs cœurs affranchis de vicissitudes. O enfants ! toujours enfants !... » Je ne sais de qui sont ces réflexions, de Jacques, de son maître ou de moi ; il est certain qu'elles sont de l'un des trois, et qu'elles furent précédées et suivies de beaucoup d'autres qui nous auraient menés, Jacques, son maître et moi, jusqu'au souper, jusqu'après le souper, jusqu'au retour de l'hôtesse, si Jacques n'eût dit à son maître : « Tenez, monsieur, toutes ces grandes sentences que vous venez de débiter à propos de botte ne valent pas une vieille fable des écraignes de mon village.

LE MAITRE. — Et quelle est cette fable ?

JACQUES. — C'est la fable de la Gaine et du Coutelet. Un jour la Gaine et le Coutelet se prirent de querelle; le Coutelet dit à la Gaine : « Gaine, ma mie, vous êtes une friponne, car tous les jours, vous recevez de nouveaux Coutelets... La Gaine répondit au Coutelet : Mon ami Coutelet, vous êtes un fripon, car tous les jours vous changez de Gaine... Gaine, ce n'est pas là ce que vous m'avez promis... Coutelet, vous m'avez trompée le premier... » Ce débat s'était élevé à table; Cil, qui était assis entre la Gaine et le Coutelet, prit la parole et leur dit : « Vous, Gaine, et vous, Coutelet, vous fîtes bien de changer, puisque changement vous séduisait; mais vous eûtes tort de vous promettre que vous ne changeriez pas. Coutelet, ne voyais-tu pas que Dieu te fit pour aller à plusieurs Gaines; et toi, Gaine, pour recevoir plus d'un Coutelet ? Vous regardiez comme fous certains Coutelets qui faisaient vœu de se passer à forfait de Gaines, et comme folles certaines Gaines qui faisaient vœu de se fermer pour tout Coutelet; et vous ne pensiez pas que vous étiez presque aussi fous lorsque vous juriez, toi, Gaine, de t'en tenir à un seul Coutelet; toi, Coutelet, de t'en tenir à une seule Gaine. »

Ici le maître dit à Jacques : « Ta fable n'est pas trop morale mais elle est gaie. Tu ne sais pas la singulière idée qui me passe par la tête. Je te marie avec notre hôtesse et je cherche comment un mari aurait fait, lorsqu'il aime à parler, avec une femme qui ne déparle pas.

JACQUES. — Comme j'ai fait les douze premières années de ma vie, que j'ai passées chez mon grand-père et ma grand-mère.

LE MAITRE. — Comment s'appelaient-ils ? Quelle était leur profession ?

JACQUES. — Ils étaient brocanteurs. Mon grand-père Jason eut plusieurs enfants. Toute la famille était sérieuse; ils se levaient, ils s'habillaient, ils allaient à leurs affaires; ils revenaient, ils dînaient, ils retournaient sans avoir dit un mot. Le soir, ils se jetaient sur des

chaises; la mère et les filles filaient, cousaient, trico-
taient sans mot dire; les garçons se reposaient; le père
lisait l'Ancien Testament.

LE MAITRE. — Et toi, que faisais-tu ?

JACQUES. — Je courais dans la chambre avec un
bâillon.

LE MAITRE. — Avec un bâillon!

JACQUES. — Oui, avec un bâillon et c'est à ce maudit
bâillon que je dois la rage de parler. La semaine se
passait quelquefois sans qu'on eût ouvert la bouche
dans la maison des Jason. Pendant toute sa vie, qui fut
longue, ma grand-mère n'avait dit que *chapeaux à
vendre*, et mon grand-père, qu'on voyait dans les inven-
taires, droit, les mains sous sa redingote, n'avait dit
qu'*un sou*. Il y avait des jours où il était tenté de ne pas
croire à la Bible.

LE MAITRE. — Et pourquoi ?

JACQUES. — A cause des redites, qu'il regardait
comme un bavardage indigne de l'Esprit-Saint. Il disait
que les rediseurs sont des sots, qui prennent ceux qui
les écoutent pour des sots.

LE MAITRE. — Jacques, si pour te dédommager du
long silence que tu as gardé pendant les douze années
du bâillon chez ton grand-père et pendant que l'hôtesse
a parlé...

JACQUES. — Je reprenais l'histoire de mes amours ?

LE MAITRE. — Non; mais une autre sur laquelle tu
m'as laissé, celle du camarade de ton capitaine.

JACQUES. — Oh! mon maître, la cruelle mémoire que
vous avez!

LE MAITRE. — Mon Jacques, mon petit Jacques...

JACQUES. — De quoi riez-vous ?

LE MAITRE. — De ce qui me fera rire plus d'une fois; c'est de te voir dans ta jeunesse chez ton grand-père avec le bâillon.

JACQUES. — Ma grand-mère me l'ôtait lorsqu'il n'y avait plus personne; et lorsque mon grand-père s'en apercevait, il n'en était pas plus content; il lui disait : « Continuez, et cet enfant sera le plus effréné bavard qui ait encore existé. » Sa prédiction s'est accomplie.

LE MAITRE. — Allons, mon Jacques, mon petit Jacques, l'histoire du camarade de ton capitaine.

JACQUES. — Je ne m'y refuserai pas; mais vous ne la croirez point.

LE MAITRE. — Elle est donc bien merveilleuse!

JACQUES. — Non, c'est qu'elle est déjà arrivée à un autre, à un militaire français, appelé, je crois, M. de Guerchy.

LE MAITRE. — Eh bien! je dirai comme un poète français, qui avait fait une assez bonne épigramme, disait à quelqu'un qui se l'attribuait en sa présence : « Pourquoi monsieur ne l'aurait-il pas faite ? je l'ai bien faite, moi... » Pourquoi l'histoire de Jacques ne serait-elle pas arrivée au camarade de son capitaine, puisqu'elle est bien arrivée au militaire français de Guerchy ? Mais, en me la racontant, tu feras d'une pierre deux coups, tu m'apprendras l'aventure de ces deux personnages, car je l'ignore.

JACQUES. — Tant mieux! mais jurez-le-moi.

LE MAITRE. — Je te le jure. »

Lecteur, je serais bien tenté d'exiger de vous le
même serment ; mais je vous ferai seulement remarquer
dans le caractère de Jacques une bizarrerie qu'il tenait
apparemment de son grand-père Jason, le brocanteur
silencieux ; c'est que Jacques, au rebours des bavards,
quoiqu'il aimât beaucoup à dire, avait en aversion
les redites. Aussi disait-il quelquefois à son maître :
« Monsieur me prépare le plus triste avenir ; que devien-
drai-je quand je n'aurai plus rien à dire ?

— Tu recommenceras.

— Jacques, recommencer ! Le contraire est écrit là-
haut ; et s'il m'arrivait de recommencer, je ne pourrais
m'empêcher de m'écrier : « Ah ! si ton grand-père
t'entendait !... » et je regretterais le bâillon. »

LE MAITRE. — Tu veux dire celui qu'il te mettait.

JACQUES. — Dans le temps qu'on jouait aux jeux
de hasard aux foires de Saint-Germain et de Saint-
Laurent...

LE MAITRE. — Mais c'est à Paris, et le camarade de
ton capitaine était commandant d'une place frontière.

JACQUES. — Pour Dieu, monsieur, laissez-moi dire...
Plusieurs officiers entrèrent dans une boutique, et y
trouvèrent un autre officier qui causait avec la maîtresse de la boutique. L'un d'eux proposa à celui-ci de
jouer au passe-dix ; car il faut que vous sachiez qu'après
la mort de mon capitaine, son camarade, devenu riche,
était aussi devenu joueur. Lui donc, ou M. de Guerchy, accepte. Le sort met le cornet à la main de son
adversaire qui passe, passe, passe, que cela ne finissait
point. Le jeu s'était échauffé, et l'on avait joué le tout,
le tout du tout, les petites moitiés, les grandes moitiés,
le grand tout, le grand tout du tout, lorsqu'un des
assistants s'avisa de dire à M. de Guerchy, ou au camarade de mon capitaine, qu'il ferait bien de s'en tenir
là et de cesser de jouer, parce qu'on en savait plus
que lui. Sur ce propos, qui n'était qu'une plaisanterie,
le camarade de mon capitaine, ou M. de Guerchy, crut

qu'il avait affaire à un filou; il mit subtilement la main
à sa poche, en tira un couteau bien pointu, et lorsque
son antagoniste porta la main sur les dés pour les
placer dans le cornet, il lui plante le couteau dans la
main, et la lui cloue sur la table, en lui disant : « Si
les dés sont pipés, vous êtes un fripon; s'ils sont bons,
j'ai tort... » Les dés se trouvèrent bons. M. de Guerchy
dit : « J'en suis très fâché, et j'offre telle réparation
qu'on voudra... » Ce ne fut pas le propos du camarade
de mon capitaine; il dit : « J'ai perdu mon argent; j'ai
percé la main à un galant homme : mais en revanche
j'ai recouvré le plaisir de me battre tant qu'il me
plaira... » L'officier cloué se retire et va se faire panser.
Lorsqu'il est guéri, il vient trouver l'officier cloueur
et lui demande raison; celui-ci, ou M. de Guerchy,
trouve la demande juste. L'autre, le camarade de mon
capitaine, jette les bras à son cou, et lui dit : « Je
vous attendais avec une impatience que je ne saurais
vous exprimer... » Ils vont sur le pré; le cloueur,
M. de Guerchy, ou le camarade de mon capitaine,
reçoit un bon coup d'épée à travers le corps; le cloué
le relève, le fait porter chez lui et lui dit : « Monsieur,
nous nous reverrons... » M. de Guerchy ne répondit
rien; le camarade de mon capitaine lui répondit :
« Monsieur, j'y compte bien. » Ils se battent une
seconde, une troisième, jusqu'à huit ou dix fois, et toujours le cloueur reste sur place. C'étaient tous les deux
des officiers de distinction, tous les deux gens de
mérite; leur aventure fit grand bruit; le ministère s'en
mêla. L'on retint l'un à Paris, et l'on fixa l'autre à son
poste. M. de Guerchy se soumit aux ordres de la cour;
le camarade de mon capitaine en fut désolé; et telle
est la différence de deux hommes braves par caractère,
mais dont l'un est sage, et l'autre a un grain de folie.
  Jusqu'ici l'aventure de M. de Guerchy et du camarade de mon capitaine leur est commune : c'est la
même; et voilà la raison pour laquelle je les ai nommés
tous deux, entendez-vous, mon maître ? Ici je vais les
séparer et je ne vous parlerai plus que du camarade
de mon capitaine, parce que le reste n'appartient qu'à
lui. Ah! Monsieur, c'est ici que vous allez voir combien

nous sommes peu maîtres de nos destinées, et combien il y a de choses bizarres écrites sur le grand rouleau!

Le camarade de mon capitaine, ou le cloueur, sollicite la permission de faire un tour dans sa province : il l'obtient. Sa route était par Paris. Il prend place dans une voiture publique. A trois heures du matin, cette voiture passe devant l'Opéra; on sortait du bal. Trois ou quatre jeunes étourdis masqués projettent d'aller déjeuner avec les voyageurs; on arrive au point du jour à la déjeunée. On se regarde. Qui fut bien étonné! Ce fut le cloué de reconnaître son cloueur. Celui-ci présente la main, l'embrasse et lui témoigne combien il est enchanté d'une si heureuse rencontre; à l'instant ils passent derrière une grange, mettent l'épée à la main, l'un en redingote, l'autre en domino; le cloueur, ou le camarade de mon capitaine, est encore jeté sur le carreau. Son adversaire envoie à son secours, se met à table avec ses amis et le reste de la carrossée, boit et mange gaiement. Les uns se disposaient à suivre leur route, et les autres à retourner dans la capitale, en masque et sur des chevaux de poste, lorsque l'hôtesse reparut et mit fin au récit de Jacques.

La voilà remontée, et je vous préviens, lecteur, qu'il n'est plus en mon pouvoir de la renvoyer. — Pourquoi donc ? — C'est qu'elle se présente avec deux bouteilles de champagne, une dans chaque main, et qu'il est écrit là-haut que tout orateur qui s'adressera à Jacques avec cet exorde s'en fera nécessairement écouter.

Elle entre, pose ses deux bouteilles sur la table, et dit : « Allons, monsieur Jacques, faisons la paix... » L'hôtesse n'était pas de la première jeunesse; c'était une femme grande et replète, ingambe, de bonne mine, pleine d'embonpoint, la bouche un peu grande, mais de belles dents, des joues larges, des yeux à fleur de tête, le front carré, la plus belle peau, la physionomie ouverte, vive et gaie, les bras un peu forts, mais les mains superbes, des mains à peindre ou à modeler. Jacques la prit par le milieu du corps, et l'embrassa fortement; sa rancune n'avait jamais tenu contre du bon vin et une belle femme; cela était écrit là-haut de lui, de vous, lecteur, de moi et de beaucoup d'autres. « Monsieur, dit-elle au maître, est-ce que vous nous laisserez aller tout seuls ? Voyez, eussiez-vous encore cent lieues à faire, vous n'en boirez pas de meilleur de toute la route. » En parlant ainsi elle avait placé une des deux bouteilles entre ses genoux, et elle en tirait le bouchon; ce fut avec une adresse singulière qu'elle en couvrit le goulot avec le pouce, sans laisser échapper une goutte de vin. « Allons, dit-elle à Jacques; vite, vite, votre verre. » Jacques approche son verre; l'hôtesse, en écartant son pouce un peu de côté, donne vent à la bouteille, et voilà le visage de Jacques tout couvert de mousse. Jacques s'était prêté à cette espiè-glerie, et l'hôtesse de rire et Jacques et son maître de rire. On but quelques rasades les unes sur les autres pour s'assurer de la sagesse de la bouteille, puis l'hô-tesse dit : « Dieu merci! ils sont tous dans leurs lits, on ne m'interrompra plus, et je puis reprendre mon récit. » Jacques, en la regardant avec des yeux dont le vin de Champagne avait augmenté la vivacité naturelle, lui dit ou à son maître : « Notre hôtesse a été belle comme un ange; qu'en pensez-vous, monsieur ?

LE MAITRE. — A été! Pardieu, Jacques, c'est qu'elle l'est encore!

JACQUES. — Monsieur, vous avez raison; c'est que je ne la compare pas à une autre femme, mais à elle-même quand elle était jeune.

L'HOTESSE. — Je ne vaux pas grand-chose à présent; c'est lorsqu'on m'aurait prise entre les deux premiers doigts de chaque main qu'il me fallait voir! On se détournait de quatre lieues pour séjourner ici. Mais laissons là les bonnes et les mauvaises têtes que j'ai tournées, et revenons à Mme de La Pommeraye.

JACQUES. — Si nous buvions d'abord un coup aux mauvaises têtes que vous avez tournées, ou à ma santé ?

L'Hotesse. — Très volontiers; il y en avait qui en valaient la peine, en comptant ou sans compter la vôtre. Savez-vous que j'ai été pendant dix ans la ressource des militaires, en tout bien et tout honneur ? J'en ai obligé nombre qui auraient eu bien de la peine à faire leur campagne sans moi. Ce sont de braves gens, je n'ai à me plaindre d'aucun, ni eux de moi. Jamais de billets; ils m'ont fait quelquefois attendre; au bout de deux, de trois, de quatre ans mon argent m'est revenu... »

Et puis la voilà qui se met à faire l'énumération des officiers qui lui avaient fait l'honneur de puiser dans sa bourse et M. un tel, colonel du régiment de \*\*\*, et M. un tel, capitaine au régiment de \*\*\*, et voilà Jacques qui se met à faire un cri : « Mon capitaine! mon pauvre capitaine! vous l'avez connu ?

L'Hotesse. — Si je l'ai connu ? un grand homme, bien fait, un peu sec, l'air noble et sévère, le jarret bien tendu, deux petits points rouges à la tempe droite. Vous avez donc servi ?

Jacques. — Si j'ai servi!

L'Hotesse. — Je vous en aime davantage; il doit vous rester de bonnes qualités de votre premier état. Buvons à la santé de votre capitaine.

Jacques. — S'il est encore vivant.

L'Hotesse. — Mort ou vivant, qu'est-ce que cela fait ? Est-ce qu'un militaire n'est pas fait pour être tué ? Est-ce qu'il ne doit pas être enragé, après dix sièges et cinq ou six batailles, de mourir au milieu de cette canaille de gens noirs!... Mais revenons à notre histoire, et buvons encore un coup.

Le Maitre. — Ma foi, notre hôtesse, vous avez raison.

L'Hotesse. — Je suis bien aise que vous pensiez ainsi.

LE MAITRE. — Car votre vin est excellent.

L'HOTESSE. — Ah ! c'est de mon vin que vous parliez ?
Eh bien ! vous avez encore raison. Vous rappelez-vous
où nous en étions ?

LE MAITRE. — Oui, à la conclusion de la plus perfide des confidences.

L'HOTESSE. — M. le marquis des Arcis et Mme de
La Pommeraye s'embrassèrent, enchantés l'un de
l'autre, et se séparèrent. Plus la dame s'était contrainte
en sa présence, plus sa douleur fut violente quand il
fut parti. « Il n'est donc que trop vrai, s'écria-t-elle,
il ne m'aime plus !... » Je ne vous ferai point le détail
de toutes nos extravagances quand on nous délaisse,
vous en seriez trop vains. Je vous ai dit que cette
femme avait de la fierté ; mais elle était bien autrement
vindicative. Lorsque les premières fureurs furent cal-
mées, et qu'elle jouit de toute la tranquillité de son
indignation, elle songea à se venger, mais à se venger
d'une manière cruelle, d'une manière à effrayer tous
ceux qui seraient tentés à l'avenir de séduire et de
tromper une honnête femme. Elle s'est vengée, elle
s'est cruellement vengée ; sa vengeance a éclaté et n'a
corrigé personne ; nous n'en avons pas été depuis moins
vilainement séduites et trompées.

JACQUES. — Bon pour les autres, mais vous !...

L'HOTESSE. — Hélas ! moi toute la première ! Oh !
que nous sommes sottes ! Encore si ces vilains hommes
gagnaient au change ! Mais laissons cela. Que fera-
t-elle ? Elle n'en sait encore rien ; elle y rêvera ; elle y rêve.

JACQUES. — Si tandis qu'elle y rêve...

L'HOTESSE. — C'est bien dit. Mais nos deux bouteilles sont vides... (*Jean. — Madame. — Deux bouteilles, de celles qui sont tout au fond, derrière les
fagots. — J'entends.*) A force d'y rêver, voici ce qui lui

vint en idée. Mme de La Pommeraye avait autrefois
connu une femme de province qu'un procès avait
appelée à Paris, avec sa fille, jeune, belle et bien élevée.
Elle avait appris que cette femme, ruinée par la perte
de son procès, en avait été réduite à tenir tripot. On
s'assemblait chez elle, on jouait, on soupait, et communément un ou deux des convives restaient, passaient
la nuit avec madame ou mademoiselle, à leur choix.
Elle mit un de ses gens en quête de ces créatures. On
les déterra, on les invita à faire visite à Mme de La
Pommeraye, qu'elles se rappelaient à peine. Ces femmes,
qui avaient pris le nom de Mme et de Mlle d'Aisnon,
ne se firent pas attendre; dès le lendemain, la mère
se rendit chez Mme de La Pommeraye. Après les premiers compliments, Mme de La Pommeraye demanda
à la d'Aisnon ce qu'elle avait fait, ce qu'elle faisait
depuis la perte de son procès.

« Pour vous parler avec sincérité, lui répondit la
d'Aisnon, je fais un métier périlleux, infâme, peu
lucratif, et qui me déplaît, mais la nécessité contraint
la loi. J'étais presque résolue à mettre ma fille à
l'Opéra, mais elle n'a qu'une petite voix de chambre,
et n'a jamais été qu'une danseuse médiocre. Je l'ai
promenée, pendant et après mon procès, chez des magistrats, chez des grands, chez des prélats, chez des finan-
ciers, qui s'en sont accommodés pour un terme et qui
l'ont laissée là. Ce n'est pas qu'elle ne soit belle comme
un ange, qu'elle n'ait de la finesse, de la grâce; mais
aucun esprit de libertinage, rien de ces talents propres
à réveiller la langueur d'hommes blasés. Je donne à
jouer et à souper; et le soir, qui veut rester, reste. Mais
ce qui nous a le plus nui, c'est qu'elle s'était entêtée
d'un petit abbé de qualité, impie, incrédule, dissolu,
hypocrite, antiphilosophe, que je ne vous nommerai
pas; mais c'est le dernier de ceux qui, pour arriver à
l'épiscopat, ont pris la route qui est en même temps la
plus sûre et qui demande le moins de talent. Je ne sais
ce qu'il faisait entendre à ma fille, à qui il venait lire
tous les matins les feuillets de son dîner, de son souper,
de sa rhapsodie. Sera-t-il évêque, ne le sera-t-il pas ?
Heureusement ils se sont brouillés. Ma fille lui ayant

demandé un jour s'il connaissait ceux contre lesquels il écrivait, et l'abbé lui ayant répondu que non; s'il avait d'autres sentiments que ceux qu'il ridiculisait, et l'abbé lui ayant répondu que non, elle se laissa emporter à sa vivacité et lui représenta que son rôle était celui du plus méchant et du plus faux des hommes. »

Mme de La Pommeraye lui demanda si elles étaient fort connues.

« Beaucoup trop, malheureusement.

— A ce que je vois, vous ne tenez point à votre état ?

— Aucunement, et ma fille me proteste tous les jours que la condition la plus malheureuse lui paraît préférable à la sienne; elle en est d'une mélancolie qui achève d'éloigner d'elle...

— Si je me mettais en tête de vous faire à l'une et à l'autre le sort le plus brillant, vous y consentiriez donc ?

— A bien moins.

— Mais il s'agit de savoir si vous pouvez me promettre de vous conformer à la rigueur des conseils que je vous donnerai.

— Quels qu'ils soient vous pouvez y compter.

— Et vous serez à mes ordres quand il me plaira ?

— Nous les attendrons avec impatience.

— Cela me suffit; retournez-vous-en; vous ne tarderez pas à les recevoir. En attendant, défaites-vous de vos meubles, vendez tout, ne réservez pas même vos robes, si vous en avez de voyantes : cela ne cadrerait point à mes vues. »

Jacques, qui commençait à s'intéresser, dit à l'hôtesse : « Et si nous buvions à la santé de Mme de La Pommeraye ?

L'HOTESSE. — Volontiers.

JACQUES. — Et à celle de Mme d'Aisnon.

L'HOTESSE. — Tope.

JACQUES. — Et vous ne refuserez pas celle de

Mlle d'Aisnon, qui a une jolie voix de chambre, peu
de talent pour la danse, et une mélancolie qui la réduit
à la triste nécessité d'accepter un nouvel amant tous
les soirs.

L'Hotesse. — Ne riez pas, c'est la plus cruelle chose.
Si vous saviez le supplice quand on n'aime pas!...

Jacques. — A Mlle d'Aisnon, à cause de son supplice.

L'Hotesse. — Allons.

Jacques. — Notre hôtesse, aimez-vous votre mari ?

L'Hotesse. — Pas autrement.

Jacques. — Vous êtes donc bien à plaindre ; car il
me semble d'une belle santé.

L'Hotesse. — Tout ce qui reluit n'est pas or.

Jacques. — A la belle santé de notre hôte.

L'Hotesse. — Buvez tout seul.

Le Maitre. — Jacques, Jacques, mon ami, tu te
presses beaucoup.

L'Hotesse. — Ne craignez rien, monsieur, il est
loyal ; et demain il n'y paraîtra pas.

Jacques. — Puisqu'il n'y paraîtra pas demain, et que
je ne fais pas ce soir grand cas de ma raison, mon
maître, ma belle hôtesse, encore une santé, une santé
qui me tient fort à cœur, c'est celle de l'abbé de
Mlle d'Aisnon.

L'Hotesse. — Fi donc, monsieur Jacques ; un hypocrite, un ambitieux, un ignorant, un calomniateur, un
intolérant ; car c'est comme cela qu'on appelle, je crois,

ceux qui égorgeraient volontiers quiconque ne pense pas comme eux.

Le Maitre. — C'est que vous ne savez pas, notre hôtesse, que Jacques que voilà est une espèce de philosophe, et qu'il fait un cas infini de ces petits imbéciles qui se déshonorent eux-mêmes et la cause qu'ils défendent si mal. Il dit que son capitaine les appelait le contrepoison des Huet, des Nicole, des Bossuet. Il n'entendait rien à cela, ni vous non plus... Votre mari est-il couché ?

L'Hotesse. — Il y a belle heure !

Le Maitre. — Et il vous laisse causer comme cela ?

L'Hotesse. — Nos maris sont aguerris... Mme de La Pommeraye monte dans son carrosse, court les faubourgs les plus éloignés du quartier de la d'Aisnon, loue un petit appartement en maison honnête, dans le voisinage de la paroisse, le fait meubler le plus succinctement qu'il est possible, invite la d'Aisnon et sa fille à dîner, et les installe, ou le jour même, ou quelques jours après, leur laissant un précis de la conduite qu'elles ont à tenir.

Jacques. — Notre hôtesse, nous avons oublié la santé de Mme de La Pommeraye, celle du marquis des Arcis ; ah ! cela n'est pas honnête.

L'Hotesse. — Allez, allez, monsieur Jacques, la cave n'est pas vide... Voici ce précis, ou ce que j'en ai retenu :

« Vous ne fréquenterez point les promenades publiques, car il ne faut pas qu'on vous découvre.

« Vous ne recevrez personne, pas même vos voisins et vos voisines, parce qu'il faut que vous affectiez la plus profonde retraite.

« Vous prendrez, dès demain, l'habit de dévotes, parce qu'il faut qu'on vous croie telles.

« Vous n'aurez chez vous que des livres de dévotion,

parce qu'il ne faut rien autour de vous qui puisse
vous trahir.

« Vous serez de la plus grande assiduité aux offices
de la paroisse, jours de fêtes et jours ouvrables.

« Vous vous intriguerez pour avoir entrée au parloir
de quelque couvent; le bavardage de ces recluses ne
nous sera pas inutile.

« Vous ferez connaissance étroite avec le curé et les
prêtres de la paroisse, parce que je puis avoir besoin
de leur témoignage.

« Vous n'en recevrez d'habitude aucun.

« Vous irez à confesse et vous approcherez des sacrements au moins deux fois le mois.

« Vous reprendrez votre nom de famille, parce qu'il
est honnête, et qu'on fera tôt ou tard des informations
dans votre province.

« Vous ferez de temps en temps quelques petites
aumônes, et vous n'en recevrez point, sous quelque
prétexte que ce puisse être. Il faut qu'on ne vous croie
ni pauvres ni riches.

« Vous filerez, vous coudrez, vous tricoterez, vous
broderez, et vous donnerez aux dames de charité votre
ouvrage à vendre.

« Vous vivrez de la plus grande sobriété; deux
petites portions d'auberge; et puis c'est tout.

« Votre fille ne sortira jamais sans vous, ni vous
sans elle. De tous les moyens d'édifier à peu de frais,
vous n'en négligerez aucun.

« Surtout jamais chez vous, je vous le répète, ni
prêtres, ni moines, ni dévotes.

« Vous irez dans les rues les yeux baissés; à l'église,
vous ne verrez que Dieu. »

« J'en conviens, cette vie est austère, mais elle ne
durera pas, et je vous en promets la plus signalée
récompense. Voyez, consultez-vous : si cette contrainte
vous paraît au-dessus de vos forces, avouez-le-moi; je
n'en serai ni offensée, ni surprise. J'oubliais de vous
dire qu'il serait à propos que vous vous fissiez un
verbiage de la mysticité, et que l'histoire de l'Ancien
et du Nouveau Testament vous devînt familière, afin
qu'on vous prenne pour des dévotes d'ancienne date.

Faites-vous jansénistes ou molinistes, comme il vous plaira; mais le mieux sera d'avoir l'opinion de votre curé. Ne manquez pas, à tort et à travers, dans toute occasion de vous déchaîner contre les philosophes; criez que Voltaire est l'Antéchrist, sachez par cœur l'ouvrage de votre petit abbé, et colportez-le, s'il le faut... »

Mme de La Pommeraye ajouta : « Je ne vous verrai point chez vous; je ne suis pas digne du commerce d'aussi saintes femmes; mais n'en ayez aucune inquiétude : vous viendrez ici clandestinement quelquefois, et nous nous dédommagerons, en petit comité, de votre régime pénitent. Mais, tout en jouant la dévotion, n'allez pas vous en empêtrer. Quant aux dépenses de votre petit ménage, c'est mon affaire. Si mon projet réussit, vous n'aurez plus besoin de moi; s'il manque sans qu'il y ait de votre faute, je suis assez riche pour vous assurer un sort honnête et meilleur que l'état que vous m'aurez sacrifié. Mais surtout soumission, soumission absolue, illimitée à mes volontés, sans quoi je ne réponds de rien pour le présent, et ne m'engage à rien pour l'avenir. »

LE MAITRE, *en frappant sur sa tabatière et regardant à sa montre l'heure qu'il est.* — Voilà une terrible tête de femme! Dieu me garde d'en rencontrer une pareille.

L'HOTESSE. — Patience, patience, vous ne la connaissez pas encore.

JACQUES. — En attendant, ma belle, notre charmante hôtesse, si nous disions un mot à la bouteille ?

L'HOTESSE. — Monsieur Jacques, mon vin de Champagne m'embellit à vos yeux.

LE MAITRE. — Je suis pressé depuis si longtemps de vous faire une question, peut-être indiscrète, que je n'y saurais plus tenir.

L'HOTESSE. — Faites votre question.

Le Maître. — Je suis sûr que vous n'êtes pas née dans une hôtellerie.

L'Hotesse. — Il est vrai.

Le Maître. — Que vous y avez été conduite d'un état plus élevé par des circonstances extraordinaires.

L'Hotesse. — J'en conviens.

Le Maître. — Et si nous suspendions un moment l'histoire de Mme de La Pommeraye...

L'Hotesse. — Cela ne se peut. Je raconte volontiers les aventures des autres, mais non pas les miennes. Sachez seulement que j'ai été élevée à Saint-Cyr, où j'ai peu lu l'Evangile et beaucoup de romans. De l'abbaye royale à l'auberge que je tiens il y a loin.

Le Maître. — Il suffit; prenez que je ne vous aie rien dit.

L'Hotesse. — Tandis que nos deux dévotes édifiaient, et que la bonne odeur de leur piété et de la sainteté de leurs mœurs se répandait à la ronde, Mme de La Pommeraye observait avec le marquis les démonstrations extérieures de l'estime, de l'amitié, de la confiance la plus parfaite. Toujours bien venu, jamais ni grondé, ni boudé, même après de longues absences : il lui racontait toutes ses petites bonnes fortunes, et elle paraissait s'en amuser franchement. Elle lui donnait ses conseils dans les occasions d'un succès difficile; elle lui jetait quelquefois des mots de mariage, mais c'était d'un ton si désintéressé, qu'on ne pouvait la soupçonner de parler pour elle. Si le marquis lui adressait quelques-uns de ces propos tendres ou galants dont on ne peut guère se dispenser avec une femme qu'on a connue, ou elle en souriait, ou elle les laissait tomber. A l'en croire, son cœur était paisible; et, ce qu'elle n'aurait jamais imaginé, elle éprouvait qu'un ami tel que lui suffisait au bonheur de la vie;

et puis elle n'était plus de la première jeunesse, et ses
goûts étaient bien émoussés.

« Quoi! vous n'avez rien à me confier ?

— Non.

— Mais le petit comte, mon amie, qui vous pressait
si vivement de mon règne ?

— Je lui ai fermé ma porte, et je ne le vois plus.

— C'est d'une bizarrerie! Et pourquoi l'avoir éloigné ?

— C'est qu'il ne me plaît pas.

— Ah! madame, je crois vous deviner : vous
m'aimez encore.

— Cela se peut.

— Vous comptez sur un retour.

— Pourquoi non ?

— Et vous vous ménagez tous les avantages d'une
conduite sans reproche.

— Je le crois.

— Et si j'avais le bonheur ou le malheur de reprendre,
vous vous feriez au moins un mérite du silence que
vous garderiez sur mes torts.

— Vous me croyez bien délicate et bien généreuse.

— Mon amie, après ce que vous avez fait, il
n'est aucune sorte d'héroïsme dont vous ne soyez
capable.

— Je ne suis pas trop fâchée que vous le pensiez.

— Ma foi, je cours le plus grand danger avec vous,
j'en suis sûr. »

JACQUES. — Et moi aussi.

L'HOTESSE. — Il y avait environ trois mois qu'ils en
étaient au même point, lorsque Mme de La Pommeraye
crut qu'il était temps de mettre en jeu ses grands res-
sorts. Un jour d'été qu'il faisait beau, et qu'elle attendait le marquis à dîner, elle fit dire à la d'Aisnon et à
sa fille de se rendre au Jardin du Roi. Le marquis vint;
on servit de bonne heure; on dîna : on dîna gaiement.
Après dîner, Mme de La Pommeraye propose une promenade au marquis, s'il n'avait rien de plus agréable
à faire. Il n'y avait ce jour-là ni Opéra, ni comédie;

ce fut le marquis qui en fit la remarque; et pour se
dédommager d'un spectacle amusant par un spectacle
utile, le hasard voulut que ce fut lui-même qui invita
la marquise à aller voir le Cabinet du Roi. Il ne fut
pas refusé, comme vous pensez bien. Voilà les chevaux mis; les voilà partis; les voilà arrivés au Jardin
du Roi; et les voilà mêlés dans la foule, regardant
tout, et ne voyant rien, comme les autres.

Lecteur, j'avais oublié de vous peindre le site des
trois personnages dont il s'agit ici : Jacques, son maître
et l'hôtesse; faute de cette attention, vous les avez
entendus parler, mais vous ne les avez point vus; il
vaut mieux tard que jamais. Le maître, à gauche, en
bonnet de nuit, en robe de chambre, était étalé nonchalamment dans un grand fauteuil de tapisserie, son
mouchoir jeté sur le bras du fauteuil, et sa tabatière
à la main. L'hôtesse sur le fond, en face de la porte,
proche la table, son verre devant elle. Jacques, sans
chapeau, à sa droite, les deux coudes appuyés sur la
table, et la tête penchée entre deux bouteilles : deux
autres étaient à terre à côté de lui.

« Au sortir du Cabinet, le marquis et sa bonne amie
se promenèrent dans le jardin. Ils suivaient la première
allée qui est à droite en entrant, proche l'école des
arbres, lorsque Mme de La Pommeraye fit un cri de
surprise, en disant : « Je ne me trompe pas, je crois
que ce sont elles; oui, ce sont elles-mêmes. »

Aussitôt on quitte le marquis, et l'on s'avance à la
rencontre de nos deux dévotes. La d'Aisnon fille était
à ravir sous ce vêtement simple, qui, n'attirant point
le regard, fixe l'attention tout entière sur la personne.
« Ah! c'est vous, madame ?

— Oui, c'est moi.

— Et comment vous portez-vous, et qu'êtes-vous
devenue depuis une éternité ?

— Vous savez nos malheurs; il a fallu s'y résigner,
et vivre retirées comme il convenait à notre petite for-

tune; sortir du monde, quand on ne peut plus s'y
montrer décemment.

— Mais, moi, me délaisser, moi qui ne suis pas du
monde, et qui ai toujours le bon esprit de le trouver
aussi maussade qu'il l'est!

— Un des inconvénients de l'infortune, c'est la méfiance qu'elle inspire : les indigents craignent d'être
importuns.

— Vous, importunes pour moi! ce soupçon est une
bonne injure.

— Madame, j'en suis tout à fait innocente, je vous
ai rappelée dix fois à maman, mais elle me disait :
Mme de La Pommeraye... personne, ma fille, ne pense
plus à nous.

— Quelle injustice! Asseyons-nous, nous causerons.
Voilà M. le marquis des Arcis; c'est mon ami; et sa
présence ne nous gênera pas. Comme mademoiselle
est grandie! comme elle est embellie depuis que nous
ne nous sommes vues!

— Notre position a cela d'avantageux qu'elle nous
prive de tout ce qui nuit à la santé : voyez son visage,
voyez ses bras; voilà ce qu'on doit à la vie frugale et
réglée, au sommeil, au travail, à la bonne conscience;
et c'est quelque chose... »

On s'assit, on s'entretint d'amitié. La d'Aisnon mère
parla bien, la d'Aisnon fille parla peu. Le ton de la
dévotion fut celui de l'une et de l'autre, mais avec
aisance et sans pruderie. Longtemps avant la chute du
jour nos deux dévotes se levèrent. On leur représenta
qu'il était encore de bonne heure; la d'Aisnon mère
dit assez haut, à l'oreille de Mme de La Pommeraye,
qu'elles avaient encore un exercice de piété à remplir,
et qu'il leur était impossible de rester plus longtemps.
Elles étaient déjà à quelque distance, lorsque Mme de
La Pommeraye se reprocha de ne leur avoir pas
demandé leur demeure, et de ne leur avoir pas appris
la sienne : « C'est une faute, ajouta-t-elle, que je n'aurais pas commise autrefois. » Le marquis courut pour
la réparer; elles acceptèrent l'adresse de Mme de La
Pommeraye, mais, quelles que furent les instances du
marquis, il ne put obtenir la leur. Il n'osa pas leur

offrir sa voiture, en avouant à Mme de La Pommeraye qu'il en avait été tenté.

Le marquis ne manqua pas de demander à Mme de La Pommeraye ce que c'étaient que ces deux femmes.

« Ce sont deux créatures plus heureuses que nous. Voyez la belle santé dont elles jouissent ! la sérénité qui règne sur leur visage ! l'innocence, la décence qui dictent leurs propos ! On ne voit point cela, on n'entend point cela dans nos cercles. Nous plaignons les dévots ; les dévots nous plaignent : et à tout prendre, je penche à croire qu'ils ont raison.

— Mais, marquise, est-ce que vous seriez tentée de devenir dévote ?

— Pourquoi pas ?

— Prenez-y garde, je ne voudrais pas que notre rupture, si c'en est une, vous menât jusque-là.

— Et vous aimeriez mieux que je rouvrisse ma porte au petit comte ?

— Beaucoup mieux.

— Et vous me le conseilleriez ?

— Sans balancer... »

Mme de La Pommeraye dit au marquis ce qu'elle savait du nom, de la province, du premier état et du procès des deux dévotes, y mettant tout l'intérêt et tout le pathétique possible, puis elle ajouta : « Ce sont deux femmes d'un mérite rare, la fille surtout. Vous concevez qu'avec une figure comme la sienne on ne manque de rien ici quand on veut en faire ressource ; mais elles ont préféré une honnête modicité à une aisance honteuse ; ce qui leur reste est si mince, qu'en vérité je ne sais comment elles font pour subsister. Cela travaille nuit et jour. Supporter l'indigence quand on y est né, c'est ce qu'une multitude d'hommes savent faire ; mais passer de l'opulence au plus étroit nécessaire, s'en contenter, y trouver la félicité, c'est ce que je ne comprends pas. Voilà à quoi sert la religion. Nos philosophes auront beau dire, la religion est une bonne chose.

— Surtout pour les malheureux.

— Et qui est-ce qui ne l'est pas plus ou moins ?

— Je veux mourir si vous ne devenez dévote.

— Le grand malheur! Cette vie est si peu de chose quand on la compare à une éternité à venir!

— Mais vous parlez déjà comme un missionnaire.

— Je parle comme une femme persuadée. Là, marquis, répondez-moi vrai; toutes nos richesses ne seraient-elles pas de bien pauvres guenilles à nos yeux, si nous étions plus pénétrés de l'attente des biens et de la crainte des peines d'une autre vie? Corrompre une jeune fille ou une femme attachée à son mari, avec la croyance qu'on peut mourir entre ses bras, et tomber tout à coup dans des supplices sans fin, convenez que ce serait le plus incroyable délire.

— Cela se fait pourtant tous les jours.

— C'est qu'on n'a point de foi, c'est qu'on s'étourdit.

— C'est que nos opinions religieuses ont peu d'influence sur nos mœurs. Mais, mon amie, je vous jure que vous vous acheminez à toutes jambes au confessionnal.

— C'est bien ce que je pourrais faire de mieux.

— Allez, vous êtes folle; vous avez encore une vingtaine d'années de jolis péchés à faire : n'y manquez pas; ensuite vous vous en repentirez, et vous irez vous en vanter aux pieds du prêtre, si cela vous convient... Mais voilà une conversation d'un tour bien sérieux; votre imagination se noircit furieusement, et c'est l'effet de cette abominable solitude où vous vous êtes renfoncée. Croyez-moi, rappelez au plus tôt le petit comte, vous ne verrez plus ni diable, ni enfer, et vous serez charmante comme auparavant. Vous craignez que je vous le reproche si nous nous raccommodons jamais; mais d'abord nous ne nous raccommoderons peut-être pas; et par une appréhension bien ou mal fondée, vous vous privez du plaisir le plus doux; et, en vérité, l'honneur de valoir mieux que moi ne vaut pas ce sacrifice.

— Vous dites bien vrai, aussi n'est-ce pas là ce qui me retient... »

Ils dirent encore beaucoup d'autres choses que je ne me rappelle pas.

JACQUES. — Notre hôtesse, buvons un coup : cela rafraîchit la mémoire.

L'Hotesse. — Buvons un coup... Après quelques
tours d'allées, Mme de La Pommeraye et le marquis
remontèrent en voiture. Mme de La Pommeraye dit :
« Comme cela me vieillit ! Quand cela vint à Paris, cela
n'était pas plus haut qu'un chou.

— Vous parlez de la fille de cette dame que nous
avons trouvée à la promenade ?

— Oui. C'est comme dans un jardin où les roses
fanées font place aux roses nouvelles. L'avez-vous
regardée ?

— Je n'y ai pas manqué.

— Comment la trouvez-vous ?

— C'est la tête d'une vierge de Raphaël sur le corps
de sa *Galatée;* et puis une douceur dans la voix !

— Une modestie dans le regard !

— Une bienséance dans le maintien !

— Une décence dans le propos qui ne m'a frappée
dans aucune fille comme dans celle-là. Voilà l'effet de
l'éducation.

— Lorsqu'il est préparé par un beau naturel. »

Le marquis déposa Mme de La Pommeraye à sa
porte; et Mme de La Pommeraye n'eut rien de plus
pressé que de témoigner à nos deux dévotes combien
elle était satisfaite de la manière dont elles avaient
rempli leur rôle.

Jacques. — Si elles continuent comme elles ont
débuté, monsieur le marquis des Arcis, fussiez-vous le
diable, vous ne vous en tirerez pas.

Le Maitre. — Je voudrais bien savoir quel est leur
projet.

Jacques. — Moi, j'en serais bien fâché : cela gâterait tout.

L'Hotesse. — De ce jour, le marquis devint plus
assidu chez Mme de La Pommeraye, qui s'en aperçut
sans lui en demander la raison. Elle ne lui parlait
jamais la première des deux dévotes; elle attendait
qu'il entamât ce texte : ce que le marquis faisait

toujours d'impatience et avec une indifférence mal simulée.

LE MARQUIS. — Avez-vous vu vos amies ?

MME DE LA POMMERAYE. — Non.

LE MARQUIS. — Savez-vous que cela n'est pas trop bien ? Vous êtes riche : elles sont dans le malaise; et vous ne les invitez pas même à manger quelquefois!

MME DE LA POMMERAYE. — Je me croyais un peu mieux connue de monsieur le marquis. L'amour autrefois me prêtait des vertus; aujourd'hui l'amitié me prête des défauts. Je les ai invitées dix fois sans avoir pu les obtenir une. Elles refusent de venir chez moi, par des idées singulières; et quand je les visite, il faut que je laisse mon carrosse à l'entrée de la rue et que j'aille en déshabillé, sans rouge et sans diamants. Il ne faut pas trop s'étonner de leur circonspection : un faux rapport suffirait pour aliéner l'esprit d'un certain nombre de personnes bienfaisantes et les priver de leurs secours. Marquis, le bien apparemment coûte beaucoup à faire.

LE MARQUIS. — Surtout aux dévots.

MME DE LA POMMERAYE. — Puisque le plus léger prétexte suffit pour les en dispenser. Si l'on savait que j'y prends intérêt, bientôt on dirait : Mme de La Pommeraye les protège : elles n'ont besoin de rien... Et voilà les charités supprimées.

LE MARQUIS. — Les charités ?

MME DE LA POMMERAYE. — Oui, monsieur, les charités!

LE MARQUIS. — Vous les connaissez, et elles en sont aux charités ?

MME DE LA POMMERAYE. — Encore une fois, marquis, je vois bien que vous ne m'aimez plus, et qu'une partie de votre estime s'en est allée avec votre tendresse. Et qui est-ce qui vous a dit que, si ces femmes étaient dans le besoin des aumônes de la paroisse, c'était de ma faute ?

LE MARQUIS. — Pardon, madame, mille pardons, j'ai tort. Mais quelle raison de se refuser à la bienveillance d'une amie ?

MME DE LA POMMERAYE. — Ah! marquis, nous sommes bien loin, nous autres gens du monde, de connaître les délicatesses scrupuleuses des âmes timorées. Elles ne croient pas pouvoir accepter les secours de toute personne indistinctement.

LE MARQUIS. — C'est nous ôter le meilleur moyen d'expier nos folles dissipations.

MME DE LA POMMERAYE. — Point du tout. Je suppose, par exemple, que monsieur le marquis des Arcis fût touché de compassion pour elles; que ne fait-il passer ces secours par des mains plus dignes ?

LE MARQUIS. — Et moins sûres.

MME DE LA POMMERAYE. — Cela se peut.

LE MARQUIS. — Dites-moi, si je leur envoyais une vingtaine de louis, croyez-vous qu'elles les refuseraient?

MME DE LA POMMERAYE. — J'en suis sûre; et ce refus vous semblerait déplacé dans une mère qui a un enfant charmant ?

LE MARQUIS. — Savez-vous que j'ai été tenté de les aller voir ?

MME DE LA POMMERAYE. — Je le crois. Marquis, marquis, prenez garde à vous; voilà un mouvement de compassion bien subit et bien suspect.

Le Marquis. — Quoi qu'il en soit, m'auraient-elles reçu ?

Mme de La Pommeraye. — Non certes! Avec l'éclat de votre voiture, de vos habits, de vos gens et les charmes de la jeune personne, il n'en fallait pas davantage pour apprêter au caquet des voisins, des voisines et les perdre.

Le Marquis. — Vous me chagrinez; car, certes, ce n'était pas mon dessein. Il faut donc renoncer à les secourir et à les voir ?

Mme de La Pommeraye. — Je le crois.

Le Marquis. — Mais si je leur faisais passer mes secours par votre moyen ?

Mme de La Pommeraye. — Je ne crois pas ces secours-là assez purs pour m'en charger.

Le Marquis. — Voilà qui est cruel!

Mme de La Pommeraye. — Oui, cruel : c'est le mot.

Le Marquis. — Quelle vision! marquise, vous vous moquez. Une jeune fille que je n'ai jamais vue qu'une fois.....

Mme de La Pommeraye. — Mais du petit nombre de celles qu'on n'oublie pas quand on les a vues.

Le Marquis. — Il est vrai que ces figures-là vous suivent.

Mme de La Pommeraye. — Marquis, prenez garde à vous; vous vous préparez des chagrins; et j'aime mieux avoir à vous en garantir que d'avoir à vous en consoler. N'allez pas confondre celle-ci avec celles que vous avez connues : cela ne se ressemble pas; on ne les tente pas, on ne les séduit pas, on n'en approche pas, elles n'écoutent pas, on n'en vient pas à bout.

Après cette conversation, le marquis se rappela tout à coup qu'il avait une affaire pressée ; il se leva brusquement et sortit soucieux.

Pendant un assez long intervalle de temps, le marquis ne passa presque pas un jour sans voir Mme de La Pommeraye ; mais il arrivait, il s'asseyait, il gardait le silence ; Mme de La Pommeraye parlait seule ; le marquis, au bout d'un quart d'heure, se levait et s'en allait.

Il fit ensuite une éclipse de près d'un mois, après laquelle il reparut ; mais triste, mais mélancolique, mais défait. La marquise, en le voyant, lui dit : « Comme vous voilà fait ! d'où sortez-vous ? Est-ce que vous avez passé tout ce temps en petite maison ?

LE MARQUIS. — Ma foi, à peu près. De désespoir, je me suis précipité dans un libertinage affreux.

MME DE LA POMMERAYE. — Comment ! de désespoir ?

LE MARQUIS. — Oui, de désespoir... »

Après ce mot, il se mit à se promener en long et en large sans mot dire ; il allait aux fenêtres, il regardait le ciel, il s'arrêtait devant Mme de La Pommeraye ; il allait à la porte, il appelait ses gens à qui il n'avait rien à dire ; il les renvoyait ; il rentrait ; il revenait à Mme de La Pommeraye, qui travaillait sans l'apercevoir ; il voulait parler, il n'osait ; enfin Mme de La Pommeraye en eut pitié, et lui dit : « Qu'avez-vous ? On est un mois sans vous voir ; vous reparaissez avec un visage de déterré et vous rôdez comme une âme en peine.

LE MARQUIS. — Je n'y puis plus tenir, il faut que je vous dise tout. J'ai été vivement frappé de la fille de votre amie ; j'ai tout, mais tout fait pour l'oublier ; et plus j'ai fait, plus je m'en suis souvenu. Cette créature angélique m'obsède ; rendez-moi un service important.

MME DE LA POMMERAYE. — Quel ?

LE MARQUIS. — Il faut absolument que je la revoie et que je vous en aie l'obligation. J'ai mis mes grisons en campagne. Toute leur venue, toute leur allée est de chez elles à l'église et de l'église chez elles. Dix fois je me suis présenté à pied sur leur chemin ; elles ne m'ont seulement pas aperçu ; je me suis planté sur leur porte inutilement. Elles m'ont d'abord rendu libertin comme un sapajou, puis dévot comme un ange ; je n'ai pas manqué la messe une fois depuis quinze jours. Ah ! mon amie, quelle figure ! qu'elle est belle !... »

Mme de La Pommeraye savait tout cela. « C'est-à-dire, répondit-elle au marquis, qu'après avoir tout mis en œuvre pour guérir, vous n'avez rien omis pour devenir fou, et que c'est le dernier parti qui vous a réussi ?

LE MARQUIS. — Et réussi, je ne saurais vous exprimer à quel point. N'aurez-vous pas compassion de moi et ne vous devrai-je pas le bonheur de la revoir ?

MME DE LA POMMERAYE. — La chose est difficile, et je m'en occuperai, mais à une condition : c'est que vous laisserez ces infortunées en repos et que vous cesserez de les tourmenter. Je ne vous cèlerai point qu'elles m'ont écrit de votre persécution avec amertume, et voilà leur lettre... »

La lettre qu'on donnait à lire au marquis avait été concertée entre elles. C'était la d'Aisnon fille qui paraissait l'avoir écrite par ordre de sa mère : et l'on y avait mis, d'honnête, de doux, de touchant, d'élégance et d'esprit, tout ce qui pouvait renverser la tête du marquis. Aussi en accompagnait-il chaque mot d'une exclamation ; pas une phrase qu'il ne relût ; il pleurait de joie ; il disait à Mme de La Pommeraye : « Convenez donc, madame, qu'on n'écrit pas mieux que cela.

MME DE LA POMMERAYE. — J'en conviens.

LE MARQUIS. — Et qu'à chaque ligne on se sent pénétré d'admiration et de respect pour des femmes de ce caractère!

MME DE LA POMMERAYE. — Cela devrait être.

LE MARQUIS. — Je vous tiendrai ma parole; mais songez, je vous en supplie, à ne pas manquer à la vôtre.

MME DE LA POMMERAYE. — En vérité, marquis, je suis aussi folle que vous. Il faut que vous ayez conservé un terrible empire sur moi; cela m'effraye.

LE MARQUIS. — Quand la verrai-je?

MME DE LA POMMERAYE. — Je n'en sais rien. Il faut s'occuper premièrement du moyen d'arranger la chose, et d'éviter tout soupçon. Elles ne peuvent ignorer vos vues; voyez la couleur que ma complaisance aurait à leurs yeux, si elles s'imaginaient que j'agis de concert avec vous... Mais, marquis, entre nous, qu'ai-je besoin de cet embarras-là? Que m'importe que vous aimiez, que vous n'aimiez pas? que vous extravaguiez? Démêlez votre fusée vous-même. Le rôle que vous me faites faire est aussi trop singulier.

LE MARQUIS. — Mon amie, si vous m'abandonnez, je suis perdu! Je ne vous parlerai point de moi, puisque je vous offenserais; mais je vous conjurerai par ces intéressantes et dignes créatures qui vous sont si chères; vous me connaissez, épargnez-leur toutes les folies dont je suis capable. J'irai chez elles; oui, j'irai, je vous en préviens; je forcerai leur porte, j'entrerai malgré elles, je m'asseyerai, je ne sais ce que je dirai, ce que je ferai; car que n'avez-vous point à craindre de l'état violent où je suis?... »

Vous remarquerez, messieurs, dit l'hôtesse, que depuis le commencement de cette aventure jusqu'à ce

moment, le marquis des Arcis n'avait pas dit un mot
qui ne fût un coup de poignard dirigé au cœur de
Mme de La Pommeraye. Elle étouffait d'indignation
et de rage; aussi répondit-elle au marquis, d'une voix
tremblante et entrecoupée :

« Mais vous avez raison. Ah! si j'avais été aimée
comme cela, peut-être que... Passons là-dessus... Ce
n'est pas pour vous que j'agirai, mais je me flatte
du moins, monsieur le marquis, que vous me donnerez
du temps.

LE MARQUIS. — Le moins, le moins que je pourrai.

JACQUES. — Ah! notre hôtesse, quel diable de
femme! Lucifer n'est pas pire. J'en tremble : et il faut
que je boive un coup pour me rassurer... Est-ce que
vous me laisserez boire tout seul ?

L'HOTESSE. — Moi, je n'ai pas peur... Mme de La
Pommeraye disait : « Je souffre, mais je ne souffre
pas seule. Cruel homme! j'ignore quelle sera la durée
de mon tourment; mais j'éterniserai le tien... » Elle
tint le marquis près d'un mois dans l'attente de l'entrevue qu'elle avait promise, c'est-à-dire qu'elle lui
laissa tout le temps de pâtir, de se bien enivrer, et que
sous prétexte d'adoucir la longueur du délai, elle lui
permit de l'entretenir de sa passion.

LE MAITRE. — Et de la fortifier en en parlant.

JACQUES. — Quelle femme! quel diable de femme!
Notre hôtesse, ma frayeur redouble.

L'HOTESSE. — Le marquis venait donc tous les jours
causer avec Mme de La Pommeraye, qui achevait de
l'irriter, de l'endurcir et de le perdre par les discours
les plus artificieux. Il s'informait de la patrie, de la
naissance, de l'éducation, de la fortune et du désastre
de ces femmes; il y revenait sans cesse, et ne se croyait
jamais assez instruit et touché. La marquise lui faisait
remarquer le progrès de ses sentiments, et lui en fami-

liarisait le terme, sous prétexte de lui en inspirer de
l'effroi. « Marquis, lui disait-elle, prenez-y garde, cela
vous mènera loin ; il pourrait arriver un jour que mon
amitié, dont vous faites un étrange abus, ne m'excusât
ni à mes yeux ni aux vôtres. Ce n'est pas que tous les
jours on ne fasse de plus grandes folies. Marquis, je
crains fort que vous n'obteniez cette fille qu'à des conditions qui, jusqu'à présent, n'ont pas été de votre goût. »

Lorsque Mme de La Pommeraye crut le marquis
bien préparé pour le succès de son dessein, elle
arrangea avec les deux femmes qu'elles viendraient
dîner chez elle ; et avec le marquis que, pour leur
donner le change, il les surprendrait en habit de campagne : ce qui fut exécuté.

On en était au second service lorsqu'on annonça le
marquis. Le marquis, Mme de La Pommeraye et les
deux d'Aisnon, jouèrent supérieurement l'embarras.
« Madame, dit-il à Mme de La Pommeraye, j'arrive de
ma terre ; il est trop tard pour aller chez moi où l'on
ne m'attend que ce soir, et je me suis flatté que vous ne
me refuseriez pas à dîner... » Et tout en parlant, il
avait pris une chaise, et s'était mis à table. On avait
disposé le couvert de manière qu'il se trouvât à côté
de la mère et en face de la fille. Il remercia d'un clin
d'œil Mme de La Pommeraye de cette attention délicate. Après le trouble du premier instant, nos deux
dévotes se rassurèrent. On causa, on fut même gai. Le
marquis fut de la plus grande attention pour la mère,
et de la politesse la plus réservée pour la fille. C'était
un amusement secret bien plaisant pour ces trois
femmes, que le scrupule du marquis à ne rien dire, à
ne se rien permettre qui pût les effaroucher. Elles
eurent l'inhumanité de le faire parler dévotion pendant trois heures de suite, et Mme de La Pommeraye
lui disait : « Vos discours font merveilleusement l'éloge
de vos parents ; les premières leçons qu'on en reçoit
ne s'effacent jamais. Vous entendez toutes les subti-
lités de l'amour divin, comme si vous n'aviez été qu'à
saint François de Sales pour toute nourriture. N'auriez-
vous pas été un peu quiétiste ?

— Je ne m'en souviens plus... »

Il est inutile de dire que nos dévotes mirent dans la conversation tout ce qu'elles avaient de grâces, d'esprit, de séduction et de finesse. On toucha en passant le chapitre des passions, et Mlle Duquênoi (c'était son nom de famille) prétendit qu'il n'y en avait qu'une seule de dangereuse. Le marquis fut de son avis. Entre les six et sept heures, les deux femmes se retirèrent, sans qu'il fût possible de les arrêter ; Mme de La Pommeraye prétendant avec Mme Duquênoi qu'il fallait aller de préférence à son devoir, sans quoi il n'y aurait presque point de journée dont la douceur ne fût altérée par le remords. Les voilà parties au grand regret du marquis, et le marquis en tête à tête avec Mme de La Pommeraye.

MME DE LA POMMERAYE. — Eh bien! marquis, ne faut-il pas que je sois bien bonne ? Trouvez-moi à Paris une autre femme qui en fasse autant.

LE MARQUIS, *en se jetant à ses genoux.* — J'en conviens ; il n'y en a pas une qui vous ressemble. Votre bonté me confond : vous êtes la seule véritable amie qu'il y ait au monde.

MME DE LA POMMERAYE. — Etes-vous bien sûr de sentir toujours également le prix de mon procédé ?

LE MARQUIS. — Je serais un monstre d'ingratitude, si j'en rabattais.

MME DE LA POMMERAYE. — Changeons de texte. Quel est l'état de votre cœur ?

LE MARQUIS. — Faut-il vous l'avouer franchement ? Il faut que j'aie cette fille-là, ou que j'en périsse.

MME DE LA POMMERAYE. — Vous l'aurez sans doute, mais il faut savoir comme quoi.

LE MARQUIS. — Nous verrons.

MME DE LA POMMERAYE. — Marquis, marquis, je vous connais, je les connais : tout est vu.

Le marquis fut environ deux mois sans se montrer chez Mme de La Pommeraye; et voici ses démarches dans cet intervalle. Il fit connaissance avec le confesseur de la mère et de la fille. C'était un ami du petit abbé dont je vous ai parlé. Ce prêtre, après avoir mis toutes les difficultés hypocrites qu'on peut apporter à une intrigue malhonnête, et vendu le plus chèrement qu'il lui fut possible la sainteté de son ministère, se prêta à tout ce que le marquis voulut.

La première scélératesse de l'homme de Dieu, ce fut d'aliéner la bienveillance du curé, et de lui persuader que ces deux protégées de Mme de La Pommeraye obtenaient de la paroisse une aumône dont elles privaient des indigents plus à plaindre qu'elles. Son but était de les amener à ses vues par la misère.

Ensuite il travailla au tribunal de la confession à jeter la division entre la mère et la fille. Lorsqu'il entendait la mère se plaindre de sa fille, il aggravait les torts de celle-ci, et irritait le ressentiment de l'autre. Si c'était la fille qui se plaignît de sa mère, il lui insinuait que la puissance des pères et mères sur leurs enfants était limitée, et que, si la persécution de sa mère était poussée jusqu'à un certain point, il ne serait peut-être pas impossible de la soustraire à une autorité tyrannique. Puis il lui donnait pour pénitence de revenir à confesse.

Une autre fois il lui parlait de ses charmes, mais lestement : c'était un des plus dangereux présents que Dieu pût faire à une femme; de l'impression qu'en avait éprouvée un honnête homme qu'il ne nommait pas, mais qui n'était pas difficile à deviner. Il passait de là à la miséricorde infinie du ciel et à son indulgence pour des fautes que certaines circonstances nécessitaient; à la faiblesse de la nature, dont chacun trouve l'excuse en soi-même; à la violence et à la généralité de certains penchants, dont les hommes les plus saints n'étaient pas exempts. Il lui demandait ensuite si elle n'avait point de désirs, si le tempérament ne lui par-

lait pas en rêves, si la présence des hommes ne la trou-
blait pas. Ensuite, il agitait la question si une femme
devait céder ou résister à un homme passionné, et
laisser mourir et damner celui pour qui le sang de
Jésus-Christ a été versé : et il n'osait la décider. Puis
il poussait de profonds soupirs; il levait les yeux au
ciel, il priait pour la tranquillité des âmes en peine...
La jeune fille le laissait aller. Sa mère et Mme de La
Pommeraye, à qui elle rendait fidèlement les propos
du directeur, lui suggéraient des confidences qui toutes
tendaient à l'encourager.

JACQUES. — Votre Mme de La Pommeraye est une
méchante femme.

LE MAITRE. — Jacques, c'est bientôt dit. Sa méchanceté, d'où lui vient-elle ? Du marquis des Arcis. Rends
celui-ci tel qu'il avait juré et qu'il devait être, et trouve-
moi quelque défaut dans Mme de La Pommeraye.
Quand nous serons en route, tu l'accuseras, et je me
chargerai de la défendre. Pour ce prêtre, vil et séducteur, je te l'abandonne.

JACQUES. — C'est un si méchant homme, que je
crois que de cette affaire-ci je n'irai plus à confesse. Et
vous, notre hôtesse ?

L'HOTESSE. — Pour moi je continuerai mes visites
à mon vieux curé, qui n'est pas curieux, et qui n'entend que ce qu'on lui dit.

JACQUES. — Si nous buvions à la santé de votre
curé ?

L'HOTESSE. — Pour cette fois-ci je vous ferai raison;
car c'est un bon homme qui, les dimanches et jours de
fêtes, laisse danser les filles et les garçons, et qui permet
aux hommes et aux femmes de venir chez moi, pourvu
qu'ils n'en sortent pas ivres. A mon curé!

JACQUES. — A votre curé.

L'Hotesse. — Nos femmes ne doutaient pas qu'incessamment l'homme de Dieu ne hasardât de remettre une lettre à sa pénitente : ce qui fut fait; mais avec quel ménagement! Il ne savait de qui elle était; il ne doutait point que ce ne fût de quelque âme bienfaisante et charitable qui avait découvert leur misère, et qui leur proposait des secours; il en remettait assez souvent de pareilles. « Au demeurant vous êtes sage, madame votre mère est prudente, et j'exige que vous ne l'ouvriez qu'en sa présence. » Mlle Duquênoi accepta la lettre et la remit à sa mère, qui la fit passer sur-le-champ à Mme de La Pommeraye. Celle-ci, munie de ce papier, fit venir le prêtre, l'accabla des reproches qu'il méritait, et le menaça de le déférer à ses supérieurs, si elle entendait encore parler de lui.

Dans cette lettre, le marquis s'épuisait en éloges de sa propre personne, en éloges de Mlle Duquênoi; peignait sa passion aussi violente qu'elle l'était, et proposait des conditions fortes, même un enlèvement.

Après avoir fait la leçon au prêtre, Mme de La Pommeraye appela le marquis chez elle; lui représenta combien sa conduite était peu digne d'un galant homme; jusqu'où elle pouvait être compromise; lui montra sa lettre, et protesta que, malgré la tendre amitié qui les unissait, elle ne pouvait se dispenser de la produire au tribunal des lois, ou de la remettre à Mme Duquênoi, s'il arrivait quelque aventure éclatante à sa fille. « Ah! marquis, lui dit-elle, l'amour vous corrompt; vous êtes mal né, puisque le faiseur de grandes choses ne vous en inspire que d'avilissantes. Et que vous ont fait ces pauvres femmes, pour ajouter l'ignominie à la misère ? Faut-il que, parce que cette fille est belle, et veut rester vertueuse, vous en deveniez le persécuteur ? Est-ce à vous à lui faire détester un des plus beaux présents du ciel ? Par où ai-je mérité, moi, d'être votre complice ? Allons, marquis, jetez-vous à mes pieds, demandez-moi pardon, et faites serment de laisser mes tristes amies en repos. » Le marquis lui promit de ne plus rien entreprendre sans son aveu; mais qu'il fallait qu'il eût cette fille à quelque prix que ce fût.

Le marquis ne fut point du tout fidèle à sa parole. La mère était instruite; il ne balança pas à s'adresser à elle. Il avoua le crime de son projet; il offrit une somme considérable, des espérances que le temps pourrait amener; et sa lettre fut accompagnée d'un écrin de riches pierreries.

Les trois femmes tinrent conseil. La mère et la fille inclinaient à accepter; mais ce n'était pas là le compte de Mme de La Pommeraye. Elle revint sur la parole qu'on lui avait donnée; elle menaça de tout révéler; et au grand regret de nos deux dévotes, dont la jeune détacha de ses oreilles des girandoles qui lui allaient si bien, l'écrin et la lettre furent renvoyés avec une réponse pleine de fierté et d'indignation.

Mme de La Pommeraye se plaignit au marquis du peu de fond qu'il y avait à faire sur ses promesses. Le marquis s'excusa sur l'impossibilité de lui proposer une commission si indécente. « Marquis, marquis, lui dit Mme de La Pommeraye, je vous ai déjà prévenu, et je vous le répète : vous n'en êtes pas où vous voudriez; mais il n'est plus temps de vous prêcher, ce seraient paroles perdues : il n'y a plus de ressources. »

Le marquis avoua qu'il le pensait comme elle, et lui demanda la permission de faire une dernière tentative; c'était d'assurer des rentes considérables sur les deux têtes, de partager sa fortune avec les deux femmes, et de les rendre propriétaires à vie d'une de ses maisons à la ville, et d'une autre à la campagne. « Faites, lui dit la marquise; je n'interdis que la violence; mais croyez, mon ami, que l'honneur et la vertu, quand elle est vraie, n'ont point de prix aux yeux de ceux qui ont le bonheur de les posséder. Vos nouvelles offres ne réussiront pas mieux que les précédentes : je connais ces femmes et j'en ferais la gageure. »

Les nouvelles propositions sont faites. Autre conciliabule des trois femmes. La mère et la fille attendaient en silence la décision de Mme de La Pommeraye. Celle-ci se promena un moment sans parler. « Non, non, dit-elle, cela ne suffit pas à mon cœur ulcéré. » Et aussitôt elle prononça le refus; et aussitôt ces deux femmes fondirent en larmes, se jetèrent à ses pieds, et lui représentèrent combien il était affreux pour elles de repousser une fortune immense, qu'elles pouvaient accepter sans aucune fâcheuse conséquence. Mme de La Pommeraye leur répondit sèchement : « Est-ce que vous imaginez que ce que je fais, je le fais pour vous ? Qui êtes-vous ? Que vous dois-je ? A quoi tient-il que je ne vous renvoie l'une et l'autre à votre tripot ? Si ce que l'on vous offre est trop pour vous, c'est trop peu pour moi. Ecrivez, madame, la réponse que je vais vous dicter, et qu'elle parte sous mes yeux. » Ces femmes s'en retournèrent encore plus effrayées qu'affligées.

JACQUES. — Cette femme a le diable au corps, et que veut-elle donc ? Quoi ! un refroidissement d'amour n'est pas assez puni par le sacrifice de la moitié d'une grande fortune ?

LE MAITRE. — Jacques, vous n'avez jamais été femme, encore moins honnête femme, et vous jugez d'après votre caractère qui n'est pas celui de Mme de La Pommeraye ! Veux-tu que je te dise ? J'ai bien peur que le mariage du marquis des Arcis et d'une catin ne soit écrit là-haut.

JACQUES. — S'il est écrit là-haut, il se fera.

L'HOTESSE. — Le marquis ne tarda pas à reparaître chez Mme de La Pommeraye. « Eh bien, lui dit-elle, vos nouvelles offres ?

LE MARQUIS. — Faites et rejetées. J'en suis désespéré. Je voudrais arracher cette malheureuse passion de mon cœur; je voudrais m'arracher le cœur, et je ne saurais. Marquise, regardez-moi; ne trouvez-vous pas qu'il y a entre cette jeune fille et moi quelques traits de ressemblance ?

MME DE LA POMMERAYE. — Je ne vous en avais rien dit; mais je m'en étais aperçue. Il ne s'agit pas de cela : que résolvez-vous ?

Le Marquis. — Je ne puis me résoudre à rien. Il me prend des envies de me jeter dans une chaise de poste, et de courir tant que terre me portera; un moment après la force m'abandonne; je suis comme anéanti, ma tête s'embarrasse : je deviens stupide, et ne sais que devenir.

Mme de La Pommeraye. — Je ne vous conseille pas de voyager; ce n'est pas la peine d'aller jusqu'à Villejuif pour revenir. »

Le lendemain, le marquis écrivit à la marquise qu'il partait pour sa campagne; qu'il y resterait tant qu'il pourrait, et qu'il la suppliait de le servir auprès de ses amies, si l'occasion s'en présentait; son absence fut courte : il revint avec la résolution d'épouser.

Jacques. — Ce pauvre marquis me fait pitié.

Le Maitre. — Pas trop à moi.

L'Hotesse. — Il descendit à la porte de Mme de La Pommeraye. Elle était sortie. En rentrant elle trouva le marquis étendu dans un fauteuil, les yeux fermés, et absorbé dans la plus profonde rêverie. « Ah! marquis, vous voilà ? la campagne n'a pas eu de longs charmes pour vous.
— Non, lui répondit-il, je ne suis bien nulle part, et j'arrive déterminé à la plus haute sottise qu'un homme de mon état, de mon âge et de mon caractère puisse faire. Mais il vaut mieux épouser que de souffrir. J'épouse.

Mme de La Pommeraye. — Marquis, l'affaire est grave, et demande de la réflexion.

Le Marquis. — Je n'en ai fait qu'une, mais elle est solide : c'est que je ne puis jamais être plus malheureux que je le suis.

Mme de La Pommeraye. — Vous pourriez vous tromper.

JACQUES. — La traîtresse!

LE MARQUIS. — Voici donc enfin, mon amie, une négociation dont je puis, ce me semble, vous charger honnêtement. Voyez la mère et la fille; interrogez la mère, sondez le cœur de la fille, et dites-leur mon dessein.

MME DE LA POMMERAYE. — Tout doucement, marquis. J'ai cru les connaître assez pour ce que j'en avais à faire; mais à présent qu'il s'agit du bonheur de mon ami, il me permettra d'y regarder de plus près. Je m'informerai dans leur province, et je vous promets de les suivre pas à pas pendant toute la durée de leur séjour à Paris.

LE MARQUIS. — Ces précautions me semblent assez superflues. Des femmes dans la misère, qui résistent aux appâts que je leur ai tendus, ne peuvent être que les créatures les plus rares. Avec mes offres, je serais venu à bout d'une duchesse. D'ailleurs, ne m'avez-vous pas dit vous-même...

MME DE LA POMMERAYE. — Oui, j'ai dit tout ce qu'il vous plaira; mais avec tout cela, permettez que je me satisfasse.

JACQUES. — La chienne! la coquine! l'enragée! et pourquoi aussi s'attacher à une pareille femme?

LE MAITRE. — Et pourquoi aussi la séduire et s'en détacher?

L'HOTESSE. — Pourquoi cesser de l'aimer sans rime ni raison?

JACQUES, *montrant le ciel du doigt.* — Ah! mon maître!

LE MARQUIS. — Pourquoi, marquise, ne vous mariez-vous pas aussi?

Mme de La Pommeraye. — A qui, s'il vous plaît ?

Le Marquis. — Au petit comte ; il a de l'esprit, de la naissance, de la fortune.

Mme de La Pommeraye. — Et qui est-ce qui me répondra de sa fidélité ? C'est vous peut-être !

Le Marquis. — Non ; mais il me semble qu'on se passe aisément de la fidélité d'un mari.

Mme de La Pommeraye. — D'accord ; mais si le mien m'était infidèle, je serais peut-être assez bizarre pour m'en offenser ; et je suis vindicative.

Le Marquis. — Eh bien ! vous vous vengeriez, cela s'en va sans dire. C'est que nous prendrions un hôtel commun, et que nous formerions tous quatre la plus agréable société.

Mme de La Pommeraye. — Tout cela est fort beau ; mais je ne me marie pas. Le seul homme que j'aurais peut-être été tentée d'épouser...

Le Marquis. — C'est moi ?

Mme de La Pommeraye. — Je puis vous l'avouer à présent sans conséquence.

Le Marquis. — Et pourquoi ne me l'avoir pas dit ?

Mme de La Pommeraye. — Par l'événement, j'ai bien fait. Celle que vous allez avoir vous convient de tout point mieux que moi.

L'Hotesse. — Mme de La Pommeraye mit à ses informations toute l'exactitude et la célérité qu'elle voulut. Elle produisit au marquis les attestations les plus flatteuses ; il y en avait de Paris, il y en avait de la province. Elle exigea du marquis encore une quinzaine,

afin qu'il s'examinât derechef. Cette quinzaine lui parut
éternelle; enfin la marquise fut obligée de céder à son
impatience et à ses prières. La première entrevue se
fait chez ses amies; on y convient de tout, les bans se
publient; le contrat se passe; le marquis fait présent
à Mme de La Pommeraye d'un superbe diamant, et le
mariage est consommé.

JACQUES. — Quelle trame et quelle vengeance!

LE MAITRE. — Elle est incompréhensible.

JACQUES. — Délivrez-moi du souci de la première
nuit des noces, et jusqu'à présent je n'y vois pas un
grand mal.

LE MAITRE. — Tais-toi, nigaud.

L'HOTESSE. — La nuit des noces se passa fort bien.

JACQUES. — Je croyais...

L'HOTESSE. — Croyez à ce que votre maître vient de
vous dire... » Et en parlant ainsi elle souriait, et en sou-
riant, elle passait sa main sur le visage de Jacques, et
lui serrait le nez... « Mais ce fut le lendemain...

JACQUES. — Le lendemain, ne fut-ce pas comme la
veille ?

L'HOTESSE. — Pas tout à fait. Le lendemain, Mme de
La Pommeraye écrivit au marquis un billet qui l'invi-
tait à se rendre chez elle au plus tôt, pour affaire importante. Le marquis ne se fit pas attendre.
   On le reçut avec un visage où l'indignation se peignait dans toute sa force; le discours qu'on lui tint ne
fut pas long; le voici : « Marquis, lui dit-elle, apprenez
à me connaître. Si les autres femmes s'estimaient assez
pour éprouver mon ressentiment, vos semblables
seraient moins communs. Vous aviez acquis une honnête femme que vous n'avez pas su conserver; cette

femme, c'est moi ; elle s'est vengée en vous en faisant épouser une digne de vous. Sortez de chez moi, et allez-vous-en rue Traversière, à l'hôtel de Hambourg, où l'on vous apprendra le sale métier que votre femme et votre belle-mère ont exercé pendant dix ans, sous le nom de d'Aisnon. »

La surprise et la consternation de ce pauvre marquis ne peuvent se rendre. Il ne savait qu'en penser ; mais son incertitude ne dura que le temps d'aller d'un bout de la ville à l'autre. Il ne rentra point chez lui de tout le jour ; il erra dans les rues. Sa belle-mère et sa femme eurent quelque soupçon de ce qui s'était passé. Au premier coup de marteau, la belle-mère se sauva dans son appartement, et s'y enferma à la clef ; sa femme l'attendit seule. A l'approche de son époux, elle lut sur son visage la fureur qui le possédait. Elle se jeta à ses pieds, la face collée contre le parquet, sans mot dire. « Retirez-vous, lui dit-il, infâme ! loin de moi... » Elle voulut se relever ; mais elle retomba sur son visage, les bras étendus à terre entre les pieds du marquis. « Monsieur, lui dit-elle, foulez-moi aux pieds, écrasez-moi, car je l'ai mérité ; faites de moi tout ce qu'il vous plaira ; mais épargnez ma mère...

— Retirez-vous, reprit le marquis ; retirez-vous ! c'est assez de l'infamie dont vous m'avez couvert ; épargnez-moi un crime.

La pauvre créature resta dans l'attitude où elle était et ne lui répondit rien. Le marquis était assis dans un fauteuil, la tête enveloppée de ses bras, et le corps à demi penché sur les pieds de son lit, hurlant par intervalles, sans la regarder : « Retirez-vous !... » Le silence et l'immobilité de la malheureuse le surprirent ; il lui répéta d'une voix plus forte encore : « Qu'on se retire ; est-ce que vous ne m'entendez pas ?... » Ensuite il se baissa, la repoussa durement, et reconnaissant qu'elle était sans sentiment et presque sans vie, il la prit par le milieu du corps, l'étendit sur un canapé, attacha un moment sur elle des regards où se peignaient alternativement la commisération et le courroux. Il sonna : des valets entrèrent ; on appela ses femmes, à qui il dit : « Prenez votre maîtresse qui se trouve mal ; portez-la dans son appartement, et secourez-la... » Peu d'instants après il envoya secrètement savoir de ses nouvelles. On lui dit qu'elle était revenue de son premier évanouissement; mais que, les défaillances se succédant rapidement, elles étaient si fréquentes et si longues qu'on ne pouvait lui répondre de rien. Une ou deux heures après il renvoya secrètement savoir son état. On lui dit qu'elle suffoquait, et qu'il lui était survenu une espèce de hoquet qui se faisait entendre jusque dans les cours. A la troisième fois, c'était sur le matin, on lui rapporta qu'elle avait beaucoup pleuré, que le hoquet s'était calmé, et qu'elle paraissait s'assoupir.

Le jour suivant, le marquis fit mettre ses chevaux à sa chaise, et disparut pendant quinze jours, sans qu'on sût ce qu'il était devenu. Cependant, avant de s'éloigner, il avait pourvu à tout ce qui était nécessaire à la mère et à la fille, avec ordre d'obéir à madame comme à lui-même.

Pendant cet intervalle, ces deux femmes restèrent l'une en présence de l'autre, sans presque se parler, la fille sanglotant, poussant quelquefois des cris, s'arrachant les cheveux, se tordant les bras, sans que sa mère osât s'approcher d'elle et la consoler. L'une montrait la figure du désespoir, l'autre la figure de l'endurcissement. La fille vingt fois dit à sa mère : « Maman, sortons d'ici; sauvons-nous. » Autant de fois la mère s'y opposa, et lui répondit : « Non, ma fille, il faut rester; il faut voir ce que cela deviendra : cet homme ne nous tuera pas... » « Eh! plût à Dieu, lui répondait sa fille, qu'il l'eût déjà fait!... » Sa mère lui répliquait : « Vous feriez mieux de vous taire, que de parler comme une sotte. »

A son retour, le marquis s'enferma dans son cabinet, et écrivit deux lettres, l'une à sa femme, l'autre à sa belle-mère. Celle-ci partit dans la même journée, et se rendit au couvent des Carmélites de la ville prochaine, où elle est morte il y a quelques jours. Sa fille s'habilla, et se traîna dans l'appartement de son mari où il lui avait apparemment enjoint de venir. Dès la porte, elle se jeta à genoux. « Levez-vous », lui dit le marquis...

Au lieu de se lever, elle s'avança vers lui sur ses
genoux; elle tremblait de tous ses membres : elle était
échevelée; elle avait le corps un peu penché, les bras
portés de son côté, la tête relevée, le regard attaché
sur ses yeux, et le visage inondé de pleurs. « Il me
semble », lui dit-elle, un sanglot séparant chacun de
ses mots, « que votre cœur justement irrité s'est radouci,
et que peut-être avec le temps j'obtiendrai miséricorde.
Monsieur, de grâce, ne vous hâtez pas de me pardonner.
Tant de filles honnêtes sont devenues de malhonnêtes
femmes, que peut-être serai-je un exemple contraire.
Je ne suis pas encore digne que vous vous rapprochiez
de moi; attendez, laissez-moi seulement l'espoir du pardon. Tenez-moi loin de vous; vous verrez ma conduite;
vous la jugerez : trop heureuse mille fois, trop heureuse si vous daignez quelquefois m'appeler! Marquez-
moi le recoin obscur de votre maison où vous permettez
que j'habite; j'y resterai sans murmure. Ah! si je pouvais m'arracher le nom et le titre qu'on m'a fait
usurper, et mourir après, à l'instant vous seriez satisfait! Je me suis laissé conduire par faiblesse, par séduction, par autorité, par menaces, à une action infâme;
mais ne croyez pas, monsieur, que je sois méchante :
je ne le suis pas, puisque je n'ai pas balancé à paraître
devant vous quand vous m'avez appelée, et que j'ose à
présent lever les yeux sur vous et vous parler. Ah! si
vous pouviez lire au fond de mon cœur, et voir combien mes fautes passées sont loin de moi; combien les
mœurs de mes pareilles me sont étrangères! La corrup-
tion s'est posée sur moi; mais elle ne s'y est point
attachée. Je me connais, et une justice que je me rends,
c'est que par mes goûts, par mes sentiments, par mon
caractère, j'étais née digne de l'honneur de vous appar-
tenir. Ah! s'il m'eût été libre de vous voir, il n'y avait
qu'un mot à dire, et je crois que j'en aurais eu le
courage. Monsieur, disposez de moi comme il vous
plaira; faites entrer vos gens : qu'ils me dépouillent,
qu'ils me jettent la nuit dans la rue : je souscris à
tout. Quel que soit le sort que vous me préparez, je
m'y soumets : le fond d'une campagne, l'obscurité d'un
cloître peut me dérober pour jamais à vos yeux : parlez,

et j'y vais. Votre bonheur n'est point perdu sans ressources, et vous pouvez m'oublier...

— Levez-vous, lui dit doucement le marquis ; je vous
ai pardonné : au moment même de l'injure j'ai res-
pecté ma femme en vous ; il n'est pas sorti de ma
bouche une parole qui l'ait humiliée, ou du moins je
m'en repens, et je proteste qu'elle n'en entendra plus
aucune qui l'humilie, si elle se souvient qu'on ne peut
rendre son époux malheureux sans le devenir. Soyez
honnête, soyez heureuse, et faites que je le sois. Levez-
vous, je vous en prie, ma femme, levez-vous et embrassez-moi ; madame la marquise, levez-vous, vous n'êtes
pas à votre place ; madame des Arcis, levez-vous... »

Pendant qu'il parlait ainsi, elle était restée le visage
caché dans ses mains, et la tête appuyée sur les genoux
du marquis ; mais au mot de ma femme, au mot de
Mme des Arcis, elle se leva brusquement, et se précipita sur le marquis, elle le tenait embrassé, à moitié
suffoquée par la douleur et par la joie ; puis elle se
séparait de lui, se jetait à terre, et lui baisait les pieds.

« Ah ! lui disait le marquis, je vous ai pardonné ; je
vous l'ai dit ; et je vois que vous n'en croyez rien.

— Il faut, lui répondait-elle, que cela soit, et que
je ne le croie jamais. »

Le marquis ajoutait : « En vérité, je crois que je ne
me repens de rien ; et que cette Pommeraye, au lieu
de se venger, m'aura rendu un grand service. Ma
femme, allez vous habiller, tandis qu'on s'occupera à
faire vos malles. Nous partons pour ma terre, où nous
resterons jusqu'à ce que nous puissions reparaître ici
sans conséquence pour vous et pour moi... »

Ils passèrent presque trois ans de suite absents de la
capitale.

Jacques. — Et je gagerais bien que ces trois ans
s'écoulèrent comme un jour, et que le marquis des
Arcis fut un des meilleurs maris et eut une des meilleures femmes qu'il y eût au monde.

Le Maître. — Je serais de moitié ; mais en vérité je
ne sais pourquoi, car je n'ai point été satisfait de cette

fille pendant tout le cours des menées de la dame de
La Pommeraye et de sa mère. Pas un instant de crainte,
pas le moindre signe d'incertitude, pas un remords;
je l'ai vue se prêter, sans aucune répugnance, à cette
longue horreur. Tout ce qu'on a voulu d'elle, elle n'a
jamais hésité à le faire; elle va à confesse; elle communie; elle joue la religion et ses ministres. Elle m'a
semblé aussi fausse, aussi méprisable, aussi méchante
que les deux autres... Notre hôtesse, vous narrez assez
bien; mais vous n'êtes pas encore profonde dans l'art
dramatique. Si vous vouliez que cette jeune fille inté-
ressât, il fallait lui donner de la franchise, et nous la
montrer victime innocente et forcée de sa mère et de
La Pommeraye, il fallait que les traitements les plus
cruels l'entraînassent, malgré qu'elle en eût, à concourir
à une suite de forfaits continus pendant une année; il
fallait préparer ainsi le raccommodement de cette
femme avec son mari. Quand on introduit un personnage sur la scène, il faut que son rôle soit un : or je
vous demanderai, notre charmante hôtesse, si la fille
qui complote avec deux scélérates est bien la femme
suppliante que nous avons vue aux pieds de son mari ?
Vous avez péché contre les règles d'Aristote, d'Horace,
de Vida et de Le Bossu.

L'Hotesse. — Je ne connais ni bossu ni droit : je
vous ai dit la chose comme elle s'est passée, sans en
rien omettre, sans y rien ajouter. Et qui sait ce qui se
passait au fond du cœur de cette jeune fille, et si, dans
les moments où elle nous paraissait agir le plus lestement, elle n'était pas secrètement dévorée de chagrin ?

Jacques. — Notre hôtesse, pour cette fois, il faut
que je sois de l'avis de mon maître qui me le pardon-
nera, car cela m'arrive si rarement; de son Bossu, que
je ne connais point; et de ces autres messieurs qu'il a
cités, et que je ne connais pas davantage. Si Mlle Duquênoi, ci-devant la d'Aisnon, avait été une jolie
enfant, il y aurait paru.

L'Hotesse. — Jolie enfant ou non, tant y a que

c'est une excellente femme; que son mari est avec elle
content comme un roi, et qu'il ne la troquerait pas
contre une autre.

Le Maitre. — Je l'en félicite : il a été plus heureux
que sage.

L'Hotesse. — Et moi, je vous souhaite une bonne
nuit. Il est tard, et il faut que je sois la dernière couchée
et la première levée. Quel maudit métier! Bonsoir,
messieurs, bonsoir. Je vous avais promis, je ne sais plus
à propos de quoi, l'histoire d'un mariage saugrenu :
et je crois vous avoir tenu parole. Monsieur Jacques,
je crois que vous n'aurez pas de peine à vous endormir;
car vos yeux sont plus qu'à demi fermés. Bonsoir, monsieur Jacques.

Le Maitre. — Eh bien, notre hôtesse, il n'y a
donc pas moyen de savoir vos aventures ?

L'Hotesse. — Non.

Jacques. — Vous avez un furieux goût pour les
contes!

Le Maitre. — Il est vrai; ils m'instruisent et m'a-
musent. Un bon conteur est un homme rare.

Jacques. — Et voilà tout juste pourquoi je n'aime
pas les contes, à moins que je ne les fasse.

Le Maitre. — Tu aimes mieux parler mal que te
taire.

Jacques. — Il est vrai.

Le Maitre. — Et moi, j'aime mieux entendre mal
parler que de ne rien entendre.

Jacques. — Cela nous met tous deux fort à notre
aise.

Je ne sais où l'hôtesse, Jacques et son maître avaient mis leur esprit, pour n'avoir pas trouvé une seule fois des choses qu'il y avait à dire en faveur de Mlle Duquênoi. Est-ce que cette fille comprit rien aux artifices de la dame de La Pommeraye, avant le dénouement ? Est-ce qu'elle n'aurait pas mieux aimé accepter les offres que la main du marquis, et l'avoir pour amant que pour époux ? Est-ce qu'elle n'était pas continuellement sous les menaces et le despotisme de la marquise ? Peut-on la blâmer de son horrible aversion pour un état infâme ? et si l'on prend le parti de l'en estimer davantage, peut-on exiger d'elle bien de la délicatesse, bien du scrupule dans le choix des moyens de s'en tirer ?

Et vous croyez, lecteur, que l'apologie de Mme de La Pommeraye est plus difficile à faire ? Il vous aurait été peut-être plus agréable d'entendre là-dessus Jacques et son maître; mais ils avaient à parler de tant d'autres choses plus intéressantes, qu'ils auraient vraisemblablement négligé celle-ci. Permettez donc que je m'en occupe un moment.

Vous entrez en fureur au nom de Mme de La Pommeraye, et vous vous écriez : « Ah! la femme horrible! ah! l'hypocrite! ah! la scélérate!... » Point d'exclamation, point de courroux, point de partialité : raisonnons. Il se fait tous les jours des actions plus noires, sans aucun génie. Vous pouvez haïr; vous pouvez redouter Mme de La Pommeraye : mais vous ne la mépriserez pas. Sa vengeance est atroce; mais elle n'est souillée d'aucun motif d'intérêt. On ne vous a pas dit qu'elle avait jeté au nez du marquis le beau diamant dont il lui avait fait présent; mais elle le fit : je le sais par les voies les plus sûres. Il ne s'agit ni d'augmenter sa fortune, ni d'acquérir quelques titres d'honneur. Quoi! si cette femme en avait fait autant, pour obtenir à un mari la récompense de ses services; si elle s'était prostituée à un ministre ou même à un premier commis pour un cordon ou pour une colonelle; au dépositaire de la feuille des Bénéfices, pour une riche abbaye, cela vous paraîtrait tout simple, l'usage serait pour vous; et lorsqu'elle se venge d'une

perfidie, vous vous révoltez contre elle au lieu de voir
que son ressentiment ne vous indigne que parce que
vous êtes incapable d'en éprouver un aussi profond,
ou que vous ne faites presque aucun cas de la vertu
des femmes. Avez-vous un peu réfléchi sur les sacrifices que Mme de La Pommeraye avait faits au marquis ? Je ne vous dirai pas que sa bourse lui avait été
ouverte en toute occasion, et que pendant plusieurs
années il n'avait eu d'autre maison, d'autre table que
la sienne : cela vous ferait hocher de la tête ; mais elle
s'était assujettie à toutes ses fantaisies, à tous ses goûts ;
pour lui plaire elle avait renversé le plan de sa vie.
Elle jouissait de la plus haute considération dans
le monde, par la pureté de ses mœurs : et elle s'était
rabaissée sur la ligne commune. On dit d'elle, lorsqu'elle eut agréé l'hommage du marquis des Arcis :
« Enfin cette merveilleuse Mme de La Pommeraye s'est
donc faite comme une d'entre nous... » Elle avait
remarqué autour d'elle les souris ironiques ; elle avait
entendu les plaisanteries, et souvent elle en avait rougi
et baissé les yeux ; elle avait avalé tout le calice de
l'amertume préparé aux femmes dont la conduite
réglée a fait trop longtemps la satire des mauvaises
mœurs de celles qui les entourent ; elle avait supporté
tout l'éclat scandaleux par lequel on se venge des
imprudentes bégueules qui affichent de l'honnêteté.
Elle était vaine ; et elle serait morte de douleur plutôt
que de promener dans le monde, après la honte de la
vertu abandonnée, le ridicule d'une délaissée. Elle touchait au moment où la perte d'un amant ne se répare
plus. Tel était son caractère, que cet événement la
condamnait à l'ennui et à la solitude. Un homme en
poignarde un autre pour un geste, pour un démenti ;
et il ne sera pas permis à une honnête femme perdue,
déshonorée, trahie, de jeter le traître entre les bras
d'une courtisane ? Ah ! lecteur, vous êtes bien léger dans
vos éloges, et bien sévère dans votre blâme. Mais, me
direz-vous, c'est plus encore la manière que la chose
que je reproche à la marquise. Je ne me fais pas à un
ressentiment d'une si longue tenue ; à un tissu de four-
beries, de mensonges, qui dure près d'un an. Ni moi

non plus, ni Jacques, ni son maître, ni l'hôtesse. Mais
vous pardonnez tout à un premier mouvement; et je
vous dirai que, si le premier mouvement des autres est
court, celui de Mme de La Pommeraye et des femmes
de son caractère est long. Leur âme reste quelquefois
toute leur vie comme au premier moment de l'injure;
et quel inconvénient, quelle injustice y a-t-il à cela?
Je n'y vois que des trahisons moins communes; et j'ap-
prouverais fort une loi qui condamnerait aux courti-
sanes celui qui aurait séduit et abandonné une honnête
femme : l'homme commun aux femmes communes.

Tandis que je disserte, le maître de Jacques ronfle
comme s'il m'avait écouté, et Jacques, à qui les muscles
des jambes refusaient le service, rôde dans la chambre,
en chemise et pieds nus, culbute tout ce qu'il rencontre et réveille son maître qui lui dit d'entre ses
rideaux : « Jacques, tu es ivre.

— Ou peu s'en faut.

— A quelle heure as-tu résolu de te coucher?

— Tout à l'heure, Monsieur, c'est qu'il y a... c'est
qu'il y a...

— Qu'est-ce qu'il y a?

— Dans cette bouteille un reste qui s'éventerait. J'ai
en horreur les bouteilles en vidange; cela me revien-
drait en tête, quand je serais couché; et il n'en faudrait
pas davantage pour m'empêcher de fermer l'œil. Notre
hôtesse est, par ma foi, une excellente femme, et son
vin de Champagne un excellent vin; ce serait dommage
de le laisser éventer... Le voilà bientôt à couvert... et
il ne s'éventera plus... »

Et tout en balbutiant, Jacques, en chemise et pieds
nus, avait sablé deux ou trois rasades sans ponctuation,
comme il s'exprimait, c'est-à-dire de la bouteille au
verre, du verre à la bouche. Il y a deux versions sur
ce qui suivit après qu'il eut éteint les lumières. Les
uns prétendant qu'il se mit à tâtonner le long des
murs sans pouvoir retrouver son lit, et qu'il disait :
« Ma foi, il n'y est plus, ou, s'il y est, il est écrit là-
haut que je ne le retrouverai pas; dans l'un et l'autre
cas, il faut s'en passer »; et qu'il prit le parti de
s'étendre sur des chaises. D'autres, qu'il était écrit là-

haut qu'il s'embarrasserait les pieds dans les chaises,
qu'il tomberait sur le carreau et qu'il y resterait. De
ces deux versions, demain, après-demain, vous choi-
sirez, à tête reposée, celle qui vous conviendra le
mieux.

Nos deux voyageurs, qui s'étaient couchés tard et la
tête un peu chaude de vin, dormirent la grasse matinée;
Jacques à terre ou sur des chaises, selon la version
que vous aurez préférée; son maître plus à son aise
dans son lit. L'hôtesse monta, et leur annonça que la
journée ne serait pas belle; mais que, quand le temps
leur permettrait de continuer leur route, ils risque-
raient leur vie ou seraient arrêtés par le gonflement
des eaux du ruisseau qu'ils auraient à traverser; et que
plusieurs hommes à cheval, qui n'avaient pas voulu
l'en croire, avaient été forcés de rebrousser chemin. Le
maître dit à Jacques : « Jacques, que ferons-nous ? »
Jacques répondit : « Nous déjeunerons d'abord avec
notre hôtesse : ce qui nous avisera. » L'hôtesse jura que
c'était sagement pensé. On servit à déjeuner. L'hôtesse
ne demandait pas mieux que d'être gaie; le maître de
Jacques s'y serait prêté; mais Jacques commençait à
souffrir; il mangea de mauvaise grâce, il but peu, il se
tut. Ce dernier symptôme était surtout fâcheux; c'était
la suite de la mauvaise nuit qu'il avait passée et du
mauvais lit qu'il avait eu. Il se plaignait de douleurs
dans les membres; sa voix rauque annonçait un mal
de gorge. Son maître lui conseilla de se coucher : il
n'en voulut rien faire. L'hôtesse lui proposait une
soupe à l'oignon. Il demanda qu'on fît du feu dans la
chambre, car il ressentait du frisson; qu'on lui pré-
parât de la tisane et qu'on lui apportât une bouteille
de vin blanc : ce qui fut exécuté sur-le-champ. Voilà
l'hôtesse partie et Jacques en tête-à-tête avec son
maître. Celui-ci allait à la fenêtre, disait : « Quel diable
de temps! » regardait à sa montre (car c'était la seule
en qui il eût confiance) quelle heure il était, prenait
sa prise de tabac, recommençait la même chose d'heure
en heure, s'écriant à chaque fois : « Quel diable de
temps! » se tournant vers Jacques et ajoutant : « La
belle occasion pour reprendre et achever l'histoire de

tes amours! mais on parle mal d'amour et d'autre chose quand on souffre. Vois, tâte-toi, si tu peux continuer, continue; sinon, bois ta tisane et dors. »

Jacques prétendit que le silence lui était malsain; qu'il était un animal jaseur; et que le principal avantage de sa condition, celui qui le touchait le plus, c'était la liberté de se dédommager des douze années de bâillon qu'il avait passées chez son grand-père, à qui Dieu fasse miséricorde.

Le Maître. — Parle donc, puisque cela nous fait plaisir à tous deux. Tu en étais à je ne sais quelle proposition malhonnête de la femme du chirurgien; il s'agissait, je crois, d'expulser celui qui servait au château et d'y installer son mari.

Jacques. — M'y voilà; mais un moment, s'il vous plaît. Humectons.

Jacques remplit un grand gobelet de tisane, y versa un peu de vin blanc et l'avala. C'était une recette qu'il tenait de son capitaine et que M. Tissot, qui la tenait de Jacques, recommande dans son traité des maladies populaires. Le vin blanc, disaient Jacques et M. Tissot, fait pisser, est diurétique, corrige la fadeur de la tisane et soutient le ton de l'estomac et des intestins. Son verre de tisane bu, Jacques continua :

« Me voilà sorti de la maison du chirurgien, monté dans la voiture, arrivé au château et entouré de tous ceux qui l'habitaient.

Le Maître. — Est-ce que tu y étais connu ?

Jacques. — Assurément! Vous rappelleriez-vous une certaine femme à la cruche d'huile ?

Le Maître. — Fort bien!

Jacques. — Cette femme était la commissionnaire de l'intendant et des domestiques. Jeanne avait prôné dans le château l'acte de commisération que j'avais

exercé envers elle ; ma bonne œuvre était parvenue aux
oreilles du maître : on ne lui avait pas laissé ignorer
les coups de pied et de poing dont elle avait été récom-
pensée la nuit sur le grand chemin. Il avait ordonné
qu'on me découvrît et qu'on me transportât chez lui.
M'y voilà. On me regarde ; on m'interroge, on m'ad-
mire. Jeanne m'embrassait et me remerciait. « Qu'on
le loge commodément, disait le maître à ses gens, et
qu'on ne le laisse manquer de rien » ; au chirurgien
de la maison : « Vous le visiterez avec assiduité... » Tout
fut exécuté de point en point. Eh bien ! mon maître,
qui sait ce qui est écrit là-haut ? Qu'on dise à présent
que c'est bien ou mal fait de donner son argent ; que
c'est un malheur d'être assommé... Sans ces deux événements, M. Desglands n'aurait jamais entendu parler
de Jacques.

Le Maitre. — M. Desglands, seigneur de Miremont ! C'est au château de Miremont que tu es ? chez
mon vieil ami, le père de M. Desforges, l'intendant de
ma province ?

Jacques. — Tout juste. Et la jeune brune à la taille
légère, aux yeux noirs...

Le Maitre. — Est Denise, la fille de Jeanne ?

Jacques. — Elle-même.

Le Maitre. — Tu as raison, c'est une des plus belles
et des plus honnêtes créatures qu'il y ait à vingt lieues
à la ronde. Moi et la plupart de ceux qui fréquentaient
le château de Desglands avaient tout mis en œuvre inutilement pour la séduire ; et il n'y en avait pas un de
nous qui n'eût fait de grandes sottises pour elle, à
condition d'en faire une petite pour lui. »

Jacques cessant ici de parler, son maître lui dit :
« A quoi penses-tu ? Que fais-tu ?

Jacques. — Je fais ma prière.

LE MAITRE. — Est-ce que tu pries ?

JACQUES. — Quelquefois.

LE MAITRE. — Et que dis-tu ?

JACQUES. — Je dis : « Toi qui as fait le grand rouleau, quel que tu sois, et dont le doigt a tracé toute l'écriture qui est là-haut, tu as su de tous les temps ce qu'il me fallait ; que ta volonté soit faite. *Amen.* »

LE MAITRE. — Est-ce que tu ne ferais pas aussi bien de te taire ?

JACQUES. — Peut-être que oui, peut-être que non. Je prie à tout hasard ; et quoi qu'il m'advînt, je ne m'en réjouirais ni m'en plaindrais, si je me possédais ; mais c'est que je suis inconséquent et violent, que j'oublie mes principes ou les leçons de mon capitaine et que je ris et pleure comme un sot.

LE MAITRE. — Est-ce que ton capitaine ne pleurait point, ne riait jamais ?

JACQUES. — Rarement... Jeanne m'amena sa fille un matin ; et s'adressant d'abord à moi, elle me dit : « Monsieur, vous voilà dans un beau château, où vous serez un peu mieux que chez votre chirurgien. Dans les commencements surtout, oh ! vous serez soigné à ravir ; mais je connais les domestiques, il y a assez longtemps que je le suis ; peu à peu leur beau zèle se ralentira. Les maîtres ne penseront plus à vous ; et si votre maladie dure, vous serez oublié, mais si parfaitement oublié, que s'il vous prenait fantaisie de mourir de faim, cela vous réussirait... » Puis se tournant vers sa fille : « Ecoute, Denise, lui dit-elle, je veux que tu visites cet honnête homme-là quatre fois par jour : le matin, à l'heure du dîner, sur les cinq heures et à l'heure du souper. Je veux que tu lui obéisses comme à moi. Voilà qui est dit, et n'y manque pas. »

LE MAITRE. — Sais-tu ce qui lui est arrivé à ce pauvre Desglands ?

JACQUES. — Non, monsieur; mais si les souhaits que j'ai faits pour sa prospérité n'ont pas été remplis, ce n'est pas faute d'avoir été sincères. C'est lui qui me donna au commandeur de La Boulaye, qui périt en passant à Malte; c'est le commandeur de La Boulaye qui me donna à son frère aîné le capitaine, qui est peut-être mort à présent de la fistule; c'est ce capitaine qui me donna à son frère le plus jeune, l'avocat général de Toulouse, qui devint fou, et que la famille fit enfermer. C'est M. Pascal, avocat général de Toulouse, qui me donna au comte de Tourville, qui aima mieux laisser croître sa barbe sous un habit de capucin que d'exposer sa vie; c'est le comte de Tourville qui me donna à la marquise du Belloy, qui s'est sauvée à Londres avec un étranger; c'est la marquise du Belloy qui me donna à un de ses cousins, qui s'est ruiné avec les femmes et qui a passé aux îles; c'est ce cousin-là qui me recommanda à un M. Hérissant, usurier de profession, qui faisait valoir l'argent de M. de Rusai, docteur de Sorbonne, qui me fit entrer chez Mlle Isselin, que vous entreteniez, et qui me plaça chez vous, à qui je devrai un morceau de pain sur mes vieux jours, car vous me l'avez promis si je vous restais attaché : et il n'y a pas d'apparence que nous nous séparions. Jacques a été fait pour vous, et vous fûtes fait pour Jacques.

LE MAITRE. — Mais, Jacques, tu as parcouru bien des maisons en assez peu de temps.

JACQUES. — Il est vrai; on m'a renvoyé quelquefois.

LE MAITRE. — Pourquoi ?

JACQUES. — C'est que je suis né bavard, et que tous ces gens-là voulaient qu'on se tût. Ce n'était pas comme vous, qui me remercieriez demain si je me taisais. J'avais tout juste le vice qui vous convenait. Mais qu'est-ce donc qui est arrivé à M. Desglands ? Dites-moi cela, tandis que je m'apprêterai un coup de tisane.

LE MAITRE. — Tu as demeuré dans son château et tu n'as jamais entendu parler de son emplâtre ?

JACQUES. — Non.

LE MAITRE. — Cette aventure-là sera pour la route ; l'autre est courte. Il avait fait sa fortune au jeu. Il s'attacha à une femme que tu auras pu voir dans son château, femme d'esprit, mais sérieuse, taciturne, originale et dure. Cette femme lui dit un jour : « Ou vous m'aimez mieux que le jeu, et en ce cas donnez-moi votre parole d'honneur que vous ne jouerez jamais ; ou vous aimez mieux le jeu que moi, et en ce cas ne me parlez plus de votre passion, et jouez tant qu'il vous plaira... » Desglands donna sa parole d'honneur qu'il ne jouerait plus. — Ni gros ni petit jeu ? — Ni gros ni petit jeu. Il y avait environ dix ans qu'ils vivaient ensemble dans le château que tu connais, lorsque Desglands, appelé à la ville par une affaire d'intérêt, eut le malheur de rencontrer chez son notaire une de ses anciennes connaissances de brelan, qui l'entraîna à dîner dans un tripot, où il perdit en une seule séance tout ce qu'il possédait. Sa maîtresse fut inflexible ; elle était riche ; elle fit à Desglands une pension modique et se sépara de lui pour toujours.

JACQUES. — J'en suis fâché, c'était un galant homme.

LE MAITRE. — Comment va la gorge ?

JACQUES. — Mal.

LE MAITRE. — C'est que tu parles trop, et que tu ne bois pas assez.

JACQUES. — C'est que je n'aime pas la tisane, et que j'aime à parler.

LE MAITRE. — Eh bien! Jacques, te voilà chez Desglands, près de Denise, et Denise autorisée par sa mère à te faire au moins quatre visites par jour. La coquine! préférer un Jacques!

JACQUES. — Un Jacques! un Jacques, Monsieur, est un homme comme un autre.

LE MAITRE. — Jacques, tu te trompes, un Jacques n'est point un homme comme un autre.

JACQUES. — C'est quelquefois mieux qu'un autre.

LE MAITRE. — Jacques, vous vous oubliez. Reprenez l'histoire de vos amours, et souvenez-vous que vous n'êtes et que vous ne serez jamais qu'un Jacques.

JACQUES. — Si, dans la chaumière où nous trouvâmes les coquins, Jacques n'avait pas valu un peu mieux que son maître...

LE MAITRE. — Jacques, vous êtes un insolent : vous abusez de ma bonté. Si j'ai fait la sottise de vous tirer de votre place, je saurai bien vous y remettre. Jacques, prenez votre bouteille et votre coquemar, et descendez là-bas.

JACQUES. — Cela vous plaît à dire, Monsieur ; je me trouve bien ici, et je ne descendrai pas là-bas.

LE MAITRE. — Je te dis que tu descendras.

JACQUES. — Je suis sûr que vous ne dites pas vrai. Comment, Monsieur, après m'avoir accoutumé pendant dix ans à vivre de pair à compagnon...

LE MAITRE. — Il me plaît que cela cesse.

JACQUES. — Après avoir souffert toutes mes impertinences...

LE MAITRE. — Je n'en veux plus souffrir.

JACQUES. — Après m'avoir fait asseoir à table à côté de vous, m'avoir appelé votre ami...

LE MAITRE. — Vous ne savez pas ce que c'est que le nom d'ami donné par un supérieur à son subalterne.

JACQUES. — Quand on sait que tous vos ordres ne sont que des clous à soufflet, s'ils n'ont été ratifiés par Jacques ; après avoir si bien accolé votre nom au mien, que l'un ne va jamais sans l'autre, et que tout le monde dit Jacques et son maître ; tout à coup il vous plaira de les séparer ! Non, Monsieur, cela ne sera pas. Il est écrit là-haut que tant que Jacques vivra, que tant que son maître vivra, et même après qu'ils seront morts tous deux, on dira Jacques et son maître.

LE MAITRE. — Et je dis, Jacques, que vous descendrez, et que vous descendrez sur-le-champ, parce que je vous l'ordonne.

JACQUES. — Monsieur, commandez-moi toute autre chose, si vous voulez que je vous obéisse. »


Ici, le maître de Jacques se leva, le prit à la boutonnière et lui dit gravement :
« Descendez. »
Jacques lui répondit froidement :
« Je ne descends pas. »
Le maître le secoua fortement, lui dit :
« Descendez, maroufle ! obéissez-moi. »
Jacques lui répliqua froidement encore :
« Maroufle, tant qu'il vous plaira ; mais le maroufle ne descendra pas. Tenez, monsieur, ce que j'ai à la tête, comme on dit, je ne l'ai pas au talon. Vous vous échauffez inutilement, Jacques restera où il est, et ne descendra pas. »
Et puis Jacques et son maître, après s'être modérés

jusqu'à ce moment, s'échappent tous les deux à la fois, et se mettent à crier à tue-tête :

« Tu descendras.

— Je ne descendrai pas.

— Tu descendras.

— Je ne descendrai pas. »

A ce bruit, l'hôtesse monta, et s'informa de ce que c'était; mais ce ne fut pas dans le premier instant qu'on lui répondit; on continua à crier : « Tu descendras. Je ne descendrai pas. » Ensuite le maître, le cœur gros, se promenant dans la chambre, disait en grommelant : « A-t-on jamais rien vu de pareil ? » L'hôtesse ébahie et debout : « Eh bien! messieurs, de quoi s'agit-il ? »

Jacques, sans s'émouvoir, à l'hôtesse : « C'est mon maître à qui la tête tourne; il est fou.

Le Maitre. — C'est bête que tu veux dire.

Jacques. — Tout comme il vous plaira.

Le Maitre, *à l'hôtesse*. — L'avez-vous entendu ?

L'Hotesse. — Il a tort; mais la paix, la paix; parlez l'un ou l'autre, et que je sache ce dont il s'agit.

Le Maitre, *à Jacques*. — Parle, maroufle.

Jacques, *à son maître*. — Parlez vous-même.

L'Hotesse, *à Jacques*. — Allons, monsieur Jacques, parlez, votre maître vous l'ordonne; après tout, un maître est un maître... »

Jacques expliqua la chose à l'hôtesse. L'hôtesse, après avoir entendu, leur dit : « Messieurs, voulez-vous m'accepter pour arbitre ?

Jacques et son Maitre, *tous les deux à la fois*. — Très volontiers, très volontiers, notre hôtesse.

L'Hotesse. — Et vous vous engagez d'honneur à exécuter ma sentence ?

JACQUES ET SON MAITRE. — D'honneur, d'honneur...»

Alors l'hôtesse s'asseyant sur la table, et prenant le ton et le maintien d'un grave magistrat, dit :

« Oui la déclaration de M. Jacques, et d'après des faits tendant à prouver que son maître est un bon, un très bon, un trop bon maître; et que Jacques n'est point un mauvais serviteur, quoiqu'un peu sujet à confondre la possession absolue et inamovible avec la concession passagère et gratuite, j'annule l'égalité qui s'est établie entre eux par laps de temps, et la recrée sur-le-champ. Jacques descendra, et quand il aura descendu, il remontera : il rentrera dans toutes les prérogatives dont il a joui jusqu'à ce jour. Son maître lui tendra la main, et lui dira d'amitié : « Bonjour, Jacques, je suis bien aise de vous revoir... » Jacques lui répondra : « Et moi, monsieur, je suis enchanté de vous retrouver... » Et je défends qu'il soit question entre eux de cette affaire et que la prérogative de maître et de serviteur soit agitée à l'avenir. Voulons que l'un ordonne et que l'autre obéisse, chacun de son mieux; et qu'il soit laissé, entre ce que l'un peut et ce que l'autre doit, la même obscurité que ci-devant. »

En achevant ce prononcé, qu'elle avait pillé dans quelque ouvrage du temps, publié à l'occasion d'une querelle toute pareille, et où l'on avait entendu, de l'une des extrémités du royaume à l'autre, le maître crier à son serviteur : « Tu descendras! » et le serviteur crier de son côté : « Je ne descendrai pas! » « allons, dit-elle à Jacques, vous, donnez-moi le bras sans parlementer davantage... »

Jacques s'écria douloureusement : « Il était donc écrit là-haut que je descendrais!... »

L'HOTESSE, à Jacques. — Il était écrit là-haut qu'au moment où l'on prend maître, on descendra, on montera, on avancera, on reculera, on restera, et cela sans qu'il soit jamais libre aux pieds de se refuser aux ordres de la tête. Qu'on me donne le bras, et que mon ordre s'accomplisse... »

Jacques donna le bras à l'hôtesse; mais à peine eurent-ils passé le seuil de la chambre, que le maître se précipita sur Jacques, et l'embrassa; quitta Jacques pour embrasser l'hôtesse; et les embrassant l'un et l'autre, il disait : « Il est écrit là-haut que je ne me déferai jamais de cet original-là, et que tant que je vivrai il sera mon maître et que je serai son serviteur... » L'hôtesse ajouta : « Et qu'à vue de pays, vous ne vous en trouverez pas plus mal tous deux. »

L'hôtesse, après avoir apaisé cette querelle, qu'elle prit pour la première, et qui n'était pas la centième de la même espèce, et réinstallé Jacques à sa place, s'en alla à ses affaires, et le maître dit à Jacques : « A présent que nous voilà de sang-froid et en état de juger sainement, ne conviendras-tu pas ?

JACQUES. — Je conviendrai que quand on a donné sa parole d'honneur, il faut la tenir; et puisque nous avons promis au juge sur notre parole d'honneur de ne pas revenir sur cette affaire, qu'il n'en faut plus parler.

LE MAITRE. — Tu as raison.

JACQUES. — Mais sans revenir sur cette affaire, ne pourrions-nous pas en prévenir cent autres par quelque arrangement raisonnable ?

LE MAITRE. — J'y consens.

JACQUES. — Stipulons : 1º qu'attendu qu'il est écrit là-haut que je vous suis essentiel, et que je sens, que je sais que vous ne pouvez pas vous passer de moi, j'abuserai de ces avantages toutes et quantes fois que l'occasion s'en présentera.

LE MAITRE. — Mais, Jacques, on n'a jamais rien stipulé de pareil.

JACQUES. — Stipulé ou non stipulé, cela s'est fait de tous les temps, se fait aujourd'hui, et se fera tant que

le monde durera. Croyez-vous que les autres n'aient
pas cherché comme vous à se soustraire à ce décret, et
que vous serez plus habile qu'eux ? Défaites-vous de
cette idée, et soumettez-vous à la foi d'un besoin dont
il n'est pas en votre pouvoir de vous affranchir.

Stipulons : 2º qu'attendu qu'il est aussi impossible
à Jacques de ne pas connaître son ascendant et sa force
sur son maître, qu'à son maître de méconnaître sa faiblesse et de se dépouiller de son indulgence, il faut que
Jacques soit insolent, et que, pour la paix, son maître
ne s'en aperçoive pas. Tout cela s'est arrangé à notre
insu, tout cela fut scellé là-haut au moment où la
nature fit Jacques et son maître. Il fut arrêté que vous
auriez le titre, et que j'aurais la chose. Si vous vouliez
vous opposer à la volonté de nature, vous n'y feriez
que de l'eau claire.

LE MAITRE. — Mais, à ce compte, ton lot vaudrait
mieux que le mien.

JACQUES. — Qui vous le dispute ?

LE MAITRE. — Mais, à ce compte, je n'ai qu'à
prendre ta place et te mettre à la mienne.

JACQUES. — Savez-vous ce qui en arriverait ? Vous y
perdriez le titre, et vous n'auriez pas la chose. Restons
comme nous sommes, nous sommes fort bien tous deux ;
et que le reste de notre vie soit employé à faire un
proverbe.

LE MAITRE. — Quel proverbe ?

JACQUES. — Jacques mène son maître. Nous serons
les premiers dont on l'aura dit ; mais on le répétera
de mille autres qui valent mieux que vous et moi.

LE MAITRE. — Cela me semble dur, très dur.

JACQUES. — Mon maître, mon cher maître, vous

allez regimber contre un aiguillon qui n'en piquera que plus vivement. Voilà donc qui est convenu entre nous.

LE MAITRE. — Et que fait notre consentement à une loi nécessaire ?

JACQUES. — Beaucoup. Croyez-vous qu'il soit inutile de savoir une bonne fois, nettement, clairement, à quoi s'en tenir ? Toutes nos querelles ne sont venues jusqu'à présent que parce que nous ne nous étions pas encore bien dit, vous, que vous vous appelleriez mon maître, et que c'est moi qui serais le vôtre. Mais voilà qui est entendu; et nous n'avons plus qu'à cheminer en conséquence.

LE MAITRE. — Mais où diable as-tu appris tout cela ?

JACQUES. — Dans le grand livre. Ah! mon maître, on a beau réfléchir, méditer, étudier dans tous les livres du monde, on n'est jamais qu'un petit clerc quand on n'a pas lu dans le grand livre... »


L'après-dîner, le soleil s'éclaircit. Quelques voyageurs assurèrent que le ruisseau était guéable. Jacques descendit; son maître paya l'hôtesse très largement. Voilà à la porte de l'auberge un assez grand nombre de passagers que le mauvais temps y avait retenus, se préparant à continuer leur route; parmi ces passagers, Jacques et son maître, l'homme au mariage saugrenu et son compagnon. Les piétons ont pris leurs bâtons et leurs bissacs; d'autres s'arrangent dans leurs fourgons ou leurs voitures; les cavaliers sont sur leurs chevaux, et boivent le vin de l'étrier. L'hôtesse affable tient une bouteille à la main, présente des verres, et les remplit, sans oublier le sien; on lui dit des choses obligeantes; elle y répond avec politesse et gaieté. On pique des deux, on se salue et l'on s'éloigne.

Il arriva que Jacques et son maître, le marquis des Arcis et son compagnon de voyage, avaient la même route à faire. De ces quatre personnages il n'y a que ce dernier qui ne vous soit pas connu. Il avait à peine atteint l'âge de vingt-deux ou de vingt-trois ans. Il était d'une timidité qui se peignait sur son visage; il portait sa tête un peu penchée sur l'épaule gauche; il était silencieux, et n'avait presque aucun usage du monde. S'il faisait la révérence, il inclinait la partie supérieure de son corps sans remuer ses jambes; assis, il avait le tic de prendre les basques de son habit et de les croiser sur ses cuisses; de tenir ses mains dans les fentes, et d'écouter ceux qui parlaient, les yeux presque fermés. A cette allure singulière, Jacques le déchiffra; et s'approchant de l'oreille de son maître, il lui dit : « Je gage que ce jeune homme a porté l'habit de moine !

— Et pourquoi cela, Jacques ?

— Vous verrez. »

Nos quatre voyageurs allèrent de compagnie, s'entretenant de la pluie, du beau temps, de l'hôtesse, de l'hôte, de la querelle du marquis des Arcis, au sujet de Nicole. Cette chienne affamée et malpropre venait sans cesse s'essuyer à ses bas; après l'avoir inutilement chassée plusieurs fois avec sa serviette, d'impatience il lui avait détaché un assez violent coup de pied... Et voilà tout de suite la conversation tournée sur cet attachement singulier des femmes pour les animaux. Chacun en dit son avis. Le maître de Jacques, s'adressant à Jacques, lui dit : « Et toi, Jacques, qu'en penses-tu ? »

Jacques demanda à son maître s'il n'avait pas remarqué que, quelle que fût la misère des petites gens, n'ayant pas de pain pour eux, ils avaient tous des chiens; s'il n'avait pas remarqué que ces chiens, étant tous instruits à faire des tours, à marcher à deux pattes, à danser, à rapporter, à sauter pour le roi, pour la reine, à faire le mort, cette éducation les avait rendus les plus malheureuses bêtes du monde. D'où il conclut que tout homme voulait commander à un autre; et que l'animal se trouvant dans la société immédiatement au-dessous de la classe des derniers citoyens commandés par toutes les autres classes, ils prenaient un animal pour commander aussi à quelqu'un. « Eh bien! dit Jacques, chacun a son chien. Le ministre est le chien du roi, le premier commis est le chien du ministre, la femme est le chien du mari, ou le mari le chien de la femme; Favori est le chien de celle-ci, et Thibaud est le chien de l'homme du coin. Lorsque mon maître me fait parler quand je voudrais me taire, ce qui, à la vérité, m'arrive rarement, continua Jacques; lorsqu'il me fait taire quand je voudrais parler, ce qui est très difficile; lorsqu'il me demande l'histoire de mes amours, et que j'aimerais mieux causer d'autre chose; lorsque j'ai commencé l'histoire de mes amours, et qu'il l'interrompt : que suis-je autre chose que son chien? Les hommes faibles sont les chiens des hommes fermes.

LE MAITRE. — Mais, Jacques, cet attachement pour les animaux, je ne le remarque pas seulement dans les petites gens, je connais de grandes dames entourées d'une meute de chiens, sans compter les chats, les perroquets, les oiseaux.

JACQUES. — C'est leur satire et celle de ce qui les entoure. Elles n'aiment personne; personne ne les aime : et elles jettent aux chiens un sentiment dont elles ne savent que faire.

LE MARQUIS DES ARCIS. — Aimer les animaux ou jeter son cœur aux chiens, cela est singulièrement vu.

LE MAITRE. — Ce qu'on donne à ces animaux-là suffirait à la nourriture de deux ou trois malheureux.

JACQUES. — A présent en êtes-vous surpris ?

LE MAITRE. — Non. »

Le marquis des Arcis tourna les yeux sur Jacques, sourit de ses idées; puis, s'adressant à son maître, il lui dit : « Vous avez là un serviteur qui n'est pas ordinaire.

Le Maitre. — Un serviteur, vous avez bien de la
bonté : c'est moi qui suis le sien; et peu s'en est fallu
que ce matin, pas plus tard, il ne me l'ait prouvé en
forme. »

Tout en causant on arriva à la couchée, et l'on fit
chambrée commune. Le maître de Jacques et le marquis des Arcis soupèrent ensemble. Jacques et le jeune
homme furent servis à part. Le maître ébaucha en
quatre mots au marquis l'histoire de Jacques et de son
tour de tête fataliste. Le marquis parla du jeune
homme qui le suivait. Il avait été prémontré. Il était
sorti de sa maison par une aventure bizarre; des amis
le lui avaient recommandé; et il en avait fait son secrétaire en attendant mieux. Le maître de Jacques dit :
« Cela est plaisant.

Le Marquis des Arcis. — Et que trouvez-vous de
plaisant à cela ?

Le Maitre. — Je parle de Jacques. A peine sommes-
nous entrés dans le logis que nous venons de quitter,
que Jacques m'a dit à voix basse : « Monsieur, regardez
bien ce jeune homme, je gagerais qu'il a été moine. »

Le Marquis. — Il a rencontré juste, je ne sais sur
quoi. Vous couchez-vous de bonne heure ?

Le Maitre. — Non, pas ordinairement; et ce soir
j'en suis d'autant moins pressé que nous n'avons fait
que demi-journée.

Le Marquis des Arcis. — Si vous n'avez rien qui
vous occupe plus utilement ou plus agréablement je
vous raconterai l'histoire de mon secrétaire; elle n'est
pas commune.

Le Maitre. — Je l'écouterai volontiers. »

Je vous entends, lecteur : vous me dites : « Et les
amours de Jacques ?... » Croyez-vous que je n'en sois

pas aussi curieux que vous ? Avez-vous oublié que
Jacques aimait à parler, et surtout à parler de lui ;
manie générale des gens de son état ; manie qui les tire
de leur abjection, qui les place dans la tribune, et qui
les transforme tout à coup en personnages intéressants ?
Quel est, à votre avis, le motif qui attire la populace
aux exécutions publiques ? L'inhumanité ? Vous vous
trompez : le peuple n'est point inhumain ; ce malheureux autour de l'échafaud duquel il s'attroupe, il l'ar-
racherait des mains de la justice s'il le pouvait. Il va
chercher en Grève une scène qu'il puisse raconter à
son retour dans le faubourg ; celle-là ou une autre, cela
lui est indifférent, pourvu qu'il fasse un rôle, qu'il ras-
semble ses voisins, et qu'il s'en fasse écouter. Donnez
au boulevard une fête amusante ; et vous verrez que la
place des exécutions sera vide. Le peuple est avide
de spectacle, et y court, parce qu'il est amusé quand il
en jouit, et qu'il est encore amusé par le récit qu'il en
fait quand il en est revenu. Le peuple est terrible dans
sa fureur ; mais elle ne dure pas. Sa misère propre l'a
rendu compatissant ; il détourne les yeux du spectacle
d'horreur qu'il est allé chercher ; il s'attendrit, il s'en
retourne en pleurant... Tout ce que je vous débite là,
lecteur, je le tiens de Jacques, je vous l'avoue, parce
que je n'aime pas à me faire honneur de l'esprit d'autrui. Jacques ne connaissait ni le nom de vice, ni le
nom de vertu ; il prétendait qu'on était heureusement
ou malheureusement né. Quand il entendait prononcer
les mots récompenses ou châtiments, il haussait les
épaules. Selon lui la récompense était l'encouragement
des bons ; le châtiment, l'effroi des méchants. « Qu'est-
ce autre chose, disait-il, s'il n'y a point de liberté, et
que notre destinée soit écrite là-haut ? » Il croyait
qu'un homme s'acheminait aussi nécessairement à la
gloire ou à l'ignominie, qu'une boule qui aurait la
conscience d'elle-même suit la pente d'une montagne ;
et que, si l'enchaînement des causes et des effets qui
forment la vie d'un homme depuis le premier instant
de sa naissance jusqu'à son dernier soupir nous était
connu, nous resterions convaincus qu'il n'a fait que
ce qu'il était nécessaire de faire. Je l'ai plusieurs fois

contredit, mais sans avantage et sans fruit. En effet, que répliquer à celui qui vous dit : « Quelle que soit la somme des éléments dont je suis composé, je suis un ; or, une cause n'a qu'un effet ; j'ai toujours été une cause une ; je n'ai donc jamais eu qu'un effet à produire ; ma durée n'est donc qu'une suite d'effets nécessaires. » C'est ainsi que Jacques raisonnait d'après son capitaine. La distinction d'un monde physique et d'un monde moral lui semblait vide de sens. Son capitaine lui avait fourré dans la tête toutes ces opinions qu'il avait puisées, lui, dans son Spinoza qu'il savait par cœur. D'après ce système, on pourrait imaginer que Jacques ne se réjouissait, ne s'affligeait de rien ; cela n'était pourtant pas vrai. Il se conduisait à peu près comme vous et moi. Il remerciait son bienfaiteur, pour qu'il lui fît encore du bien. Il se mettait en colère contre l'homme injuste ; et quand on lui objectait qu'il ressemblait alors au chien qui mord la pierre qui l'a frappé : « Nenni, disait-il, la pierre mordue par le chien ne se corrige pas ; l'homme injuste est modifié par le bâton. » Souvent il était inconséquent comme vous et moi, et sujet à oublier ses principes, excepté dans quelques circonstances où sa philosophie le dominait évidemment ; c'était alors qu'il disait : « Il fallait que cela fût, car cela était écrit là-haut. » Il tâchait à prévenir le mal ; il était prudent avec le plus grand mépris pour la prudence. Lorsque l'accident était arrivé, il en revenait à son refrain ; et il était consolé. Du reste, bon homme, franc, honnête, brave, attaché, fidèle, très têtu, encore plus bavard, et affligé comme vous et moi d'avoir commencé l'histoire de ses amours sans presque aucun espoir de la finir. Ainsi je vous conseille, lecteur, de prendre votre parti ; et au défaut des amours de Jacques, de vous accommoder des aventures du secrétaire du marquis des Arcis. D'ailleurs, je le vois, ce pauvre Jacques, le cou entortillé d'un large mouchoir ; sa gourde, ci-devant pleine de bon vin, ne contenant que de la tisane ; toussant, jurant contre l'hôtesse qu'ils ont quittée, et contre son vin de Champagne, ce qu'il ne ferait pas s'il se ressouvenait que tout est écrit là-haut, même son rhume.

Et puis, lecteur, toujours des contes d'amour; un, deux, trois, quatre contes d'amour que je vous ai faits; trois ou quatre autres contes d'amour qui vous reviennent encore : ce sont beaucoup de contes d'amour. Il est vrai d'un autre côté que, puisqu'on écrit pour vous, il faut ou se passer de votre applaudissement, ou vous servir à votre goût, et que vous l'avez bien décidé pour les contes d'amour. Toutes vos nouvelles en vers ou en prose sont des contes d'amour; presque tous vos poèmes, élégies, églogues, idylles, chansons, épîtres, comédies, tragédies, opéras, sont des contes d'amour. Presque toutes vos peintures et vos sculptures ne sont que des contes d'amour. Vous êtes aux contes d'amour pour toute nourriture depuis que vous existez, et vous ne vous en lassez point. L'on vous tient à ce régime et l'on vous y tiendra longtemps encore, hommes et femmes, grands et petits enfants, sans que vous vous en lassiez. En vérité, cela est merveilleux. Je voudrais que l'histoire du secrétaire du marquis des Arcis fût encore un conte d'amour, mais j'ai peur qu'il n'en soit rien, et que vous n'en soyez ennuyé. Tant pis pour le marquis des Arcis, pour le maître de Jacques, pour vous, lecteur, et pour moi.

« Il vient un moment où presque toutes les jeunes filles et les jeunes garçons tombent dans la mélancolie; ils sont tourmentés d'une inquiétude vague qui se promène sur tout, et qui ne trouve rien qui la calme. Ils cherchent la solitude; ils pleurent; le silence des cloîtres les touche; l'image de la paix qui semble régner dans les maisons religieuses les séduit. Ils prennent pour la voix de Dieu qui les appelle à lui les premiers efforts d'un tempérament qui se développe : et c'est précisément lorsque la nature les sollicite, qu'ils embrassent un genre de vie contraire au vœu de la nature. L'erreur ne dure pas; l'expression de la nature devient plus claire; on la reconnaît, et l'être séquestré tombe dans les regrets, la langueur, les vapeurs, la folie ou le désespoir... » Tel fut le préambule du marquis des Arcis. « Dégoûté du monde à l'âge de dix-sept ans,

Richard (c'est le nom de mon secrétaire) se sauva de la maison paternelle et prit l'habit de prémontré.

LE MAITRE. — De prémontré ? Je lui en sais gré. Ils sont blancs comme des cygnes, et saint Norbert qui les fonda n'omit qu'une chose dans ses constitutions...

LE MARQUIS DES ARCIS. — D'assigner un vis-à-vis à chacun de ses religieux.

LE MAITRE. — Si ce n'était pas l'usage des amours d'aller tout nus, ils se déguiseraient en prémontrés. Il règne dans cet ordre une politique singulière. On vous permet la duchesse, la marquise, la comtesse, la présidente, la conseillère, même la financière, mais point la bourgeoise; quelque jolie que soit la marchande, vous verrez rarement un prémontré dans une boutique.

LE MARQUIS DES ARCIS. — C'est ce que Richard m'avait dit. Richard aurait fait ses vœux après deux ans de noviciat, si ses parents ne s'y étaient opposés. Son père exigea qu'il rentrerait dans la maison, et que là il lui serait permis d'éprouver sa vocation en observant toutes les règles de la vie monastique pendant une année; traité qui fut fidèlement rempli de part et d'autre. L'année d'épreuve sous les yeux de sa famille, écoulée, Richard demanda à faire ses vœux. Son père lui répondit : « Je vous ai accordé une année pour prendre une dernière résolution, j'espère que vous ne m'en refuserez pas une pour la même chose; je consens seulement que vous alliez la passer où il vous plaira. » En attendant la fin de ce second délai, l'abbé de l'ordre se l'attacha. C'est dans cet intervalle qu'il fut impliqué dans une des aventures qui n'arrivent que dans les couvents. Il y avait alors à la tête d'une des maisons de l'ordre un supérieur d'un caractère extraordinaire : il s'appelait le père Hudson. Le père Hudson avait la figure la plus intéressante : un grand front, un visage ovale, un nez aquilin, de grands yeux bleus, de belles joues larges, une belle bouche,

de belles dents, le souris le plus fin, une tête couverte
d'une forêt de cheveux blancs, qui ajoutaient la dignité
à l'intérêt de sa figure ; de l'esprit, des connaissances,
de la gaieté, le maintien et le propos le plus honnête,
l'amour de l'ordre, celui du travail ; mais les passions
les plus fougueuses, mais le goût le plus effréné des
plaisirs et des femmes, mais le génie de l'intrigue porté
au dernier point, mais les mœurs les plus dissolues,
mais le despotisme le plus absolu dans sa maison. Lorsqu'on lui en donna l'administration, elle était infectée
d'un jansénisme ignorant ; les études s'y faisaient mal,
les affaires temporelles étaient en désordre, les devoirs
religieux y étaient tombés en désuétude, les offices
divins s'y célébraient avec indécence, les logements
superflus y étaient occupés par des pensionnaires dissolus. Le père Hudson convertit ou éloigna les jansénistes,
présida lui-même aux études, rétablit le temporel,
remit la règle en vigueur, expulsa les pensionnaires
scandaleux, introduisit dans la célébration des offices
la régularité et la bienséance, et fit de sa communauté une des plus édifiantes. Mais cette austérité
à laquelle il assujettissait les autres, lui, s'en dispen-
sait ; ce joug de fer sous lequel il tenait ses subalternes,
il n'était pas assez dupe pour le partager ; aussi étaient-
ils animés contre le père Hudson d'une fureur renfermée qui n'en était que plus violente et plus dangereuse. Chacun était son ennemi et son espion ; chacun
s'occupait, en secret, à percer les ténèbres de sa
conduite ; chacun tenait un état séparé de ses désordres
cachés ; chacun avait résolu de le perdre ; il ne faisait
pas une démarche qui ne fût suivie ; ses intrigues étaient
à peine nouées, qu'elles étaient connues.

    L'abbé de l'ordre avait une maison attenante au
monastère. Cette maison avait deux portes, l'une qui
s'ouvrait dans la rue, l'autre dans le cloître ; Hudson
en avait forcé les serrures ; l'abbatiale était devenue
le réduit de ses scènes nocturnes, et le lit de l'abbé celui
de ses plaisirs. C'était par la porte de la rue, lorsque
la nuit était avancée, qu'il introduisait lui-même dans
les appartements de l'abbé, des femmes de toutes les
conditions : c'était là qu'on faisait des soupers délicats.

Hudson avait un confessionnal, et il avait corrompu toutes celles d'entre ses pénitentes qui en valaient la peine. Parmi ces pénitentes, il y avait une petite confiseuse qui faisait bruit dans le quartier, par sa coquetterie et ses charmes; Hudson, qui ne pouvait fréquenter chez elle, l'enferma dans son sérail. Cette espèce de rapt ne se fit pas sans donner des soupçons aux parents et à l'époux. Ils lui rendirent visite. Hudson les reçut avec un air consterné. Comme ces bonnes gens étaient en train de lui exposer leur chagrin, la cloche sonne; c'était à six heures du soir : Hudson leur impose silence, ôte son chapeau, se lève, fait un grand signe de croix, et dit d'un ton affectueux et pénétré : *Angelus Domini nuntiavit Mariæ*... Et voilà le père de la confiseuse et ses frères honteux de leur soupçon, qui disaient, en descendant l'escalier, à l'époux : « Mon fils, vous êtes un sot... Mon frère, n'avez-vous point de honte ? Un homme qui dit l'*Angelus*, un saint! »

Un soir, en hiver, qu'il s'en retournait à son couvent, il fut attaqué par une des créatures qui sollicitent les passants; elle lui paraît jolie : il la suit; à peine est-il entré, que le guet survient. Cette aventure en aurait perdu un autre; mais Hudson était un homme de tête, et cet accident lui concilia la bienveillance et la protection du magistrat de police. Conduit en sa présence, voici comme il lui parla : « Je m'appelle Hudson, je suis le supérieur de ma maison. Quand j'y suis entré tout était en désordre; il n'y avait ni science, ni discipline, ni mœurs; le spirituel y était négligé jusqu'au scandale; le dégât du temporel menaçait la maison d'une ruine prochaine. J'ai tout rétabli; mais je suis homme, et j'ai mieux aimé m'adresser à une femme corrompue, que de m'adresser à une honnête femme. Vous pouvez à présent disposer de moi comme il vous plaira... » Le magistrat lui recommanda d'être plus circonspect à l'avenir, lui promit le secret sur cette aventure, et lui témoigna le désir de le connaître plus intimement.

Cependant les ennemis dont il était environné avaient, chacun de leur côté, envoyé au général de l'ordre des mémoires, où ce qu'ils savaient de la mau-

vaise conduite d'Hudson était exposé. La confronta-
tion de ces mémoires en augmentait la force. Le général
était janséniste, et par conséquent disposé à tirer vengeance de l'espèce de persécution qu'Hudson avait
exercée contre les adhérents à ses opinions. Il aurait été
enchanté d'étendre le reproche des mœurs corrompues
d'un seul défenseur de la bulle et de la morale relâ-
chée sur la secte entière. En conséquence il remit les
différents mémoires des faits et gestes d'Hudson
entre les mains de deux commissaires qu'il dépêcha
secrètement avec ordre de procéder à leur vérification
et de la constater juridiquement; leur enjoignant surtout de mettre à la conduite de cette affaire la plus
grande circonspection, le seul moyen d'accabler subitement le coupable et de le soustraire à la protection
de la cour et du Mirepoix, aux yeux duquel le jansénisme était le plus grand de tous les crimes, et la
soumission à la bulle *Unigenitus*, la première des vertus.
Richard, mon secrétaire, fut un des deux commissaires.

Voilà ces deux hommes partis du noviciat, installés
dans la maison d'Hudson et procédant sourdement aux
informations. Ils eurent bientôt recueilli une liste de
plus de forfaits qu'il n'en fallait pour mettre cinquante
moines dans *l'in-pace*. Leur séjour avait été long, mais
leur menée si adroite qu'il n'en était rien transpiré.
Hudson, tout fin qu'il était, touchait au moment de
sa perte, qu'il n'en avait pas le moindre soupçon.
Cependant le peu d'attention de ces nouveaux venus
à lui faire la cour, le secret de leur voyage, leurs fréquentes conférences avec les autres religieux, leurs
sorties tantôt ensemble, tantôt séparés; l'espèce de gens
qu'ils visitaient et dont ils étaient visités, lui causèrent
quelque inquiétude. Il les épia, il les fit épier; et bientôt l'objet de leur mission fut évident pour lui. Il ne
se déconcerta point; il s'occupa profondément de la
manière, non d'échapper à l'orage qui le menaçait,
mais de l'attirer sur la tête des deux commissaires : et
voici le parti très extraordinaire auquel il s'arrêta :

Il avait séduit une jeune fille qu'il tenait cachée dans
un petit logement du faubourg Saint-Médard. Il court
chez elle, et lui tient le discours suivant : « Mon enfant,

tout est découvert, nous sommes perdus; avant huit
jours vous serez renfermée, et j'ignore ce qu'il sera fait
de moi. Point de désespoir, point de cris; remettez-vous
de votre trouble. Ecoutez-moi, faites ce que je vous
dirai, faites-le bien, je me charge du reste. Demain je
pars pour la campagne. Pendant mon absence, allez
trouver deux religieux que je vais vous nommer. (Et
il lui nomma les deux commissaires.) Demandez à leur
parler en secret. Seule avec eux, jetez-vous à leurs
genoux, implorez leurs secours, implorez leur justice,
implorez leur médiation auprès du général, sur l'esprit
duquel vous savez qu'ils peuvent beaucoup; pleurez,
sanglotez, arrachez-vous les cheveux; et en pleurant,
sanglotant, vous arrachant les cheveux, racontez-leur
toute notre histoire, et la racontez de la manière la
plus propre à inspirer de la commisération pour vous,
de l'horreur contre moi...

— Comment, Monsieur, je leur dirai...

— Oui, vous leur direz qui vous êtes, à qui vous
appartenez, que je vous ai séduite au tribunal de la
confession, enlevée d'entre les bras de vos parents, et
reléguée dans la maison où vous êtes. Dites qu'après
vous avoir ravi l'honneur et précipitée dans le crime,
je vous ai abandonnée à la misère; dites que vous ne
savez plus que devenir.

— Mais, Père...

— Exécutez ce que je vous prescris, et ce qui me
reste à vous prescrire, ou résolvez votre perte et la
mienne. Ces deux moines ne manqueront pas de vous
plaindre, de vous assurer de leur assistance et de vous
demander un second rendez-vous que vous leur accor-
derez. Ils s'informeront de vous et de vos parents, et
comme vous ne leur aurez rien dit qui ne soit vrai,
vous ne pouvez leur devenir suspecte. Après cette première et leur seconde entrevue, je vous prescrirai ce
que vous aurez à faire à la troisième. Songez seulement à bien jouer votre rôle. »

Tout se passa comme Hudson l'avait imaginé. Il fit
un second voyage. Les deux commissaires en instruisirent la jeune fille; elle revint dans la maison. Ils lui
redemandèrent le récit de sa malheureuse histoire.

Tandis qu'elle racontait à l'un, l'autre prenait des notes sur ses tablettes. Ils gémirent sur son sort, l'instruisirent de la désolation de ses parents, qui n'était que trop réelle, et lui promirent sûreté pour sa personne et prompte vengeance de son séducteur ; mais à la condition qu'elle signerait sa déclaration. Cette proposition parut d'abord la révolter ; on insista : elle consentit. Il n'était plus question que du jour, de l'heure et de l'endroit où se dresserait cet acte, qui demandait du temps et de la commodité... « Où nous sommes, cela ne se peut ; si le prieur revenait, et qu'il m'aperçût... Chez moi, je n'oserais vous le proposer... » Cette fille et les commissaires se séparèrent, s'accordant réciproquement du temps pour lever ces difficultés.

Dès le jour même, Hudson fut informé de ce qui s'était passé. Le voilà au comble de la joie ; il touche au moment de son triomphe ; bientôt il apprendra à ces blancs-becs-là à quel homme ils ont affaire. « Prenez la plume, dit-il à la jeune fille, et donnez-leur rendez-vous dans l'endroit que je vais vous indiquer. Ce rendez-vous leur conviendra, j'en suis sûr. La maison est honnête, et la femme qui l'occupe jouit, dans son voisinage, et parmi les autres locataires, de la meilleure réputation. »

Cette femme était cependant une de ces intrigantes secrètes qui jouent la dévotion, qui s'insinuent dans les meilleures maisons, qui ont le don doux, affectueux, patelin, et qui surprennent la confiance des mères et des filles, pour les amener au désordre. C'était l'usage qu'Hudson faisait de celle-ci ; c'était sa marcheuse. Mit-il, ne mit-il pas l'intrigante dans son secret ? c'est ce que j'ignore.

En effet, les deux envoyés du général acceptent le rendez-vous. Les y voilà avec la jeune fille. L'intrigante se retire. On commençait à verbaliser, lorsqu'il se fait un grand bruit dans la maison.

« Messieurs, à qui en voulez-vous ? — Nous en voulons à la dame Simion. (C'était le nom de l'intrigante.) — Vous êtes à sa porte. »

On frappe violemment à la porte. « Messieurs, dit la jeune fille aux deux religieux, répondrai-je ?

— Répondez.

— Ouvrirai-je ?

— Ouvrez... »

Celui qui parlait ainsi était un commissaire avec lequel Hudson était en liaison intime ; car qui ne connaissait-il pas ? Il lui avait révélé son péril et dicté son rôle. « Ah ! ah ! dit le commissaire en entrant, deux religieux en tête à tête avec une fille ! Elle n'est pas mal. » La jeune fille s'était si indécemment vêtue, qu'il était impossible de se méprendre à son état et à ce qu'elle pouvait avoir à démêler avec deux moines dont le plus âgé n'avait pas trente ans. Ceux-ci protestaient de leur innocence. Le commissaire ricanait en passant la main sous le menton de la jeune fille qui s'était jetée à ses pieds et qui demandait grâce. « Nous sommes en lieu honnête, disaient les moines.

— Oui, oui, en lieu honnête, disait le commissaire.

— Qu'ils étaient venus pour affaire importante.

— L'affaire importante qui conduit ici, nous la connaissons. Mademoiselle, parlez.

— Monsieur le commissaire, ce que ces messieurs vous assurent est la pure vérité. »

Cependant le commissaire verbalisait à son tour, et comme il n'y avait rien dans son procès-verbal que l'exposition pure et simple du fait, les deux moines furent obligés de signer. En descendant ils trouvèrent tous les locataires sur les paliers de leurs appartements, à la porte de la maison une populace nombreuse, un fiacre, des archers qui les mirent dans le fiacre, au bruit confus de l'invective et des huées. Ils s'étaient couvert le visage de leurs manteaux, ils se désolaient. Le commissaire perfide s'écriait : « Eh ! pourquoi, mes Pères, fréquenter ces endroits et ces créatures-là ? Cependant ce ne sera rien ; j'ai ordre de la police de vous déposer entre les mains de votre supérieur, qui est un galant homme, indulgent, il ne mettra pas à cela plus d'importance que cela ne vaut. Je ne crois pas qu'on use dans vos maisons comme chez les cruels capucins. Si vous aviez affaire à des capucins, ma foi, je vous plaindrais. »

Tandis que le commissaire leur parlait, le fiacre
s'acheminait vers le couvent, la foule grossissait, l'en-
tourait, le précédait, et le suivait à toutes jambes. On
entendait ici : Qu'est-ce ?... Là : Ce sont des moines...
Qu'ont-ils fait ? On les a pris chez des filles... Des prémontrés chez des filles ! Eh oui ; ils courent sur les
brisées des carmes et des cordeliers... Les voilà arrivés.
Le commissaire descend, frappe à la porte, frappe
encore, frappe une troisième fois ; enfin elle s'ouvre.
On avertit le supérieur Hudson, qui se fait attendre
une demi-heure au moins, afin de donner au scandale
tout son éclat. Il paraît enfin. Le commissaire lui parle
à l'oreille ; le commissaire à l'air d'intercéder ; Hudson
de rejeter rudement sa prière ; enfin, celui-ci prenant
un visage sévère et un ton ferme, lui dit : « Je n'ai
point de religieux dissolus dans ma maison ; ces gens-là
sont deux étrangers qui me sont inconnus, peut-être
deux coquins déguisés, dont vous pouvez faire tout
ce qu'il vous plaira. »

A ces mots, la porte se ferme ; le commissaire remonte
dans la voiture, et dit à nos deux pauvres diables plus
morts que vifs : « J'y ai fait tout ce que j'ai pu ; je
n'aurais jamais cru le père Hudson si dur. Aussi, pourquoi diable aller chez des filles ?

— Si celle avec laquelle vous nous avez trouvés en
est une, ce n'est point le libertinage qui nous a menés
chez elle.

— Ah ! ah ! mes Pères ; et c'est à un vieux commissaire que vous dites cela ! Qui êtes-vous ?

— Nous sommes religieux ; et l'habit que nous por-
tons est le nôtre.

— Songez que demain il faudra que votre affaire
s'éclaircisse ; parlez-moi vrai ; je puis peut-être vous
servir.

— Nous vous avons dit vrai... Mais où allons-
nous ?

— Au petit Châtelet.

— Au petit Châtelet ! En prison !

— J'en suis désolé. »

Ce fut en effet là que Richard et son compagnon
furent déposés ; mais le dessein d'Hudson n'était pas

de les y laisser. Il était monté en chaise de poste, il
était arrivé à Versailles; il parlait au ministre; il lui
traduisait cette affaire comme il lui convenait. « Voilà,
monseigneur, à quoi l'on s'expose lorsqu'on introduit
la réforme dans une maison dissolue, et qu'on en
chasse les hérétiques. Un moment plus tard, j'étais
perdu, j'étais déshonoré. La persécution n'en restera
pas là; toutes les horreurs dont il est possible de noircir
un homme de bien vous les entendrez; mais j'espère,
monseigneur, que vous vous rappellerez que notre
général...

— Je sais, je sais, et je vous plains. Les services que
vous avez rendus à l'Eglise et à votre ordre ne seront
point oubliés. Les élus du Seigneur ont de tous les
temps été exposés à des disgrâces : ils ont su les supporter; il faut savoir imiter leur courage. Comptez sur
les bienfaits et la protection du roi. Les moines! les
moines! je l'ai été, et j'ai connu par expérience ce
dont ils sont capables.

— Si le bonheur de l'Eglise et de l'Etat voulait que
votre Eminence me survécût, je persévérerais sans
crainte.

— Je ne tarderai pas à vous tirer de là. Allez.

— Non, monseigneur, non, je ne m'éloignerai pas
sans un ordre exprès qui délivre ces deux mauvais
religieux...

— Je crois que l'honneur de la religion et de votre
habit vous touche au point d'oublier des injures personnelles; cela est tout à fait chrétien, et j'en suis édifié
sans être surpris d'un homme tel que vous. Cette
affaire n'aura point d'éclat.

— Ah! monseigneur, vous comblez mon âme de
joie! Dans ce moment c'est tout ce que je redoutais.

— Je vais travailler à cela. »

Dès le soir même Hudson eut l'ordre d'élargissement,
et le lendemain Richard et son compagnon, dès la
pointe du jour, étaient à vingt lieues de Paris, sous la
conduite d'un exempt qui les remit dans la maison
professe. Il était aussi porteur d'une lettre qui enjoi-
gnait au général de cesser de pareilles menées, et d'imposer la peine claustrale à nos deux religieux.

Cette aventure jeta la consternation parmi les ennemis d'Hudson; il n'y avait pas un moine dans sa
maison que son regard ne fît trembler. Quelques mois
après il fut pourvu d'une riche abbaye. Le général en
conçut un dépit mortel. Il était vieux, et il y avait tout
à craindre que l'abbé Hudson ne lui succédât. Il aimait
tendrement Richard. « Mon pauvre ami, lui dit-il un
jour, que deviendrais-tu si tu tombais sous l'autorité
du scélérat Hudson ? J'en suis effrayé. Tu n'es point
engagé; si tu m'en croyais, tu quitterais l'habit... »
Richard suivit ce conseil, et revint dans la maison
paternelle, qui n'était pas éloignée de l'abbaye possédée
par Hudson.

Hudson et Richard fréquentant les mêmes maisons,
il était impossible qu'ils ne se rencontrassent pas, et
en effet ils se rencontrèrent. Richard était un jour chez
la dame d'un château situé entre Châlons et Saint-
Dizier, mais plus près de Saint-Dizier que de Châlons,
et à une portée de fusil de l'abbaye d'Hudson. La dame
lui dit : « Nous avons ici votre ancien prieur : il est
très aimable, mais au fond, quel homme est-ce ?

— Le meilleur des amis et le plus dangereux des
ennemis.

— Est-ce que vous ne seriez pas tenté de le voir ?

— Nullement... »

A peine eut-il fait cette réponse qu'on entendit
le bruit d'un cabriolet qui entrait dans les cours, et
qu'on en vit descendre Hudson avec une des plus
belles femmes du canton. « Vous le verrez malgré que
vous en ayez, lui dit la dame du château, car c'est
lui. »

La dame du château et Richard vont au-devant de
la dame du cabriolet et de l'abbé Hudson. Les dames
s'embrassent : Hudson en s'approchant de Richard, et
le reconnaissant, s'écrie : « Eh! c'est vous, mon cher
Richard ? vous avez voulu me perdre, je vous le pardonne; pardonnez-moi votre visite au petit Châtelet,
et n'y pensons plus.

— Convenez, monsieur l'abbé, que vous étiez un
grand vaurien.

— Cela se peut.

— Que, si l'on vous avait rendu justice, la visite au Châtelet, ce n'est pas moi, c'est vous qui l'auriez faite.

— Cela se peut... C'est, je crois, au péril que je courus alors, que je dois mes nouvelles mœurs. Ah! mon cher Richard, combien cela m'a fait réfléchir, et que je suis changé!

— Cette femme avec laquelle vous êtes venu est charmante.

— Je n'ai plus d'yeux pour ces attraits-là.

— Quelle taille!

— Cela m'est devenu bien indifférent.

— Quel embonpoint!

— On revient tôt ou tard d'un plaisir qu'on ne prend que sur le faîte d'un toit, au péril à chaque mouvement de se rompre le cou.

— Elle a les plus belles mains du monde.

— J'ai renoncé à l'usage de ces mains-là. Une tête bien faite revient à l'esprit de son état, au seul vrai bonheur.

— Et ces yeux qu'elle tourne sur vous à la dérobée; convenez que vous, qui êtes connaisseur, vous n'en avez guère attaché de plus brillants et de plus doux. Quelle grâce, quelle légèreté et quelle noblesse dans sa démarche, dans son maintien!

— Je ne pense plus à ces vanités; je lis l'Ecriture, je médite les Pères.

— Et de temps en temps les perfections de cette dame. Demeure-t-elle loin du Moncetz? Son époux est-il jeune?... »

Hudson, impatienté de ces questions, et bien convaincu que Richard ne le prendrait pas pour un saint, lui dit brusquement : « Mon cher Richard, vous vous foutez de moi, et vous avez raison. »

Mon cher lecteur, pardonnez-moi la propriété de cette expression; et convenez qu'ici comme dans une infinité de bons contes, tels, par exemple, que celui de la conversation de Piron et de feu l'abbé Vatri, le mot honnête gâterait tout. — Qu'est-ce que c'est que cette conversation de Piron et de l'abbé Vatri? — Allez la demander à l'éditeur de ses ouvrages, qui n'a pas osé l'écrire; mais qui ne se fera pas tirer l'oreille pour vous la dire.

Nos quatre personnages se rejoignirent au château; on dîna bien, on dîna gaiement, et sur le soir on se sépara avec promesse de se revoir... Mais tandis que le marquis des Arcis causait avec le maître de Jacques, Jacques de son côté n'était pas muet avec M. le secrétaire Richard, qui le trouvait un franc original, ce qui arriverait plus souvent parmi les hommes, si l'éducation d'abord, ensuite le grand usage du monde, ne les usaient comme ces pièces d'argent qui, à force de circuler, perdent leur empreinte. Il était tard; la pendule avertit les maîtres et les valets qu'il était l'heure de se reposer, et ils suivirent son avis.

Jacques, en déshabillant son maître, lui dit : « Monsieur, aimez-vous les tableaux ?

Le Maitre. — Oui, mais en récit; car en couleur et sur la toile, quoique j'en juge aussi décidément qu'un amateur, je t'avouerai que je n'y entends rien du tout; que je serais bien embarrassé de distinguer une école d'une autre; qu'on me donnerait un Boucher pour un Rubens ou pour un Raphaël; que je prendrais une mauvaise copie pour un sublime original; que j'apprécierais mille écus une croûte de six francs; et six francs un morceau de mille écus; et que je ne me suis jamais pourvu qu'au pont Notre-Dame, chez un certain Tremblin, qui était de mon temps la ressource de la misère ou du libertinage, et la ruine du talent des jeunes élèves de Vanloo.

Jacques. — Et comment cela ?

Le Maitre. — Qu'est-ce que cela te fait ? Raconte-moi ton tableau, et sois bref, car je tombe de sommeil.

Jacques. — Placez-vous devant la fontaine des Innocents ou proche la porte Saint-Denis; ce sont deux accessoires qui enrichiront la composition.

Le Maitre. — M'y voilà.

JACQUES. — Voyez au milieu de la rue un fiacre, la soupente cassée, et renversé sur le côté.

LE MAITRE. — Je le vois.

JACQUES. — Un moine et deux filles en sont sorties. Le moine s'enfuit à toutes jambes. Le cocher se hâte de descendre de son siège. Un caniche du fiacre s'est mis à la poursuite du moine, et l'a saisi par sa jaquette; le moine fait tous ses efforts pour se débarrasser du chien. Une des filles, débraillée, la gorge découverte, se tient les côtés à force de rire. L'autre fille, qui s'est fait une bosse au front, est appuyée contre la portière, et se presse la tête à deux mains. Cependant la populace s'est attroupée, les polissons accourent et poussent des cris, les marchands et les marchandes ont bordé le seuil de leurs boutiques, et d'autres spectateurs sont à leurs fenêtres.

LE MAITRE. — Comment diable! Jacques, ta composition est bien ordonnée, riche, plaisante, variée et pleine de mouvement. A notre retour à Paris, porte ce sujet à Fragonard; et tu verras ce qu'il en saura faire.

JACQUES. — Après ce que vous m'avez confessé de vos lumières en peinture, je puis accepter votre éloge sans baisser les yeux.

LE MAITRE. — Je gage que c'est une des aventures de l'abbé Hudson?

JACQUES. — Il est vrai. »

Lecteur, tandis que ces bonnes gens dorment, j'aurais une petite question à vous proposer à discuter sur votre oreiller : c'est ce qu'aurait été l'enfant né de l'abbé Hudson et de la dame de La Pommeraye? — Peut-être un honnête homme. — Peut-être un sublime coquin. — Vous me direz cela demain matin.

Ce matin, le voilà venu, et nos voyageurs séparés ; car le marquis des Arcis ne suivait plus la même route que Jacques et son maître. — Nous allons donc reprendre la suite des amours de Jacques ? — Je l'espère ; mais ce qu'il y a de bien certain, c'est que le maître sait l'heure qu'il est, qu'il a pris sa prise de tabac et qu'il a dit à Jacques : « Eh bien ! Jacques, tes amours ? »

Jacques, au lieu de répondre à cette question, disait : « N'est-ce pas le diable ! Du matin au soir ils disent du mal de la vie, et ils ne peuvent se résoudre à la quitter ! Serait-ce que la vie présente n'est pas, à tout prendre, une si mauvaise chose, ou qu'ils en craignent une pire à venir ?

Le Maitre. — C'est l'un et l'autre. A propos, Jacques, crois-tu à la vie à venir ?

Jacques. — Je n'y crois ni décrois ; je n'y pense pas. Je jouis de mon mieux de celle qui nous a été accordée en avancement d'hoirie.

Le Maitre. — Pour moi, je me regarde comme en chrysalide ; et j'aime à me persuader que le papillon, ou mon âme, venant un jour à percer sa coque, s'envolera à la justice divine.

Jacques. — Votre image est charmante.

Le Maitre. — Elle n'est pas de moi ; je l'ai lue, je crois, dans un poète italien appelé Dante, qui a fait un ouvrage intitulé : *la Comédie de l'Enfer, du Purgatoire et du Paradis.*

Jacques. — Voilà un singulier sujet de comédie !

Le Maitre. — Il y a, pardieu, de belles choses, surtout dans son enfer. Il enferme les hérésiarques dans des tombeaux de feu, dont la flamme s'échappe et porte le ravage au loin; les ingrats, dans des niches où ils versent des larmes qui se glacent sur leurs visages; et les paresseux, dans d'autres niches; et il dit de ces derniers que le sang s'échappe de leurs veines, et qu'il est recueilli par des vers dédaigneux... Mais à quel propos ta sortie contre notre mépris d'une vie que nous craignons de perdre ?

JACQUES. — A propos de ce que le secrétaire du marquis des Arcis m'a raconté du mari de la jolie femme au cabriolet.

LE MAITRE. — Elle est veuve!

JACQUES. — Elle a perdu son mari dans un voyage qu'elle a fait à Paris; et le diable d'homme ne voulait pas entendre parler des sacrements. Ce fut la dame du château où Richard rencontra l'abbé Hudson qu'on chargea de le réconcilier avec le béguin.

LE MAITRE. — Que veux-tu dire avec ton béguin ?

JACQUES. — Le béguin est la coiffure qu'on met aux enfants nouveau-nés!

LE MAITRE. — Je t'entends. Et comment s'y prit-elle pour l'embéguiner ?

JACQUES. — On fit cercle autour du feu. Le médecin, après avoir tâté le pouls du malade, qu'il trouva bien bas, vint s'asseoir à côté des autres. La dame dont il s'agit s'approcha de son lit, et lui fit plusieurs questions; mais sans élever la voix plus qu'il ne le fallait pour que cet homme ne perdît pas un mot de ce qu'on avait à lui faire entendre; après quoi la conversation s'engagea entre la dame, le docteur et quelques-uns des autres assistants, comme je vais vous la rendre.

LA DAME. — Eh bien! docteur, nous direz-vous des nouvelles de Mme de Parme ?

LE DOCTEUR. — Je sors d'une maison où l'on m'a assuré qu'elle était si mal qu'on n'en espérait plus rien.

LA DAME. — Cette princesse a toujours donné des marques de piété. Aussitôt qu'elle s'est sentie en danger, elle a demandé à se confesser et à recevoir ses sacrements.

LE DOCTEUR. — Le curé de Saint-Roch lui porte aujourd'hui une relique à Versailles; mais elle arrivera trop tard.

LA DAME. — Madame Infante n'est pas la seule qui donne de ces exemples. M. le duc de Chevreuse, qui a été bien malade, n'a pas attendu qu'on lui proposât les sacrements, il les a appelés de lui-même : ce qui a fait grand plaisir à sa famille...

LE DOCTEUR. — Il est beaucoup mieux.

UN DES ASSISTANTS. — Il est certain que cela ne fait pas mourir; au contraire.

LA DAME. — En vérité, dès qu'il y a du danger on devrait satisfaire à ces devoirs-là. Les malades ne conçoivent pas apparemment combien il est dur pour ceux qui les entourent, et combien cependant il est indispensable de leur en faire la proposition!

LE DOCTEUR. — Je sors de chez un malade qui me dit, il y a deux jours : « Docteur, comment me trouvez-vous ?
— Monsieur, la fièvre est forte, et les redoublements fréquents.
— Mais croyez-vous qu'il en survienne un bientôt ?
— Non, je le crains seulement pour ce soir.
— Cela étant, je vais faire avertir un certain homme avec lequel j'ai une petite affaire particulière, afin de la terminer pendant que j'ai encore toute ma tête... » Il se confessa, il reçut tous ses sacrements. Je revins le soir, point de redoublement. Hier il était mieux; au-

jourd'hui il est hors d'affaire. J'ai vu beaucoup de fois dans le courant de ma pratique cet effet-là des sacrements.

LE MALADE, *à son domestique.* — Apportez-moi mon poulet.

JACQUES. — On le lui sert, il veut le couper et n'en a pas la force; on lui en dépèce l'aile en petits morceaux; il demande du pain, se jette dessus, fait des efforts pour en mâcher une bouchée qu'il ne saurait avaler, et qu'il rend dans sa serviette; il demande du vin pur; il y mouille les bords de ses lèvres, et dit : « Je me porte bien... » Oui, mais une demi-heure après il n'était plus.

LE MAITRE. — Cette dame s'y était pourtant assez bien prise... et tes amours ?

JACQUES. — Et la condition que vous avez acceptée ?

LE MAITRE. — J'entends... Tu es installé au château de Desglands, et la vieille commissionnaire Jeanne a ordonné à sa jeune fille Denise de te visiter quatre fois le jour, et de te soigner. Mais avant que d'aller en avant, dis-moi, Denise avait-elle son pucelage ?

JACQUES, *en toussant.* — Je le crois.

LE MAITRE. — Et toi ?

JACQUES. — Le mien, il y avait beaux jours qu'il courait les champs.

LE MAITRE. — Tu n'en étais donc pas à tes premières amours ?

JACQUES. — Pourquoi donc ?

LE MAITRE. — C'est qu'on aime celle à qui on le donne, comme on est aimé de celle à qui on le ravit.

JACQUES. — Quelquefois oui, quelquefois non.

LE MAITRE. — Et comment le perdis-tu ?

JACQUES. — Je ne le perdis pas; je le troquai bel et bien.

LE MAITRE. — Dis-moi un mot de ce troc-là.

JACQUES. — Ce sera le premier chapitre de saint Luc, une kyrielle de *genuit* à ne point finir, depuis la première jusqu'à Denise la dernière.

LE MAITRE. — Qui crut l'avoir et qui ne l'eut point.

JACQUES. — Et avant Denise, les deux voisines de notre chaumière.

LE MAITRE. — Qui crurent l'avoir et qui ne l'eurent point.

JACQUES. — Non.

LE MAITRE. — Manquer un pucelage à deux, cela n'est pas trop adroit.

JACQUES. — Tenez, mon maître, je devine, au coin de votre lèvre droite qui se relève, et à votre narine gauche qui se crispe, qu'il vaut autant que je fasse la chose de bonne grâce, que d'en être prié; d'autant que je sens augmenter mon mal de gorge, que la suite de mes amours sera longue, et que je n'ai guère de courage que pour un ou deux petits contes.

LE MAITRE. — Si Jacques voulait me faire un grand plaisir...

JACQUES. — Comment s'y prendrait-il ?

LE MAITRE. — Il débuterait par la perte de son pucelage. Veux-tu que je te le dise ? J'ai toujours été friand du récit de ce grand événement.

JACQUES. — Et pourquoi, s'il vous plaît ?

LE MAITRE. — C'est que de tous ceux du même genre, c'est le seul qui soit piquant ; les autres n'en sont que d'insipides et communes répétitions. De tous les péchés d'une jolie pénitente, je suis sûr que le confesseur n'est attentif qu'à celui-là.

JACQUES. — Mon maître, mon maître, je vois que vous avez la tête corrompue, et qu'à votre agonie le diable pourrait bien se montrer à vous sous la même forme de parenthèse qu'à Ferragus.

LE MAITRE. — Cela se peut. Mais tu fus déniaisé, je gage, par quelque vieille impudique de ton village ?

JACQUES. — Ne gagez pas, vous perdriez.

LE MAITRE. — Ce fut par la servante de ton curé ?

JACQUES. — Ne gagez pas, vous perdriez encore.

LE MAITRE. — Ce fut donc par sa nièce ?

JACQUES. — Sa nièce crevait d'humeur et de dévotion, deux qualités qui vont fort bien ensemble, mais qui ne me vont pas.

LE MAITRE. — Pour cette fois, je crois que j'y suis.

JACQUES. — Moi, je n'en crois rien.

LE MAITRE. — Un jour de foire ou de marché...

JACQUES. — Ce n'était ni un jour de foire, ni un jour de marché.

LE MAITRE. — Tu allas à la ville.

JACQUES. — Je n'allai point à la ville.

Le Maitre. — Et il était écrit là-haut que tu rencontrerais dans une taverne quelqu'une de ces créatures obligeantes; que tu t'enivrerais...

Jacques. — J'étais à jeun; et ce qui était écrit là-haut, c'est qu'à l'heure qu'il est vous vous épuiseriez en fausses conjectures; et que vous gagneriez un défaut dont vous m'avez corrigé, la fureur de deviner, et toujours de travers. Tel que vous me voyez, monsieur, j'ai été une fois baptisé.

Le Maitre. — Si tu te proposes d'entamer la perte de ton pucelage au sortir des fonts baptismaux, nous n'y serons pas de si tôt.

Jacques. — J'eus donc un parrain et une marraine. Maître Bigre, le plus fameux charron du village, avait un fils. Bigre le père fut mon parrain, et Bigre le fils était mon ami. A l'âge de dix-huit à dix-neuf ans nous nous amourachâmes tous les deux à la fois d'une petite couturière appelée Justine. Elle ne passait pas pour autrement cruelle; mais elle jugea à propos de se signaler par un premier dédain, et son choix tomba sur moi.

Le Maitre. — Voilà une de ces bizarreries des femmes auxquelles on ne comprend rien.

Jacques. — Tout le logement du charron maître Bigre, mon parrain, consistait en une boutique et une soupente. Son lit était au fond de la boutique. Bigre le fils, mon ami, couchait sur la soupente, à laquelle on grimpait par une petite échelle, placée à peu près à égale distance du lit de son père et de la porte de la boutique.

Lorsque Bigre mon parrain était bien endormi, Bigre mon ami ouvrait doucement la porte, et Justine montait à la soupente par une petite échelle. Le lendemain, dès la pointe du jour, avant que Bigre le père fût éveillé, Bigre le fils descendait de la soupente, rouvrait la porte, et Justine s'évadait comme elle était entrée.

LE MAITRE. — Pour aller ensuite visiter quelque soupente, la sienne ou une autre.

JACQUES. — Pourquoi non ? Le commerce de Bigre et de Justine était assez doux ; mais il fallait qu'il fût troublé : cela était écrit là-haut ; il le fut donc.

LE MAITRE. — Par le père ?

JACQUES. — Non.

LE MAITRE. — Par la mère ?

JACQUES. — Non, elle était morte.

LE MAITRE. — Par un rival ?

JACQUES. — Eh ! non, non, de par tous les diables ! non. Mon maître, il est écrit là-haut que vous en avez pour le reste de vos jours ; tant que vous vivrez vous devinerez, je vous le répète, et vous devinerez de travers.

Un matin, que mon ami Bigre, plus fatigué qu'à l'ordinaire ou du travail de la veille, ou du plaisir de la nuit, reposait doucement entre les bras de Justine, voilà une voix formidable qui se fait entendre au pied du petit escalier : « Bigre ! Bigre ! maudit paresseux ! l'*Angelus* est sonné, il est près de cinq heures et demie, et te voilà encore dans ta soupente ! As-tu résolu d'y rester jusqu'à midi ? Faut-il que j'y monte et que je t'en fasse descendre plus vite que tu ne voudrais ? Bigre ! Bigre !

— Mon père ?

— Et cet essieu après lequel ce vieux bourru de fermier attend ; veux-tu qu'il revienne encore ici recommencer son tapage ?

— Son essieu est prêt, et avant qu'il soit un quart d'heure il l'aura... »

Je vous laisse à juger des transes de Justine et de mon ami Bigre le fils.

LE MAITRE. — Je suis sûr que Justine se promit bien
de ne plus se retrouver sur la soupente, et qu'elle y
était le soir même. Mais comment en sortira-t-elle ce
matin ?

JACQUES. — Si vous vous mettez en devoir de le
deviner, je me tais... Cependant Bigre le fils s'était précipité du lit, jambes nues, sa culotte à la main, et sa
veste sur son bras. Tandis qu'il s'habille, Bigre le père
grommelle entre ses dents : « Depuis qu'il s'est entêté
de cette petite coureuse, tout va de travers. Cela finira ;
cela ne saurait durer ; cela commence à me lasser.
Encore si c'était une fille qui en valût la peine ; mais
une créature ! Dieu sait quelle créature ! Ah ! si la pauvre
défunte, qui avait de l'honneur jusqu'au bout des
ongles, voyait cela, il y a longtemps qu'elle eût bâ-
tonné l'un, et arraché les yeux de l'autre au sortir de la
grand-messe sous le porche, devant tout le monde ; car
rien ne l'arrêtait : mais si j'ai été trop bon jusqu'à
présent, et qu'ils s'imaginent que je continuerai, ils
se trompent. »

LE MAITRE. — Et ces propos, Justine les entendait
de la soupente ?

JACQUES. — Je n'en doute pas. Cependant Bigre le
fils s'en était allé chez le fermier, avec son essieu sur
l'épaule, et Bigre le père s'était mis à l'ouvrage. Après
quelques coups de doloire, son nez lui demande une
prise de tabac ; il cherche sa tabatière dans ses poches,
au chevet de son lit ; il ne la trouve point. « C'est ce
coquin, dit-il, qui s'en est saisi comme de coutume ;
voyons s'il ne l'aura pas laissée là-haut... » Et le voilà
qui monte à la soupente. Un moment après il s'aperçoit
que sa pipe et son couteau lui manquent et il remonte
à la soupente.

LE MAITRE. — Et Justine ?

JACQUES. — Elle avait ramassé ses vêtements à la
hâte, et s'était glissée sous le lit, où elle était étendue
à plat ventre, plus morte que vive.

LE MAITRE. — Et ton ami Bigre le fils ?

JACQUES. — Son essieu rendu, mis en place et payé, il était accouru chez moi, et m'avait exposé le terrible embarras où il se trouvait. Après m'en être un peu amusé, « Ecoute, lui dis-je, Bigre, va te promener par le village, où tu voudras, je te tirerai d'affaire. Je ne te demande qu'une chose, c'est de m'en laisser le temps... » Vous souriez, monsieur, qu'est-ce qu'il y a ?

LE MAITRE. — Rien.

JACQUES. — Mon ami Bigre sort. Je m'habille, car je n'étais pas encore levé. Je vais chez son père, qui ne m'eut pas plus tôt aperçu, que, poussant un cri de surprise et de joie, il me dit : « Eh! filleul, te voilà! d'où sors-tu et que viens-tu faire ici de si grand matin ?... » Mon parrain Bigre avait vraiment de l'amitié pour moi; aussi lui répondis-je avec franchise : « Il ne s'agit pas de savoir d'où je sors, mais comment je rentrerai chez nous.

— Ah! filleul, tu deviens libertin; j'ai bien peur que Bigre et toi vous ne fassiez la paire. Tu as passé la nuit dehors.

— Et mon père n'entend pas raison sur ce point.

— Ton père a raison, filleul, de ne pas entendre raison là-dessus. Mais commençons par déjeuner, la bouteille nous avisera. »

LE MAITRE. — Jacques, cet homme était dans les bons principes.

JACQUES. — Je lui répondis que je n'avais ni besoin ni envie de boire ou de manger, et que je tombais de lassitude et de sommeil. Le vieux Bigre, qui de son temps n'en cédait pas à son camarade, ajouta en ricanant : « Filleul, elle était jolie, et tu t'en es donné. Ecoute : Bigre est sorti; monte à la soupente, et jette-toi sur son lit... Mais un mot avant qu'il revienne. C'est ton ami; lorsque vous vous trouverez tête à tête, dis-lui que je suis mécontent, très mécontent. C'est une

petite Justine que tu dois connaître (car quel est le
garçon du village qui ne la connaisse pas ?) qui me l'a
débauché ; tu me rendrais un vrai service, si tu le
détachais de cette créature. Auparavant c'était ce qu'on
appelle un joli garçon, mais depuis qu'il a fait cette
malheureuse connaissance... Tu ne m'écoutes pas ; tes
yeux se ferment ; monte, et va te reposer. »

Je monte, je me déshabille, je lève la couverture et
les draps, je tâte partout, point de Justine. Cependant
Bigre, mon parrain, disait : « Les enfants ! les maudits
enfants ! n'en voilà-t-il pas encore un qui désole son
père ? » Justine n'étant pas dans le lit, je me doutai
qu'elle était dessous. Le bouge était tout à fait aveugle.
Je me baisse, je promène mes mains, je rencontre un
de ses bras, je la saisis, je la tire à moi ; elle sort de
dessous la couchette en tremblant. Je l'embrasse, je la
rassure, je lui fais signe de se coucher. Elle joint ses
deux mains, elle se jette à mes pieds, elle serre mes
genoux. Je n'aurais peut-être pas résisté à cette scène
muette, si le jour l'eût éclairée ; mais lorsque les ténèbres ne rendent pas timide, elles rendent entreprenant.
D'ailleurs j'avais ses anciens mépris sur le cœur. Pour
toute réponse je la poussai vers l'escalier qui conduisait
à la boutique. Elle en poussa un cri de frayeur. Bigre
qui l'entendit, dit : « Il rêve... » Justine s'évanouit ; ses
genoux se dérobent sous elle ; dans son délire elle disait
d'une voix étouffée : « Il va venir... il vient... je l'entends qui monte... je suis perdue !... » « Non, non, lui
répondis-je d'une voix étouffée, remettez-vous, taisez-
vous, et couchez-vous... » Elle persiste dans son refus ;
je tiens ferme : elle se résigne : et nous voilà l'un à
côté de l'autre.

LE MAITRE. — Traître ! scélérat ! sais-tu quel crime
tu vas commettre ? Tu vas violer cette fille, sinon par la
force, du moins par la terreur. Poursuivi au tribunal
des lois, tu en éprouverais toute la rigueur réservée aux
ravisseurs.

JACQUES. — Je ne sais si je la violai, mais je sais bien
que je ne lui fis pas de mal, et qu'elle ne m'en fit point.

D'abord en détournant sa bouche de mes baisers, elle l'approcha de mon oreille et me dit tout bas : « Non, non, Jacques, non... » A ce mot, je fais semblant de sortir du lit, et de m'avancer vers l'escalier. Elle me retint, et me dit encore à l'oreille : « Je ne vous aurais jamais cru si méchant; je vois qu'il ne faut attendre de vous aucune pitié; mais du moins, promettez-moi, jurez-moi...

— Quoi ?

— Que Bigre n'en saura rien. »

LE MAITRE. — Tu promis, tu juras, et tout alla fort bien.

JACQUES. — Et puis très bien encore.

LE MAITRE. — Et puis encore très bien ?

JACQUES. — C'est précisément comme si vous y aviez été. Cependant, Bigre mon ami, impatient, soucieux et las de rôder autour de la maison sans me rencontrer, rentre chez son père qui lui dit avec humeur : « Tu as été bien longtemps pour rien... » Bigre lui répondit avec plus d'humeur encore : « Est-ce qu'il n'a pas fallu allégir par les deux bouts ce diable d'essieu qui s'est trouvé trop gros ?

— Je t'en avais averti; mais tu n'en veux jamais faire qu'à ta tête.

— C'est qu'il est plus aisé d'en ôter que d'en remettre.

— Prends cette jante, et va finir à la porte.

— Pourquoi à la porte ?

— C'est que le bruit de l'outil réveillerait Jacques, ton ami.

— Jacques !...

— Oui ! Jacques, il est là-haut sur la soupente, qui repose. Ah ! que les pères sont à plaindre; si ce n'est d'une chose, c'est d'une autre ! Eh bien ! te remueras-tu ? Tandis que tu restes là comme un imbécile, la tête baissée, la bouche béante, et les bras pendants, la be-sogne ne se fait pas... » Bigre mon ami, furieux, s'élance

vers l'escalier; Bigre mon parrain le retient en lui
disant : « Où vas-tu ? laisse dormir ce pauvre diable,
qui est excédé de fatigue. A sa place, serais-tu bien
aise qu'on troublât ton repos ? »

LE MAITRE. — Et Justine entendait encore tout
cela ?

JACQUES. — Comme vous m'entendez.

LE MAITRE. — Et que faisais-tu ?

JACQUES. — Je riais.

LE MAITRE. — Et Justine ?

JACQUES. — Elle avait arraché sa cornette; elle se
tirait par les cheveux; elle levait les yeux au ciel, du
moins je le présume; elle se tordait les bras.

LE MAITRE. — Jacques, vous êtes un barbare; vous
avez un cœur de bronze.

JACQUES. — Non, monsieur, non, j'ai de la sensibilité; mais je la réserve pour une meilleure occasion. Les
dissipateurs de cette richesse en ont tant prodigué lorsqu'il en fallait être économe, qu'ils ne s'en trouvent
plus quand il faudrait en être prodigue... Cependant
je m'habille, et je descends. Bigre le père me dit : « Tu
avais besoin de cela, cela t'a bien fait; quand tu es venu,
tu avais l'air d'un déterré; et te revoilà! vermeil et frais
comme l'enfant qui vient de téter. Le sommeil est une
bonne chose!... Bigre, descends à la cave, et apporte
une bouteille, afin que nous déjeunions. A présent, filleul, tu déjeuneras volontiers ? — Très volontiers... »
La bouteille est arrivée et placée sur l'établi; nous
sommes debout autour. Bigre le père remplit son verre
et le mien, Bigre le fils, en écartant le sien, dit d'un
ton farouche : « Pour moi, je ne suis pas altéré si matin.
— Tu ne veux pas boire ?
— Non.

— Ah! je sais ce que c'est; tiens, filleul, il y a de la Justine là-dedans; il aura passé chez elle, ou il ne l'aura pas trouvée, ou il l'aura surprise avec un autre; cette bouderie contre la bouteille n'est pas naturelle : c'est ce que je te dis.

Moi. — Mais vous pourriez bien avoir deviné juste.

Bigre le Fils. — Jacques, trêve de plaisanteries, placées ou déplacées, je ne les aime pas.

Bigre le Père. — Puisqu'il ne veut pas boire, il ne faut pas que cela nous en empêche. A ta santé, filleul.

Moi. — A la vôtre, parrain; Bigre, mon ami, bois avec nous. Tu te chagrines trop pour peu de chose.

Bigre le Fils. — Je vous ai déjà dit que je ne buvais pas.

Moi. — Eh bien! si ton père l'a rencontré, que diable, tu la reverras, vous vous expliquerez, et tu conviendras que tu as tort.

Bigre le Père. — Eh! laisse-le faire; n'est-il pas juste que cette créature le châtie de la peine qu'il me cause? Ça, encore un coup, et venons à ton affaire. Je conçois qu'il faut que je te mène chez ton père; mais que veux-tu que je lui dise?

Moi. — Tout ce que vous voudrez, tout ce que vous lui avez entendu dire cent fois lorsqu'il vous a ramené votre fils.

Bigre le Père. — Allons... »

Il sort, je le suis, nous arrivons à la porte de la maison; je le laisse entrer seul. Curieux de la conversation de Bigre le père et du mien, je me cache dans

un recoin, derrière une cloison, d'où je ne perdis pas
un mot.

BIGRE LE PÈRE. — Allons, compère, il faut encore
lui pardonner cette fois.

— Lui pardonner, et de quoi ?

— Tu fais l'ignorant.

— Je ne le fais point, je le suis.

— Tu es fâché, et tu as raison de l'être.

— Je ne suis point fâché.

— Tu l'es, te dis-je.

— Si tu veux que je le sois, je ne demande pas mieux ;
mais que je sache auparavant la sottise qu'il a faite.

— D'accord, trois fois, quatre fois ; mais ce n'est pas
coutume. On se trouve une bande de jeunes garçons et
de jeunes filles ; on boit, on rit, on danse ; les heures se
passent vite ; et cependant la porte de la maison se
ferme...

Bigre, en baissant la voix, ajouta : « Ils ne nous
entendent pas ; mais, de bonne foi, est-ce que nous
avons été plus sages qu'eux à leur âge ? Sais-tu qui sont
les mauvais pères ? Les mauvais pères, ce sont ceux
qui ont oublié les fautes de leur jeunesse. Dis-moi,
est-ce que nous n'avons jamais découché ?

— Et toi, Bigre, mon compère, dis-moi, est-ce que
nous n'avons jamais pris d'attachement qui déplaisait
à nos parents ?

— Aussi je crie plus haut que je ne souffre. Fais de
même.

— Mais Jacques n'a point découché, du moins cette
nuit, j'en suis sûr.

— Eh bien ! si ce n'est pas celle-ci, c'est une autre.
Tant y a que tu n'en veux point à ton garçon ?

— Non.

— Et quand je serai parti tu ne le maltraiteras pas ?

— Aucunement.

— Tu m'en donnes ta parole ?

— Je te la donne.

— Ta parole d'honneur ?

— Ma parole d'honneur.

— Tout est dit, et je m'en retourne... »

Comme mon parrain Bigre était sur le seuil, mon père, lui frappant doucement sur l'épaule, lui disait : « Bigre, mon ami, il y a ici quelque anguille sous roche ; ton garçon et le mien sont deux futés matois ; et je crains bien qu'ils ne nous en aient donné d'une à garder aujourd'hui ; mais avec le temps cela se découvrira. Adieu, compère. »

Le Maître. — Et quelle fut la fin de l'aventure entre Bigre ton ami et Justine ?

Jacques. — Comme elle devait être. Il se fâcha, elle se fâcha plus fort que lui ; elle pleura, il s'attendrit ; elle lui jura que j'étais le meilleur ami qu'il eût ; je lui jurai qu'elle était la plus honnête fille du village. Il nous crut, nous demanda pardon, nous en aima et nous en estima davantage tous deux. Et voilà le commencement, le milieu et la fin de la perte de mon pucelage. A présent, Monsieur, je voudrais bien que vous m'apprissiez le but moral de cette impertinente histoire.

Le Maître. — A mieux connaître les femmes.

Jacques. — Et vous aviez besoin de cette leçon ?

Le Maître. — A mieux connaître les amis.

Jacques. — Et vous avez jamais cru qu'il y en eût un seul qui tînt rigueur à votre femme ou à votre fille, si elle s'était proposé sa défaite ?

Le Maître. — A mieux connaître les pères et les enfants.

Jacques. — Allez, Monsieur, ils ont été de tout temps, et seront à jamais, alternativement dupes les uns des autres.

Le Maître. — Ce que tu dis là sont autant de vérités éternelles, mais sur lesquelles on ne saurait trop insister. Quel que soit le récit que tu m'as promis après celui-ci, sois sûr qu'il ne sera vide d'instruction que pour un sot; et continue. »

Lecteur, il me vient un scrupule, c'est d'avoir fait honneur à Jacques ou à son maître de quelques réflexions qui vous appartiennent de droit; si cela est, vous pouvez les reprendre sans qu'ils s'en formalisent. J'ai cru m'apercevoir que le mot *Bigre* vous déplaisait. Je voudrais bien savoir pourquoi. C'est le vrai nom de famille de mon charron; les extraits baptistaires, extraits mortuaires, contrats de mariage en sont signés Bigre. Les descendants de Bigre, qui occupent aujourd'hui la boutique, s'appellent Bigre. Quand leurs enfants, qui sont jolis, passent dans la rue, on dit : « Voilà les petits Bigres. » Quand vous prononcez le nom de *Boule*, vous vous rappelez le plus grand ébéniste que vous ayez eu. On ne prononce point encore dans la contrée de Bigre le nom de Bigre sans se rappeler le plus grand charron dont on ait mémoire. Le Bigre, dont on lit le nom à la fin de tous les livres d'offices pieux du commencement de ce siècle, fut un de ses parents. Si jamais un arrière-neveu de Bigre se signale par quelque grande action, le nom personnel de Bigre ne sera pas moins imposant pour vous que celui de César ou de Condé. C'est qu'il y a Bigre et Bigre, comme Guillaume et Guillaume. Si je dis Guillaume tout court, ce ne sera ni le conquérant de la Grande-Bretagne, ni le marchand de drap de l'*Avocat Patelin;* le nom de Guillaume tout court ne sera ni héroïque ni bourgeois : ainsi de Bigre. Bigre tout court n'est ni le fameux charron ni quelqu'un de ses plats ancêtres ou de ses plats descendants. En bonne foi, un nom personnel peut-il être de bon ou de mauvais goût ? Les rues sont pleines de mâtins qui s'appellent Pompée. Défaites-vous donc de votre fausse délicatesse, ou j'en userai avec vous comme milord Chatham avec les membres du parlement; il leur dit : « Sucre, Sucre, Sucre; qu'est-ce qu'il y a de ridicule là-dedans ?... » Et moi, je vous dirai : « Bigre, Bigre, Bigre; pourquoi ne s'appellerait-on pas Bigre ? » C'est, comme le disait un officier à son général le grand Condé, qu'il y a un fier Bigre, comme Bigre le charron ; un bon Bigre, comme vous et moi ; de plats Bigres, comme une infinité d'autres.

JACQUES. — C'était un jour de noces ; frère Jean avait marié la fille d'un de ses voisins. J'étais garçon de fête. On m'avait placé à table entre les deux goguenards de la paroisse ; j'avais l'air d'un grand nigaud, quoique je ne le fusse pas tant qu'ils le croyaient. Ils me firent quelques questions sur la nuit de la mariée ; j'y répondis assez bêtement, et les voilà qui éclatent de rire, et les femmes de ces deux plaisants à crier de l'autre bout : « Qu'est-ce qu'il y a donc ? vous êtes bien joyeux là-bas ? — C'est que c'est par trop drôle, répondit un de nos maris à sa femme ; je te conterai cela ce soir. » L'autre, qui n'était pas moins curieuse, fit la même question à son mari, qui lui fit la même réponse. Le repas continue, et les questions et mes balourdises, et les éclats de rire et la surprise des femmes. Après le repas, la danse ; après la danse, le coucher des époux, le don de la jarretière, moi dans mon lit, et mes goguenards dans les leurs, racontant à leurs femmes la chose incompréhensible, incroyable, c'est qu'à vingt-deux ans, grand et vigoureux comme je l'étais, assez bien de figure, alerte et point sot, j'étais aussi neuf, mais aussi neuf qu'au sortir du ventre de ma mère, et les deux femmes de s'en émerveiller ainsi que leurs maris. Mais, dès le lendemain, Suzanne me fit signe et me dit : « Jacques, n'as-tu rien à faire ?

— Non, voisine ! qu'est-ce qu'il y a pour votre service ?

— Je voudrais... je voudrais... », et en disant je voudrais, elle me serrait la main et me regardait si singulièrement ; « je voudrais que tu prisses notre serpe et que tu vinsses dans la commune m'aider à couper deux ou trois bourrées, car c'est une besogne trop forte pour moi seule.

— Très volontiers, madame Suzanne... »

Je prends la serpe, et nous allons. Chemin faisant,

Suzanne se laissait tomber la tête sur mon épaule, me
prenait le menton, me tirait les oreilles, me pinçait les
côtés. Nous arrivons. L'endroit était en pente. Suzanne
se couche à terre tout de son long à la place la plus
élevée, les pieds éloignés l'un de l'autre et les bras
passés par-dessus la tête. J'étais au-dessous d'elle, jouant
de la serpe sur le taillis, et Suzanne repliait ses jambes,
approchant ses talons de ses fesses; ses genoux élevés
rendaient ses jupons fort courts, et je jouais toujours
de la serpe sur le taillis, ne regardant guère où je frap-
pais et frappant souvent à côté. Enfin, Suzanne me
dit : « Jacques, est-ce que tu ne finiras pas bientôt ?

— Quand vous voudrez, madame Suzanne.

— Est-ce que tu ne vois pas, dit-elle à demi-voix,
que je veux que tu finisses?... » Je finis donc, je repris
haleine, et je finis encore; et Suzanne...

Le Maitre. — T'ôtait ton pucelage que tu n'avais
pas ?

Jacques. — Il est vrai; mais Suzanne ne s'y méprit
pas, et de sourire et de me dire : « Tu en as donné
d'une bonne à garder à notre homme; et tu es un fripon,

— Que voulez-vous dire, madame Suzanne ?

— Rien, rien; tu m'entends de reste. Trompe-moi
encore quelquefois de même, et je te le pardonne... »
Je reliai ses bourrées, je les pris sur mon dos et nous
revînmes, elle à sa maison, moi à la nôtre.

Le Maitre. — Sans faire une pause en chemin ?

Jacques. — Non.

Le Maitre. — Il n'y avait donc pas loin de la commune au village ?

Jacques. — Pas plus loin que du village à la commune.

Le Maitre. — Elle ne valait que cela ?

JACQUES. — Elle valait peut-être davantage pour un autre, pour un autre jour : chaque moment a son prix. »

A quelque temps de là, dame Marguerite, c'était la femme de notre autre goguenard, avait du grain à faire moudre et n'avait pas le temps d'aller au moulin; elle vint demander à mon père un de ses garçons qui y allât pour elle. Comme j'étais le plus grand, elle ne doutait pas que le choix de mon père ne tombât sur moi, ce qui ne manqua pas d'arriver. Dame Marguerite sort; je la suis; je charge le sac sur son âne et je le conduis seul au moulin. Voilà son grain moulu, et nous nous en revenions, l'âne et moi, assez tristes, car je pensais que j'en serais pour ma corvée. Je me trompais. Il y avait entre le village et le moulin un petit bois à passer; ce fut là que je trouvai dame Marguerite assise au bord de la voie. Le jour commençait à tomber. « Jacques, me dit-elle, enfin te voilà! Sais-tu qu'il y a plus d'une mortelle heure que je t'attends ?... »

Lecteur, vous êtes aussi trop pointilleux. D'accord, la mortelle heure est des dames de la ville et la grande heure, de dame Marguerite.

JACQUES. — C'est que l'eau était basse, que le moulin allait lentement, que le meunier était ivre et que, quelque diligence que j'aie faite, je n'ai pu revenir plus tôt.

MARGUERITE. — Assieds-toi là, et jasons un peu.

JACQUES. — Dame Marguerite, je le veux bien...
Me voilà assis à côté d'elle pour jaser et cependant nous gardions le silence tous deux. Je lui dis donc : « Mais, dame Marguerite, vous ne me dites mot, et nous ne jasons pas.

MARGUERITE. — C'est que je rêve à ce que mon mari m'a dit de toi.

JACQUES. — Ne croyez rien de ce que votre mari vous a dit; c'est un gausseur.

MARGUERITE. — Il m'a assuré que tu n'avais jamais été amoureux.

JACQUES. — Oh! pour cela il a dit vrai.

MARGUERITE. — Quoi! Jamais de ta vie?

JACQUES. — De ma vie.

MARGUERITE. — Comment! à ton âge, tu ne saurais pas ce que c'est qu'une femme?

JACQUES. — Pardonnez-moi, dame Marguerite.

MARGUERITE. — Et qu'est-ce que c'est qu'une femme?

JACQUES. — Une femme?

MARGUERITE. — Oui, une femme.

JACQUES. — Attendez... C'est un homme qui a un cotillon, une cornette et de gros tétons.

LE MAITRE. — Ah! scélérat!

JACQUES. — L'autre ne s'y était pas trompée; et je voulais que celle-ci s'y trompât. A ma réponse, dame Marguerite fit des éclats de rire qui ne finissaient point; et moi, tout ébahi, je lui demandai ce qu'elle avait tant à rire. Dame Marguerite me dit qu'elle riait de ma simplicité. « Comment! grand comme tu es, vrai, tu n'en saurais pas davantage?
— Non, dame Marguerite. »
Là-dessus dame Marguerite se tut, et moi aussi. « Mais, dame Marguerite, lui dis-je encore, nous nous sommes assis pour jaser et voilà que vous ne dites mot et que nous ne jasons pas. Dame Marguerite, qu'avez-vous? vous rêvez.

MARGUERITE. — Oui, je rêve... je rêve... je rêve... »

En prononçant ces je rêve, sa poitrine s'élevait, sa voix s'affaiblissait, ses membres tremblaient, ses yeux s'étaient fermés, sa bouche était entrouverte; elle poussa un profond soupir; elle défaillit, et je fis semblant de croire qu'elle était morte, et me mis à crier du ton de l'effroi : « Dame Marguerite! dame Marguerite! parlez-moi donc! dame Marguerite, est-ce que vous vous trouvez mal ?

MARGUERITE. — Non, mon enfant; laisse-moi un moment en repos... Je ne sais ce qui m'a prise... Cela m'est venu subitement.

LE MAITRE. — Elle mentait.

JACQUES. — Oui, elle mentait.

MARGUERITE. — C'est que je rêvais.

JACQUES. — Rêvez-vous comme cela la nuit à côté de votre mari ?

MARGUERITE. — Quelquefois.

JACQUES. — Cela doit l'effrayer.

MARGUERITE. — Il y est fait...

Marguerite revint peu à peu de sa défaillance, et dit : Je rêvais qu'à la noce, il y a huit jours, notre homme et celui de la Suzanne se sont moqués de toi; cela m'a fait pitié, et je me suis trouvée toute je ne sais comment.

JACQUES. — Vous êtes trop bonne.

MARGUERITE. — Je n'aime pas qu'on se moque. Je rêvais qu'à la première occasion ils recommenceraient de plus belle, et que cela me fâcherait encore.

JACQUES. — Mais il ne tiendrait qu'à vous que cela n'arrivât plus.

MARGUERITE. — Et comment ?

JACQUES. — En m'apprenant...

MARGUERITE. — Et quoi ?

JACQUES. — Ce que j'ignore, et ce qui faisait tant rire votre homme et celui de la Suzanne, qui ne riraient plus.

MARGUERITE. — Oh! non, non. Je sais bien que tu es un bon garçon, et que tu ne le dirais à personne; mais je n'oserais.

JACQUES. — Et pourquoi ?

MARGUERITE. — C'est que je n'oserais.

JACQUES. — Ah! dame Marguerite, apprenez-moi, je vous prie, je vous en aurai la plus grande obligation, apprenez-moi... » En la suppliant ainsi, je lui serrais les mains et elle me les serrait aussi; je lui baisais les yeux, et elle me baisait la bouche. Cependant il faisait tout à fait nuit. Je lui dis donc : « Je vois bien, dame Marguerite, que vous ne me voulez pas assez de bien pour m'apprendre; j'en suis tout à fait chagrin. Allons, levons-nous, retournons-nous-en... » Dame Marguerite se tut; elle reprit une de mes mains, je ne sais où elle la conduisit, mais le fait est que je m'écriai : « Il n'y a rien! il n'y a rien! »

LE MAITRE. — Scélérat! double scélérat!

JACQUES. — Le fait est qu'elle était fort déshabillée, et que je l'étais beaucoup aussi. Le fait est que j'avais toujours la main où il n'y avait rien chez elle, et qu'elle avait placé sa main où cela n'était pas tout à fait de même chez moi. Le fait est que je me trouvai sous elle et par conséquent elle sur moi. Le fait est que, ne la soulageant d'aucune fatigue, il fallait bien qu'elle la prît tout entière. Le fait est qu'elle se livrait à mon instruction de si bon cœur, qu'il vint un instant où je crus qu'elle en mourrait. Le fait est qu'aussi troublé qu'elle, et ne sachant ce que je disais, je m'écriai : Ah! dame Suzanne, que vous me faites aise! »

LE MAITRE. — Tu veux dire dame Marguerite.

JACQUES. — Non, non. Le fait est que je pris un nom pour un autre et qu'au lieu de dire dame Marguerite, je dis dame Suzon. Le fait est que j'avouai à dame Marguerite que ce qu'elle croyait m'apprendre ce jour-là, dame Suzon me l'avait appris, un peu diversement, à la vérité, il y avait trois ou quatre jours. Le fait est qu'elle me dit : « Quoi! c'est Suzon et non pas moi ?... » Le fait est que je répondis : « Ce n'est ni l'une ni l'autre. » Le fait est que, tout en se moquant d'elle-même, de Suzon, des deux maris, et qu'en me disant de petites injures, je me trouvai sur elle, et par conséquent elle sous moi, et qu'en m'avouant que cela lui avait fait bien du plaisir, mais pas autant que de l'autre manière, elle se retrouva sur moi, et par conséquent moi sous elle. Le fait est qu'après quelque temps de repos et de silence, je ne me trouvai ni elle dessous, ni moi dessus, ni elle dessus, ni moi dessous; car nous étions l'un et l'autre sur le côté; qu'elle avait la tête penchée en devant et les deux fesses collées contre mes deux cuisses. Le fait est que, si j'avais été moins savant, la bonne dame Marguerite m'aurait appris tout ce qu'on peut apprendre. Le fait est que nous eûmes bien de la peine à regagner le village. Le fait est que mon mal de gorge est fort augmenté, et qu'il n'y a pas d'apparences que je puisse parler de quinze jours.

LE MAITRE. — Et tu n'as pas revu ces femmes ?

JACQUES. — Pardonnez-moi, plus d'une fois.

LE MAITRE. — Toutes deux ?

JACQUES. — Toutes deux.

LE MAITRE. — Elles ne se sont pas brouillées ?

JACQUES. — Utiles l'une à l'autre, elles s'en sont aimées davantage.

LE MAITRE. — Les nôtres en auraient bien fait autant, mais chacune avec son chacun... Tu ris.

JACQUES. — Toutes les fois que je me rappelle le petit homme criant, jurant, écumant, se débattant de la tête, des pieds, des mains, de tout le corps, et prêt à se jeter du haut du fenil en bas, au hasard de se tuer, je ne saurais m'empêcher d'en rire.

LE MAITRE. — Et ce petit homme, qui est-il ? Le mari de la dame Suzon ?

JACQUES. — Non.

LE MAITRE. — Le mari de la dame Marguerite ?

JACQUES. — Non... Toujours le même : il en a, pour tant qu'il vivra.

LE MAITRE. — Qui est-il donc ?
Jacques ne répondit point à cette question, et le maître ajouta :
« Dis-moi seulement qui était le petit homme.

JACQUES. — Un jour un enfant, assis au pied du comptoir d'une lingère, criait de toute sa force. La marchande importunée de ses cris, lui dit : « Mon ami, pourquoi criez-vous ?
— C'est qu'ils veulent me faire dire A.
— Et pourquoi ne voulez-vous pas dire A ?
— C'est que je n'aurai pas si tôt dit A, qu'ils voudront me faire dire B... »
C'est que je ne vous aurai pas si tôt dit le nom du petit homme, quil faudra que je vous dise le reste.

LE MAITRE. — Peut-être.

JACQUES. — Cela est sûr.

LE MAITRE. — Allons, mon ami Jacques, nomme-moi le petit homme. Tu t'en meurs d'envie, n'est-ce pas ? Satisfais-toi.

JACQUES. — C'était une espèce de nain, bossu, crochu, bègue, borgne, jaloux, paillard, amoureux et peut-être aimé de Suzon. C'était le vicaire du village.

Jacques ressemblait à l'enfant de la lingère comme deux gouttes d'eau, avec cette différence que, depuis son mal de gorge, on avait de la peine à lui faire dire A, mais une fois en train, il allait de lui-même jusqu'à la fin de l'alphabet.

« J'étais dans la grange de Suzon, seul avec elle.

LE MAITRE. — Et tu n'y étais pas pour rien ?

JACQUES. — Non. Lorsque le vicaire arrive, il prend de l'humeur, il gronde, il demande impérieusement à Suzon ce qu'elle faisait en tête à tête avec le plus débauché des garçons du village, dans l'endroit le plus reculé de la chaumière.

LE MAITRE. — Tu avais déjà de la réputation, à ce que je vois.

JACQUES. — Et assez bien méritée. Il était vraiment fâché ; à ce propos il en ajouta d'autres encore moins obligeants. Je me fâche de mon côté. D'injure en injure nous en venons aux mains. Je saisis une fourche, je la lui passe entre les jambes, fourchon d'ici, fourchon de là, et le lance sur le fenil, ni plus ni moins, comme une botte de paille.

LE MAITRE. — Et ce fenil était haut ?

JACQUES. — De dix pieds au moins, et le petit homme n'en serait pas descendu sans se rompre le cou.

Le Maitre. — Après ?

Jacques. — Après, j'écarte le fichu de Suzon, je lui prends la gorge, je la caresse, elle se défend comme cela. Il y avait là un bât d'âne dont la commodité nous était connue ; je la pousse sur ce bât.

Le Maitre. — Tu relèves ses jupons ?

Jacques. — Je relève ses jupons.

Le Maitre. — Et le vicaire voyait cela ?

Jacques. — Comme je vous vois.

Le Maitre. — Et il se taisait ?

Jacques. — Non pas, s'il vous plaît. Ne se contenant plus de rage, il se mit à crier : « Au meu... meu... meurtre ! au feu... feu... feu !... au vo... au vo... au voleur !... » Et voilà le mari que nous croyions loin qui accourt.

Le Maitre. — J'en suis fâché : je n'aime pas les prêtres.

Jacques. — Et vous auriez été enchanté que sous les yeux de celui-ci...

Le Maitre. — J'en conviens.

Jacques. — Suzon avait eu le temps de se relever ; je me rajuste, me sauve, et c'est Suzon qui m'a raconté ce qui suit. Le mari qui voit le vicaire perché sur le fenil, se met à rire. Le vicaire lui disait : « Ris... ris... ris bien ... so... so... sot que tu es... » Le mari de lui obéir, de rire de plus belle, et de lui demander qui est-ce qui l'a niché là. — Le vicaire : « Met... met... mets-moi à te... te..., terre. » Le mari de rire encore, et de lui demander comment il faut qu'il s'y prenne. — Le vicaire : « Co... co... comme j'y... j'y... j'y suis mon...

mon... monté, a... a... avec la fou... fou... fourche...
— Par sanguienne, vous avez raison; voyez ce que
c'est que d'avoir étudié ?... » Le mari prend la fourche,
la présente au vicaire; celui-ci s'enfourche comme je
l'avais enfourché; le mari lui fait faire un ou deux
tours de grange au bout de l'instrument de basse-cour,
accompagnant cette promenade d'une espèce de chant
en faux-bourdon; et le vicaire criait : « Dé... dé... des-
cends-moi, ma... ma... maraud, me... me dé... dé... descendras... dras-tu ?... » Et le mari lui disait : « A quoi
tient-il, monsieur le vicaire, que je ne vous montre ainsi
dans toutes les rues du village ? On n'y aurait jamais
vu une aussi belle procession... » Cependant le vicaire
en fut quitte pour la peur, et le mari le mit à terre. Je ne
sais ce qu'il dit alors au mari, car Suzon s'était évadée;
mais j'entendis : « Ma... ma... malheureux! tu... tu...
fra... fra... frappes un... un... prê... prê... prêtre; je...
je... t'e... t'e...t'ex... co... co... communie; tu... tu... se...
seras da... da... damné... » C'était le petit homme qui
parlait : et c'était le mari qui le pourchassait à coups
de fourche. J'arrive avec beaucoup d'autres; d'aussi
loin que le mari m'aperçut, mettant sa fourche en arrêt :
« Approche, approche », me dit-il.

LE MAITRE. — Et Suzon ?

JACQUES. — Elle s'en tira.

LE MAITRE. — Mal ?

JACQUES. — Non; les femmes s'en tirent toujours
bien quand on ne les a pas surprises en flagrant délit...
De quoi riez-vous ?

LE MAITRE. — De ce qui me fera rire, comme toi,
toutes les fois que je me rappellerai le petit prêtre au
bout de la fourche du mari.

JACQUES. — Ce fut peu de temps après cette aventure, qui vint aux oreilles de mon père et qui en rit aussi,
que je m'engageai, comme je vous ai dit... »

Après quelques moments de silence ou de toux de la
part de Jacques, disent les uns, ou après avoir encore
ri, disent les autres, le maître s'adressant à Jacques, lui
dit : « Et l'histoire de tes amours ? » — Jacques hocha
de la tête et ne répondit pas.

Comment un homme de sens, qui a des mœurs, qui
se pique de philosophie, peut-il s'amuser à débiter des
contes de cette obscénité ? — Premièrement, lecteur, ce
ne sont pas des contes, c'est une histoire, et je ne me
sens pas plus coupable, et peut-être moins, quand j'écris
les sottises de Jacques, que Suétone quand il nous
transmet les débauches de Tibère. Cependant vous lisez
Suétone, et vous ne lui faites aucun reproche. Pourquoi
ne froncez-vous pas le sourcil à Catulle, à Martial, à
Horace, à Juvénal, à Pétrone, à La Fontaine et à tant
d'autres ? Pourquoi ne dites-vous pas au stoïcien Sénèque : « Quel besoin avons-nous de la crapule de votre
esclave aux miroirs concaves ? » Pourquoi n'avez-vous
de l'indulgence que pour les morts ? Si vous réfléchissiez
un peu à cette partialité, vous verriez qu'elle naît de
quelque principe vicieux. Si vous êtes innocent, vous
ne me lirez pas; si vous êtes corrompu, vous me lirez
sans conséquence. Et puis, si ce que je vous dis là ne
vous satisfait pas, ouvrez la préface de Jean-Baptiste
Rousseau, et vous y trouverez mon apologie. Quel est
celui d'entre vous qui osât blâmer Voltaire d'avoir
composé *la Pucelle?* Aucun. Vous avez donc deux
balances pour les actions des hommes ? « Mais, dites-
vous, *la Pucelle* de Voltaire est un chef-d'œuvre! — Tant
pis, puisqu'on ne l'en lira que davantage. — Et votre
*Jacques* n'est qu'une insipide rhapsodie de faits les uns
réels, les autres imaginés, écrits sans grâce et distribués
sans ordre. — Tant mieux, mon *Jacques* en sera moins
lu. De quelque côté que vous vous tourniez, vous avez
tort. Si mon ouvrage est bon, il vous fera plaisir; s'il
est mauvais, il ne fera point de mal. Point de livre plus
innocent qu'un mauvais livre. Je m'amuse à écrire sous

des noms empruntés les sottises que vous faites; vos sottises me font rire; mon écrit vous donne de l'humeur. Lecteur, à vous parler franchement, je trouve que le plus méchant de nous deux, ce n'est pas moi. Que je serais satisfait s'il m'était aussi facile de me garantir de vos noirceurs, qu'à vous de l'ennui ou du danger de mon ouvrage! Vilains hypocrites, laissez-moi en repos. F...tez comme des ânes débâtés; mais permettez-moi que je dise f...tre; je vous passe l'action, passez-moi le mot. Vous prononcez hardiment tuer, voler, trahir, et l'autre vous ne l'oseriez qu'entre les dents! Est-ce que moins vous exhalez de ces prétendues impuretés en paroles, plus il vous en reste dans la pensée? Et que vous a fait l'action génitale, si naturelle, si nécessaire et si juste, pour en exclure le signe de vos entretiens, et pour imaginer que votre bouche, vos yeux et vos oreilles en seraient souillés? Il est bon que les expressions les moins usitées, les moins écrites, les mieux tues soient les mieux sues et les plus généralement connues; aussi cela est; aussi le mot *futuo* n'est-il pas moins familier que le mot pain; nul âge ne l'ignore, nul idiome n'en est privé! Il a mille synonymes dans toutes les langues, il s'imprime en chacune sans être exprimé, sans voix, sans figure, et le sexe qui le fait le plus a usage de le taire le plus. Je vous entends encore, vous vous écriez : « Fi, le cynique! Fi, l'impudent! Fi, le sophiste!... » Courage, insultez bien un auteur estimable que vous avez sans cesse entre les mains, et dont je ne suis ici que le traducteur. La licence de son style m'est presque un garant de la pureté de ses mœurs; c'est Montaigne. *Lasciva est nobis pagina, vita proba.*

Jacques et son maître passèrent le reste de la journée sans desserrer les dents. Jacques toussait, et son maître disait : « Voilà une cruelle toux! » regardait à sa montre l'heure qu'il était sans le savoir, ouvrait sa tabatière sans s'en douter, et prenait sa prise de tabac sans le sentir; ce qui me le prouve, c'est qu'il faisait ces choses trois ou quatre fois de suite et dans le même ordre. Un moment après, Jacques toussait encore, et son maître disait : « Quelle diable de toux! Aussi tu t'en es donné du vin de l'hôtesse jusqu'au nœud de la

gorge. Hier au soir, avec le secrétaire, tu ne t'es pas
ménagé davantage ; quand tu remontas tu chancelais, tu
ne savais pas ce que tu disais ; et aujourd'hui tu as fait
dix haltes, et je gage qu'il ne te reste pas une goutte de
vin dans ta gourde ?... » Puis il grommelait entre ses
dents, regardait à sa montre, et régalait ses narines.

J'ai oublié de vous dire, lecteur, que Jacques n'allait
jamais sans une gourde remplie du meilleur ; elle était
suspendue à l'arçon de sa selle. A chaque fois que son
maître interrompait son récit par quelque question un
peu longue, il détachait sa gourde, en buvait un coup à
la régalade, et ne la remettait à sa place que quand son
maître avait cessé de parler. J'avais encore oublié de
vous dire que, dans les cas qui demandaient de la
réflexion, son premier mouvement était d'interroger sa
gourde. Fallait-il résoudre une question de morale, discuter un fait, préférer un chemin à un autre, entamer,
suivre ou abandonner une affaire, peser les avantages
ou les désavantages d'une opération de politique, d'une
spéculation de commerce ou de finance, la sagesse ou la
folie d'une loi, le sort d'une guerre, le choix d'une
auberge, dans une auberge le choix d'un appartement,
dans un appartement le choix d'un lit, son premier
mot était : « Interrogeons la gourde. » Son dernier
était : « C'est l'avis de la gourde et le mien. » Lorsque
le destin était muet dans sa tête, il s'expliquait par sa
gourde, c'était une espèce de Pythie portative, silen-
cieuse aussitôt qu'elle était vide. A Delphes, la Pythie,
ses cotillons retroussés, assise à cul nu sur le trépied,
recevait son inspiration de bas en haut ; Jacques, sur
son cheval, la tête tournée vers le ciel, sa gourde
débouchée et le goulot incliné vers sa bouche, recevait
son inspiration de haut en bas. Lorsque la Pythie et
Jacques prononçaient leurs oracles, ils étaient ivres tous
les deux. Il prétendait que l'Esprit-Saint était descendu
sur les apôtres dans une gourde ; il appelait la Pentecôte la fête des gourdes. Il a laissé un petit traité de
toutes sortes de divinations, traité profond dans lequel
il donne la préférence à la divination de Bacbuc ou par
la gourde. Il s'inscrit en faux, malgré toute la vénération qu'il lui portait, contre le curé de Meudon qui inter-

rogeait la dive Bacbuc par le choc de la panse. « J'aime Rabelais, dit-il, mais j'aime mieux la vérité que Rabelais. » Il l'appelle hérétique *Engastrimute;* et il prouve par cent raisons, meilleures les unes que les autres, que les vrais oracles de Bacbuc ou de la gourde ne se faisaient entendre que par le goulot. Il compte au rang des sectateurs distingués de Bacbuc, des vrais inspirés de la gourde dans ces derniers siècles, Rabelais, la Fare, Chapelle, Chaulieu, La Fontaine, Molière, Panard, Gallet, Vadé. Platon et Jean-Jacques Rousseau, qui prônèrent le bon vin sans en boire, sont à son avis de faux frères de la gourde. La gourde eut autrefois quelques sanctuaires célèbres; la Pomme-de-pin, le Temple de la Guinguette, sanctuaires dont il écrit l'histoire séparément. Il fait la peinture la plus magnifique de l'enthousiasme, de la chaleur, du feu dont les Bacbuciens ou Périgourdins étaient et furent encore saisis de nos jours, lorsque sur la fin du repas, les coudes appuyés sur la table, la dive Bacbuc ou la gourde sacrée leur apparaissait, était déposée au milieu d'eux, sifflait, jetait sa coiffe loin d'elle, et couvrait ses adorateurs de son écume prophétique. Son manuscrit est décoré de deux portraits, au bas desquels on lit : *Anacréon et Rabelais, l'un parmi les anciens, l'autre parmi les modernes, souverains pontifes de la gourde.*

Et Jacques s'est servi du terme engastrimute ?... Pourquoi pas, lecteur ? Le capitaine de Jacques était Bacbucien; il a pu connaître cette expression, et Jacques, qui recueillait tout ce qu'il disait, se la rappeler; mais la vérité, c'est que l'*Engastrimute* est de moi, et qu'on lit sur le texte original : *Ventriloque.*

Tout cela est fort beau, ajoutez-vous; mais les amours de Jacques ? — Les amours de Jacques, il n'y a que Jacques qui les sache; et le voilà tourmenté d'un mal de gorge qui réduit son maître à sa montre et à sa tabatière; indigence qui l'afflige autant que vous. — Qu'allons-nous donc devenir ? — Ma foi, je n'en sais rien. Ce serait bien ici le cas d'interroger la dive Bacbuc ou la gourde sacrée; mais son culte tombe, ses temples sont déserts. Ainsi qu'à la naissance de notre divin Sauveur, les oracles du paganisme cessèrent; à la

mort de Gallet, les oracles de Bacbuc furent muets;
aussi plus de grands poèmes, plus de ces morceaux
d'une éloquence sublime; plus de ces productions mar-
quées au coin de l'ivresse et du génie; tout est rai-
sonné, compassé, académique et plat. O dive Bacbuc! ô
gourde sacrée! ô divinité de Jacques! Revenez au milieu
de nous!... Il me prend envie, lecteur, de vous entretenir de la naissance de la dive Bacbuc, des prodiges
qui l'accompagnèrent et qui la suivirent, des merveilles
de son règne et des désastres de sa retraite; et si le mal
de gorge de notre ami Jacques dure, et que son maître
s'opiniâtre à garder le silence, il faudra bien que vous
vous contentiez de cet épisode, que je tâcherai de pousser jusqu'à ce que Jacques guérisse et reprenne l'histoire de ses amours...

Il y a ici une lacune vraiment déplorable dans la
conversation de Jacques et de son maître. Quelque jour
un descendant de Nodot, du président de Brosses, de
Freinshémius, ou du père Brottier, la remplira peut-
être : et les descendants de Jacques ou de son maître,
propriétaires du manuscrit, en riront beaucoup.

Il paraît que Jacques, réduit au silence par son mal
de gorge, suspendit l'histoire de ses amours; et que
son maître commença l'histoire des siennes. Ce n'est ici
qu'une conjecture que je donne pour ce qu'elle vaut.
Après quelques lignes ponctuées qui annoncent la
lacune, on lit : « Rien n'est plus triste dans ce monde
que d'être un sot... » Est-ce Jacques qui profère cet
apophtegme? Est-ce son maître? Ce serait le sujet d'une
longue et épineuse dissertation. Si Jacques était assez
insolent pour adresser ces mots à son maître, celui-ci
était assez franc pour se les adresser à lui-même. Quoi
qu'il en soit, il est évident, il est très évident que c'est
le maître qui continue.

LE MAITRE. — C'était la veille de sa fête, et je n'avais
point d'argent. Le chevalier de Saint-Ouin, mon
intime ami, n'était jamais embarrassé de rien. « Tu n'as
point d'argent ? me dit-il.

— Non.

— Eh bien! il n'y a qu'à en faire.

— Et tu sais comme on en fait ?

— Sans doute. » Il s'habille, nous sortons, et il me conduit à travers plusieurs rues détournées dans une petite maison obscure, où nous montons par un petit escalier sale, à un troisième, où j'entre dans un appartement assez spacieux et singulièrement meublé. Il y avait entre autres choses trois commodes de front, toutes trois de formes différentes ; par-derrière celle du milieu, un grand miroir à chapiteau trop haut pour le plafond, en sorte qu'un bon demi-pied de ce miroir était caché par la commode ; sur ces commodes des marchandises de toute espèce ; deux trictracs ; autour de l'appartement, des chaises assez belles, mais pas une qui eût sa pareille ; au pied d'un lit sans rideaux une superbe duchesse ; contre une des fenêtres une volière sans oiseaux, mais toute neuve ; à l'autre fenêtre un lustre suspendu par un manche à balai, et le manche à balai portant des deux bouts sur les dossiers de deux mauvaises chaises de paille ; et puis de droite et de gauche des tableaux, les uns attachés aux murs, les autres en pile.

JACQUES. — Cela sent le faiseur d'affaires d'une lieue à la ronde.

LE MAITRE. — Tu l'as deviné. Et voilà le chevalier et M. Le Brun (c'est le nom de notre brocanteur et courtier d'usure) qui se précipitent dans les bras l'un de l'autre... « Eh! c'est vous, monsieur le chevalier ?

— Et oui, c'est moi, mon cher Le Brun.

— Mais que devenez-vous donc ? Il y a une éternité qu'on ne vous a vu. Les temps sont bien tristes ; n'est-il pas vrai ?

— Très tristes, mon cher Le Brun. Mais il ne s'agit pas de cela ; écoutez-moi, j'aurais un mot à vous dire... »

Je m'assieds. Le chevalier et Le Brun se retirent dans un coin, et se parlent. Je ne puis te rendre de leur conversation que quelques mots que je surpris à la volée...

« Il est bon ?

— Excellent.

— Majeur ?

— Très majeur.

— C'est le fils ?

— Le fils.

— Savez-vous que nos deux dernières affaires ?...

— Parlez plus bas.

— Le père ?

— Riche.

— Vieux ?

— Et caduc. »

Le Brun à haute voix : « Tenez, monsieur le chevalier, je ne veux plus me mêler de rien, cela a toujours
des suites fâcheuses. C'est votre ami, à la bonne heure!
Monsieur a tout à fait l'air d'un galant homme; mais...

— Mon cher Le Brun!

— Je n'ai point d'argent.

— Mais vous avez des connaissances!

— Ce sont tous des gueux, de fieffés fripons. Monsieur le chevalier, n'êtes-vous point las de passer par
ces mains-là ?

— Nécessité n'a point de loi.

— La nécessité qui vous presse est une plaisante
nécessité, une bouillotte, une partie de la belle, quelque
fille.

— Cher ami!...

— C'est toujours moi, je suis faible comme un
enfant; et puis vous, je ne sais pas à qui vous ne feriez
pas fausser un serment. Allons, sonnez donc, afin que je
sache si Fourgeot est chez lui... Non, ne sonnez pas,
Fourgeot vous mènera chez Merval.

— Pourquoi pas vous ?

— Moi! j'ai juré que cet abominable Merval ne tra-
vaillerait jamais ni pour moi ni pour mes amis. Il
faudra que vous répondiez pour monsieur, qui peut-
être, qui est sans doute un honnête homme; que je
réponde pour vous à Fourgeot, et que Fourgeot réponde
pour moi à Merval... »

Cependant la servante était entrée en disant : « C'est
chez M. Fourgeot ? »

Le Brun à sa servante : « Non, ce n'est chez personne... Monsieur le chevalier, je ne saurais absolument, je ne saurais. »

Le chevalier l'embrasse, le caresse : « Mon cher Le Brun! mon cher ami!... » Je m'approche, je joins mes instances à celles du chevalier : « Monsieur Le Brun! mon cher monsieur!... »

Le Brun se laisse persuader.

La servante qui souriait de cette momerie part, et dans un clin d'œil reparaît avec un petit homme boiteux, vêtu de noir, canne à la main, bègue, le visage sec et ridé, l'œil vif. Le chevalier se tourne de son côté et lui dit : « Allons, monsieur Mathieu de Fourgeot, nous n'avons pas un moment à perdre, conduisez-nous vite... »

Fourgeot, sans avoir l'air de l'écouter, déliait une petite bourse de chamois.

Le chevalier à Fourgeot : « Vous vous moquez, cela nous regarde... » Je m'approche, je tire un petit écu que je glisse au chevalier qui le donne à la servante en lui passant la main sous le menton. Cependant Le Brun disait à Fourgeot : « Je vous le défends; ne conduisez point là ces messieurs.

FOURGEOT. — Monsieur Le Brun, pourquoi donc ?

LE BRUN. — C'est un fripon, c'est un gueux.

FOURGEOT. — Je sais bien que M. de Merval... mais à tout péché miséricorde; et puis, je ne connais que lui qui ait de l'argent pour le moment.

LE BRUN. — Monsieur Fourgeot, faites comme il vous plaira; messieurs, je m'en lave les mains.

FOURGEOT, à Le Brun. — Monsieur Le Brun, est-ce que vous ne venez pas avec nous ?

LE BRUN. — Moi! Dieu m'en préserve. C'est un infâme que je ne reverrai de ma vie.

FOURGEOT. — Mais, sans vous, nous ne finirons rien.

LE CHEVALIER. — Il est vrai. Allons, mon cher Le Brun, il s'agit de me servir, il s'agit d'obliger un galant homme qui est dans la presse; vous ne me refuserez pas; vous viendrez.

LE BRUN. — Aller chez un Merval! moi! moi!

LE CHEVALIER. — Oui, vous, vous viendrez pour moi... »

A force de sollicitations Le Brun se laisse entraîner, et nous voilà, lui Le Brun, le chevalier, Mathieu de Fourgeot, en chemin, le chevalier frappant amicalement dans la main de Le Brun et me disant : « C'est le meilleur homme, l'homme du monde le plus officieux, la meilleure connaissance...

LE BRUN. — Je crois que M. le chevalier me ferait faire de la fausse monnaie. »

Nous voilà chez Merval.

JACQUES. — Mathieu de Fourgeot...

LE MAITRE. — Eh bien! qu'en veux-tu dire ?

JACQUES. — Mathieu de Fourgeot... Je veux dire que M. le chevalier de Saint-Ouin connaît ces gens-là par nom et surnom : et que c'est un gueux, d'intelligence avec toute cette canaille-là.

LE MAITRE. — Tu pourrais bien avoir raison... Il est impossible de connaître un homme plus doux, plus civil, plus honnête, plus poli, plus humain, plus compatissant, plus désintéressé que M. de Merval. Mon âge de majorité et ma solvabilité bien constatée, M. de Merval prit un air tout à fait affectueux et triste et nous dit avec le ton de la componction qu'il était au désespoir; qu'il avait été dans cette même matinée obligé de secourir un de ses amis pressé des besoins les plus urgents et qu'il était tout à fait à sec. Puis s'adressant à moi, il ajouta : « Monsieur, n'ayez point de regret de ne pas être venu plus tôt; j'aurais été affligé de vous refuser, mais je l'aurais fait : l'amitié passe avant tout... »

Nous voilà bien ébahis; voilà le chevalier, Le Brun même et Fourgeot aux genoux de Merval, et M. de Merval qui leur disait : « Messieurs, vous me connaissez tous; j'aime à obliger et tâche de ne pas gâter les services que je rends en les faisant solliciter : mais, foi d'homme d'honneur, il n'y a pas quatre louis dans la maison... »

Moi, je ressemblais, au milieu de ces gens-là, à un patient qui a entendu sa sentence. Je disais au chevalier : « Chevalier, allons-nous-en, puisque ces messieurs ne peuvent rien... » Et le chevalier me tirant à l'écart : « Tu n'y penses pas, c'est la veille de sa fête. Je l'ai prévenue, je t'en avertis; et elle s'attend à une galanterie de ta part. Tu la connais : ce n'est pas qu'elle soit intéressée; mais elle est comme les autres, qui n'aiment pas à être trompées dans leur attente. Elle s'en sera déjà vantée à son père, à sa mère, à ses tantes, à ses amies; et, après cela, n'avoir rien à leur montrer, cela est mortifiant... » Et puis le voilà revenu à Merval, et le pressant plus vivement encore. Merval, après s'être bien fait tirailler, dit : « J'ai la plus sotte âme du monde; je ne saurais voir les gens en peine. Je rêve; et il me vient une idée.

LE CHEVALIER. — Et quelle idée ?

MERVAL. — Pourquoi ne prendriez-vous pas des marchandises ?

LE CHEVALIER. — En avez-vous ?

MERVAL. — Non; mais je connais une femme qui vous en fournira; une brave femme, une honnête femme.

LE BRUN. — Oui, mais qui nous fournira des guenilles qu'elle nous vendra au poids de l'or, et dont nous ne retirerons rien.

Merval. — Point du tout, ce seront de très belles étoffes, des bijoux en or et en argent, des soieries de toute espèce, des perles, quelques pierreries; il y aura très peu de chose à perdre sur ces effets. C'est une bonne créature à se contenter de peu, pourvu qu'elle ait ses sûretés; ce sont des marchandises d'affaires qui lui reviennent à très bon prix. Au reste, voyez-les, la vue ne vous en coûtera rien... »

Je représentai à Merval et au chevalier, que mon état n'était pas de vendre; et que, quand cet arrangement ne me répugnerait pas, ma position ne me laisserait pas le temps d'en tirer parti. Les officieux Le Brun et Mathieu de Fourgeot dirent tous à la fois : « Qu'à cela ne tienne, nous vendrons pour vous; c'est l'embarras d'une demi-journée... » Et la séance fut remise à l'après-midi chez M. de Merval, qui, me frappant doucement sur l'épaule, me disait d'un ton onctueux et pénétré : « Monsieur, je suis charmé de vous obliger; mais croyez-moi, faites rarement de pareils emprunts; ils finissent toujours par ruiner. Ce serait un miracle, dans ce pays-ci, que vous eussiez encore à traiter une fois avec d'aussi honnêtes gens que MM. Le Brun et Mathieu de Fourgeot... »

Le Brun et Fourgeot de Mathieu, ou Mathieu de Fourgeot, le remercièrent en s'inclinant, et lui disant qu'il avait bien de la bonté, qu'ils avaient tâché jusqu'à présent de faire leur petit commerce en conscience, et qu'il n'y avait pas de quoi les louer.

Merval. — Vous vous trompez, messieurs, car qui est-ce qui a de la conscience à présent ? Demandez à M. le chevalier de Saint-Ouin, qui doit en savoir quelque chose... »

Nous voilà sortis de chez Merval, qui nous demande, du haut de son escalier, s'il peut compter sur nous et faire avertir sa marchande. Nous lui répondons que oui; et nous allons tous quatre dîner dans une auberge voisine, en attendant l'heure du rendez-vous.

Ce fut Mathieu de Fourgeot qui commanda le dîner, et qui le commanda bon. Au dessert, deux marmottes s'approchèrent de notre table avec leurs vielles; Le Brun les fit asseoir. On les fit boire, on les fit jaser, on les fit jouer. Tandis que mes trois convives s'amusaient à en chiffonner une, sa compagne, qui était à côté de moi, me dit tout bas : « Monsieur, vous êtes là en bien mauvaise compagnie : il n'y a pas un de ces gens-là qui n'ait son nom sur le livre rouge. »

Nous quittâmes l'auberge à l'heure indiquée, et nous nous rendîmes chez Merval. J'oubliais de te dire que ce dîner épuisa la bourse du chevalier et la mienne, et qu'en chemin Le Brun dit au chevalier, qui me le redit, que Mathieu de Fourgeot exigeait dix louis pour sa commission, que c'était le moins qu'on pût lui donner; que s'il était satisfait de nous, nous aurions les marchandises à meilleur prix, et que nous retrouverions aisément cette somme sur la vente.

Nous voilà chez Merval, où sa marchande nous avait précédés avec ses marchandises. Mlle Bridoie (c'est son nom) nous accabla de politesses et de révérences, et nous étala des étoffes, des toiles, des dentelles, des bagues, des diamants, des boîtes d'or. Nous prîmes de tout. Ce furent Le Brun, Mathieu de Fourgeot et le chevalier qui mirent le prix aux choses; et c'est Merval qui tenait la plume. Le total se monta à dix-neuf mille sept cent soixante et quinze livres, dont j'allais faire mon billet, lorsque Mlle Bridoie me dit, en faisant une révérence (car elle ne s'adressait jamais à personne sans le révérencier) : « Monsieur, votre dessein est de payer vos billets à leurs échéances ?

— Assurément, lui répondis-je.

— En ce cas, me répliqua-t-elle, il vous est indifférent de me faire des billets ou des lettres de change. »

Le mot de lettre de change me fit pâlir. Le chevalier s'en aperçut et dit à Mlle Bridoie : « Des lettres de change, mademoiselle! mais ces lettres de change courront, et l'on ne sait en quelles mains elles pourraient aller.

— Vous vous moquez, monsieur le chevalier; on sait
un peu les égards dus aux personnes de votre rang... »
Et puis une révérence... « On tient ces papiers-là dans
son portefeuille; on ne les produit qu'à temps. Tenez,
voyez... » Et puis une révérence... Elle tire son portefeuille de sa poche; elle lit une multitude de noms de
tout état et de toutes conditions. Le chevalier s'était
approché de moi, et me disait : « Des lettres de change!
cela est diablement sérieux! Vois ce que tu veux
faire. Cette femme me paraît honnête, et puis, avant
l'échéance, tu seras en fonds ou j'y serai.

JACQUES. — Et vous signâtes les lettres de change ?

LE MAITRE. — Il est vrai.

JACQUES. — C'est l'usage des pères, lorsque leurs
enfants partent pour la capitale, de leur faire un petit
sermon. Ne fréquentez point mauvaise compagnie; rendez-vous agréable à vos supérieurs, par de l'exactitude
à remplir vos devoirs; conservez votre religion; fuyez
les filles de mauvaise vie, les chevaliers d'industrie, et
surtout ne signez jamais de lettres de change.

LE MAITRE. — Que veux-tu, je fis comme les autres;
la première chose que j'oubliai, ce fut la leçon de mon
père. Me voilà pourvu de marchandises à vendre, mais
c'est de l'argent qu'il nous fallait. Il y avait quelques
paires de manchettes à dentelle, très belles : le chevalier
s'en saisit au prix coûtant, en me disant : « Voilà déjà
une partie de tes emplettes, sur laquelle tu ne perdras
rien. » Mathieu de Fourgeot prit une montre et deux
boîtes d'or, dont il allait sur-le-champ m'apporter la
valeur; Le Brun prit en dépôt le reste chez lui. Je mis
dans ma poche une superbe garniture avec les manchettes; c'était une des fleurs du bouquet que j'avais
à donner. Mathieu de Fourgeot revint en un clin d'œil
avec soixante louis : de ces soixante louis, il en retint
dix pour lui, et je reçus les cinquante autres. Il me dit
qu'il n'avait vendu ni la montre ni les deux boîtes, mais
qu'il les avait mises en gage.

JACQUES. — En gage ?

LE MAITRE. — Oui.

JACQUES. — Je sais où.

LE MAITRE. — Où ?

JACQUES. — Chez la demoiselle aux révérences, la Bridoie.

LE MAITRE. — Il est vrai. Avec la paire de manchettes et sa garniture, je pris encore une jolie bague, avec une boîte à mouches, doublée d'or. J'avais cinquante louis dans ma bourse ; et nous étions, le chevalier et moi, de la plus belle gaieté.

JACQUES. — Voilà qui est fort bien. Il n'y a dans tout ceci qu'une chose qui m'intrigue : c'est le désintéressement du sieur Le Brun ; est-ce que celui-là n'eut aucune part à la dépouille ?

LE MAITRE. — Allons donc, Jacques, vous vous moquez ; vous ne connaissez pas M. Le Brun. Je lui proposai de reconnaître ses bons offices ; il se fâcha, il me répondit que je le prenais apparemment pour un Mathieu de Fourgeot ; qu'il n'avait jamais tendu la main. « Voilà mon cher Le Brun, s'écria le chevalier, c'est toujours lui-même ; mais nous rougirions qu'il fût plus honnête que nous... » Et à l'instant il prit parmi nos marchandises deux douzaines de mouchoirs, une pièce de mousseline, qu'il lui fit accepter pour sa femme et pour sa fille. Le Brun se mit à considérer les mouchoirs, qui lui parurent si beaux, la mousseline qu'il trouva si fine, cela lui était offert de si bonne grâce, il avait une si prochaine occasion de prendre sa revanche avec nous par la vente des effets qui restaient entre ses mains, qu'il se laissa vaincre ; et nous voilà partis, et nous acheminant à toutes jambes de fiacre vers la demeure de celle que j'aimais, et à qui la garniture, les manchettes et la bague étaient destinées. Le présent réussit à merveille. On fut charmante. On essaya sur-le-champ la garniture et les manchettes ; la bague semblait avoir été faite pour le doigt. On soupa, et gaiement comme tu penses bien.

JACQUES. — Et vous couchâtes là.

LE MAITRE. — Non.

JACQUES. — Ce fut donc le chevalier ?

LE MAITRE. — Je le crois.

JACQUES. — Du train dont on vous menait, vos cinquante louis ne durèrent pas longtemps.

LE MAITRE. — Non. Au bout de huit jours nous nous rendîmes chez Le Brun pour voir ce que le reste de nos effets avait produit.

JACQUES. — Rien, ou peu de chose. Le Brun fut triste, il se déchaîna contre le Merval et la demoiselle aux révérences, les appela gueux, infâmes, fripons, jura derechef de n'avoir jamais rien à démêler avec eux, et vous remit sept à huit cents francs.

LE MAITRE. — A peu près ; huit cent soixante et dix livres.

JACQUES. — Ainsi, si je sais un peu calculer, huit cent soixante et dix livres de Le Brun, cinquante louis de Merval ou de Fourgeot, la garniture, les manchettes et la bague, allons, encore cinquante louis, et voilà ce qui vous est rentré de vos dix-neuf mille sept cent soixante et treize livres, en marchandises. Diable ! Cela est honnête. Merval avait raison, on n'a pas tous les jours à traiter avec d'aussi dignes gens.

LE MAITRE. — Tu oublies les manchettes prises au prix coûtant par le chevalier.

JACQUES. — C'est que le chevalier ne vous en a jamais parlé.

LE MAITRE. — J'en conviens. Et les deux boîtes d'or et la montre mises en gage par Mathieu, tu n'en dis rien.

JACQUES. — C'est que je ne sais qu'en dire.

LE MAITRE. — Cependant l'échéance des lettres de change arriva.

JACQUES. — Et vos fonds ni ceux du chevalier n'arrivèrent point.

LE MAITRE. — Je fus obligé de me cacher. On instruisit mes parents; un de mes oncles vint à Paris. Il présenta un mémoire à la police contre tous ces fripons. Ce mémoire fut renvoyé à un des commis; ce commis était un protecteur gagé de Merval. On répondit que, l'affaire étant en justice réglée, la police n'y pouvait rien. Le prêteur sur gages à qui Mathieu avait confié les deux boîtes fit assigner Mathieu. J'intervins dans ce procès. Les frais de justice furent si énormes, qu'après la vente de la montre et des boîtes, il s'en manquait encore cinq ou six cents francs qu'il n'y eût de quoi tout payer. »

Vous ne croirez pas cela, lecteur. Et si je vous disais qu'un limonadier, décédé il y a quelque temps dans mon voisinage, laissa deux pauvres orphelins en bas âge. Le commissaire se transporte chez le défunt; on appose un scellé. On lève ce scellé, on fait un inventaire, une vente; la vente produit huit à neuf cents francs. De ces neuf cents francs, les frais de justice prélevés, il reste deux sous pour chaque orphelin; on leur met à chacun ces deux sous dans la main, et on les conduit à l'hôpital.

LE MAITRE. — Cela fait horreur.

JACQUES. — Et cela dure.

LE MAITRE. — Mon père mourut dans ces entre-
faites. J'acquittai les lettres de change, et je sortis de
ma retraite, où, pour l'honneur du chevalier et de
mon amie, j'avouerai qu'ils me tinrent assez fidèle
compagnie.

JACQUES. — Et vous voilà tout aussi féru qu'auparavant du chevalier et de votre belle; votre belle vous
tenant la dragée plus haute que jamais.

LE MAITRE. — Et pourquoi cela, Jacques ?

JACQUES. — Pourquoi ? C'est que maître de votre
personne et possesseur d'une fortune honnête, il
fallait faire de vous un sot complet, un mari.

LE MAITRE. — Ma foi, je crois que c'était leur
projet; mais il ne leur réussit pas.

JACQUES. — Vous êtes bien heureux, ou ils ont été
bien maladroits.

LE MAITRE. — Mais il me semble que ta voix est
moins rauque, et que tu parles plus librement.

JACQUES. — Cela vous semble, mais cela n'est pas.

LE MAITRE. — Tu ne pourrais donc pas reprendre
l'histoire de tes amours ?

JACQUES. — Non.

LE MAITRE. — Et ton avis est que je continue
l'histoire des miennes ?

JACQUES. — C'est mon avis de faire une pause, et de
hausser la gourde.

LE MAITRE. — Comment! avec ton mal de gorge
tu as fait remplir ta gourde ?

JACQUES. — Oui; mais, de par tous les diables, c'est de tisane; aussi je n'ai point d'idées, je suis bête; et tant qu'il n'y aura dans la gourde que de la tisane, je serai bête.

LE MAITRE. — Que fais-tu ?

JACQUES. — Je verse la tisane à terre; je crains qu'elle ne nous porte malheur.

LE MAITRE. — Tu es fou.

JACQUES. — Sage ou fou, il n'en restera pas la valeur d'une larme dans la gourde.

Tandis que Jacques vide à terre sa gourde, son maître regarde à sa montre, ouvre sa tabatière, et se dispose à continuer l'histoire de ses amours. Et moi, lecteur, je suis tenté de lui fermer la bouche en lui montrant de loin ou un vieux militaire sur son cheval, le dos voûté, et s'acheminant à grands pas; ou une jeune paysanne en petit chapeau de paille, en cotillons rouges, faisant son chemin à pied ou sur un âne. Et pourquoi le vieux militaire ne serait-il pas ou le capitaine de Jacques ou le camarade de son capitaine ? — Mais il est mort. — Vous le croyez... ? Pourquoi la jeune paysanne ne serait-elle pas ou la dame Suzon, ou la dame Marguerite, ou l'hôtesse du *Grand-Cerf*, ou la mère Jeanne, ou même Denise, sa fille ? Un faiseur de romans n'y manquerait pas; mais je n'aime pas les romans, à moins que ce ne soient ceux de Richardson. Je fais l'histoire, cette histoire intéressera ou n'intéressera pas : c'est le moindre de mes soucis. Mon projet est d'être vrai, je l'ai rempli. Ainsi, je ne ferai point revenir frère Jean de Lisbonne; ce gros prieur qui vient à nous dans un cabriolet, à côté d'une jeune et jolie femme, ce ne sera point l'abbé Hudson. — Mais l'abbé Hudson est mort ? — Vous le croyez ? Avez-vous assisté à ses obsèques ? — Non. — Vous ne l'avez point vu mettre en terre ? — Non. — Il est donc mort

ou vivant, comme il me plaira. Il ne tiendrait qu'à moi
d'arrêter ce cabriolet, et d'en faire sortir avec le prieur
et sa compagne de voyage une suite d'événements en
conséquence desquels vous ne sauriez ni les amours de
Jacques, ni celles de son maître; mais je dédaigne toutes
ces ressources-là, je vois seulement qu'avec un peu
d'imagination et de style, rien n'est plus aisé que de
filer un roman. Demeurons dans le vrai, et en attendant que le mal de gorge de Jacques se passe, laissons
parler son maître.

LE MAITRE. — Un matin, le chevalier m'apparut
fort triste; c'était le lendemain d'un jour que nous
avions passé à la campagne, le chevalier, son amie ou
la mienne, ou peut-être de tous les deux, le père, la
mère, les tantes, les cousines et moi. Il me demanda si
je n'avais commis aucune indiscrétion qui eût éclairé
les parents sur ma passion. Il m'apprit que le père et la
mère, alarmés de mes assiduités, avaient fait des questions à leur fille; que si j'avais des vues honnêtes, rien
n'était plus simple que de les avouer; qu'on se ferait
honneur de me recevoir à ces conditions; mais que si
je ne m'expliquais pas nettement sous quinzaine, on me
prierait de cesser des visites qui se remarquaient, sur
lesquelles on tenait des propos, et qui faisaient tort à
leur fille en écartant d'elle des partis avantageux qui
pouvaient se présenter sans la crainte d'un refus.

JACQUES. — Eh bien! mon maître, Jacques a-t-il du
nez ?

LE MAITRE. — Le chevalier ajouta : « Dans une
quinzaine! le terme est assez court. Vous aimez, on vous
aime; dans quinze jours que ferez-vous ? » Je répondis
net au chevalier que je me retirerais.
« Vous vous retirerez! Vous n'aimez donc pas ?
— J'aime, et beaucoup; mais j'ai des parents, un
nom, un état, des prétentions, et je ne me résoudrai
jamais à enfouir tous ces avantages dans le magasin
d'une petite bourgeoise.
— Et leur déclarerai-je cela ?

— Si vous le voulez. Mais, chevalier, la subite et scrupuleuse délicatesse de ces gens-là m'étonne. Ils ont permis à leur fille d'accepter mes cadeaux; ils m'ont laissé vingt fois en tête à tête avec elle; elle court les bals, les assemblées, les spectacles, les promenades aux champs et à la ville, avec le premier qui a un bon équipage à lui offrir; ils dorment profondément tandis qu'on fait de la musique ou de la conversation chez elle; tu fréquentes dans la maison tant qu'il te plaît; et, entre nous, chevalier, quand tu es admis dans une maison, on peut y en admettre un autre. Leur fille est notée. Je ne croirai pas, je ne nierai pas tout ce qu'on en dit; mais tu conviendras que ces parents-là auraient pu s'aviser plus tôt d'être jaloux de l'honneur de leur enfant. Veux-tu que je te parle vrai? On m'a pris pour une espèce de benêt qu'on se promettait de mener par le nez aux pieds du curé de la paroisse. Ils se sont trompés. Je trouve Mlle Agathe charmante; j'en ai la tête tournée : et il y paraît, je crois, aux effroyables dépenses que j'ai faites pour elle. Je ne refuse pas de continuer, mais encore faut-il que ce soit avec la certitude de la trouver un peu moins sévère à l'avenir.

« Mon projet n'est pas de perdre éternellement à ses genoux un temps, une fortune et des soupirs que je pourrais employer plus utilement ailleurs. Tu diras ces derniers mots à Mlle Agathe, et tout ce qui les a précédés à ses parents... Il faut que notre liaison cesse, ou que je sois admis sur un nouveau pied, et que Mlle Agathe fasse de moi quelque chose de mieux que ce qu'elle en a fait jusqu'à présent. Lorsque vous m'introduisîtes chez elle, convenez, chevalier, que vous me fîtes espérer des facilités que je n'ai point trouvées. Chevalier, vous m'en avez un peu imposé. »

Le Chevalier. — Ma foi, je m'en suis un peu imposé le premier à moi-même. Qui diable aurait jamais imaginé qu'avec l'air leste, le ton libre et gai de cette jeune folle, ce serait un petit dragon de vertu ?

Jacques. — Comment, diable! Monsieur, cela est

bien fort. Vous avez donc été brave une fois dans votre
vie ?

LE MAITRE. — Il y a des jours comme cela. J'avais
sur le cœur l'aventure des usuriers, ma retraite à
Saint-Jean-de-Latran, devant la demoiselle Bridoie, et
plus que tout, les rigueurs de Mlle Agathe. J'étais un
peu las d'être lanterné.

JACQUES. — Et, d'après ce courageux discours,
adressé à votre cher ami le chevalier de Saint-Ouin, que
fîtes-vous ?

LE MAITRE. — Je tins parole, je cessai mes visites.

JACQUES. — *Bravo! Bravo! mio caro maestro!*

LE MAITRE. — Il se passa une quinzaine sans que
j'entendisse parler de rien, si ce n'était par le chevalier
qui m'instruisait fidèlement des effets de mon absence
dans la famille, et qui m'encourageait à tenir ferme. Il
me disait : « On commence à s'étonner, on se regarde,
on parle; on se questionne sur les sujets de mécontentement
qu'on a pu te donner. La petite fille joue la
dignité; elle dit avec une indifférence affectée à travers
laquelle on voit aisément qu'elle est piquée : « On ne
voit plus ce monsieur; c'est qu'apparemment il ne veut
plus qu'on le voie; à la bonne heure, c'est son affaire... »
Et puis elle fait une pirouette, elle se met à chantonner,
elle va à la fenêtre, elle revient, mais les yeux
rouges; tout le monde s'aperçoit qu'elle a pleuré.
   — Qu'elle a pleuré!
   — Ensuite elle s'assied; elle prend son ouvrage; elle
veut travailler, mais elle ne travaille pas. On cause, elle
se tait; on cherche à l'égayer, elle prend de l'humeur;
on lui propose un jeu, une promenade, un spectacle :
elle accepte; et lorsque tout est prêt, c'est une autre
chose qui lui plaît et qui lui déplaît le moment
d'après... Oh! ne voilà-t-il pas que tu te troubles! Je
ne te dirai plus rien.

— Mais, chevalier, vous croyez donc que, si je reparaissais...

— Je crois que tu serais un sot. Il faut tenir bon, il faut avoir du courage. Si tu reviens sans être rappelé, tu es perdu. Il faut apprendre à vivre à ce petit monde-là.

— Mais si l'on ne me rappelle pas ?

— On te rappellera.

— Si l'on tarde beaucoup à me rappeler ?

— On te rappellera bientôt. Peste! un homme comme toi ne se remplace pas aisément. Si tu reviens de toi-même, on te boudera, on te fera payer chèrement ton incartade, on t'imposera la loi qu'on voudra t'imposer; il faudra t'y soumettre; il faudra fléchir le genou. Veux-tu être le maître ou l'esclave, et l'esclave le plus malmené ? Choisis. A te parler vrai, ton procédé a été un peu leste; on n'en peut pas conclure un homme bien épris; mais ce qui est fait est fait; et s'il est possible d'en tirer bon parti, il n'y faut pas manquer.

— Elle a pleuré!

— Eh bien! elle a pleuré. Il vaut encore mieux qu'elle pleure que toi.

— Mais si l'on ne me rappelle pas ?

— On te rappellera, te dis-je. Lorsque j'arrive, je ne parle pas plus de toi que si tu n'existais pas. On me tourne, je me laisse tourner; enfin on me demande si je t'ai vu; je réponds indifféremment, tantôt oui, tantôt non; puis on parle d'autre chose; mais on ne tarde pas de revenir à ton éclipse. Le premier mot vient, ou du père, ou de la mère, ou de la tante, ou d'Agathe, et l'on dit : « Après tous les égards que nous avons eus pour lui! l'intérêt que nous avons tous pris à sa dernière affaire! les amitiés que ma nièce lui a faites! les politesses dont je l'ai comblé! tant de protestations d'attachement que nous en avons reçues! et puis fiez-vous aux hommes!... Après cela, ouvrez votre maison à ceux qui se présentent!... Croyez aux amis! »

— Et Agathe ?

— La consternation y est, c'est moi qui t'en assure.

— Et Agathe ?

— Agathe me tire à l'écart, et dit : « Chevalier,

concevez-vous quelque chose à votre ami ? Vous
m'avez assurée tant de fois que j'en étais aimée ; vous le
croyiez, sans doute, et pourquoi ne l'auriez-vous pas
cru ? Je le croyais bien, moi... » Et puis elle s'interrompt,
sa voix s'altère, ses yeux se mouillent... Eh bien ! ne
voilà-t-il pas que tu en fais autant ! Je ne te dirai plus
rien, cela est décidé. Je vois ce que tu désires, mais il
n'en sera rien, absolument rien. Puisque tu as fait la
sottise de te retirer sans rime ni raison, je ne veux pas
que tu la doubles en allant te jeter à leur tête. Il faut
tirer parti de cet incident pour avancer tes affaires avec
Mlle Agathe ; il faut qu'elle voie qu'elle ne te tient pas
si bien qu'elle ne puisse te perdre, à moins qu'elle ne
s'y prenne mieux pour te garder. Après ce que tu as
fait, en être encore à lui baiser la main ! Mais là, chevalier, la main sur la conscience, nous sommes amis ;
et tu peux, sans indiscrétion, t'expliquer avec moi ; vrai,
tu n'en as jamais rien obtenu ?

— Non.

— Tu mens, tu fais le délicat.

— Je le ferais peut-être, si j'en avais raison ; mais je
te jure que je n'ai pas le bonheur de mentir.

— Cela est inconcevable, car enfin tu n'es pas mala-
droit. Quoi ! on n'a pas eu le moindre petit moment
de faiblesse ?

— Non.

— C'est qu'il sera venu, que tu ne l'auras pas aperçu,
et que tu l'auras manqué. J'ai peur que tu n'aies été
un peu benêt ; les gens honnêtes, délicats et tendres
comme toi, y sont sujets.

— Mais vous, chevalier, lui dis-je, que faites-vous là ?

— Rien.

— Vous n'avez point eu de prétentions ?

— Pardonnez-moi, s'il vous plaît, elles ont même
duré assez longtemps ; mais tu es venu, tu as vu et tu
as vaincu. Je me suis aperçu qu'on te regardait beaucoup, et qu'on ne me regardait plus guère ; je me le
suis tenu pour dit. Nous sommes restés bons amis ; on
me confie ses petites pensées, on suit quelquefois mes
conseils ; et faute de mieux, j'ai accepté le rôle de subalterne auquel tu m'as réduit. »

JACQUES. — Monsieur, deux choses : l'une c'est que je n'ai jamais pu suivre mon histoire sans qu'un diable ou un autre m'interrompît, et que la vôtre va tout de suite. Voilà le train de la vie; l'un court à travers les ronces sans se piquer; l'autre a beau regarder où il met le pied, il trouve des ronces dans le plus beau chemin, et arrive au gîte écorché tout vif.

LE MAITRE. — Est-ce que tu as oublié ton refrain; et le grand rouleau, et l'écriture d'en haut ?

JACQUES. — L'autre chose, c'est que je persiste dans l'idée que votre chevalier de Saint-Ouin est un grand fripon; et qu'après avoir partagé votre argent avec les usuriers Le Brun, Merval, Mathieu de Fourgeot ou Fourgeot de Mathieu, la Bridoie, il cherche à vous embâter de sa maîtresse, en tout bien et tout honneur s'entend, par-devant notaire et curé, afin de partager encore avec vous votre femme... Ahi! la gorge !...

LE MAITRE. — Sais-tu ce que tu fais là ? une chose très commune et très impertinente.

JACQUES. — J'en suis bien capable.

LE MAITRE. — Tu te plains d'avoir été interrompu, et tu interromps.

JACQUES. — C'est l'effet du mauvais exemple que vous m'avez donné. Une mère veut être galante, et veut que sa fille soit sage; un père veut être dissipateur, et veut que son fils soit économe; un maître veut...

LE MAITRE. — Interrompre son valet, l'interrompre tant qu'il lui plaît, et n'en pas être interrompu.

Lecteur, est-ce que vous ne craignez pas de voir se renouveler ici la scène de l'auberge où l'un criait : « Tu descendras »; l'autre : « Je ne descendrai pas » ? A quoi tient-il que je ne vous fasse entendre : « J'interromprai; tu n'interrompras pas » ? Il est certain que, pour peu que j'agace Jacques ou son maître, voilà la querelle engagée; et si je l'engage une fois, qui sait comment elle finira ? Mais la vérité est que Jacques répondit modestement à son maître : « Monsieur, je ne vous interromps pas; mais je cause avec vous, comme vous m'en avez donné la permission.

LE MAITRE. — Passe; mais ce n'est pas tout.

JACQUES. — Quelle autre incongruité puis-je avoir commise ?

LE MAITRE. — Tu vas anticipant sur le raconteur, et tu lui ôtes le plaisir qu'il s'est promis de ta surprise; en sorte qu'ayant, par une ostentation de sagacité très déplacée, deviné ce qu'il avait à te dire, il ne lui reste plus qu'à se taire, et je me tais.

JACQUES. — Ah! mon maître!

LE MAITRE. — Que maudits soient les gens d'esprit!

JACQUES. — D'accord; mais vous n'aurez pas la cruauté...

LE MAITRE. — Conviens du moins que tu le mériterais.

JACQUES. — D'accord; mais avec tout cela vous regarderez à votre montre l'heure qu'il est, vous prendrez votre prise de tabac, votre humeur cessera, et vous continuerez votre histoire.

LE MAITRE. — Ce drôle-là fait de moi tout ce qu'il veut... »

Quelques jours après cet entretien avec le chevalier, il reparut chez moi; il avait l'air triomphant. « Eh bien! l'ami, me dit-il, une autre fois croirez-vous à mes almanachs ? Je vous l'avais bien dit, nous sommes les plus forts, et voici une lettre de la petite; oui, une lettre, une lettre d'elle... »

Cette lettre était fort douce; des reproches, des plaintes et cætera; et me voilà réinstallé dans la maison.

Lecteur, vous suspendez ici votre lecture; qu'est-ce qu'il y a? Ah! je crois vous comprendre, vous voudriez voir cette lettre. Mme Riccoboni n'aurait pas manqué de vous la montrer. Et celle que Mme de La Pommeraye dicta aux deux dévotes, je suis sûr que vous l'avez regrettée. Quoiqu'elle fût autrement difficile à faire que celle d'Agathe, et que je ne présume pas infiniment de mon talent, je crois que je m'en serais tiré, mais elle n'aurait pas été originale; ç'aurait été comme ces sublimes harangues de Tite-Live, dans son *Histoire de Rome*, ou du cardinal Bentivoglio dans ses *Guerres de Flandre*. On les lit avec plaisir, mais elles détruisent l'illusion. Un historien, qui suppose à ses personnages des discours qu'ils n'ont pas tenus, peut aussi leur supposer des actions qu'ils n'ont pas faites. Je vous supplie donc de vouloir bien vous passer de ces deux lettres, et de continuer votre lecture.

LE MAITRE. — On me demanda raison de mon éclipse, je dis ce que je voulus; on se contenta de ce que je dis, et tout reprit son train accoutumé.

JACQUES. — C'est-à-dire que vous continuâtes vos dépenses, et que vos affaires amoureuses n'en avançaient pas davantage.

LE MAITRE. — Le chevalier m'en demandait des nouvelles, et avait l'air de s'en impatienter.

JACQUES. — Et il s'en impatientait peut-être réellement.

LE MAITRE. — Et pourquoi cela?

JACQUES. — Pourquoi? Parce qu'il...

Le Maitre. — Achève donc.

Jacques. — Je m'en garderai bien; il faut laisser au conteur.

Le Maitre. — Mes leçons te profitent, je m'en réjouis... Un jour le chevalier me proposa une promenade en tête à tête. Nous allâmes passer la journée à la campagne. Nous partîmes de bonne heure. Nous dînâmes à l'auberge; nous y soupâmes; le vin était excellent, nous en bûmes beaucoup, causant de gouvernement, de religion et de galanterie. Jamais le chevalier ne m'avait marqué tant de confiance, tant d'amitié; il m'avait raconté toutes les aventures de sa vie, avec la plus incroyable franchise, ne me celant ni le bien ni le mal. Il buvait, il m'embrassait, il pleurait de tendresse; je buvais, je l'embrassais, je pleurais à mon tour. Il n'y avait dans toute sa conduite passée qu'une seule action qu'il se reprochât; il en porterait le remords jusqu'au tombeau.

« Chevalier, confessez-vous-en à votre ami, cela vous soulagera. Eh bien! de quoi s'agit-il? de quelque peccadille dont votre délicatesse vous exagère la valeur?

— Non, non, s'écriait le chevalier en penchant sa tête sur ses deux mains, et se couvrant le visage de honte; c'est une noirceur, une noirceur impardonnable. Le croirez-vous? Moi, le chevalier de Saint-Ouin, a une fois trompé, oui, trompé son ami!

— Et comment cela s'est-il fait?

— Hélas! nous fréquentions l'un et l'autre dans la même maison, comme vous et moi. Il y avait une jeune fille comme Mlle Agathe; il en était amoureux, et moi j'en étais aimé; il se ruinait en dépenses pour elle, et c'est moi qui jouissais de ses faveurs. Je n'ai jamais eu le courage de lui en faire l'aveu; mais si nous nous retrouvons ensemble, je lui dirai tout. Cet effroyable secret que je porte au fond de mon cœur l'accable, c'est un fardeau dont il faut absolument que je me délivre.

— Chevalier, vous ferez bien.

— Vous me le conseillez?

— Assurément, je vous le conseille.

— Et comment croyez-vous que mon ami prenne la chose ?

— S'il est votre ami, s'il est juste, il trouvera votre excuse en lui-même; il sera touché de votre franchise et de votre repentir; il jettera ses bras autour de votre cou; il fera ce que je ferais à sa place.

— Vous le croyez ?

— Je le crois.

— Et c'est ainsi que vous en useriez ?

— Je n'en doute pas... »

A l'instant le chevalier se lève, s'avance vers moi, les larmes aux yeux, les deux bras ouverts, et me dit : « Mon ami, embrassez-moi donc.

— Quoi! chevalier, lui dis-je, c'est vous ? c'est moi ? c'est cette coquine d'Agathe ?

— Oui, mon ami; je vous rends encore votre parole, vous êtes le maître d'en agir avec moi comme il vous plaira. Si vous pensez, comme moi, que mon offense soit sans excuse, ne m'excusez point; levez-vous, quittez-moi, ne me revoyez jamais qu'avec mépris, et abandonnez-moi à ma douleur et à ma honte. Ah! mon ami, si vous saviez tout l'empire que la petite scélérate avait pris sur mon cœur! Je suis né honnête; jugez combien j'ai dû souffrir du rôle indigne auquel je me suis abaissé. Combien de fois j'ai détourné mes yeux de dessus elle, pour les attacher sur vous, en gémissant de sa trahison et de la mienne. Il est inouï que vous ne vous en soyez jamais aperçu... »

Cependant j'étais immobile comme un Terme pétrifié; à peine entendais-je le discours du chevalier. Je m'écriai : « Ah! l'indigne! Ah! chevalier! vous, vous, mon ami!

— Oui, je l'étais, et je le suis encore, puisque je dispose, pour vous tirer des liens de cette créature, d'un secret qui est plus le sien que le mien. Ce qui me désespère, c'est que vous n'en ayez rien obtenu qui vous dédommage de tout ce que vous avez fait pour elle. »

*(Ici Jacques se met à rire et à siffler.)*

Mais c'est *La Vérité dans le vin*, de Collé... Lecteur, vous ne savez ce que vous dites; à force de vouloir montrer de l'esprit, vous n'êtes qu'une bête. C'est si peu

la vérité dans le vin, que tout au contraire, c'est la
fausseté dans le vin. Je vous ai dit une grossièreté, j'en
suis fâché, et je vous en demande pardon.

LE MAITRE. — Ma colère tomba peu à peu. J'em-
brassai le chevalier; il se remit sur sa chaise, les coudes
appuyés sur la table, les poings fermés sur les yeux; il
n'osait me regarder.

JACQUES. — Il était si affligé! et vous eûtes la bonté
de le consoler ?... *(Et Jacques de siffler encore.)*

LE MAITRE. — Le parti qui me parut le meilleur, ce
fut de tourner la chose en plaisanterie. A chaque propos gai, le chevalier confondu me disait : « Il n'y a
point d'homme comme vous; vous êtes unique; vous
valez cent fois mieux que moi. Je doute que j'eusse eu
la générosité ou la force de vous pardonner une pareille
injure, et vous en plaisantez; cela est sans exemple.
Mon ami, que ferai-je jamais qui puisse réparer ?... Ah!
non, non, cela ne se répare pas. Jamais, jamais je n'ou-
blierai ni mon crime ni votre indulgence; ce sont deux
traits profondément gravés là. Je me rappellerai l'un
pour me détester, l'autre pour vous admirer, pour
redoubler d'attachement pour vous.
— Allons, chevalier, vous n'y pensez pas, vous vous
surfaites votre action et la mienne. Buvons à votre
santé. Chevalier, à la mienne donc, puisque vous ne
voulez pas que ce soit à la vôtre... » Le chevalier peu
à peu reprit courage. Il me raconta tous les détails de
sa trahison, s'accablant lui-même des épithètes les plus
dures; il mit en pièces, et la fille, et la mère, et le père,
et les tantes, et toute la famille qu'il me montra comme
un ramas de canailles indignes de moi, mais bien
dignes de lui; ce sont ses propres mots.

JACQUES. — Et voilà pourquoi je conseille aux femmes
de ne jamais coucher avec des gens qui s'enivrent. Je
ne méprise guère moins votre chevalier pour son indiscrétion en amour que pour sa perfidie en amitié. Que
diable! il n'avait qu'à... être un honnête homme, et

vous parler d'abord... Mais tenez, monsieur, je persiste,
c'est un gueux, c'est un fieffé gueux. Je ne sais plus
comment cela finira; j'ai peur qu'il ne vous trompe
encore en vous détrompant. Tirez-moi, tirez-vous bien
vite vous-même de cette auberge et de la compagnie de
cet homme-là....

Ici Jacques reprit sa gourde, oubliant qu'il n'y avait
ni tisane ni vin. Son maître se mit à rire. Jacques
toussa un demi-quart d'heure de suite. Son maître tira
sa montre et sa tabatière, et continua son histoire que
j'interromprai, si cela vous convient; ne fût-ce que pour
faire enrager Jacques, en lui prouvant qu'il n'était
pas écrit là-haut, comme il le croyait, qu'il serait
toujours interrompu et que son maître ne le serait
jamais.

Le MAITRE, *au chevalier*. — Après ce que vous m'en
dites là, j'espère que vous ne les reverrez plus.

— Moi, les revoir!... Mais ce qui me désespère c'est
de s'en aller sans se venger. On aura trahi, joué, bafoué,
dépouillé un galant homme; on aura abusé de la passion et de la faiblesse d'un autre galant homme, car
j'ose encore me regarder comme tel, pour l'engager
dans une suite d'horreurs; on aura exposé deux amis à
se haïr et peut-être à s'entr'égorger, car enfin, mon cher,
convenez que, si vous eussiez découvert mon indigne
menée, vous êtes brave, vous en eussiez peut-être conçu
un tel ressentiment...

— Non, cela n'aurait pas été jusque-là. Et pourquoi
donc? et pour qui? pour une faute que personne ne
saurait se répondre de ne pas commettre? Est-ce ma
femme? Et quand elle le serait? Est-ce ma fille? Non,
c'est une petite gueuse; et vous croyez que pour une
petite gueuse... Allons, mon ami, laissons cela et buvons.
Agathe est jeune, vive, blanche, grasse, potelée; ce
sont les chairs les plus fermes, n'est-ce pas? et la
peau la plus douce? La jouissance en doit être déli-
cieuse, et j'imagine que vous étiez assez heureux entre
ses bras pour ne guère penser à vos amis.

— Il est certain que si les charmes de la personne et

le plaisir pouvaient atténuer la faute, personne sous le
ciel ne serait moins coupable que moi.

— Ah çà, chevalier, je reviens sur mes pas ; je retire
mon indulgence, et je veux mettre une condition à
l'oubli de votre trahison.

— Parlez, mon ami, ordonnez, dites ; faut-il me
jeter par la fenêtre, me pendre, me noyer, m'enfoncer
ce couteau dans la poitrine ?...

Et à l'instant le chevalier saisit un couteau qui était
sur la table, détache son col, écarte sa chemise, et, les
yeux égarés, se place la pointe du couteau de la main
droite à la fossette de la clavicule gauche, et semble
n'attendre que mon ordre pour s'expédier à l'an-
tique.

« Il ne s'agit pas de cela, chevalier, laissez là ce mauvais couteau.

— Je ne le quitte pas, c'est ce que je mérite ; faites
signe.

— Laissez là ce mauvais couteau, vous dis-je, je ne
mets pas votre expiation à si haut prix... » Cependant
la pointe du couteau était toujours suspendue sur la
fossette de la clavicule gauche ; je lui saisis la main, je
lui arrachai son couteau que je jetai loin de moi, puis
approchant la bouteille de son verre, et versant plein,
je lui dis : « Buvons d'abord ; et vous saurez ensuite à
quelle terrible condition j'attache votre pardon. Agathe
est donc bien succulente, bien voluptueuse ?

— Ah ! mon ami, que ne le savez-vous comme
moi !

— Mais attends, il faut qu'on nous apporte une
bouteille de champagne, et puis tu me feras l'histoire
d'une de tes nuits. Traître charmant, ton absolution
est à la fin de cette histoire. Allons, commence : est-ce
que tu ne m'entends pas ?

— Je vous entends.

— Ma sentence te paraît-elle trop dure ?

— Non.

— Tu rêves ?

— Je rêve !

— Que t'ai-je demandé ?

— Le récit d'une de mes nuits avec Agathe.

— C'est cela. »

Cependant le chevalier me mesurait de la tête aux pieds, et se disait à lui-même : « C'est la même taille, à peu près le même âge ; et quand il y aurait quelque différence, point de lumière, l'imagination prévenue que c'est moi, elle ne soupçonnera rien...

— Mais, chevalier, à quoi penses-tu donc ? ton verre reste plein, et tu ne commences pas !

— Je pense, mon ami, j'y ai pensé, tout est dit : embrassez-moi, nous serons vengés, oui, nous le serons. C'est une scélératesse de ma part ; si elle est indigne de moi, elle ne l'est pas de la petite coquine. Vous me demandez l'histoire d'une de mes nuits ?

— Oui : est-ce trop exiger ?

— Non ; mais si, au lieu de l'histoire, je vous procurais la nuit ?

— Cela vaudrait un peu mieux. » *(Jacques se met à siffler.)*

Aussitôt le chevalier tire deux clefs de sa poche, l'une petite et l'autre grande. « La petite, me dit-il, est le passe-partout de la rue, la grande est celle de l'antichambre d'Agathe ; les voilà, elles sont toutes deux à votre service. Voici ma marche de tous les jours, depuis environ six mois ; vous y conformerez la vôtre. Ses fenêtres sont sur le devant, comme vous le savez. Je me promène dans la rue tant que je les vois éclairées. Un pot de basilic mis en dehors est le signal convenu ; alors je m'approche de la porte d'entrée ; je l'ouvre, j'entre, je la referme, je monte le plus doucement que je peux, je tourne par le petit corridor qui est à droite ; la première porte à gauche dans ce corridor est la sienne, comme vous savez. J'ouvre cette porte avec cette grande clef, je passe dans la petite garde-robe qui est à droite, là je trouve une petite bougie de nuit, à la lueur de laquelle je me déshabille à mon aise. Agathe laisse la porte de sa chambre entrouverte ; je passe, et je vais la trouver dans son lit. Comprenez-vous cela ?

— Fort bien !

— Comme nous sommes entourés, nous nous taisons.

— Et puis je crois que vous avez mieux à faire que
de jaser.

— En cas d'accident, je puis sauter de son lit et me
renfermer dans la garde-robe, cela n'est pourtant
jamais arrivé. Notre usage ordinaire est de nous séparer
sur les quatre heures du matin. Lorsque le plaisir ou le
repos nous mène plus loin, nous sortons du lit ensemble ;
elle descend, moi je reste dans la garde-robe, je m'habille, je lis, je me repose, j'attends qu'il soit heure de
paraître. Je descends, je salue, j'embrasse comme si
je ne faisais que d'arriver.

— Cette nuit-ci, vous attend-on ?

— On m'attend toutes les nuits.

— Et vous me céderiez votre place ?

— De tout mon cœur. Que vous préfériez la nuit
au récit, je n'en suis pas en peine ; mais ce que je dési-
rerais, c'est que...

— Achevez ; il y a peu de chose que je ne me sente
le courage d'entreprendre pour vous obliger.

— C'est que vous restassiez entre ses bras jusqu'au
jour ; j'arriverais, je vous surprendrais.

— Oh ! non, chevalier, cela serait trop méchant.

— Trop méchant ? Je ne le suis pas tant que vous
pensez. Auparavant je me déshabillerais dans la garde-
robe.

— Allons, chevalier, vous avez le diable au corps.
Et puis cela ne se peut : si vous me donnez les clefs, vous
ne les aurez plus.

— Ah ! mon ami, que tu es bête !

— Mais, pas trop, ce me semble.

— Et pourquoi n'entrerions-nous pas tous les deux
ensemble ? Vous iriez trouver Agathe ; moi je resterais
dans la garde-robe jusqu'à ce que vous fissiez un signal
dont nous conviendrions.

— Ma foi, cela est si plaisant, si fou, que peu s'en
faut que je n'y consente. Mais, chevalier, tout bien
considéré, j'aimerais mieux réserver cette facétie pour
quelqu'une des nuits suivantes.

— Ah ! j'entends, votre projet est de nous venger
plus d'une fois.

— Si vous l'agréez ?

— Tout à fait. »

JACQUES. — Votre chevalier bouleverse toutes mes idées. J'imaginais...

LE MAITRE. — Tu imaginais ?

JACQUES. — Non, monsieur, vous pouvez continuer.

LE MAITRE. — Nous bûmes, nous dîmes cent folies, et sur la nuit qui s'approchait, et sur les suivantes, et sur celle où Agathe se trouverait entre le chevalier et moi. Le chevalier était redevenu d'une gaieté charmante, et le texte de notre conversation n'était pas triste. Il me prescrivait des préceptes de conduite nocturne qui n'étaient pas tous également faciles à suivre; mais après une longue suite de nuits bien employées, je pouvais soutenir l'honneur du chevalier à ma première, quelque merveilleux qu'il se prétendît, et ce furent des détails qui ne finissaient point sur les talents, perfections, commodités d'Agathe. Le chevalier ajoutait avec un art incroyable l'ivresse de la passion à celle du vin. Le moment de l'aventure ou de la vengeance nous paraissait arriver lentement; cependant nous sortîmes de table. Le chevalier paya; c'est la première fois que cela lui arrivait. Nous montâmes dans notre voiture; nous étions ivres; notre cocher et nos valets l'étaient encore plus que nous.

Lecteur, qui m'empêcherait de jeter ici le cocher, les chevaux, la voiture, les maîtres et les valets dans une fondrière ? Si la fondrière vous fait peur, qui m'empêcherait de les amener sains et saufs dans la ville où j'accrocherais leur voiture à une autre, dans laquelle je renfermerais d'autres jeunes gens ivres ? Il y aurait des mots offensants de dits, une querelle, des épées tirées, une bagarre dans toutes les règles. Qui m'empêcherait, si vous n'aimez pas les bagarres, de substituer à ces jeunes gens Mlle Agathe, avec une de ses tantes ? Mais il n'y eut rien de tout cela. Le chevalier et le maître de Jacques arrivèrent à Paris. Celui-ci prit les vêtements du chevalier. Il est minuit, ils sont sous les fenêtres d'Agathe; la lumière s'éteint; le pot de basilic est à sa place. Ils font encore un tour d'un bout à l'autre de la rue, le chevalier recordant à son ami sa leçon. Ils approchent de la porte, le chevalier l'ouvre, introduit le maître de Jacques, garde le passe-partout de la rue, lui donne la clef du corridor, referme la porte d'entrée, s'éloigne, et après ce petit détail fait avec laconisme le maître de Jacques reprit la parole et dit :

« Le local m'était connu. Je monte sur la pointe des pieds, j'ouvre la porte du corridor, je la referme, j'entre dans la garde-robe, où je trouvai la petite lampe de nuit; je me déshabille; la porte de la chambre était entrouverte, je passe; je vais à l'alcôve, où Agathe ne dormait pas. J'ouvre les rideaux; et à l'instant je sens deux bras nus se jeter autour de moi et m'attirer; je me laisse aller, je me couche, je suis accablé de caresses, je les rends. Me voilà le mortel le plus heureux qu'il y ait au monde; je le suis encore lorsque... »

Lorsque le maître de Jacques s'aperçut que Jacques dormait ou faisait semblant de dormir : « Tu dors, lui dit-il, tu dors, maroufle, au moment le plus intéressant de mon histoire!... » et c'est à ce moment même que Jacques attendait son maître. « Te réveilleras-tu ?

— Je ne le crois pas.

— Et pourquoi ?

— C'est que si je me réveille, mon mal de gorge pourra bien se réveiller aussi, et que je pense qu'il vaut mieux que nous reposions tous deux... »

Et voilà Jacques qui laisse tomber sa tête en devant.

« Tu vas te rompre le cou.

— Sûrement, si cela est écrit là-haut. N'êtes-vous pas entre les bras de Mlle Agathe ?

— Oui.

— Ne vous y trouvez-vous pas bien ?

— Fort bien.

— Restez-y.

— Que j'y reste, cela te plaît à dire.

— Du moins jusqu'à ce que je sache l'histoire de l'emplâtre de Desglands.

LE MAITRE. — Tu te venges, traître.

JACQUES. — Et quand cela serait, mon maître, après avoir coupé l'histoire de mes amours par mille questions, par autant de fantaisies, sans le moindre murmure de ma part, ne pourrais-je pas vous supplier d'interrompre la vôtre, pour m'apprendre l'histoire de l'emplâtre de ce bon Desglands, à qui j'ai tant d'obligations, qui m'a tiré de chez le chirurgien au moment où, manquant d'argent, je ne savais plus que devenir, et chez qui j'ai fait connaissance avec Denise, Denise sans laquelle je ne vous aurais pas dit un mot de tout ce voyage ? Mon maître, mon cher maître, l'histoire de l'emplâtre de Desglands ; vous serez si court qu'il vous plaira, et cependant l'assoupissement qui me tient, et dont je ne suis pas maître, se dissipera et vous pourrez compter sur toute mon attention.

LE MAITRE, *dit en haussant les épaules.* — Il y avait dans le voisinage de Desglands une veuve charmante, qui avait plusieurs qualités communes avec une célèbre courtisane du siècle passé. Sage par raison, libertine par tempérament, se désolant le lendemain de la sottise de la veille, elle a passé toute sa vie en allant du plaisir au remords et du remords au plaisir sans que l'habitude du plaisir ait étouffé le remords, sans que l'habitude du remords ait étouffé le goût du plaisir. Je l'ai connue dans ses derniers instants ; elle disait qu'enfin elle échappait à deux grands ennemis. Son mari, indulgent pour le seul défaut qu'il eût à lui reprocher, la plaignit pendant qu'elle vécut, et la regretta longtemps après sa mort. Il prétendait qu'il eût été aussi ridicule à lui d'empêcher sa femme d'aimer, que de l'empêcher de boire. Il lui pardonnait la multitude de ses conquêtes en faveur du choix délicat qu'elle y mettait. Elle n'accepta jamais l'hommage d'un sot ou d'un méchant : ses faveurs furent toujours la récompense du talent ou de la probité. Dire d'un homme qu'il était ou qu'il avait

été son amant, c'était assurer qu'il était homme de
mérite. Comme elle connaissait sa légèreté, elle ne s'en-
gageait point à être fidèle. « Je n'ai fait, disait-elle,
qu'un faux serment en ma vie, c'est le premier. » Soit
qu'on perdît le sentiment qu'on avait pris pour elle,
soit qu'elle perdît celui qu'on lui avait inspiré, on
restait son ami. Jamais il n'y eut d'exemple plus frappant de la différence de la probité et des mœurs. On
ne pouvait pas dire qu'elle eût des mœurs; et l'on
avouait qu'il était difficile de trouver une plus honnête
créature. Son curé la voyait rarement au pied des
autels; mais en tout temps il trouvait sa bourse
ouverte pour les pauvres. Elle disait plaisamment de la
religion et des lois, que c'était une paire de béquilles
qu'il ne fallait pas ôter à ceux qui avaient les jambes
faibles. Les femmes qui redoutaient son commerce pour
leurs maris le désiraient pour leurs enfants.

JACQUES, *après avoir dit entre ses dents : « Tu me le
paieras ce maudit portrait », ajouta*. — Vous avez été
fou de cette femme-là ?

LE MAITRE. — Je le serais certainement devenu, si
Desglands ne m'eût gagné de vitesse. Desglands en
devint amoureux...

JACQUES. — Monsieur, est-ce que l'histoire de son
emplâtre et celle de ses amours sont tellement liées
l'une à l'autre qu'on ne saurait les séparer ?

LE MAITRE. — On peut les séparer; l'emplâtre est un
incident, l'histoire est le récit de tout ce qui s'est passé
pendant qu'ils s'aimaient.

JACQUES. — Et s'est-il passé beaucoup de choses?

LE MAITRE. — Beaucoup.

JACQUES. — En ce cas, si vous donnez à chacune la
même étendue qu'au portrait de l'héroïne, nous n'en

sortirons pas d'ici à la Pentecôte, et c'est fait de vos
amours et des miennes.

LE MAITRE. — Aussi, Jacques, pourquoi m'avez-
vous dérouté ?... N'as-tu pas vu chez Desglands un
petit enfant ?

JACQUES. — Méchant, têtu, insolent et valétudinaire ?
Oui, je l'ai vu.

LE MAITRE. — C'est un fils naturel de Desglands et
de la belle veuve.

JACQUES. — Cet enfant-là lui donnera bien du chagrin. C'est un enfant unique, bonne raison pour n'être
qu'un vaurien ; il sait qu'il sera riche, autre bonne
raison pour n'être qu'un vaurien.

LE MAITRE. — Et comme il est valétudinaire, on ne
lui apprend rien ; on ne le gêne, on ne le contredit sur
rien, troisième bonne raison pour n'être qu'un vaurien.

JACQUES. — Une nuit le petit fou se mit à pousser des
cris inhumains. Voilà toute la maison en alarmes ; on
accourt. Il veut que son papa se lève.
« Votre papa dort.
— N'importe, je veux qu'il se lève, je le veux, je le
veux... »
— Il est malade.
— N'importe, il faut qu'il se lève, je le veux, je le
veux... »
On réveille Desglands ; il jette sa robe de chambre
sur ses épaules, il arrive.
« Eh bien ! mon petit, me voilà, que veux-tu ?
— Je veux qu'on les fasse venir.
— Qui ?
— Tous ceux qui sont dans le château. »
On les fait venir : maîtres, valets, étrangers, com-
mensaux ; Jeanne, Denise, moi avec mon genou malade,
tous, excepté une vieille concierge impotente, à laquelle

on avait accordé une retraite dans une chaumière à près d'un quart de lieue du château. Il veut qu'on l'aille chercher.

« Mais, mon enfant, il est minuit.

— Je le veux, je le veux.

— Vous savez qu'elle demeure bien loin.

— Je le veux, je le veux.

— Qu'elle est âgée et qu'elle ne saurait marcher.

— Je le veux, je le veux. »

Il faut que la pauvre concierge vienne; on l'apporte, car pour venir elle aurait plutôt mangé le chemin. Quand nous sommes tous rassemblés, il veut qu'on le lève et qu'on l'habille. Le voilà levé et habillé. Il veut que nous passions tous dans le grand salon et qu'on le place au milieu dans le grand fauteuil de son papa. Voilà qui est fait. Il veut que nous nous prenions tous par la main. Il veut que nous dansions tous en rond, et nous nous mettons tous à danser en rond. Mais c'est le reste qui est incroyable...

Le Maitre. — J'espère que tu me feras grâce du reste ?

Jacques. — Non, non, monsieur, vous entendrez le reste... Il croit qu'il m'aura fait impunément un portrait de la mère, long de quatre aunes...

Le Maitre. — Jacques, je vous gâte.

Jacques. — Tant pis pour vous.

Le Maitre. — Vous avez sur le cœur le long et ennuyeux portrait de la veuve; mais vous m'avez, je crois, bien rendu cet ennui par la longue et ennuyeuse histoire de la fantaisie de son enfant.

Jacques. — Si c'est votre avis, reprenez l'histoire du père; mais plus de portraits, mon maître; je hais les portraits à la mort.

LE MAITRE. — Et pourquoi haïssez-vous les portraits ?

JACQUES. — C'est qu'ils ressemblent si peu, que, si
par hasard on vient à rencontrer les originaux, on ne
les reconnaît pas. Racontez-moi les faits, rendez-moi
fidèlement les propos, et je saurai bientôt à quel homme
j'ai affaire. Un mot, un geste m'en ont quelquefois plus
appris que le bavardage de toute une ville.

LE MAITRE. — Un jour Desglands...

JACQUES. — Quand vous êtes absent, j'entre quelquefois dans votre bibliothèque, je prends un livre, et
c'est ordinairement un livre d'histoire.

LE MAITRE. — Un jour Desglands...

JACQUES. — Je lis du pouce tous les portraits.

LE MAITRE. — Un jour Desglands...

JACQUES. — Pardon, mon maître, la machine était
montée, et il fallait qu'elle allât jusqu'à la fin.

LE MAITRE. — Y est-elle ?

JACQUES. — Elle y est.

LE MAITRE. — Un jour Desglands invita à dîner la
belle veuve avec quelques gentilshommes d'alentour.
Le règne de Desglands était sur son déclin; et parmi ses
convives y en avait un vers lequel son inconstance
commençait à la pencher. Ils étaient à table, Desglands
et son rival placés à côté l'un de l'autre et en face de
la belle veuve. Desglands employait tout ce qu'il avait
d'esprit pour animer la conversation; il adressait à la
veuve les propos les plus galants; mais elle, distraite,
n'entendait rien, et tenait les yeux attachés sur son
rival. Desglands avait un œuf frais à la main; un mou-

vement convulsif, occasionné par la jalousie, le saisit,
il serre les poings, et voilà l'œuf chassé de sa coque et
répandu sur le visage de son voisin. Celui-ci fit un
geste de la main. Desglands lui prend le poignet, l'arrête, et lui dit à l'oreille : « Monsieur, je le tiens pour
reçu... » Il se fait un profond silence; la belle veuve se
trouve mal. Le repas fut triste et court. Au sortir de
table, elle fit appeler Desglands et son rival dans un
appartement séparé; tout ce qu'une femme peut faire
décemment pour les réconcilier, elle le fit; elle supplia,
elle pleura, elle s'évanouit, mais tout de bon; elle serrait les mains à Desglands, elle tournait ses yeux inon-
dés de larmes sur l'autre. Elle disait à celui-ci : « Et
vous m'aimez!... » à celui-là : « Et vous m'avez aimée... »
à tous les deux : « Et vous voulez me perdre, et vous
voulez me rendre la fable, l'objet de la haine et du
mépris de toute la province! Quel que soit celui des
deux qui ôte la vie à son ennemi, je ne le reverrai
jamais; il ne peut être ni mon ami ni mon amant; je
lui voue une haine qui ne finira qu'avec ma vie... »
Puis elle retombait en défaillance, et en défaillant elle
disait : « Cruels, tirez vos épées et enfoncez-les dans
mon sein; si en expirant je vous vois embrassés, j'expi-
rerai sans regret!... » Desglands et son rival restaient
immobiles ou la secouraient, et quelques pleurs s'échappaient de leurs yeux. Cependant il fallut se séparer. On
remit la belle veuve chez elle plus morte que vive.

JACQUES. — Eh bien! monsieur, qu'avais-je besoin du
portrait que vous m'avez fait de cette femme ? Ne sau-
rais-je pas à présent tout ce que vous en avez dit ?

LE MAITRE. — Le lendemain Desglands rendit visite
à sa charmante infidèle; il y trouva son rival. Qui fut
bien étonné ? Ce fut l'un et l'autre de voir à Desglands
la joue droite couverte d'un grand rond de taffetas noir.
« Qu'est-ce que cela ? lui dit la veuve,

DESGLANDS. — Ce n'est rien.

SON RIVAL. — Un peu de fluxion ?

DESGLANDS. — Cela se passera. »

Après un moment de conversation, Desglands sortit, et, en sortant, il fit à son rival un signe qui fut très bien entendu. Celui-ci descendit, ils passèrent, l'un par un des côtés de la rue, l'autre par le côté opposé; ils se rencontrèrent derrière les jardins de la belle veuve, se battirent; et le rival de Desglands demeura étendu sur la place, grièvement, mais non mortellement blessé. Tandis qu'on l'emporte chez lui, Desglands revient chez sa veuve, il s'assied, ils s'entretiennent encore de l'accident de la veille. Elle lui demande ce que signifie cette énorme et ridicule mouche qui lui couvre la joue. Il se lève, il se regarde au miroir. « En effet, lui dit-il, je la trouve un peu trop grande... » Il prend les ciseaux de la dame, il détache son rond de taffetas, le rétrécit tout autour d'une ligne ou deux, le replace et dit à la veuve : « Comment me trouvez-vous à présent ?

— Mais d'une ligne ou deux moins ridicule qu'auparavant.

— C'est toujours quelque chose. »

Le rival de Desglands guérit. Second duel où la victoire resta à Desglands : ainsi cinq ou six fois de suite; et Desglands à chaque combat rétrécissant son rond de taffetas d'une petite lisière, et remettant le reste sur sa joue.

JACQUES. — Quelle fut la fin de cette aventure ? Quand on me porta au château de Desglands, il me semble qu'il n'avait plus son rond noir.

LE MAITRE. — Non. La fin de cette aventure fut celle de la belle veuve. Le long chagrin qu'elle en éprouva acheva de ruiner sa santé faible et chancelante.

JACQUES. — Et Desglands ?

LE MAITRE. — Un jour que nous nous promenions ensemble, il reçoit un billet, il l'ouvre, il dit : « C'était un très brave homme, mais je ne saurais m'affliger de sa mort... » Et à l'instant il arrache de sa joue le reste de son rond noir, presque réduit par ses fréquentes rognures à la grandeur d'une mouche ordinaire. Voilà l'histoire de Desglands. Jacques est-il satisfait; et puis-je espérer qu'il écoutera l'histoire de mes amours, ou qu'il reprendra l'histoire des siennes ?

JACQUES. — Ni l'un, ni l'autre.

LE MAITRE. — Et la raison ?

JACQUES. — C'est qu'il fait chaud, que je suis las, que cet endroit est charmant, que nous serons à l'ombre sous ces arbres, et qu'en prenant le frais au bord de ce ruisseau nous nous reposerons.

LE MAITRE. — J'y consens; mais ton rhume ?

JACQUES. — Il est de chaleur; et les médecins disent que les contraires se guérissent par les contraires.

LE MAITRE. — Ce qui est vrai au moral comme au physique. J'ai remarqué une chose assez singulière; c'est qu'il n'y a guère de maximes de morale dont on ne fît un aphorisme de médecine, et réciproquement peu d'aphorismes de médecine dont on ne fît une maxime de morale.

JACQUES. — Cela doit être.

Ils descendent de cheval, ils s'étendent sur l'herbe. Jacques dit à son maître : « Veillez-vous? dormez-vous? Si vous veillez, je dors; si vous dormez, je veille. »

Son maître lui dit : « Dors, dors.

— Je puis donc compter que vous veillerez ? C'est que cette fois-ci nous y pourrions perdre deux chevaux. »

Le maître tira sa montre et sa tabatière; Jacques se mit en devoir de dormir; mais à chaque instant il se réveillait en sursaut, et frappait en l'air ses deux mains l'une contre l'autre. Son maître lui dit : « A qui diable en as-tu ?

JACQUES. — J'en ai aux mouches et aux cousins. Je voudrais bien qu'on me dît à quoi servent ces incommodes bêtes-là ?

LE MAITRE. — Et parce que tu l'ignores, tu crois qu'elles ne servent à rien ? La nature n'a rien fait d'inutile et de superflu.

JACQUES. — Je le crois ; car puisqu'une chose est, il faut qu'elle soit.

LE MAITRE. — Quand tu as ou trop de sang ou du mauvais sang, que fais-tu ? Tu appelles un chirurgien, qui t'en ôte deux ou trois palettes. Eh bien ! ces cousins, dont tu te plains, sont une nuée de petits chirurgiens ailés qui viennent avec leurs petites lancettes te piquer et te tirer du sang goutte à goutte.

JACQUES. — Oui, mais à tort et à travers, sans savoir si j'en ai trop ou trop peu. Faites venir ici un étique, et vous verrez si les petits chirurgiens ailés ne le piqueront pas. Ils songent à eux ; et tout dans la nature songe à soi et ne songe qu'à soi. Que cela fasse du mal aux autres, qu'importe, pourvu qu'on s'en trouve bien ?...

Ensuite, il refrappait en l'air de ses deux mains, et il disait : « Au diable les petits chirurgiens ailés !

LE MAITRE. — Connais-tu la fable de Garo ?

JACQUES. — Oui.

LE MAITRE. — Comment la trouves-tu ?

JACQUES. — Mauvaise.

LE MAITRE. — C'est bientôt dit.

JACQUES. — Et bientôt prouvé. Si au lieu de glands, le chêne avait porté des citrouilles, est-ce que cette bête de Garo se serait endormi sous un chêne ? Et s'il ne s'était pas endormi sous un chêne, qu'importait au salut de son nez qu'il en tombât des citrouilles ou des glands ? Faites lire cela à vos enfants.

LE MAITRE. — Un philosophe de ton nom ne le veut pas.

JACQUES. — C'est que chacun a son avis, et que Jean-Jacques n'est pas Jacques.

LE MAITRE. — Et tant pis pour Jacques.

JACQUES. — Qui sait cela avant que d'être arrivé au dernier mot de la dernière ligne de la page qu'on remplit dans le grand rouleau ?

LE MAITRE. — A quoi penses-tu ?

JACQUES. — Je pense que, tandis que vous me parliez et que je vous répondais, vous me parliez sans le vouloir, et que je vous répondais sans le vouloir.

LE MAITRE. — Après ?

JACQUES. — Après ? Et que nous étions deux vraies machines vivantes et pensantes.

LE MAITRE. — Mais à présent que veux-tu ?

JACQUES. — Ma foi, c'est encore tout de même. Il n'y a dans les deux machines qu'un ressort de plus en jeu.

LE MAITRE. — Et ce ressort-là... ?

JACQUES. — Je veux que le diable m'emporte si je conçois qu'il puisse jouer sans cause. Mon capitaine disait : « Posez une cause, un effet s'ensuit ; d'une cause faible, un faible effet ; d'une cause momentanée, un effet d'un moment; d'une cause intermittente, un effet intermittent; d'une cause contrariée, un effet ralenti; d'une cause cessante, un effet nul. »

LE MAITRE. — Mais il me semble que je sens au-dedans de moi-même que je suis libre, comme je sens que je pense.

JACQUES. — Mon capitaine disait : « Oui, à présent que vous ne voulez rien, mais veuillez vous précipiter de votre cheval ? »

LE MAITRE. — Eh bien! je me précipiterai.

JACQUES. — Gaiement, sans répugnance, sans effort, comme lorsqu'il vous plaît d'en descendre à la porte d'une auberge ?

LE MAITRE. — Pas tout à fait; mais qu'importe, pourvu que je me précipite, et que je prouve que je suis libre ?

JACQUES. — Mon capitaine disait : « Quoi! vous ne voyez pas que sans ma contradiction il ne vous serait jamais venu en fantaisie de vous rompre le cou ? C'est donc moi qui vous prends par le pied, et qui vous jette hors de selle. Si votre chute prouve quelque chose, ce n'est donc pas que vous soyez libre, mais que vous êtes fou. » Mon capitaine disait encore que la jouissance d'une liberté qui pourrait s'exercer sans motif serait le vrai caractère d'un maniaque.

LE MAITRE. — Cela est trop fort pour moi; mais, en dépit de ton capitaine et de toi, je croirai que je veux quand je veux.

JACQUES. — Mais si vous êtes et si vous avez toujours été le maître de vouloir, que ne voulez-vous à présent aimer une guenon; et que n'avez-vous cessé d'aimer Agathe toutes les fois que vous l'avez voulu ? Mon maître, on passe les trois quarts de sa vie à vouloir, sans faire.

Le Maître. — Il est vrai.

Jacques. — Et à faire sans vouloir.

Le Maître. — Tu me démontreras celui-ci ?

Jacques. — Si vous y consentez.

Le Maître. — J'y consens.

Jacques. — Cela se fera, et parlons d'autre chose... »

Après ces balivernes et quelques autres propos de la même importance, ils se turent; et Jacques, relevant son énorme chapeau, parapluie dans les mauvais temps, parasol dans les temps chauds, couvre-chef en tout temps, le ténébreux sanctuaire sous lequel une des meilleures cervelles qui aient encore existé consultait le destin dans les grandes occasions...; les ailes de ce chapeau relevées lui plaçaient le visage à peu près au milieu du corps; rabattues, à peine voyait-il à dix pas devant lui : ce qui lui avait donné l'habitude de porter le nez au vent; et c'est alors qu'on pouvait dire de son chapeau :

> *Os illi sublime dedit, cœlumque tueri*
> *Jussit, et erectos ad sidera tollere vultus.*

Jacques, donc, relevant son énorme chapeau et promenant ses regards au loin, aperçut un laboureur qui rouait inutilement de coups un des deux chevaux qu'il avait attelés à sa charrue. Ce cheval, jeune et vigoureux, s'était couché sur le sillon, et le laboureur avait beau le secouer par la bride, le prier, le caresser, le menacer, jurer, frapper, l'animal restait immobile et refusait opiniâtrement de se relever.

Jacques, après avoir rêvé quelque temps à cette scène,

dit à son maître, dont elle avait aussi fixé l'attention :
« Savez-vous, monsieur, ce qui se passe là ?

LE MAITRE. — Et que veux-tu qui se passe autre
chose que ce que je vois ?

JACQUES. — Vous ne devinez rien ?

LE MAITRE. — Non. Et toi, que devines-tu ?

JACQUES. — Je devine que ce sot, orgueilleux, fai-
néant animal est un habitant de la ville, qui, fier de son
premier état de cheval de selle, méprise la charrue; et
pour vous dire tout, en un mot, que c'est votre cheval,
le symbole de Jacques que voilà, et de tant d'autres
lâches coquins comme lui, qui ont quitté les campagnes
pour venir porter la livrée dans la capitale, et qui
aimeraient mieux mendier leur pain dans les rues, ou
mourir de faim, que de retourner à l'agriculture, le
plus utile et le plus honorable des métiers. »

Le maître se mit à rire; et Jacques, s'adressant au
laboureur qui ne l'entendait pas, disait : « Pauvre
diable, touche, touche tant que tu voudras : il a pris
son pli, et tu useras plus d'une mèche à ton fouet,
avant que d'inspirer à ce maraud-là un peu de véritable dignité et quelque goût pour le travail... » Le
maître continuait de rire. Jacques, moitié d'impatience,
moitié de pitié, se lève, s'avance vers le laboureur, et
n'a pas fait deux cents pas que, se retournant vers
son maître, il se met à crier : « Monsieur, arrivez, arrivez; c'est votre cheval, c'est votre cheval. »
Ce l'était en effet. A peine l'animal eut-il reconnu
Jacques et son maître, qu'il se releva de lui-même,
secoua sa crinière, hennit, se cabra, et approcha tendrement son museau du mufle de son camarade. Cependant Jacques, indigné, disait entre ses dents : « Gredin,
vaurien, paresseux, à quoi tient-il que je ne te donne
vingt coups de botte ?... » Son maître, au contraire, le
baisait, lui passait une main sur le flanc, lui frappait
doucement la croupe de l'autre et, pleurant presque

de joie, s'écriait : « Mon cheval, mon pauvre cheval, je te retrouve donc ! »

Le laboureur n'entendait rien à cela. « Je vois, messieurs, leur dit-il, que ce cheval vous a appartenu ; mais je ne l'en possède pas moins légitimement ; je l'ai acheté à la dernière foire. Si vous vouliez le reprendre pour les deux tiers de ce qu'il m'a coûté, vous me rendriez un grand service, car je n'en puis rien faire. Lorsqu'il faut le sortir de l'écurie, c'est le diable ; lorsqu'il faut l'atteler, c'est pis encore ; lorsqu'il est arrivé sur le champ, il se couche, et il se laisserait plutôt assommer que de donner un coup de collier ou que de souffrir un sac sur son dos. Messieurs, auriez-vous la charité de me débarrasser de ce maudit animal-là ? Il est beau, mais il n'est bon à rien qu'à piaffer sous un cavalier, et ce n'est pas là mon affaire... » On lui proposa un échange avec celui des deux autres qui lui conviendrait le mieux ; il y consentit, et nos deux voyageurs revinrent au petit pas à l'endroit où ils s'étaient reposés, et d'où ils virent, avec satisfaction, le cheval qu'ils avaient cédé au laboureur se prêter sans répugnance à son nouvel état.

JACQUES. — Eh bien ! monsieur ?

LE MAITRE. — Eh bien ! rien n'est plus sûr que tu es inspiré ; est-ce de Dieu, est-ce du diable ? Je l'ignore. Jacques, mon cher ami, je crains que vous n'ayez le diable au corps.

JACQUES. — Et pourquoi le diable ?

LE MAITRE. — C'est que vous faites des prodiges, et que votre doctrine est fort suspecte.

JACQUES. — Et qu'est-ce qu'il y a de commun entre la doctrine que l'on professe et les prodiges qu'on opère ?

LE MAITRE. — Je vois que vous n'avez pas lu dom la Taste.

JACQUES. — Et ce dom la Taste que je n'ai pas lu, que dit-il ?

LE MAITRE. — Il dit que Dieu et le diable font également des miracles.

JACQUES. — Et comment distingue-t-il les miracles de Dieu des miracles du diable ?

LE MAITRE. — Par la doctrine. Si la doctrine est bonne, les miracles sont de Dieu ; si elle est mauvaise, les miracles sont du diable.

JACQUES. *Ici Jacques se mit à siffler, puis il ajouta.* — Et qui est-ce qui m'apprendra à moi, pauvre ignorant, si la doctrine du faiseur de miracles est bonne ou mauvaise ? Allons, monsieur, remontons sur nos bêtes. Que vous importe que ce soit de par Dieu ou de par Belzébuth que votre cheval se soit retrouvé ? En ira-t-il moins bien ?

LE MAITRE. — Non. Cependant, Jacques, si vous étiez possédé...

JACQUES. — Quel remède y aurait-il à cela ?

LE MAITRE. — Le remède ! ce serait, en attendant l'exorcisme... ce serait de vous mettre à l'eau bénite pour toute boisson.

JACQUES. — Moi, monsieur, à l'eau ! Jacques à l'eau bénite ! J'aimerais mieux que mille légions de diables me restassent dans le corps, que d'en boire une goutte, bénite ou non bénite. Est-ce que vous ne vous êtes pas aperçu que j'étais hydrophobe ?... »

Ah ! *hydrophobe ?* Jacques a dit *hydrophobe ?...* Non, lecteur, non ; je confesse que le mot n'est pas de lui. Mais avec cette sévérité de critique-là, je vous défie de lire une scène de comédie ou de tragédie, un seul dialogue, quelque bien qu'il soit fait, sans surprendre le

mot de l'auteur dans la bouche de son personnage.
Jacques a dit : « Monsieur, est-ce que vous ne vous
êtes pas encore aperçu qu'à la vue de l'eau, la rage
me prend ?... » Eh bien ? en disant autrement que lui,
j'ai été moins vrai, mais plus court.

Ils remontèrent sur leurs chevaux; et Jacques dit à
son maître : « Vous en étiez de vos amours au moment
où, après avoir été heureux deux fois, vous vous dis-
posiez peut-être à l'être une troisième.

LE MAITRE. — Lorsque tout à coup la porte de corridor s'ouvre. Voilà la chambre pleine d'une foule de
gens qui marchent tumultueusement; j'aperçois des
lumières, j'entends des voix d'hommes et de femmes qui
parlaient tous à la fois. Les rideaux sont violemment
tirés; et j'aperçois le père, la mère, les tantes, les cousins, les cousines et un commissaire qui leur disait gravement : « Messieurs, mesdames, point de bruit; le
délit est flagrant; monsieur est un galant homme : il
n'y a qu'un moyen de réparer le mal; et monsieur
aimera mieux s'y prêter de lui-même que de s'y faire
contraindre par les lois... »
A chaque mot il était interrompu par le père et par
la mère qui m'accablaient de reproches; par les tantes
et par les cousines qui adressaient les épithètes les
moins ménagées à Agathe, qui s'était enveloppé la tête
dans les couvertures. J'étais stupéfait, et je ne savais
que dire. Le commissaire, s'adressant à moi, me dit ironiquement : « Monsieur, vous êtes fort bien; il faut
cependant que vous ayez pour agréable de vous lever
et de vous vêtir... » Ce que je fis, mais avec mes habits
qu'on avait substitués à ceux du chevalier. On approcha
une table; le commissaire se mit à verbaliser. Cependant la mère se faisait tenir à quatre pour ne pas
assommer sa fille, et le père lui disait : « Doucement,
ma femme, doucement; quand vous aurez assommé
votre fille, il n'en sera ni plus ni moins. Tout s'arran-
gera pour le mieux... » Les autres personnages étaient
dispersés sur des chaises, dans les différentes attitudes
de la douleur, de l'indignation et de la colère. Le père,
gourmandant sa femme par intervalles, lui disait :

« Voilà ce que c'est que de ne pas veiller à la conduite de sa fille... » La mère lui répondait : « Avec cet air si bon et si honnête, qui l'aurait cru de monsieur ?... » Les autres gardaient le silence. Le procès-verbal dressé, on m'en fit lecture; et comme il ne contenait que la vérité, je le signai et je descendis avec le commissaire, qui me pria très obligeamment de monter dans une voiture qui était à la porte, d'où l'on me conduisit avec un assez nombreux cortège droit au For-l'Evêque.

JACQUES. — Au For-l'Evêque! en prison!

LE MAITRE. — En prison; et puis voilà un procès abominable. Il ne s'agissait rien moins que d'épouser Mlle Agathe; les parents ne voulaient entendre à aucun accommodement. Dès le matin, le chevalier m'apparut dans ma retraite. Il savait tout. Agathe était désolée; ses parents étaient engagés; il avait essuyé les plus cruels reproches sur la perfide connaissance qu'il leur avait donnée; c'était lui qui était la première cause de leur malheur et du déshonneur de leur fille; ces pauvres gens faisaient pitié. Il avait demandé à parler à Agathe en particulier; il ne l'avait pas obtenu sans peine. Agathe avait pensé lui arracher les yeux, elle l'avait appelé des noms les plus odieux. Il s'y attendait; il avait laissé tomber ses fureurs; après quoi il avait tâché de l'amener à quelque chose de raisonnable; mais cette fille disait une chose à laquelle, ajoutait le chevalier, je ne sais point de réplique : « Mon père et ma mère m'ont surprise avec votre ami; faut-il leur apprendre que, en couchant avec lui, je croyais coucher avec vous ?... » Il lui répondait : « Mais en bonne foi, croyez-vous que mon ami puisse vous épouser ?... — Non, disait-elle, c'est vous, indigne, c'est vous, infâme, qui devriez être condamné. »

« Mais, dis-je au chevalier, il ne tiendrait qu'à vous de me tirer d'affaire.

— Comment cela ?

— Comment ? en déclarant la chose comme elle est.

— J'en ai menacé Agathe; mais, certes, je n'en ferai

rien. Il est incertain que ce moyen nous servît utilement ; il est très certain qu'il nous couvrirait d'infamie.
Aussi c'est votre faute.

— Ma faute ?

— Oui, votre faute. Si vous eussiez approuvé l'espiè-
glerie que je vous proposais, Agathe aurait été surprise entre deux hommes, et tout ceci aurait fini par
une dérision. Mais cela n'est point, et il s'agit de se
tirer de ce mauvais pas.

— Mais, chevalier, pourriez-vous m'expliquer un
petit incident ? C'est mon habit repris et le vôtre remis
dans la garde-robe ; ma foi, j'ai beau y rêver, c'est un
mystère qui me confond. Cela m'a rendu Agathe un
peu suspecte ; il m'est venu dans la tête qu'elle avait
reconnu la supercherie, et qu'il y avait entre elle et ses
parents je ne sais quelle connivence.

— Peut-être vous aura-t-on vu monter ; ce qu'il y a
de certain, c'est que vous fûtes à peine déshabillé,
qu'on me renvoya mon habit et qu'on me redemanda
le vôtre.

— Cela s'éclaircira avec le temps... »

Comme nous étions en train, le chevalier et moi, de
nous affliger, de nous consoler, de nous accuser, de
nous injurier et de nous demander pardon, le commissaire entra ; le chevalier pâlit et sortit brusquement. Ce
commissaire était un homme de bien, comme il en est
quelques-uns, qui, relisant chez lui son procès-verbal,
se rappela qu'autrefois il avait fait ses études avec un
jeune homme qui portait mon nom ; il lui vint en
pensée que je pourrais bien être le parent ou même le
fils de son ancien camarade de collège : et le fait était
vrai. Sa première question fut de me demander qui
était l'homme qui s'était évadé quand il était entré.

« Il ne s'est point évadé, lui dis-je, il est sorti ; c'est
mon intime ami, le chevalier de Saint-Ouin.

— Votre ami ! Vous avez là un plaisant ami ! Savez-
vous, monsieur, que c'est lui qui m'est venu avertir ? Il
était accompagné du père et d'un autre parent.

— Lui !

— Lui-même.

— Etes-vous bien sûr de votre fait ?

— Très sûr ; mais comment l'avez-vous nommé ?

— Le chevalier de Saint-Ouin.

— Oh ! le chevalier de Saint-Ouin, nous y voilà. Et savez-vous ce que c'est que votre ami, votre intime ami le chevalier de Saint-Ouin ? Un escroc, un homme noté par cent mauvais tours. La police ne laisse la liberté du pavé à cette espèce d'hommes-là, qu'à cause des services qu'elle en tire quelquefois. Ils sont fripons et délateurs des fripons ; et on les trouve apparemment plus utiles par le mal qu'ils préviennent ou qu'ils révèlent, que nuisibles par celui qu'ils font... »

Je racontai au commissaire ma triste aventure, telle qu'elle s'était passée. Il ne la vit pas d'un œil beaucoup plus favorable ; car tout ce qui pouvait m'absoudre ne pouvait ni s'alléguer ni se démontrer au tribunal des lois. Cependant il se chargea d'appeler le père et la mère, de serrer les pouces à la fille, d'éclairer le magistrat, et de ne rien négliger de ce qui servirait à ma justification ; me prévenant toutefois que, si ces gens étaient bien conseillés, l'autorité y pourrait très peu de chose.

« Quoi ! monsieur le commissaire, je serais forcé d'épouser ?

— Epouser ! cela serait bien dur, aussi ne l'appréhendé-je pas ; mais il y aura des dédommagements, et dans ce cas ils sont considérables... » Mais, Jacques, je crois que tu as quelque chose à me dire.

JACQUES. — Oui ; je voulais vous dire que vous fûtes en effet plus malheureux que moi, qui payai et qui ne couchai pas. Au demeurant, j'aurais, je crois, entendu votre histoire tout courant, si Agathe avait été grosse.

LE MAITRE. — Ne te départs pas encore de ta conjecture ; c'est que le commissaire m'apprit, quelque temps après ma détention, qu'elle était venue faire chez lui sa déclaration de grossesse.

JACQUES. — Et vous voilà père d'un enfant...

LE MAITRE. — Auquel je n'ai pas nui.

JACQUES. — Mais que vous n'avez pas fait.

LE MAITRE. — Ni la protection du magistrat, ni
toutes les démarches du commissaire ne purent empêcher cette affaire de suivre le cours de la justice ; mais
comme la fille et ses parents étaient mal famés, je
n'épousai pas entre les deux guichets. On me condamna
à une amende considérable, aux frais de gésine, et à
pourvoir à la subsistance et à l'éducation d'un enfant
provenu des faits et gestes de mon ami le chevalier de
Saint-Ouin, dont il était le portrait en miniature. Ce
fut un gros garçon, dont Mlle Agathe accoucha très
heureusement entre le septième et le huitième mois, et
auquel on donna une bonne nourrice, dont j'ai payé les
mois jusqu'à ce jour.

JACQUES. — Quel âge peut avoir monsieur votre
fils ?

LE MAITRE. — Il aura bientôt dix ans. Je l'ai laissé
tout ce temps à la campagne, où le maître d'école lui a
appris à lire, à écrire et à compter. Ce n'est pas loin de
l'endroit où nous allons ; et je profite de la circonstance
pour payer à ces gens ce qui leur est dû, le retirer, et le
mettre en métier.


Jacques et son maître couchèrent encore une fois en
route. Ils étaient trop voisins du terme de leur voyage.
pour que Jacques reprît l'histoire de ses amours ; d'ailleurs il s'en manquait beaucoup que son mal de gorge
fût passé. Le lendemain ils arrivèrent... — Où ? —
D'honneur je n'en sais rien. — Et qu'avaient-ils à faire
où ils allaient ? — Tout ce qu'il vous plaira. Est-ce que
le maître de Jacques disait ses affaires à tout le monde ?
Quoi qu'il en soit, elles n'exigeaient pas au-delà d'une
quinzaine de séjour. Se terminèrent-elles bien, se terminèrent-elles mal ? C'est ce que j'ignore encore. Le
mal de gorge de Jacques se dissipa, par deux remèdes
qui lui étaient antipathiques, la diète et le repos.
Un matin, le maître dit à son valet : « Jacques, bride

et selle les chevaux et remplis ta gourde; il faut aller
où tu sais. » Ce qui fut aussitôt fait que dit. Les voilà
s'acheminant vers l'endroit où l'on nourrissait depuis
dix ans, aux dépens du maître de Jacques, l'enfant du
chevalier de Saint-Ouin. A quelque distance du gîte
qu'ils venaient de quitter, le maître s'adressa à Jacques
dans les mots suivants : « Jacques, que dis-tu de mes
amours ?

JACQUES. — Qu'il y a d'étranges choses écrites là-
haut. Voilà un enfant de fait, Dieu sait comment! Qui
sait le rôle que ce petit bâtard jouera dans le monde ?
Qui sait s'il n'est pas né pour le bonheur ou le boule-
versement d'un empire ?

LE MAITRE. — Je te réponds que non. J'en ferai un
bon tourneur ou un bon horloger. Il se mariera; il
aura des enfants qui tourneront à perpétuité des bâtons
de chaise dans ce monde.

JACQUES. — Oui, si cela est écrit là-haut. Mais pourquoi ne sortirait-il pas un Cromwell de la boutique
d'un tourneur ? Celui qui fit couper la tête à son roi,
n'était-il pas sorti de la boutique d'un brasseur, et ne
dit-on pas aujourd'hui ?...

LE MAITRE. — Laissons cela. Tu te portes bien, tu
sais mes amours; en conscience tu ne peux te dispenser
de reprendre l'histoire des tiennes.

JACQUES. — Tout s'y oppose. Premièrement, le peu
de chemin qui nous reste à faire; secondement, l'oubli
de l'endroit où j'en étais; troisièmement, un diable de
pressentiment que j'ai là... que cette histoire ne doit
pas finir; que ce récit nous portera malheur, et que je
ne l'aurais pas sitôt repris qu'il sera interrompu par
une catastrophe heureuse ou malheureuse.

LE MAITRE. — Si elle est heureuse, tant mieux!

JACQUES. — D'accord; mais j'ai là... qu'elle sera malheureuse.

LE MAITRE. — Malheureuse! soit; mais que tu parles ou que tu te taises, arrivera-t-elle moins ?

JACQUES. — Qui sait cela ?

LE MAITRE. — Tu es né trop tard de deux ou trois siècles.

JACQUES. — Non, monsieur, je suis né à temps comme tout le monde.

LE MAITRE. — Tu aurais été un grand augure.

JACQUES. — Je ne sais pas bien précisément ce que c'est qu'un augure, ni ne me soucie de le savoir.

LE MAITRE. — C'est un des chapitres importants de ton traité de la divination.

JACQUES. — Il est vrai; mais il y a si longtemps qu'il est écrit, que je ne m'en rappelle pas un mot. Monsieur, tenez, voilà qui en sait plus que tous les augures, oies fatidiques et poulets sacrés de la république; c'est la gourde. Interrogeons la gourde. »

Jacques prit sa gourde, et la consulta longuement. Son maître tira sa montre et sa tabatière, vit l'heure qu'il était, prit sa prise de tabac, et Jacques dit : « Il me semble à présent que je vois le destin moins noir. Dites-moi où j'en étais.

LE MAITRE. — Au château de Desglands, ton genou un peu remis, et Denise chargée par sa mère de te soigner.

JACQUES. — Denise fut obéissante. La blessure de mon genou était presque refermée; j'avais même pu danser en rond la nuit de l'enfant; cependant j'y souffrais par intervalles des douleurs inouïes. Il vint en tête au chirurgien du château qui en savait un peu plus long que son confrère, que ces souffrances, dont le retour était si opiniâtre, ne pouvaient avoir pour cause que le séjour d'un corps étranger qui était resté dans les chairs, après l'extraction de la balle. En conséquence il arriva dans ma chambre de grand matin; il fit approcher une table de mon lit; et lorsque mes rideaux furent ouverts, je vis cette table couverte d'instruments tranchants; Denise assise à mon chevet, et pleurant à chaudes larmes; sa mère debout, les bras croisés, et assez triste; le chirurgien dépouillé de sa casaque, les manches de sa veste retroussées, et sa main droite armée d'un bistouri.

LE MAITRE. — Tu m'effraies.

JACQUES. — Je le fus aussi. « L'ami, me dit le chirurgien, êtes-vous las de souffrir ?
— Fort las.
— Voulez-vous que cela finisse et conserver votre jambe ?
— Certainement.
— Mettez-la donc hors du lit, et que j'y travaille à mon aise. »
J'offre ma jambe. Le chirurgien met le manche de son bistouri entre ses dents, passe ma jambe sous son bras gauche, l'y fixe fortement, reprend son bistouri, en introduit la pointe dans l'ouverture de ma blessure, et me fait une incision large et profonde. Je ne sourcillai pas, mais Jeanne détourna la tête, et Denise poussa un cri aigu, et se trouva mal...

Ici, Jacques fit halte à son récit, et donne une nouvelle atteinte à sa gourde. Les atteintes étaient d'autant plus fréquentes que les distances étaient courtes, ou comme disent les géomètres, en raison inverse des distances. Il était si précis dans ses mesures, que, pleine en partant, elle était toujours exactement vide en arrivant. Messieurs des ponts et chaussées en auraient fait un excellent odomètre, et chaque atteinte avait communément sa raison suffisante. Celle-ci était pour faire revenir Denise de son évanouissement, et se remettre de la douleur de l'incision que le chirurgien lui avait faite au genou. Denise revenue, et lui réconforté, il continua.

JACQUES. — Cette énorme incision mit à découvert le fond de la blessure, d'où le chirurgien tira, avec ses pinces, une très petite pièce de drap de ma culotte qui y était restée, et dont le séjour causait mes douleurs et empêchait l'entière cicatrisation de mon mal. Depuis cette opération, mon état alla de mieux en mieux, grâce aux soins de Denise; plus de douleurs, plus de fièvre; de l'appétit, du sommeil, des forces. Denise me pansait avec exactitude et avec une délicatesse infinie. Il fallait voir la circonspection et la légèreté de main avec lesquelles elle levait mon appareil; la crainte qu'elle avait de me faire la moindre douleur; la manière dont elle baignait ma plaie; j'étais assis sur le bord de mon lit; elle avait un genou en terre, ma jambe était posée sur sa cuisse, que je pressais quelquefois un peu : j'avais une main sur son épaule; et je la regardais faire avec un attendrissement que je crois qu'elle partageait. Lorsque son pansement était achevé, je lui prenais les deux mains, je la remerciais, je ne savais que lui dire, je ne savais comment je lui témoignerais ma reconnaissance; elle était debout, les yeux baissés, et m'écoutait sans mot dire. Il ne passait pas au château un seul porteballe, que je ne lui achetasse quelque chose; une fois c'était un fichu, une autre fois c'était quelques aunes d'indienne ou de mousseline, une croix d'or, des bas de coton, une bague, un collier de grenat. Quand ma petite emplette était faite, mon embarras était de l'offrir, le sien de l'accepter. D'abord je lui montrais la chose; si elle la trouvait bien, je lui disais : « Denise, c'est pour vous que je l'ai achetée... » Si elle l'acceptait, ma main tremblait en la lui présentant, et la sienne en la recevant. Un jour, ne sachant plus que lui donner, j'achetai des jarretières; elles étaient de soie, chamarrées de blanc, de rouge et de bleu, avec une devise. Le matin, avant qu'elle arrivât, je les mis sur le dossier de la chaise qui était à côté de mon lit. Aussitôt que Denise les aperçut, elle dit : « Oh! les jolies jarretières! »

— C'est pour mon amoureuse, lui répondis-je.

— Vous avez donc une amoureuse, monsieur Jacques ?

— Assurément ; est-ce que je ne vous l'ai pas encore dit ?

— Non. Elle est bien aimable, sans doute ?

— Très aimable.

— Et vous l'aimez bien ?

— De tout mon cœur.

— Et elle vous aime de même ?

— Je n'en sais rien. Ces jarretières sont pour elle, et elle m'a promis une faveur qui me rendra fou, je crois, si elle me l'accorde.

— Et quelle est cette faveur ?

— C'est que de ces deux jarretières-là j'en attacherai une de mes mains... »

Denise rougit, se méprit à mon discours, crut que les jarretières étaient pour une autre, devint triste, fit maladresse sur maladresse, cherchait tout ce qu'il fallait pour mon pansement, l'avait sous les yeux et ne le trouvait pas ; renversa le vin qu'elle avait fait chauffer, s'approcha de mon lit pour me panser, prit ma jambe d'une main tremblante, délia mes bandes tout de travers, et quand il fallut étuver ma blessure, elle avait oublié tout ce qui était nécessaire ; elle l'alla chercher, me pansa, et en me pansant je vis qu'elle pleurait.

« Denise, je crois que vous pleurez, qu'avez-vous ?

— Je n'ai rien.

— Est-ce qu'on vous a fait de la peine ?

— Oui.

— Et qui est le méchant qui vous a fait de la peine ?

— C'est vous.

— Moi ?

— Oui.

— Et comment est-ce que cela m'est arrivé ?... »

Au lieu de me répondre, elle tourna les yeux sur les jarretières.

« Eh quoi ! lui dis-je, c'est cela qui vous a fait pleurer ?

— Oui.

— Eh ! Denise, ne pleurez plus, c'est pour vous que je les ai achetées.

— Monsieur Jacques, dites-vous bien vrai ?

— Très vrai ; si vrai, que les voilà. » En même temps je les lui présentai toutes deux, mais j'en retins une ; à l'instant il s'échappa un souris à travers ses larmes. Je la pris par le bras, je l'approchai de mon lit, je pris un de ses pieds que je mis sur le bord ; je relevai ses jupons jusqu'à son genou, où elle les tenait serrés avec ses deux mains ; je baisai sa jambe, j'y attachai la jarretière que j'avais retenue ; et à peine était-elle attachée, que Jeanne sa mère entra.

LE MAITRE. — Voilà une fâcheuse visite.

JACQUES. — Peut-être que oui, peut-être que non.

Au lieu de s'apercevoir de notre trouble, elle ne vit que la jarretière que sa fille avait entre ses mains. « Voilà une jolie jarretière, dit-elle : mais où est l'autre ?

— A ma jambe, lui répondit Denise. Il m'a dit qu'il les avait achetées pour son amoureuse, et j'ai jugé que c'était pour moi. N'est-il pas vrai, maman, que puisque j'en ai mis une, il faut que je garde l'autre ?

— Ah ! monsieur Jacques, Denise a raison, une jarretière ne va pas sans l'autre, et vous ne voudriez pas lui reprendre ce qu'elle a.

— Pourquoi non ?

— C'est que Denise ne le voudrait pas, ni moi non plus.

— Mais arrangeons-nous, je lui attacherai l'autre en votre présence.

— Non, non, cela ne se peut pas.

— Qu'elle me les rende donc toutes deux.

— Cela ne se peut pas non plus. »

Mais Jacques et son maître sont à l'entrée du village où ils allaient voir l'enfant et les nourriciers de l'enfant du chevalier de Saint-Ouin. Jacques se tut ; son maître lui dit : « Descendons, et faisons ici une pause.

— Pourquoi ?

— Parce que, selon toute apparence, tu touches à la conclusion de tes amours.

— Pas tout à fait.

— Quand on est arrivé au genou, il y a peu de chemin à faire.

— Mon maître, Denise avait la cuisse plus longue qu'une autre.

— Descendons toujours. »

Ils descendent de cheval, Jacques le premier, et se présentant avec célérité à la botte de son maître, qui n'eut pas plus tôt posé le pied sur l'étrier que les courroies se détachent et que mon cavalier, renversé en arrière, allait s'étendre rudement par terre si son valet ne l'eût reçu entre ses bras.

LE MAITRE. — Eh bien! Jacques, voilà comme tu me soignes! Que s'en est-il fallu que je me sois enfoncé un côté, cassé le bras, fendu la tête, peut-être tué ?

JACQUES. — Le grand malheur!

LE MAITRE. — Que dis-tu, maroufle ? Attends, attends, je vais t'apprendre à parler...

Et le maître, après avoir fait faire au cordon de son fouet deux tours sur le poignet, de poursuivre Jacques, et Jacques de tourner autour du cheval, en éclatant de rire; et son maître de jurer, de sacrer, d'écumer de rage, et de tourner aussi autour du cheval en vomissant contre Jacques un torrent d'invectives; et cette course de durer jusqu'à ce que tous deux, traversés de sueur et épuisés de fatigue, s'arrêtèrent l'un d'un côté du cheval, l'autre de l'autre, Jacques haletant et continuant de rire; son maître haletant et lui lançant des regards de fureur. Ils commençaient à reprendre haleine, lorsque Jacques dit à son maître : « Monsieur mon maître en conviendra-t-il à présent ?

LE MAITRE. — Et de quoi veux-tu que je convienne, chien, coquin, infâme, sinon que tu es le plus méchant

de tous les valets, et que je suis le plus malheureux de
tous les maîtres ?

JACQUES. — N'est-il pas évidemment démontré que
nous agissons la plupart du temps sans vouloir ? Là,
mettez la main sur la conscience : de tout ce que vous
avez dit ou fait depuis une demi-heure, en avez-vous
rien voulu ? N'avez-vous pas été ma marionnette, et
n'auriez-vous pas continué d'être mon polichinelle pendant un mois, si je me l'étais proposé ?

LE MAITRE. — Quoi! c'était un jeu ?

JACQUES. — Un jeu.

LE MAITRE. — Et tu t'attendais à la rupture des
courroies ?

JACQUES. — Je l'avais préparée.

LE MAITRE. — Et ta réponse impertinente était préméditée ?

JACQUES. — Préméditée.

LE MAITRE. — Et c'était le fil d'archal que tu atta-
chais au-dessus de ma tête pour me démener à ta fantaisie ?

JACQUES. — A merveille!

LE MAITRE. — Tu es un dangereux vaurien.

JACQUES. — Dites, grâce à mon capitaine qui se fit
un jour un pareil passe-temps à mes dépens, que je
suis un subtil raisonneur.

LE MAITRE. — Si pourtant je m'étais blessé ?

JACQUES. — Il était écrit là-haut et dans ma pré-
voyance que cela n'arriverait pas.

LE MAITRE. — Allons, asseyons-nous ; nous avons besoin de repos. »

Ils s'asseyent, Jacques disant : « Peste soit du sot !

LE MAITRE. — C'est de toi que tu parles apparemment.

JACQUES. — Oui, de moi, qui n'ai pas réservé un coup de plus dans la gourde.

LE MAITRE. — Ne regrette rien, je l'aurais bu, car je meurs de soif.

JACQUES. — Peste soit encore du sot de n'en avoir pas réservé deux ! »

Le maître le suppliant, pour tromper leur lassitude et leur soif, de continuer son récit, Jacques s'y refusant, son maître boudant, Jacques se laissant bouder ; enfin Jacques, après avoir protesté contre les malheurs qu'il en arriverait, reprenant l'histoire de ses amours, dit :

« Un jour de fête que le seigneur du château était à la chasse... » Après ces mots il s'arrêta tout court, et dit : « Je ne saurais ; il m'est impossible d'avancer ; il me semble que j'aie derechef la main du destin à la gorge, et que je me la sente serrer ; pour Dieu, monsieur, permettez que je me taise.

— Eh bien ! tais-toi, et va demander à la première chaumière que voilà, la demeure du nourricier... »

C'était à la porte plus bas ; ils y vont, chacun d'eux tenant son cheval par la bride. A l'instant la porte du nourricier s'ouvre, un homme se montre ; le maître de Jacques pousse un cri et porte la main à son épée ; l'homme en question en fait autant. Les deux chevaux s'effraient du cliquetis des armes, celui de Jacques casse sa bride et s'échappe, et dans le même instant le cavalier contre lequel son maître se bat est étendu mort sur la place. Les paysans du village accourent. Le maître de Jacques se remet prestement en selle et s'éloigne à toutes jambes. On s'empare de Jacques, on lui lie les mains sur le dos, et on le conduit devant le juge du lieu, qui l'envoie en prison. L'homme tué était le chevalier de Saint-Ouin, que le hasard avait conduit précisément ce jour-là avec Agathe chez la nourrice de leur enfant. Agathe s'arrache les cheveux sur le cadavre de son amant. Le maître de Jacques est déjà si loin qu'on l'a perdu de vue. Jacques, en allant de la maison du juge à la prison, disait : « Il fallait que cela fût, cela était écrit là-haut... »

Et moi, je m'arrête, parce que je vous ai dit de ces deux personnages tout ce que j'en sais. — Et les amours de Jacques ? Jacques a dit cent fois qu'il était écrit là-haut qu'il n'en finirait pas l'histoire, et je vois que Jacques avait raison. Je vois, lecteur, que cela vous fâche; eh bien, reprenez son récit où il l'a laissé, et continuez-le à votre fantaisie, ou bien faites une visite à Mlle Agathe, sachez le nom du village où Jacques est emprisonné; voyez Jacques, questionnez-le : il ne se fera pas tirer l'oreille pour vous satisfaire; cela le désennuiera. D'après des mémoires que j'ai de bonnes raisons de tenir pour suspects, je pourrais peut-être suppléer ce qui manque ici; mais à quoi bon ? on ne peut s'intéresser qu'à ce qu'on croit vrai. Cependant comme il y aurait de la témérité à prononcer sans un mûr examen sur les entretiens de Jacques le Fataliste et de son maître, ouvrage le plus important qui ait paru depuis le *Pantagruel* de maître François Rabelais, et la vie et les aventures du *Compère Mathieu*, je relirai ces mémoires avec toute la contention d'esprit et toute l'impartialité dont je suis capable; et sous huitaine je vous en dirai mon jugement définitif, sauf à me rétracter lorsqu'un plus intelligent que moi me démontrera que je me suis trompé.

L'éditeur ajoute : La huitaine est passée. J'ai lu les mémoires en question; des trois paragraphes que j'y trouve de plus que dans le manuscrit dont je suis le possesseur, le premier et le dernier me paraissent ori-

ginaux et celui du milieu évidemment interpolé. Voici
le premier, qui suppose une seconde lacune dans l'entretien de Jacques et de son maître.

Un jour de fête que le seigneur du château était à
la chasse et que le reste de ses commensaux étaient
allés à la messe de la paroisse, qui en était éloignée
d'un bon quart de lieue, Jacques était levé, Denise
était assise à côté de lui. Ils gardaient le silence, ils
avaient l'air de se bouder, et ils boudaient en effet.
Jacques avait tout mis en œuvre pour résoudre Denise
à le rendre heureux, et Denise avait tenu ferme. Après
ce long silence, Jacques, pleurant à chaudes larmes,
lui dit d'un ton dur et amer : « C'est que vous ne
m'aimez pas... » Denise, dépitée, se lève, le prend par
le bras, le conduit brusquement vers le bord du lit, s'y
assied, et lui dit : « Eh bien! monsieur Jacques, je ne
vous aime donc pas ? Eh bien, monsieur Jacques, faites
de la malheureuse Denise tout qu'il vous plaira... » Et
en disant ces mots, la voilà fondant en pleurs et suffoquée par ses sanglots.

Dites-moi, lecteur, ce que vous eussiez fait à la place
de Jacques ? Rien. Eh bien! c'est ce qu'il fit. Il recon-
duisit Denise sur sa chaise, se jeta à ses pieds, essuya
les pleurs qui coulaient de ses yeux, lui baisa les mains,
la consola, la rassura, crut qu'il en était tendrement
aimé, et s'en remit à sa tendresse sur le moment qu'il
lui plairait de récompenser la sienne. Ce procédé
toucha sensiblement Denise.

On objectera peut-être que Jacques, aux pieds de
Denise, ne pouvait guère lui essuyer les yeux... à moins
que la chaise ne fût fort basse. Le manuscrit ne le dit
pas; mais cela est à supposer.

Voici le second paragraphe, copié de la vie de *Tristram Shandy*, à moins que l'entretien de Jacques le
Fataliste et de son maître ne soit antérieur à cet
ouvrage, et que le ministre Sterne ne soit le plagiaire,
ce que je ne crois pas, mais par une estime toute particulière de M. Sterne, que je distingue de la plupart
des littérateurs de sa nation, dont l'usage assez fréquent
est de nous voler et de nous dire des injures.

Une autre fois, c'était le matin, Denise était venue

panser Jacques. Tout dormait encore dans le château,
Denise s'approcha en tremblant. Arrivée à la porte de
Jacques, elle s'arrêta, incertaine si elle entrerait ou
non. Elle entra en tremblant ; elle demeura assez longtemps à côté du lit de Jacques sans oser ouvrir les
rideaux. Elle les entrouvrit doucement ; elle dit bonjour
à Jacques en tremblant ; elle s'informa de sa nuit et de
sa santé en tremblant ; Jacques lui dit qu'il n'avait pas
fermé l'œil, qu'il avait souffert, et qu'il souffrait encore
d'une démangeaison cruelle à son genou. Denise s'offrit
à le soulager ; elle prit une petite pièce de flanelle ;
Jacques mit sa jambe hors du lit, et Denise se mit à
frotter avec sa flanelle au-dessous de la blessure, d'abord
avec un doigt, puis avec deux, avec trois, avec quatre,
avec toute la main. Jacques la regardait faire, et s'eni-
vrait d'amour. Puis Denise se mit à frotter avec sa
flanelle sur la blessure même, dont la cicatrice était
encore rouge, d'abord avec un doigt, ensuite avec deux,
avec trois, avec quatre, avec toute la main. Mais ce
n'était pas assez d'avoir éteint la démangeaison au-
dessous du genou, sur le genou, il fallait encore
l'éteindre au-dessus, où elle ne se faisait sentir que plus
vivement. Denise posa sa flanelle au-dessus du genou,
et se mit à frotter là assez fermement, d'abord avec un
doigt, avec deux, avec trois, avec quatre, avec toute
la main. La passion de Jacques, qui n'avait cessé de la
regarder, s'accrut à un tel point, que, n'y pouvant plus
résister, il se précipita sur la main de Denise... et la
baisa.

Mais ce qui ne laisse aucun doute sur le plagiat,
c'est ce qui suit. Le plagiaire ajoute : « Si vous n'êtes
pas satisfait de ce que je vous révèle des amours de
Jacques, lecteur, faites mieux, j'y consens. De quelque
manière que vous vous y preniez, je suis sûr que vous
finirez comme moi. — Tu te trompes, insigne calomniateur, je ne finirai point comme toi. Denise fut sage.
— Et qui est-ce qui vous dit le contraire ? Jacques se
précipita sur sa main, et la baisa, sa main. C'est vous
qui avez l'esprit corrompu, et qui entendez ce qu'on
ne vous dit pas. — Eh bien ! il ne baisa donc que sa
main ? — Certainement : Jacques avait trop de sens

pour abuser de celle dont il voulait faire sa femme, et
se préparer une méfiance qui aurait pu empoisonner
le reste de sa vie. — Mais il est dit, dans le paragraphe
qui précède, que Jacques avait mis tout en œuvre pour
déterminer Denise à le rendre heureux. — C'est qu'apparemment il n'en voulait pas encore faire sa femme.

Le troisième paragraphe nous montre Jacques, notre
pauvre Fataliste, les fers aux pieds et aux mains, étendu
sur la paille au fond d'un cachot obscur, se rappelant
tout ce qu'il avait retenu des principes de la philosophie de son capitaine, et n'étant pas éloigné de croire
qu'il regretterait peut-être un jour cette demeure
humide, infecte, ténébreuse, où il était nourri de pain
noir et d'eau, et où il avait ses pieds et ses mains à
défendre contre les attaques des souris et des rats. On
nous apprend qu'au milieu de ses méditations les portes
de sa prison et de son cachot sont enfoncées; qu'il est
mis en liberté avec une douzaine de brigands, et qu'il
se trouve enrôlé dans la troupe de Mandrin. Cependant la maréchaussée, qui suivait son maître à la piste,
l'avait atteint, saisi et constitué dans une autre prison.
Il en était sorti par les bons offices du commissaire qui
l'avait si bien servi dans sa première aventure, et il
vivait retiré depuis deux ou trois mois dans le château
de Desglands, lorsque le hasard lui rendit un serviteur
presque aussi essentiel à son bonheur que sa montre et
sa tabatière. Il ne prenait pas une prise de tabac, il ne
regardait pas une fois l'heure qu'il était, qu'il ne dît
en soupirant : « Qu'es-tu devenu, mon pauvre Jacques!... » Une nuit le château de Desglands est attaqué
par les Mandrins; Jacques reconnaît la demeure de son
bienfaiteur et de sa maîtresse; il intercède et garantit
le château du pillage. On lit ensuite le détail pathétique de l'entrevue inopinée de Jacques, de son maître,
de Desglands, de Denise et de Jeanne.

« C'est toi, mon ami!

— C'est vous, mon cher maître!

— Comment t'es-tu trouvé parmi ces gens-là ?

— Et vous, comment se fait-il que je vous rencontre
ici ?

— C'est vous, Denise ?

— C'est vous, monsieur Jacques ? Combien vous m'avez fait pleurer !... »

Cependant Desglands criait : « Qu'on apporte des verres et du vin; vite, vite : c'est lui qui nous a sauvé la vie à tous... »

Quelques jours après, le vieux concierge du château décéda; Jacques obtient sa place et épouse Denise, avec laquelle il s'occupe à susciter des disciples à Zénon et à Spinoza, aimé de Desglands, chéri de son maître et adoré de sa femme; car c'est ainsi qu'il était écrit là-haut.

On a voulu me persuader que son maître et Desglands étaient devenus amoureux de sa femme. Je ne sais ce qui en est, mais je suis sûr qu'il se disait le soir à lui-même : « S'il est écrit là-haut que tu seras cocu, Jacques, tu auras beau faire, tu le seras; s'il est écrit au contraire que tu ne le seras pas, ils auront beau faire, tu ne le seras pas; dors donc mon ami... » et qu'il s'endormait.

# TABLE DES MATIÈRES

GF — TEXTE INTÉGRAL — GF

10673-1984. — Impr.-Reliure Mame, Tours.
N° d'édition 10290. — 3ᵉ trimestre 1970. — Printed in France.